聖なる声　和歌にひそむ力

阿部泰郎
錦　仁　編

三弥井書店

目次

『聖なる声』の誕生　阿部泰郎　iii

第一章　和歌にひそむ力

言葉の力──中世釈教歌の意味論　ジャン＝ノエル・ロベール　3

和歌はなぜ〈声〉なのか──『古今和歌集』仮名序から　錦仁　29

和歌は〈公共圏〉を生みだす──室町期武家の和歌詠作から　前田雅之　57

♪間奏曲　和歌に詠まれた光と声　田村正彦　93

第二章　うたわれる場

法会と歌詠──源経信から藤原俊成へ　清水眞澄　105

歌合の〈声〉──読み上げ、詠じもしたる　渡部泰明　132

♪間奏曲　覚如の歌、円空の歌　岡﨑真紀子　156

第三章　荘厳する和歌
古今伝受の室内――君臣和楽の象徴空間　海野圭介　179
神へ向かう歌――神楽・今様　菅野扶美　205
歌う聖――聖人の詠歌の系譜　阿部泰郎　237
♪間奏曲　『法華経』を詠んだ和歌――『法華経』と歌枕との共鳴　荒木優也　258
第四章　詠むという営み
明恵――菩提への道　平野多恵　273
寂然――浄土を観る　山本章博　302
おわりに　錦仁　325

『聖なる声』の誕生

ウタは、何処からやってくるのか。

和歌《やまとうた》が、人の心を種として発することばとして、心なき鬼神までも感応させる力をもつと説いた古今序の思想は、「こころ」に詠歌の根源を求める。その拠は、詩経など漢の古典に尋ねられる。礼記楽記の論ずるところ、心は志となり言を発して詩となり、情はその中に動き言とあらわれ、言の足らざるに嗟歎し、なお足らざるに詠歌し、更に足らざれば手の舞い足の踏むところを知らず、情《こころ》は声にあらわれ、声は文《あや》をなす、これを音という——この古代中国の音声情調論が、日本古代の歌《うた》の自覚を導いた、といえよう。和漢の詩歌の声に加えて、天竺の梵唄の声も渡って来た。それは浄土、仏世界の音声であり、ひいて王子晋が魚山で感得した声明として流伝した。この「声仏事をなす」思想は、その実践として仏の御名を唱える、すなわち念仏の声に極まるだろう。やがて巨きな流れとなった称名を専らとする〈聖なる声〉の運動は、詩歌の声と交わり響きあう。その声は、人が此岸から呼びかけるだけではない。あの源大夫の如くひたすらに喚《よ》ばう声に応《こた》え、海から微妙の御音《コエ》にて「此ニ有」と聴こえたように、それは彼方から到来するものであったのである。

念仏の声の伝統を負う融通念仏宗の本山、平野の大念仏寺には、詩歌論の典故というべき平安期書写の『毛詩鄭箋』を宝物のうちに伝える。院政期に良忍上人が創めたと伝える融通念仏の縁起は、鎌倉末期に絵巻化され、更に南北朝期に良鎮上人が勧進して日本国中へ流布が図られ、ついに室町初期には版本として刊行されるに至った。その頂点に位置するのが、応永二十一年に室町殿はじめ公武道俗の貴顕の寄合書と当代一流の絵師たちの彩筆により制作された、清涼寺本『融通念仏縁起』絵巻である。この清涼寺本の巻頭には、「勅筆」として後小松天皇により、阿弥陀三尊名号、「八万諸聖教、皆是阿弥陀」等の偈、そして「八幡大菩薩御託宣」の偈と「同御歌」がしるしづけられる。その最後の歌は次のような一首である。

極楽へゆかむとおもふこゝろにて　南無阿弥陀仏といふそ三心

ひたすらな往生への願いの「こころ」にうながされた念仏の声にこそ、浄土宗の教義の要諦たる三心すなわち至誠心、深心、廻向発願心は悉く備わっている、との旨を八幡神の神詠として掲げる、この「御歌」の文脈《コンテクスト》は、『八幡宮寺巡拝記』に求められる。天王寺にて善恵房証空の三心説法を聴聞した社僧親尊は、その説くところ、三心はただ弥陀に属すのであり至誠心を起しがたい末代の凡夫たる行者には不用と聞きなして、迷いを決せんがため社頭に参じた夜、墨染の気高き僧が端垣の許へ召寄せ「御示現」した詠歌であるという。そこで神は三心を行者の起こすところと理《ことわ》りを示した、と解される。

一方でこの神詠は、「融通念仏すすむる聖」である一遍の絵伝、聖戒の編んだ『一遍聖絵』にも、一遍が石清水に参詣したところに御託宣の偈と共に想起されており、そこでは行者のはからいを排し絶対的な念仏、すなわち弥陀を憑む捨聖のよりどころとなっている。それは同じく『聖絵』に載る、大隅正八幡の神が一遍に示した託宣としての「とことはに南無阿弥陀仏ととなふれば　なもあみだぶにむまれこそすれ」の歌と響きあう。この三心の神詠は、『夫木和歌集』や『玉葉和歌集』の釈教にそれぞれ収められ、汎く流布していた消息が知られるけれども、それらの左注では具体性は全く捨象され、念仏する者に欠くべからざる往生の要件は垂迹の神祇こそが保証する、という端的なメッセージとして流通しているのである。それは、極楽を欣う「こころ」を称揚する神の言寄さしとして全ての人にもたらされた聖なる声としてのウタであった。

何より、この〝聖なるウタ〟が当今の帝によって他の聖なる詞と共に染筆されたことは、この清涼寺本『融通念仏縁起』絵巻が公武一体として企てられた、室町王権の文字通り記念碑的テクストとしての制作意図を、この上なくあざやかに示すものといえよう。それは、最終段に明徳版本から加えられた嵯峨釈迦堂における大念仏の勧進興行に貴賤群衆してにぎわう法会芸能の儀礼イメージと、祖師絵伝としての文法に則した夢告や往生—来迎場面などに加え、名帳に鞍馬毘沙門が加入し勧進した神名帳に結縁する諸天の尊像や諸神祇の社頭図像が集会する、まさしく宗教図像複合《コンプレックス》として構成されたものであった。これら各位相のテクスト複合は、それが王権の象徴となるのであればなおさらに、その全体をより一段と高い次元のテクストで統合する必要があったであろう。おそらく、それこそが「勅筆」として王により書かれた巻頭の一段である。そこに要請された三心の神詠は、念仏結縁の衆生を極楽へ導く仏神の誓いとして、王を介して万民に示される〈聖なる声〉となる。彼方から示現される超越したウタの意味とはたらきは、中世において、縁起絵巻という宗教テクスト複合に象られるように、他ならぬテクストにおいて生成し、拡張解釈され、実現するところであった。ここに、〈聖なる声〉としての和歌を、テクストという座標において問うことの意義が認められるだろう。

＊

『聖なる声』と命名された本書のなりたちについて、その経緯をいささか記しておきたい。

この企ての基礎となったのは、名古屋大学文学研究科が採択されたグローバルＣＯＥプログラム「テクスト布置の解釈学的研究と教育」（平成十九～二十三年、チームリーダー・佐藤彰一）による第四回国際研究集会「日本における宗教テクストの諸位相と統辞法」（平成二十年七月十八～二十一日）の第四部会「宗教テクストとしての和歌」である。このプログラムは、人類文化の所産を悉くテクストとして分節し、その解釈学的統合を目指すために、人文学諸分野の先端的研究を結集し、また参入しようとする次世代研究者を育むプロジェクトとして始められた。その一環として研究推進者の阿部が目指したのは、「宗教テクスト」という解釈の視点を導入することを通して、日本の宗教文化が生みだした豊饒な世界をさながら捉え、その創造の秘密に少しでも接近することであった。この研究集会では、聖教断簡の復原から中世仏教の始発点の探査を試みるプレ・カンファレンスを助走として、複数の方向から日本宗教を立体的にとらえようと企てた。そのトピックは、目録であり、密教であり、儀礼であり、神道であり、ひいては聖徳太子に至る、メタ・テクスト／コスモロジー／祭儀の身体／神祇という制度／イコンの表象など、多元的な問題群である。各部会の報告における、テクストという視座からの探究は、比類なく多彩な人文学の諸分野からの日本宗教への新鮮なアプローチであった。若手研究者を中心とする報告者は総勢二十四

研究集会 案内書

名、基調講演が切り拓く先端研究への豊かな示唆や、コメンテーターの評量する更なる課題への射程は、総括の討議において各座長がそれぞれの成果を普遍化すべく統合した建設的な提案と響きあい、参集した一同にとってまことに興趣に満ちた〝知の饗宴〟とはなった。

この研究集会における主要な視座として、文芸、とりわけ和歌という領野は欠かせないところであった。「宗教テクストとしての和歌」というテーマを掲げたこの部会で設定されたのは、和歌を、ただ文学史の制度や秩序の裡において閉じこめてしまうのでなく、より端的に、歌のコトバ、その声の力とはたらき、あるいは詠歌という営みが喚びおこす〈聖なるもの〉とは何であったか、という地平から捉え直そうという問いかけであった。その座長を錦仁氏に委ね、錦氏は発題として「宗教テクストとしての和歌―ウタは、なぜ必要か、なぜ詠むのか」と更なる根源的な問いを投げかけられた。また、フランス高等研究院のジャン・ノエル・ロベール氏には「言葉の力―中世釈教歌の意味論」と題する基調講演をいただき、物語から説話に及ぶ和歌の秘めた力について豊かな示唆と詩的感興を喚びおこしつつ、その主題の輪郭があざやかに浮かびあがった。更に、公募された若手研究者による研究発表では、海野圭介、清水眞澄、山本章博、平野多恵の四氏が精細かつ意欲的な研究成果を報告し、それぞれに多彩な論点が提供された。これらは、各自による成稿を経て、阿部による総括論文「布置としての宗教テクスト学の構築」を付して、報告書『日本における宗教テクストの諸位相と統辞法』（阿部泰郎編、名古屋大学文学研究科、二〇〇八年）として刊行された。その余韻がいまだ醒めやらぬうち、錦氏と阿部は、ここに提起された議論を報告書のままに留めてしまうのを惜しみ、より開かれた形で社会に示すことが必要であると語らい、第四部を基礎に独立した論集として改めて編集し公刊することで合意した。幸いにも錦氏の紹介により三弥井書店に出版を引き受けていただき、錦氏の主唱の許に阿部も編集と執筆に加わり、更に多くの主題や論点による執筆者を加えた本書『聖なる声』の刊行計画が、平成二十一年五月に定まった。あらたに呼びかけ執筆をお願いした方々には、それぞれの関心からこの主題の下で稿を起こしていただき、また報告書に掲載された方々は再掲出を御承諾いただいたばかりか、当座の議論を踏まえ更に鋭意改稿増補され、平成二十二年の秋、全容が整うこととなった。

＊

「宗教テクストとしての和歌」を問うことは、すなわち〈聖なるもの〉をめぐって響き交すウタを尋ね探り、ひいてはその声に耳を傾け聴き分けようとする営みであろう。〈聖なるもの〉をかりに仏神とすれば、ウタは、人の側から仏神に訴え祈願する呼びかけの具というだけではない。夢想歌や託宣歌ひいては虫喰歌に至る、仏神からもたらされ感得されるお告げでもあった。これらの歌を大きく包摂して『袋草紙』が「希代歌」と称した、その範疇は興ぶかい。その下位分類として立てられる「権者歌」も、仏神と人との媒ちとなり垂迹化現して境界を超出するもののウタとして、大切な役割を果たしている。たとえば、『両宮形文深釈』において、東大寺大仏造立を祈るため参宮した行基に示された託宣中の、まるで男女の邂逅の歓喜の如き神詠が、中世神道の秘説として印信や秘伝を貫いて伝承される。あるいは、興福寺南円堂建立の壇を築くところに立ち交った翁の詠んだ歌は、北の藤波の栄ゆべき行末を言祝ぐ、本地垂迹の縁起説の核として伝承される。または修験の入峯修行に唱えられる秘歌のように、〈聖なる場《トポス》〉に参入し通過しつつ生成する行者の身体をうながす儀礼の声も、ひいては民間伝承のなかの呪歌までも、みな和歌の形を乗り物として冥顕の間を交信する声なのであった。そうした「聖なる声」の生きていた世界は、もはや遥かに遠く過ぎ去ったのだろうか。それは古えのテクストの裡に聴きとるしかないものなのか。――三信遠の山中に今も伝承される霜月神楽の祭りの庭に、湯立てを軸にくりひろげられる神下《おろ》し、神遊び、神送りの過程は、「歌ぐら」という神歌によってとり運ばれ、象られる。この歳末もまた花祭の舞処《まいど》に、その声を聴くことができた。それは、遥かな昔に熊野詣の道中で潔斎や神呪読経と倶に唱え詠われたであろう神歌の響きに、遠く通うものであった。そうした「聖なる声」は、今もなお伝承されているのである。

――筆者もまた、古代中世の聖《ヒジリ》たちの遺し、伝えられた詠歌のなかに〈聖なるもの〉を媒ちするそのはたらきを聴きとろうと試みた。そのように、錦氏の呼びかけに応じて集《つど》った論者たちそれぞれの探究が、総体として如何に〈聖なる声〉という宗教テクストの究まった焦点を再現し得たか、その評価はこれから読者にゆだねることになる。それは、どのような声を喚び起こし、響き合うことになるであろうか。

阿部泰郎

第一章 和歌にひそむ力

言葉の力
——中世釈教歌の意味論　ジャン＝ノエル・ロベール

和歌はなぜ〈声〉なのか
——『古今和歌集』仮名序から　錦　仁

和歌は〈公共圏〉を生みだす
——室町期武家の和歌詠作から　前田　雅之

♪間奏曲♪和歌に詠まれた光と声　田村　正彦

言葉の力——中世釈教歌の意味論

ジャン＝ノエル・ロベール

日本仏教研究の主な方向は、長い間にわたって、漢文または和臭漢文によって記された大量の教理的・解釈的作品に代表される教学伝統、あるいは日本語の古文または漢語が多少混じった文で書かれた、より読みやすい説話文学や唱導文学という二種類の資料を中心にして進められてきた。最近になって、一部の仏教学者は新しい研究法を試みるようになってきている。彼らは、いわゆる「文化学」（カルチュラル・スタディーズ）の強い影響の下で、過去の僧侶や文士の世界観と思考を表わす文書そのものを検討するよりも、過去の人々が読者に多かれ少なかれ隠そうとしていた意図の是非を判断することを研究の課題にするようになった。こうして、我々は学問的な「疑惑の時代」に入り、学問の真の目的は、各種の複雑な手法を用いて、何らかの文化・政治的な陰謀にかかわっていた権力者の告白をもぎ取ろうとする努力であるかのような様相が現われてきている。

いくつかの輝かしい例外を除けば、日本の釈教歌の研究がこれまで比較的、無視されてきた事実は、ある程度までそういう焦点の変化にも基づいているかもしれない。しかし今日において、この方面の研究が盛んに行われるための、いくつかの好条件がそろっているようにも思える。なぜなら、釈教歌は日本語の説話文学や唱導文学と並んで、仏教教義の通俗化現象の一つとみなせるだけでなく、その中の相当数が女流歌人によって作られ、なかんずく初めて釈教歌集を組織的にまとめたのもおそらく女性であったということを考えると、その方面の研究は強い刺激を与えられると思われるからである。にもかかわらず、実際にはこの種の研究は依然として進んでいない。その理由は、以前と異なったものではないだろう。すなわち、仏教学の専門家は自分の目には下級の文学作品としか見えないものに関心をもたず、一方、国文学者にとっては和歌文学という名高い分野の中で、釈教歌は二次的な部門に過ぎないからである。

そういう状況があるにもかかわらず、今回のような重要なシンポジウムに際して「宗教テクストとしての和歌」という名前の部会が設けられたことは、私にいっそうの興味と喜びを与える。その部会が現実になったという事実は、何よりも日本と西洋のあらゆる国で、釈教歌の意義と重要さについて新しい認識が生まれたことを物語っているように思う。その上この学会において基調講演を行なう名誉を与えられて、私は恐縮するばかりである。

数年前から『法華経』をテーマとした釈教歌の研究を続けてきた者として、いくらか達成できたと思える結果を紹介する機会を与えられたことを、心から感謝したい。この研究が完成するまでにはまだ時間がかかると思うが、ここでは言わば一種の中間報告を行ないたいと思う。拙稿の主な目的は、日本の釈教歌を主題別かつ体系的に読み、分析することによって、釈教歌に伝えられる宗教的世界観に支えられている日本の文学に、新しい理解をもたらすことである。その意味ではこの学会の全体のテーマ「日本における宗教テクストの諸位相と統辞法」は、私の示そうとする論拠と理想的に適合している。すなわち、釈教歌に限らず、和歌の言葉には相当に精密な一種の暗号的な使用があり、その暗号法がかなり規則正しく組織的なものであるため、文の中に潜んでいる隠喩を理解させる鍵を与えてくれると考えられるからである。その隠喩などは、歌が作られた当時の読者、聴衆にとっても明白であったことに疑いがないと思われる。そうした主張を一般の和歌の隠喩について述べるならば、あまりにも自明な話であるから人の注意を呼び起こすこともなく、逆に笑いしか呼ばないであろうということは充分に意識している。むしろ驚嘆すべきなのは、和歌の仏教修辞学とでも呼べる分野の総合的な研究が未だに存在していない、という事実だと思われる。

以下では、拙稿を四つの部分に分けて進めていきたいと思う。最初の三つは事例を挙げて、それぞれの歌の正確な理解が、釈教歌の総合的な研究の上でしか得られないものであり、それを無視して解読しようとしても誤解しか招かないことを示そうとするものである。最後の第四では、歌人の用いる言葉の力が微妙なものであって、含意に富んだ効果をもつことを明らかにし、さらに、詩歌言語の役割について新しい光を投げかけることを試みたい。

四つの事例

第一例は『源氏物語』から取り上げるのがふさわしいであろう。この作品の第五章「若紫」の冒頭で、光源氏がある病気に悩んでいたことが語られる（わらは病にわづらひ給ひて）。そのため、彼は多様な魔術的な治療法（よろづに、まじなひ・加持など、まゐらせ給へど）を試みるが効果がなかったので（しるしなくて）、人に勧められて京の北の方にある山の中、「なにがし寺といふところに」参詣する。噂によれば、その寺には「かしこき行ひ人」が住んでおり、この験力豊かな行者は、前にも同じような病気を煩った多くの人を癒したという。光源氏は数人の知り合い（むつましき四、五人）をつれて、「聖」とも呼ばれる行者の遁世した「峯たかく、深き岩の中に」作った「室」に赴く。この挿話の要約はここまでにするが、その中心である三首の和歌のやり取りの分析に入る前に、一つの大変重要な点に注意を促しておきたい。光源氏と行者の出会いの場面には、背景に音があり、その言わばバックグランド・ミュージックともいえるのは他でもない、行事の間に行なわれる法華三昧のおりに唱えられる『法華経』の読経の声である（あかつきがたになりにければ、法花三昧行ふ堂の、懺法の声、山おろしにつきて聞えくる、いと、尊く瀧の音に響きあひたり）。「若紫」の章には、『法華経』を思わせる隠喩が他にもあるが、ここではこの一つに止めておく。(1) 話を元に戻すと、行事を行うために時間がかなり掛かるので、光源氏は山の上で泊まらなければならない。暇つぶしに寺のまわりを歩いてみると、遠くから眺めても麗しい僧房が目に入る。あそこに誰が住んでいるかと聞くと、「なにがし僧都」が二年前から山に籠もって隠居していると返事され、幼い若紫に初めて出会う機会になる。暁がた、先にも述べたように、懺法の声に伴われて、聖が出てきてしゃがれた声で陀羅尼を唱えて祈祷を終了する。皆喜んで源氏の回復を祝う。その折に光源氏と、知り合ったところの僧都と、聖の三人が順番に三首の歌を詠み交わすことになる。(2)

光源氏は最初に、

宮人に行きて語らむ山ざくら　風よりさきに来ても見るべく

という一首を詠む。現代語で意味を大雑把に伝えてみると「私が行って山桜について内裏の人々に語りましょう、そして彼らは風より先にきて花を眺めるでしょう」というふうに言えばいいだろうか。

それに返して僧都は、

優曇華《うどんげ》の花待ち得たる心地して　深山桜《みやまざくら》に目こそうつらね

という歌をささげる。その意味は「待っていたウドンバラの花をついに見たような感じがします、もはや山桜に目を向けることはないでしょう」とでもなろうか。

最後に行者が第三首の歌を詠む。

奥山の松のとぼそをまれにあけて　まだ見ぬ花の顔を見るかな

「まれにしかあけない松の戸をついに開けて、今まで見たことのない花をやっと見ることができました」という意味であろう。

このような歌の取り交わしでは、一種の誇張法とでもいえるかもしれないが、隠喩と意味の次元が徐々に上昇することは普通であろう。光源氏の歌はいかにも高貴な人にふさわしいものであり、極めて繊細でありながら、同時に世間的な印象を与える。「宮人」という単語を使うだけで、彼がこの辺鄙なところにきていかに京を懐かしんでいるかが理解される。それに対して、相手の詠み人は二人とも出家者であることと、作者自身は三首の歌の対話による上昇を読者に正しく理解させるため、あらかじめ背景の基調として法華三昧の声明を響かせていることとを考え合わせれば、僧都の歌で優曇華の比喩が挙げられるのは、ある信心深い隠遁者の漠然たる宗教的な譬えとして捉えるべきでなく、その真の意味を『法華経』を参考にして求めるべきことは当然と思われる。『法華経』の中に、優曇華の比喩は数箇所に出てくるが、主《あるじ》には聞き難い妙法そのものや、『法華経』の教えを聞く機会に恵まれた人、あるいは仏・菩薩自身を譬えるものとして使われている。とくに『法華経』「化城喩品」第七には、「若紫」の今の歌と明らかに関連する文がある。諸梵天王が仏のところに来て、宮殿を彼に奉上し、後に偈を唱えて仏を優曇華に喩え、さらにいま献上した宮殿を受けとってそこに住んでくださるようにと願う、という場面である。[3] 光源氏の歌に現れた「宮人」の語は明瞭に経の文の「宮殿」に関連付けられ、僧都は自分の歌に優曇華の隠喩を加えることによって、敢えて源氏の訪問を仏の出現に比べているのである。

このようにして、第一首から第二首に移るとともに、ある種の精神的な境地の上昇が行なわれることは明白である。「宮人」という単語が示すように、光源氏はまだ人間の世界のほうに焦点を置いているが、僧都はその宮をより高めて梵天の住居である宮殿に変容させることによって、光源氏との出会いを、待ち望んでいた優曇華の花を見た、という表現で大胆に比喩していると考えられる。[4]

もし上昇の論理が順序通りに機能しているとすれば、最後に挙げられる「聖」の歌は前の僧都の歌よりさらに高い次元へ上昇して、読者を驚かせるような比喩を使うはずであるが、第三首を単純に読むと、むしろ表現が物足りないという印象が強い。行者が僧都の『法華経』の隠喩を正しく把握したのは、経文の「昔所未曾観」のことばを歌の「まだ見ぬ（花）」と翻訳しているところから見てほぼ確かであるのに、『源氏物語』の解説書は殆どどれもそれを光源氏の美しい顔にたとえると指摘するのにとどまる。この歌の含意のすべては果たしてこれで尽くされているのだろうか。ここで私事を述べることが許されるなら、私はかなりの時間、釈教歌の研究に専念した後で、たまたまこの「若紫」の場面にぶつかり、おのずと『源氏物語』の大多数の注釈者とはかなり異なる解読を行なった。その理解に至らしめた原因はきわめて単純である。私は慈円の『法華要文百首』（編者注、『拾玉集』所載の「詠百首和歌法門妙経八巻之中取百句」を指す）の仏語訳を準備するなかで、「とぼそ」を主題に使う和歌を少なくとも二首見つけたからである。

第一首は、

木のもとやたからのとほそあけかたに　数かきりなき光をそみる(5)（二四七〇）

である。大体の意味は「宝塔の戸が開かれるとともに、無量の光明が木のもとにみえてきた」であろう。

第二首は、

おほ空にひらきし（または「ひゝきし」）やとの戸ほそをは　あけし聖や又もさしけむ（二五一五）

という。現代語の大意では「大空で音を響かせて戸を開いた聖はまたそれを閉めるだろうか」という意味であろう。

なお、周知の通り、これらの歌が釈教歌であり、なかんずく『法華経』を対象にする法文歌であるかぎり、必ず経の出典（経題）を参照して書かれているから、慈円のような偉大な学僧が駆使する隠喩の意味は、必ずしもつねに明らかとは言えないが、誰にとっても経と歌の関連はほぼ理解できる。第一首の経題は『法華経』の「見宝塔品」第十一から取られており、かの有名な、多宝如来の七宝塔が計り知れない過去から潜んでいた地中から涌出して、釈迦牟尼仏が『法華経』を説法することを保証するために世に現れる場面に繋がっている。一方、第二首は「嘱累品」第二十二の「多宝仏塔還可如故」の文を経題としており、『法華経』の説法が終わってから多宝如来の宝塔が元の場所に帰ることについての信者の懸念を伝えようとするものと見なしてもよかろう。ということで、一四五首の歌から成る慈円の『法華要文百首』の中に「とぼそ」という単語は二度しか出てこず、二度ともはっきりと空中に浮かんでいる多宝如来の宝塔を指すものである。その宝塔の扉は、釈迦牟尼仏自身が神通によって空中に上昇し、右手の指をもって鍵で城の門をあけるような大きな音を立てて開く。「若紫」の中の聖の歌でも「とぼそ」の語は同じくある人物の不思議な出現と関連しており、あまつさえ慈円の「たからのとぼそ」には聖の「松のとぼそ」という表現が重なり、木の「松」と釈迦牟尼仏の『法華経』の説法を「待つ」という、釈教歌に頻繁に使われる言葉遊びが示すように、仏教的な雰囲気が与えられていることから考えても、これを慈円の歌と同じように解読するのも無理ではなかろう。慈円の歌に出てくる「聖」も、「若紫」の行者と同じ呼び方にもなっている事実は、偶然ながら興味深いものである。

ここで、もし『源氏物語』のおおかたの注釈者の解説に従うなら、最後であって最高でもあるはずの聖の歌は、独創力が乏しく、殆どつまらないといってもいいほどのものであり、さらに三首のやり取りの中でもうまく当てはまらないということを認めざるをえない。前にも指摘したように、源氏の歌は自らの世間の宮廷人たる身分を反映し、僧都の歌は一段と高い境地を示すものであるが、もし、僧都の歌の中の「優曇華」が源氏の歌の「宮人」に応えるのと同様に、聖の歌も同じ向上運動に従い、前の歌より高く上昇するはずであることを認めるならば、慈円の二首は読者にその聖の歌の「とぼそ」の比喩を正しく理解するための鍵を与えると思われる。すなわちそのとぼそは他ならぬ、開けられて多宝如来の完全に保存された身体（全身不散）を現す宝塔の扉であると考えることができる。このように解読されると、ようやく聖の歌は十全なる意味を得ることになり、三首のやり取りの中の最高のものとしてその位置を占めるようになる。世間の次元を出発点にして、宮殿に住んでくださるように頼まれる仏を隠喩する優曇華のたとえを経て、ついに空中宝塔の出現までの下・中・上の次第を順序正しく上昇するものとなる。したがって、「若紫」の聖は、ただ草庵の戸を開けると見える綺麗な花を見て喜ぶというにとどまるのでなく、実際には彼自身が、釈尊が空中の宝塔の戸を開けたとき、多宝如来の素晴らしい身体を発見したのと同様に、多宝如来と同一視されるような光源氏の素晴らしい姿に出会った喜びを歌ったと考えられるのである。

このような歌の解読は、三首の向上の動きに対応するだけでなく、先にも指摘したように、その場面を理解するための基調を与える法華三昧に際して唱えられる『法華経』の読経の声によって支えられる解読でもある。たとえば、法華三昧の儀式を詳しく述べるものとして、平安時代にもよく読まれた文章、天台大師智顗《ちぎ》の『摩訶止観』を参考にすれば、法華三昧を行なうことによって、多宝如来と釈迦牟尼仏の分身を見ることを得ると強調されていることがわかる(6)。法華三昧から多宝如来の分身としての光源氏に至るまでの聖の連想はあまりにも一貫しており、偶然の符合としては片付けがたい関係であろう。

ここまで述べてくると、私の解読に対する一つの反論が自ずと起こってくることを免れないであろう。すなわち今述べた聖の歌の解読は、『源氏物語』が書かれてから二百年ほど後に作られた慈円の釈教歌に基づいているという事実である。私の確信と、その解読の内的一貫性と論理があるだけでは、その正しさを人に納得させるのに無理があるだろう。幸いにそうではない。なぜかといえば、私の今まで調べたところでは、紫式部の同時代に、明白に宝塔の戸について書かれた釈教歌が少なくとも一首存在していることが明らかだからである。紫式部とまさに同じ時期に活躍した有名な女流歌人・選子内親王の『発心和歌集』は、おそらく日本最初の『法華経』二十八品とその開・結両経を纏めて主題にした三十首の釈教歌を含んでいるものであるが、その中に「見宝塔品」の大意を詠む一首が「於是釈迦牟尼仏、以右指開七宝塔戸、出大音聲」という経句と直接に繋がった形で記されている。

玉の戸をひらきし時にあはずして　明けぬよにしもまどふべしやは[7]（三五）

『発心和歌集』は一〇一二年に成立したもので、紫式部と選子内親王の二人の女流作家が、全く同時代にそれぞれの作品を書いていたことがわかる。選子の歌から見れば、その時代には釈教歌の中の「戸」または「とぼそ」の使用がすでに「見宝塔品」の空中宝塔の場面と普通に繋がっていたことは疑いがない。したがってここで試みた解読はただの深読みでなくて、日本文学では一番深く研究された作品の一つである『源氏物語』の解釈において今まで見逃されてきた一文に、おそらく正確な理解をもたらすものではないかと思える。

この第一例によって、釈教歌の語彙の体系的な研究は、我々の中古・中世文学の理解を単なる印象的な解読以上のものにすることができることを証明しえたかと思う。

事例の二に進んでみよう。前の例ほど明白ではなく、私が決定的に解決しえたとも言えないが、私の解釈に対して説得力のある反論がまだ見えてこない。なぜかといえば、いくつかの釈教歌では同じ表現が繰り返されているので、一定の教義的な意味を含んでいることは明らかだが、なるべく正確な意味を把握しようと思えばその教義上の意味を考える必要がある。ここでも、一般の解釈ではその疑問の可能性さえ見逃されているようであるが、釈教歌の総合的な研究の上で解読を試みると、その疑問がおのずから浮かび上がってくる。

『源氏物語』ほどの名著でなくても極めて名高い『新古今和歌集』に収録された、中でも名高い俊成の一首を例に挙げてみよう。『新古今和歌集』の巻第十八には「崇徳院に百首歌たてまつりける　無常歌」という題の下に次の歌がある。

世の中を思ひつらねてながむれば　むなしき空に消ゆるしら雲[8]（一八四六）

（この世のことを観察して考えてみると、ただむなしい大空に消えてゆく雲にすぎない）

という内容も「無常歌」の題に支えられているので、理解にあまり問題がなさそうである。解釈者も、あまりにもわかりやすいものと思うからであろうか、ただ人生のはかないことを描写すると説明するにとどまる。しかし、その点については、俊成の自家集である『長秋詠藻』を参照する必要がある。そこには「無常二首」という題の下に、先に見た「世の中を思ひつらねて」の歌に続いて、

常にすむ鷲のみ山の月だにも　思ひしれとぞ雲がくれける（八九）

（霊鷲山の上に永久に住まわれている釈迦牟尼仏でさえも、我々に妙法の真理を教えるため月のように姿を隠した）

という歌がある。ここで誰でもわかるように、この歌を題の通りに世間諸法の無常を唱えるものと見なすだけでは正しくないことが分かる。事実、この歌はまさしくその反対のことを強調している。すなわち、ここで主張されているのは、永遠の月である仏陀は、ただ衆生に解脱の可能性を教えんがために入滅する真似をしただけであり、実際において彼は超越の次元である真諦の中に常に存続している、ということである。天台宗の学僧または俊成のように天台教義に造詣の深い歌人の詠む釈教歌に出会うならば、真・俗の二諦を考慮に入れずにその歌を理解しようとするのは無理であることを意識しなければならない。その原則の論理は慈円自身も説明しているので[9]ここでは再説しないが、俊成の「月の雲隠れ」の観念は『法華経』の文[10]に忠実に従い、衆生を指導するための方便としての入滅を意図しているのは言うを俟《ま》たない事実である。俊成のこの歌のもっとも注意すべき特徴とし

て、一般の釈教歌では「権」の部分が上の句にあり、「実」の部分が下の句にあるという慣例とは違って、ここでは順序が逆になっているため、世間側の「権」の方に重点が置かれることが挙げられる。俊成の歌の最終的な意図に関する疑問が残らないように、他の例をここで紹介する必要がある。天台宗の学僧・実海（一五三三年寂）の編んだ『訳和和歌集』[11]に見られる内容の類似する歌をいくつか挙げておこう。まず康資王母の次の歌は俊成の先の歌の直ぐあとに載せられる。

鷲の山へたつる雲やふかゝ覧　常にすむなる月を見ぬ哉（三四七）（編者注、『新撰朗詠集』雑）

（私を霊鷲山から隔てる煩悩の雲はよほど深いものであろう、頂上に常在する月〔＝釈迦牟尼仏〕が全く見えないのは）

次の祭主輔親の歌はより明白に同じような意味を伝える。

この世にて入ぬと見えしつきなれと　鷲の山にはすむと杜きけ（三五四）（編者注、『風雅集』釈教・祭主親輔。詞書「寿量品のこころを」）

（月は我々の世の中では沈んだように見えるが、霊鷲山の頂上では清く住／澄んでいると教えられた）

この一首から見て、『法華経』の教えが歌人に正しく理解されていることは明らかである。また、『訳和和歌集』で俊成と同時代の偉大な歌人西行の五首の歌が連続的に挙げられていることは、この歌集では比較的に珍しいことであり、この比喩の重要さを何よりも浮き彫りにする事実だと言える。五首ともおおよそ同じような意味を述べるので、もっとも典型的と思われる一首だけ挙げることにする。

鷲の山誰かは月を見さるへき　心にかゝる雲しなけれは（三五七）（編者注、『山家集』雑。結句「雲しはれなば」。詞書「一心欲見仏の文を人人よみけるに」）

（煩悩の雲が心を覆うことがなければ、霊鷲山の月を見ないひとがいるだろうか）

この歌から見れば月の沈むのを見て、実際に沈んでいると信じるのが俗人の誤解に過ぎないことは、俊成のような歌人が誰よりも知っているはずである。それを認めるならば、先に挙げた俊成の歌について可能な解釈の選択肢は多くない。あるいは先に言った通り、「権」すなわち俗の観点から常住不滅の理を逆説的に表現しているのか、あるいはただユーモラスに、衆生があまりにも無常の観念に執着しているので、常住の月でさえも彼らに理解させるために自分の姿を隠さなければならないほどである、というようなことを言おうとしているのかのどちらかでしかあり得ない。実海自身は後者のような解釈をしている。「常住不滅の仏体なれ共かりに滅度を現し給ふといふことなり」（三四六）。

これらの例から見ると、「常にすむ鷲の山」の歌を表面の意味で受け取ってはならないということは明らかである。しかし、それならば、その前の、一般に世間のはかなさを嘆くものと見なされる「世の中を思ひつらねて」の歌は、果たしてその通りに理解されるべきであろうか。ここでは、やや逆説的に作られた後者の歌の場合よりさらに明白に、表面的に読めば、簡単な「無常」の解釈でことが済むように見えるが、そのような理解は、歌の中のある重要なキーワードを無視することになると思われる。しかもそのキーワードには充分に注意する必要がある。ここでもう一つの実例を挙げて、釈教歌の体系的な研究によって、より正確な理解に達する可能性があることを示すことにしたい。

数年前、私は慈円の「如是体」を詠む歌の中で「むなしき空」という言葉づかいに因んで、それが「虚空」という漢語熟語の訓読みとして、あたかも虚空が一切処に遍満するように、無常の世界、すなわち草木瓦礫にまで遍満する仏性を指す、ということを明らかにしようと試みた（編者注、「月をまつむなしき空のくれぬまの心まどはす女郎花かな」を指す）。ここでは、この考えが『涅槃経』の文をよりどころにして天台宗六祖・湛然作の『金剛錍《こんごうひ》論《ろん》』が展開した教義[12]であることを改めて主張するにとどめ、それを前提にして議論を進めたいと思う。前に見た「宝塔のとぼそ」と同様に、この「むなしき空」の隠喩は慈円の創造したものでなく、同時代の歌人の間でかなり広がっていた考えだったことには疑いがないだろう。また「むなしき空」＝「虚空」という解読も解説者がみな認めているようである。

なお、ここで「むなしき空」が決して消極的な譬えでなく、「虚空」という漢語の文字通りの意味を本とする隠喩であることを認めるならば、俊成のはじめの歌が、普通には俗の意味の無常を描写するものと理解されるのに対して、実は全く異なる意味を含むようになる、ということに注意したい。すなわち世間の諸現象を意味する「白雲」は、普遍なる絶対的仏性を意味する虚空＝「むなしき空」のなかに融解してしまうという意味である。こうした理解のもとで考え直せば、この歌は釈教歌によくある構造に従うようになる。すなわち、上の句は「権」の次元に属して、下の句は「実」の次元であり、仮・空の二諦が中道の一如に融合することになる。したがって、この歌の本来の意味はむしろ「この世のなかを観察して考えてみれば、物事はすべて普遍の仏性のなかに含まれる」というふうに理解すべきであると思われる。幸運にも同じ俊成のもう一つの歌が類似する内容を表す。それは『法華経』の「寿量品」第十六の文「現有滅不滅」という経題の下で次のように詠んだものである。

かりそめに夜中の煙とのぼりしや　わしの高根にかへる白雲（四一八）

（夜の空に昇る火葬の煙はただの臨時の見せかけであった。その白い雲は霊鷲山に帰するものだ）

ここでも権・実の構造は明らかで、下の句には、釈迦牟尼仏の応身が灰にされた荼毘の煙が象る至上の意味は、『法華経』の顕示した久遠実成仏の真理にある、という教えが表されている。誰が見てもわかるように、この歌の「わしの高根にかへる白雲」という下の句は、前の歌の下の句「むなしき空に消ゆるしら雲」と厳密に重なることから、「むなしき空に消ゆる」というのは「わしの高根にかへる」と表現が異なっても意味を同じくし、この二首の歌は、世間の無常がより高い実の真理に溶け込むということを示すものであることが理解される。

この歌も、釈教歌の語彙をより精密に詮索すれば、より納得のできる解釈に達する可能性を明らかにするもう一つの好例ではないかと思われる。なぜならば、天台の教義の角度から考えると、世の中のすべてが無常だというだけで絶対の真理を把握しようということは考えられない。俗人・凡夫のために学者＝歌人が教理を易しくして、言わば光を和らげてこんなに当たり前のことを歌にするということも想像できないわけではないが、想像しがたいのは、歌人が和歌の豊富な表現の可能性をすべて放棄し、真諦のほうへ開く次元を全く捨てて、ただ俗諦の次元にとどまっているということである。

上の解釈を一応受け入れると、もう一つの疑問がおのずと生じる。たとえば「むなしき空」という熟語がある釈教歌の中に使われるたびに、果たして有情・無情に遍満する仏性を意味すると判断しなければならないのであろうか。すべての場合にそれを当てはめるのはあまりに独断的であろうが、その可能性は充分に考慮する価値があると思える。それを明らかにするために、『新古今和歌集』に収録された慈円のもう一首の歌の例を挙げよう。巻第二十の釈教の歌の部に、『法華経』普門品第二十五の「心念不空過」という経題の下に次の歌がある。

おしなべてむなしき空と思ひしに　藤咲きぬれば紫の雲（一九四五）
（どこを見てもむなしい空しかないと考えていたのに、藤の花が咲いたとたん、阿弥陀仏の来迎の前《さき》ぶれである紫雲が現れた）

ここでも注釈者たちの解釈はおおむね一致して、歌人が世間の空しさを思い知ったときに、藤に花の咲くのを見て阿弥陀如来の救いに頼るしかないことがわかった、というふうに理解している。ところが、ここでもやはり「むなしき空」を普遍なる仏性の隠喩として理解することにすれば、歌は行者（歌人）の自我と阿弥陀仏を同一化して、両者の仏性が融合することを非常に大胆に強調するものとなる。大胆とはいっても、慈円ほどの学僧が必ずや熟読したに違いない『金剛錍論《こんごうひろん》』の教えに毫もたがわない。すなわち「故云衆生皆有正性。既信己心有此性巳、次示此性非内外遍虚空、同諸仏等法界。既信遍巳、次示遍具。既同諸仏等於法界、故此遍性具諸仏之身、一身一切身(13)」という教理である。ここでは、自我の心と衆生と諸仏の間に差別がないという教義が明瞭に表現されている。ちなみに最澄作と伝えられる『注金剛錍論』に記された「生仏同体(14)」という注釈もこの教えに関係がないはずはないと思える。私の解読が正しいかどうかの判断は読者にゆだねるしかないが、天台教義と明白に繋がっていることは否定しがたいと思われる。

次に第三の事例に進もう。歌の中の一語だけをとって和歌と教義のつながりを見つけることはより微妙であり、まだまだ未解決としなければならないことも多い。それは、敢えて言うならば出発点があり、終着点もあるが、二点を繋げる道がはっきりしていないという遊びにも似ている。問題の文章は日蓮宗の学僧である日興が、『訳和和歌集』より少し早く、一四九〇年ごろに著わした『法華和語記』に見られる。この論書の特徴の一つとして、天台宗の教義をかなり緻密に論じているとともに、教義を例証するために和歌を引用する方法が挙げられる。どのような基準に従い、いかなる因縁によって和歌を引用するかということは必ずしも自明ではないが、特に私の注意と疑問を喚起したのは『法華経』の「方便品」第二を元にして天台宗の三諦を論じる中で提示された歌である。文章は次の通りである。「二辺を一心にもつハ中道なり。有無不思議の故にと天台ハ釈せられたり。其につきて円融の三諦の上に非三非一と申事侍る。非三非一のこゝろを。花薗院の御製云[15]」。続いて引かれる院の御歌は、

窓の外《ほか》にしたゝる雨を聞くなべに　壁にそむける夜半のともしび

（窓際に滴り落ちる雨の音を聞いているうちに、部屋の中にひかっていた灯を壁にむけて、その光を小さくしてしまった）

というものであるが、残念なことにこの歌と三諦の「非三非一」の教義とのつながりがいったいどこにあるかということについて、日興は一言も触れていない。ただ、歌の出典である『風雅集』（二〇六七）の方を見ると、この勅撰集の撰者でもあった花園院の題に「三諦一諦非三非一の心を」とあるのを見れば、その繋がりは日興が勝手に想像したものでなく、歌人自身が軽妙な歌に威厳に満ちた教義の荷を負わせた事実が明らかになる。

「壁に背けられた灯」という表現は日本文学のいくつかの文章や歌に出てくる。もっとも知られた例の一つとして、『平家物語』灌頂巻が挙げられよう。建礼門院が東山のふもとに閉じ籠られたさびしい生活を描写するに当たって、文字通りに殆ど同じ言葉を使う。「壁《かべ》にそむける残《のこん》の灯《ともしび》の影《かげ》かすかに、夜《よ》もすがら窓《まど》うつくらき雨《あめ》の音《おと》ぞさびしかりける[16]」。この場面の直ぐ後の文章から出典が明らかになる。建礼門院が、楊貴妃を寵愛する玄宗の命令で上陽宮に籠居させられた上陽人に比較されていることから見て、これが白楽天の『白氏文集』に収めら

れた詩「上陽白髪人之句」の二つの句「耿耿残燈背レ壁影、蕭蕭暗雨打レ窓聲」を元にしたものであることは疑いの余地がない。ところが、日本文学では殆ど常套句になった「壁に背く灯」の出典がわかったとしても、花園院がなぜそれを三諦の義に繫げたかということはまだ理解できない。そこで我々は、天台宗の教義論書を繙くことにする。まず花園院の御詠の題の出典である智顗の『摩訶止観』を調べると、「三諦一諦非三非一」の文が、発菩提心から無上覚までの四十二位の不即不離の相互関係を記述する「六即」のところに現れることがわかる。[17]この難解な教義の内容はさて置き、ここで六即の義と灯の喩えが殆ど同じ言葉遣いをもって関連づけられている、かなり有名な教義書二冊に注目したいと思う。一番古いのは智顗の弟子、灌頂、もしくは湛然の弟子、明曠の著と伝えられる『天台八教大意』である。著者はどちらであっても、この論書が早くも平安初期に日本に伝来したことは、最澄と義真がこれを知って引用もしたことからわかる。この文章では、次第に沿って進む修行と絶対的な覚悟という二つの観念の間に生じる矛盾を解決しようとして、一本の灯を四十二の部分に分けられた暗い部屋に入れる喩えを紹介する。「一つの灯だけでも、すでに部屋が明るくなったといえる。二つでも、三つでもそして四十二の光をつかったとしても同じであろう。この比喩を正しく理解すれば、一つの成就が一切の成就に等しいということわりを失わずにわかるし、最初から最後まで明るさがそのままで変わらないということもわかるであろう[18]」。大変興味深いことに、八三〇年ごろ最澄の弟子となり、師と一緒に通訳として入唐して、後に比叡山の初代座主になった日本の学僧・義真は、ほぼ同じ言葉を使ってその比喩を、天長六選書または六本宗書の名で知られた六部書に含まれる、日本初の天台宗の教義を説明する『天台法華宗義集』の中で紹介している。義真は、問答のかたちで、修行順序の始終関係についての疑問に、次のような答えを記している。「もし暗い部屋で光をともすならば、その部屋のすべてが明るくなるものである。灯を一個、二個そして四十二個までつけ加えたら、その明るさはますます増えるであろう」。義真の文の結論はほぼ灌頂（明曠）の『八教大意』と一致する[19]が、両文章のあいだには、無視することのできない相違があるので、義真が灌頂をうつしたのでなく、両者がともに智顗の文章を引用したという可能性が高い。

いずれにしても、智顗の六即についての「三諦一諦非三非一」の義を説くことを説明するのに、『八教大意』と『天台法華宗義集』という二つの文章で灯の喩えが用いられていることと、「非三非一」の義と灯の喩えを関連付ける花園院の歌の間にははっきりとした関係があると思われる。歌そのものは殆ど白楽天の読み下しであって、特別に独創的なものではないが、それを教義に当てはめること自体はなかなか妙味の深い試みである。

この例でも、釈教歌をより正確に理解するためには、仏教教義との関連をより詳しく研究する必要があることを明らかにできたのではないかと思う。

次に述べる第四の事例は前の三例とはやや異質である。ここで問題になるのは、釈教歌そのものではなく、また歌人自身や、歌語と教義を結びつけることとも関係はない。この例で注目したいのは、歌人の用いる言語の想像力という観念である。こうした相違にも関わらず、ここでその問題に言及するのは、よく知られた文章でありながら、これまでの解釈でその意味が見逃されてきたように思われるからである。さらに言うならば、これまでの解釈は、言わば場違いなもののように感じられる。こんな言い方はかなり傲慢に聞こえるかもしれないので、まずここで私見を読者の批判にゆだねて、私があまりにも空想的な読み込みをしたかどうかの判断を待つことにしたい。

問題の文は西行に関する逸話を集めた『撰集抄』に見えるものである。昔は西行自身が書いた説話集と考えられていたが、現在では彼が世を去ってからかなり時間が経って、十三世紀中葉に編集されたと考えられるようになっている。ここで取り上げるのは、いかにも好奇心をかき立てそうな「西行高野の奥において人を造ること」[20]という題の話である。話の大筋を簡単に纏めると次の通りである。西行が高野山に一人で修行していた頃、満月の出る夜には友であったある「聖」に会って、橋の上で月を観ながら歌を作って遊ぶ習慣があった。ところが、ある日、その聖が京に用があるため、山を離れてしまった。ただ一人の話し相手もなくした西行は、憂き世を嘆きつつ花と月をともに歌える仲間を欲するようになった。どこかで鬼が人の骨を組み立てて人間を造ったという話を聞いていたので、西行はそれをまねて自分でも人造人間を造ることにした。それはある程度まで成功したが、できたモノが「心」がなかったから、その声は聞くに堪えない「弦管の声のごとし」であった。この出来損ないのロボットでは明らかにどうしようもなかったので、西行はそれを片付けようとしたが、人間の姿の持ち主であったため、それを壊すことも殺生の罪に当たるのではないかと躊躇し、ついに山奥に出来損なった人形を捨てることにした。

この話はいくつかの点から見てはなはだ興味深いものだと思う。準人間を殺す／壊すという道徳上のジレンマだけでなく、「ことば」と「こころ」、そして「ことば」と「ひと」の関係をめぐるさまざまな問題からみて、中央ヨーロッパのゴーレムの伝説と比較する価値があると考えられるが、それは他の機会に譲ることにしなければならない。ここで注目したいのは、時間がすこしたって西行が他の用事で上京した時の物語である。西行は、その失敗が気になり、伏見の前中納言師仲に相談に行って、自分が行なった人間造りの方法を詳しく述べ、失敗の原因を尋ねる。ところが、そこで西行の述べる人造人間の造り方は極めて奇妙なもので、むしろ道教の処方を想起させる薬草と薬石のごった煮とも称すべきものである。それによれば、西行は、

広野に出て、人も見ぬ所にて、死人骨を取集て、頭より手足の骨をたがへでつゞけ置て、ひそうと云ふ薬をほねにぬり、いちごとはこべとの葉をもみ合て後、藤の若ばへなどにて骨をからげて、水にて洗侍りて、頭とて髪の生べき所には、西海枝のはと、むくげの葉とを、はいにやきて付侍りて、土の上にたゝみをしきて、彼骨をふせて

おいた、という。注釈者としては、『本草綱目』や『三才図会』などを奔放に引用する機会を与えてくれる、この記述に興味を持たないわけにはいかないだろう。しかし、処方の一々の要素が東洋医学でどういうふうに使われたかを中心にする解説より、西行がなによりも歌人であったという事実を忘れずに、材料の考証を無視して、その名称、すなわち西行という歌人の使う「ことば」そのものに注意すると、この場面に全く異なる照明が与えられるようになる。西行が前の中納言に述べる材料のすべての名前は他でもない、偶然とは思えない言葉遊びと駄洒落の羅列にすぎないと思われる。骨に塗った「ひさう」の薬は「皮相」であり、「いちご」は一代の人生の意味を意味する「一期」であり、「はこべ」は連動すること、または東洋医学で新陳代謝を意味する「運べ」（「運」）であり、「藤《ふじ》のわかばえ」は関節の意味の「節《ふし》」であり、「さいかい（し）」は復活を意味する「再開」であり、最後の「むくげ」は「向く毛」に当たるものであろう。(21) この語呂合わせの雨から見れば、真の歌人であった西行は、それぞれの材料の効能にはかかわりなく、ことばそのものの純粋な力を頼りに、その人形を文字通り

「言葉で作った」ことが明白になる。偉大な言語学者オースチンには有名な論文「言葉で以って物事を行なう方法[22]」があるが、それにもう一章を付け加えて「言葉で以って人間を造る方法」という題がつけられそうである。

私のこの解釈を支える論拠は、前中納言師中の返事から得られる。彼は西行の話を受けて、自分も人間造りの業に着手したことがあると思い出話をするが、その技術の大権威者であるらしい「四条の大納言」の流れを受けて忠実に従ったため、成功したと語る。自分の経験から西行にいろいろ忠告を与えるが、西行は「よしなしと思ひかへして」、二度と実験しなかったという。ここに、師中が言う「四条の大納言」とは偉大な歌人・藤原公任であった。そのことを考えれば、この話の教訓とは、自分の言葉で人を造ることに成功した公任の方が西行よりもすぐれた歌人だったということかもしれない。しかし、それより大事なことは、この物語はなによりもまず言葉の想像力とその力を把握した歌人のあり方を極めて生き生きと照らしだすものである、と言うことだろう。言い換えれば、この説話の真の「教訓」とは、表面では現実的な出来事を対象とする物語であっても、真の関心の中心は、言葉そのものであった、ということだったのではなかろうか。

結論に代えて

以上の四つの事例を通して、私は少なくとも二つの点を浮き彫りにしようと努めた。

その一つは釈教歌というものを文字通りに捉える必要があることだ。釈教歌とは、すなわち「釈迦牟尼仏の教えを歌にしたもの」である。釈教歌の真の関心は教えであり、最終的によりどころとする一定の仏教の教え、もしくは教義を抜きにしてそれを理解しようとするのは無意味である。釈教歌では、歌人の芸術と技量は、彼がどれほど繊細かつ的確に和歌の本来のわざを駆使して、教義を詩歌的に表現しえたかということに現れる。それは「一般」の和歌の芸術と、根本的に同じことであり、その対象だけが異なるものである。釈教歌の本来の意味を仏教の教義の観点から解読するのは、読者の役割であり、読者自身にもある程度の仏教の教理に造詣のあることは必須の条件である。その知識がなければ、歌を文学的に「うまい」ものとして鑑賞する以外になくなるが、それでは、たんにぼんやりとした仏教的な意味合い、たとえば「無常」という観念が漠然と漂うだけになる。

もう一つ、第四の例では漢語と大和言葉を繋げる言葉の純粋な想像力の観念に光を当てることを試みた。私は、この観念は慈円の「ことわざ」の思想とおのずから関連すると思う。その思想は、日本語が中国語を突破して、梵語に直接に類似するという考えの延長にあり、『撰集抄』の人造人間の話は、そうした思想に大いに関係していると思われる。

最後に、この学識豊かな聴衆の前で話す機会を与えられたことにあらためて感謝するとともに、より一般的なレベルで、宗教的な次元で現われる言語、すなわち私が「聖なる言語《ヒエログロシア》」と名付けた特殊な言語のあり方についての体系的な研究が必要である、という年来の持論をあらためて強調しておきたい。別の論稿で述べたように、私がこの考えにたどり着いたきっかけは、まさに釈教歌の研究だった。(23) こうした研究は、古典学の中でその重要性がいまだ充分に認められていない全く新しい分野だが、日本の釈教歌ほど、その有用性が明らかな分野は多くないだろう。この拙い講演で、そのことを少しでも示すことができたとしたら、望外の喜びである。

＊拙文を丁寧に書き直して大変苦労された友、彌永信美氏に深く感謝する。

注

1．詳しくは拙論 « Remarques sur une scène bouddhique du Roman du Genji »（Autour du *Genji monogatari*）, *Cipango-Cahiers d'étudés japonaises*, Numéro Hors-série, 2008, p. 385-401 を参照されたい。

2．日本古典文学大系14　一七七～一九七頁。

3．「各以宮殿奉上彼仏［…］昔所未曾覩　無量智慧者　如優曇鉢花　今日乃値遇　我等諸宮殿［…］唯願垂納受」T9n. 262, p. 24a20, 24a26-28.

4．ちなみに、もしこの隠喩で「化城喩品」が参照されていることが確認できれば、光源氏が高くから見下ろす僧都の僧坊を描写する「うるはしうしわたして、清げなる屋・廊などにつゞけて、木立いとよしあるは、何人の住むにか」という文は、経の中の化城について言われる「荘厳諸舎宅　周匝有園林　渠流及浴池　重門高樓閣」に相当すると考えるのも無理であるまい。とくにその後に「清げなる童など、あまた出できて」と「かしこに、女こそありけれ」とある文章を経の文「男女皆充滿」に関連づけると興味深い。このように解釈すれば、僧都の屋敷は化城に喩えられていることになる（『源氏物語』日本古典文学大系、一七八～一七九頁、『法華経』T9n. 262, p. 27a11-13参照）。

5．拙著 *La Centurie du Lotus*, Collège de France, Institut des Hautes Études Japonaises, Diffusion De Boccard, Paris, 2008 の整理番号66（九五頁）、原文は間中冨士子著『慈鎮和尚及び拾玉集の研究』（ミツル文庫、一九七四年）を基にした。

6．「皆法華三昧之異名。得此意［…］欲見分身多宝釈迦仏者。欲得法華三昧一切語言陀羅尼［…］応当修習此法華経」T46n. 1911, p. 14b10, 14b15-16, 14b19.

7 Edward Kamens, *The Buddhist Poetry of the Great Kamo Priestess: Daisaiin Senshi and Hosshin Wakashû*, Ann Arbor, Center for Japanese Studies, The University of Michigan, 1990;『発心和歌集』第35首。

8．雑歌下1846、日本古典文学大系28、三七三頁

9．「老若歌合」の序の「真諦には五大をはなれたる物なし。仏心より非情草木にいたる。俗諦に又五行をはなれたることなし。天地より山におよぶ」という文を参照（間中、前掲書、四三四頁）。

10．「爾来無量劫　為度衆生故　方便現涅槃　而実不滅度　常住此説法　我常住於此」寿量品T9n. 262, p. 43b15-18.

11．内野優子氏「慶安五年刊『訳和和歌集』翻刻と解題附校異」『文献探求』第39号（二〇〇一年三月）から第45号（二〇〇七年三月）まで参考。コピーを送ってくださった石川一先生に深い感謝の意を表す。

12．「経文亦以虚空譬之。故三十一迦葉品云。衆生仏性猶如虚空、非内非外。若内外者、云何得名一切処有。請観有之一字、虚空何所不収」T46n. 1932, p. 781b13-15.

13．T46n. 1932, p. 786a. また次の文を参照に挙げる。「三無差別。即知我心彼彼衆生一一刹那。無不與彼遮那果徳身心依正。自他互融互入齊等」（p. 784c13-15）。

14．『最澄傳註金剛錍論』「傳教大師全集」巻四、四三頁

15．小山日幹『法華和語記—金剛院日與上人』佛立教育専門学校、京都、一九九〇年、三三頁。本文のコピーとマイクロフィルムの紙焼を下さった齋藤真麻理先生に深甚な感謝の意を表したい。

16．日本古典文学大系33、四二五頁。

17．T46n. 1911, p. 10b14-17「此六即者［…］理即者。一念心即如來藏理。如故即空。藏故即假。理故即中。三智一心中具不可意。如上説。三諦一諦非三非一」。

18．T46n. 1930, p. 772c18-20「譬如闇室分四十二分。一炷之灯即名室明、可同於二三乃至四十二炷。若了此喩、一成一切成不失。初後明昧宛然応知」。

19．T74n. 2366, p. 267c28-268a3「依燈炷譬得知斯義。問。其譬如何。答。譬如闇室燃一炷燈、其室遍明。加二三乃至四十二炷、其明転増。若了此譬者一成一切成之義、其意可知。不失初後明昧宛然」。

20．「第十五　西行於高野奥造人事」（四八）ここでは二つのテクストを主に使用した。西尾光一校注『撰集抄』岩波文庫（一五七〜一五九頁）、「四八　作人形事　於高野山」『撰集抄全注釈』笠間書院（五七〇頁）。

21．異本から私見に適する表記を選んだが、その本文異同も書写者が言葉の本当の意味をわからなかったから起きたという可能性が強い。

22. *How to Do Things with Words,* 日本語の題名は『言語と行為』。拙論：« Hieroglossia: A Proposal », *Bulletin of the Nanzan Institute for Religion and Culture,* 30-2006, p. 25-48; « Reflections on *Kokoro* in Japanese Buddhist Poetry: A Case of Hieroglossic Interaction », *ibid.,* 31, 2007, p. 31-39

和歌はなぜ〈声〉なのか——『古今和歌集』仮名序から

錦　仁

〈声〉の芸能

歌合は、声の芸能である。歌人たちが左右二組に分かれ、互いに歌を出しあい、一首ずつ講師が読み上げる。次いで講師が初句を朗唱し、それに合わせて全員で一首を朗唱する。そのあと鑑賞・批評に移り、意見を出しあう。判者がそれらをまとめ、自分の意見も交えて、総合的な観点から勝ち負けや、引き分けを意味する持をつける。最後に左右二組のどちらかの勝ち負けが決まり、負けた組は負態の舞や唄を披露し、管弦の演奏や酒宴に移る。

歌合では、歌は声に出して読み上げられ、講師および全員で声に出してうたう。耳で聴いて鑑賞し、批評をする。歌合が始められたころは、左右の歌の優劣を決することにあまり熱心ではなかった。一般的にどちらの組が勝つかを競うものであって、遊宴的行事の傾向が強かった。平安時代も後半に入ると、しだいに一首ごとに優劣を競う文藝的歌合が行われるようになる。優雅な遊宴というよりは歌人の力量を競いあい勝負を決する場に移行した。

歌合の一般的な解説はこういうことになるだろう。これまでの私たちは、平安後期以降の判者が書き記した判詞に関心を向けてきた。判詞の分析をとおして、当時の著名歌人である判者の歌論や思想、すなわち、いかなる歌を美しいと評価したか、和歌の本質や歴史をどのように考えたかなどを明らかにしてきた。また、歌の表現を分析して、歌人が何を目指して表現の錬磨に励んだか、その結果、どれだけ新しい表現が達成されたか、などを明らかにしようとしてきた。

作品の美的価値や歌論の中身により多く研究の関心が向けられてきたのである。その結果、なぜ歌は声に出して読み上げ、詠唱されるのか、歌合はなにゆえに〈声〉を競う場であったのか、という本質的な問題を置き去りにしてしまったようだ。(1)

歌合は〈声〉の饗宴だ。人々は歌声に包まれてその場にいる。〈声〉は常に現在において人々を一つに結ぶ。〈声〉を聴いている人は、隣の人の聴いている〈声〉を聴いている。〈声〉は人々の集まる空間を濃密に満たし、心を通わす共有の場をつくりあげる。歌合はそういう中で行われる。〈声〉とは何なのか。これまでと異なる観点から熟考する必要があるだろう。

歌合の洲浜

『古今和歌集』の仮名序もしくは真名序は、最初の本格的歌論ということができよう。もちろん、宝亀元年（七七二）光仁天皇に献上された藤原浜成の『歌経標式』を見落とすことができないし、『万葉集』巻一九の大伴家持がみずから記した左註も歌論と見なしうる。たとえば、天平勝宝五年（七五三）二月二十五日に詠んだ「うらうらに照れる春日《はるひ》に雲雀《ひばり》あがり情悲《こころかな》しも独りし思へば」（四二九二）に、「悽惆《せいちう》の意《こころ》は歌にあらずは撥《はら》ひ難し。依《よ》りてこの歌を作り、式《も》ちて締《むす》ぼれし緒《こころ》を展《の》ぶ」（集英社文庫による）とある。鬱屈した心情が歌作によって解放されるというのである。ともに『詩経』『文選』などをはじめとする中国思想・詩論からの影響が色濃い。

だが、和歌を〈声〉の芸能という観点から見るならば、こうした歌論の先蹤というべき言説もさることながら、〈声〉の芸能という一面を有する歌合と仮名序とのかかわりにも注目すべきだろう。なぜならば、すでに仮名序が書かれる二十年ほども前から歌合が行われているからだ。これらの初期歌合を、仮名序はどのように継承しているのか。この問題を掘り起こして考察してみよう。

『古今和歌集』の成立を一応、延喜五年（九〇五）から十三年ごろとすれば、それまでに行われた歌合は少なくとも十三種が現存する。(2)最古の歌合は、仁和元〜三年（八八五〜八八八）頃、在原業平の兄の民部卿行平の私邸で催された「民部卿家歌合」である。歌合はそれ以前にもあったかもしれないが、それ以前の史料に「歌合」という語が見いだせないことから、おそらくこれが最古の歌合であったろうという（『和歌大辞典』）。歌題は「郭公」十番と「逢はぬ恋」二番、計十二番の比較的小規模な歌合である。勝負判はついているが判詞は記されていない。

この歌合で注目されるのは、洲浜《すはま》を用いて行われたことだ。端書に、「左には山の形《かた》を洲浜につくり、右には荒《あ》れたる宿の形《かた》を洲浜につくりてありける」とある。左方は洲浜の上に山の姿を象った作り物を置き、右方は荒れ果てた宿の作り物を置いた。歌人たちは自分たちの洲浜を見ながら歌題に合わせて詠んでいった。歌は短冊か色紙に書いて、洲浜のあちこちに挿したと思われる[3]。

次の歌合は、寛平三年（八九二）頃、宇多天皇の宮廷で催された「寛平御時菊合」である。その名のとおり菊の美しさを競う物合であって、歌を合わせて勝負を競うことはしていない。菊の花に名所を記した短冊を結んでいるが、それは菊合をいろどる趣向である。左右それぞれ十本の菊があって、計二十首の歌が詠まれた。判はついていない。この歌合でも、洲浜が用いられている（歌合の引用は以下、『新編国歌大観』による。適宜、漢字をあて、もとの仮名をふりがなとして残した）。

左方、占手《うらて》の菊《きく》は、殿上童《わらは》小立君《こたてぎみ》を女《をんな》につくりて花《はな》に面《おもて》をかくさせて持《も》たせたり。今《いま》九本は洲浜《すはま》をつくりて植《う》ゑたり。その洲浜《すはま》のさまは思《おも》ひやるべし。おもしろき所々《ところどころ》の名をつけつつ、菊《きく》には短冊《たざく》にてゆひつけたり。

右方、これも殿上童《わらは》藤原の繁時《しげとき》、阿波守《あはのかみ》ひろしげが息子《むすこ》、かくて菊《きく》ども生《お》ほすべき洲浜《すはま》をいと大きにつくりて一《ひと》つに植《う》ゑたれば、持《も》て出《い》づるに所狭《ところせ》ければ、押《お》し合《あ》わせては一《ひと》つになるべく構《かま》へて、割《わ》りて輪《わ》をつけて一度《ひとたび》に押《お》し合《あ》わせて出《い》ださむと構《かま》へたる（後略）。

左方は九本の菊花を植えた洲浜を用意し、もう一本の菊花を女装させた殿上童に持たせ、顔を覆うようにして歩ませた。この童を先頭に洲浜が運ばれてきた。洲浜のあちこちに「おもしろき所々」の名が記され、それぞれに菊花が植えられている。歌合が始まると洲浜の名所を見ながら歌を詠む。その度に短冊に記され、菊花に結びつけられるという趣向である。

その名所は「水無瀬」「大沢池」「紫野」「戸無瀬」（以上、山城国）、「田蓑島」（摂津国）、「佐保川」（大和国）、「吹

飯浦」（和泉国）、「吹上浜」（紀伊国）、「網代浜」（伊勢国）、「逢坂関」（近江国）の畿内とその周辺の十箇所である。それぞれの名所に咲いている菊花の情景を思いやって詠んだのである。

右方の洲浜はかなり大きなものだった。洲浜を二つに割り車輪をつけた台に載せて、殿上童の藤原繁時が引いて入ってきた。歌合の会場に運んできて、押し合わせて一つにした。洲浜のようすは、詠まれた歌からわかる。

仙宮にきくをわけて人のいたれるをよめる　　素性法師

ぬれてほすやまぢのきくのつゆのまにいつかちとせをわれはへにけり

この歌は『古今和歌集』秋下に、ほとんど同じ詞書で入っている。菊の花が咲く山路を分け入り、ほんの束の間と思ったが、いつしか千年もの長い時を過ごしてしまった、という。こうした歌がいくつも並んでいるが、いずれも洲浜の形状にもとづいて詠まれている。洲浜は大海に浮かぶ小島の姿をしており、蓬萊島・須弥山のような不老不死の世界をあらわす。長寿のシンボルである菊花は仙界にふさわしい。この歌合にも「しろかねを縒《よ》りて滝《たき》に落《お》としたり」とあるように、洲浜は金銀財宝をふんだんに用いて海、山、川、浜、滝、松、花などをこしらえ、亀・鶴などの動物、老人などの人形を作って置いてある。

左の洲浜は各地の名所を集め、都を中心とした畿内とその周辺の風景を模してある。右の洲浜は蓬萊島・須弥山や崑崙山・瀛洲《えいしゅう》のような仙界である。二つの洲浜は人々の前に置かれ、互いに映発しあっている。畿内の風景も、仙界のそれと似た風景として人々に見られている。

現存する最古の歌合は、こうした洲浜を見ながら行われた。詠んだ歌は洲浜に挿される。洲浜は歌が詠まれることによって真に完成される。歌合はこれ以前にも何度か催行されたかもしれないが、現存する多くはすべて宇

多天皇が関係している。いずれも重臣の菅原道真とともに発明し催行したものだろう。(4)

その次の「是貞親王家歌合」は、寛平四年頃、宇多天皇の兄の是貞親王家で催された。伝存する本文には七一首しかないが、実際は四、五十番に及ぶ大規模な歌合だった。実際には催されず、歌人たちから歌を集めて机上で編んだ撰歌合であろうと考えられている。当日の日記や判詞などがなく、洲浜を用いた形跡は認められない。続いて宇多天皇の后である班子女王を主催者に「寛平御時后歌合」が行われた。やはり洲浜を用いた形跡は認められない。菅原道真は、その歌と「是貞親王家歌合」の歌をもとに『新撰万葉集』を編んでいる。

その後、洲浜が用いられたことがわかるのは、延喜十三年（九一三）三月十三日の「亭子院歌合」である。日記に、「左の奏は巳時（午前十時頃）にたてまつる。方の宮たち、みな装束めでたくして洲浜たてまつる。大夫四人かけり。楽は黄鐘調にて伊勢海といふ歌《うた》を遊《あそ》ぶ。右の洲浜は午時（正午頃）にたてまつる。大《おほ》きなる童《わらは》四人、みづら結《ゆ》ひ、糸鞋《しがい》履きて舁《か》けり。楽は双調にて竹河といふ歌《うた》をいとしづやかに遊《あそ》びて、六宮たち持《も》て囃《はや》して参《まゐ》り給《たま》ふ」とある。洲浜は四人で肩に担いで運ぶほどの大きさであった。祝宴にふさわしい「伊勢海」「竹河」という催馬楽が演奏され、その調べに包まれて洲浜が出てきた。形状は記されていないが、「歌《うた》は、霞《かすみ》のは山《やま》につけたり。鶯《うぐひす》のは花につけたり。郭公《ほととぎす》のは卯花《うのはな》につけたり。夜の歌《うた》は、鵜舟《うぶね》して篝《かが》りに入れて持たせたり」とある。

歌題は「二月」「三月」「四月」と「恋」。折々の風物・心情を歌に詠んで短冊に書き、洲浜のあちこちに挿した。霞の歌は山に、鶯の歌は梅の花に、郭公の歌は卯花に、と挿してゆき、夜になって詠んだ歌は篝火の籠に入れた。(5) そうした作り物が洲浜に置いてあったわけだ。歌合は三五番七〇首に及んだ。午前中から始まって夜が更けるまで十時間以上もかかっている。

その後の歌合では、男でなく女四人、童女六人が洲浜を運ぶこともあった。蔵人所の男が六人で運んだこともある。担ぐ人数の多い洲浜は縦横二メートルを超えるものだった。昌泰元年（八九八）の「亭子院女郎花合」などを、歌を書いた短冊を洲浜に挿してゆくというやり方で進められたと思われる。

以上、机上で編んだ撰歌合のようなものは別として、実際の歌合は当初から洲浜を用いて行うことが少なかったのである。歌合は洲浜とともに始まり、洲浜なくして歌合はなかったといってよいかもしれない。注意すべきは、伝存最古の「民部卿家歌合」で見たように、洲浜は田舎の風景を詠むための装置だったことだ。左方は「山の形」を、右方は「荒れたる宿」の作り物を置いてあった。次の「寛平御時菊合」は、都をかこむ近隣諸国の名所・歌枕を見立てたものだった。それは、都を中心として地方へ広がる王土・国土をあらわしたものと思われ、永遠に繁栄し存続してゆく日本の姿を象徴している。

都の風景は詠まない

なぜ、美しい都の風景をうたわないのだろうか。洲浜の上に、都の郊外と地方の名所（もちろん、ほぼ畿内に限られているが）が見立てられている。最古の歌合は、これらを詠むことから始まっている。

歌合には、「見わたせば柳桜をこきまぜて宮こぞ春の錦なりける」（古今・春上・素性）のような歌がほとんど顔を見せない。こうした歌が並んでこそ都に住む宮廷貴族らしいのではないか。この歌は、詞書に「花盛りに京を見やりてよめる」とあり、少し高いところから都を遠望して詠んでいる。歌合は祝意を込めて行う。都を讃美する歌がたくさんあってよいはずだ。だが、非常に少ない。都の風景を正面から讃美した歌はむしろないといったほうがよい[6]。

『万葉集』には、「あをによし寧楽《なら》の京師《みやこ》は咲く花の薫《にほ》ふがごとく今盛りなり」（巻一五・小野老）のような歌があったが、なぜ平安朝の歌合にはないのか。もっともこの歌は大宰府で詠まれたと察せられ（伊藤博『萬葉集釋注』集英社文庫）、都をなつかしむ望郷歌である。都は平安朝に入っても、遠望・望郷の対象であることが多い。あるいは、「この春《はる》はいざ山里《さと》に過《す》ぐしてむ花《はな》の都《みやこ》はをる（居）に露《つゆ》けし」（高遠集）のように厭うべき世界でもある。歌合には祝意が込められているのに、都の風景をまともに讃美しようとしていない。

都の貴族たちは、居住空間である平安京を長安の都にも匹敵すると思っていたのではないか。「花の都」に住む美意識を何に、どのように表現していたのか。おそらく恋歌であろう。人を思う繊細優美な恋歌の中に、日々の生活における貴族の心をあらわそうとしたに違いない。恋歌は、都に住む貴族の風流心とその生活心情を表現するものだったと思われる[7]。「民部卿家歌合」が「郭公」と「逢はぬ恋」、「寛平御時歌合」「寛平御時中宮歌合」などが同じく四季と恋を歌題とするのは、おそらくそのためだろう。

歌合における四季歌と恋歌の構成に雑の歌を加えれば『古今和歌集』の部立・構成になる。日々の生活のさまざまな出来事を詠んだのが雑歌であり、恋歌も日々の生活の中に生起する心情だから、両者には通じるものがある。初期の歌合から『古今和歌集』へ地続きにつながっている。そこに浮かび上がる世界は、平安京という空間に住む人々を中心に、郊外へ、地方へと広がる日本の国土を象徴的にあらわしている、と考えてよいだろう。大地を詠む四季の歌と、その内部に生きる貴族の美的心情をうたうのが恋歌であり雑歌である。四季歌と恋・雑歌の組み合わせは、都を中心として広がる国土をあらわしているようだ。それゆえに『古今和歌集』は都に住む貴族たちの詞華集なのだった。

最古の歌合から『古今和歌集』が編まれるまで約二十年あまりの開きがある。その間に催された歌合や秀歌撰および和歌に対する考え方が『古今和歌集』の中に蓄積・継承されてゆく。仮名序も真名序もそれらを踏まえて書かれていると考えるべきだろう。

仮名序に焦点をあてて述べてゆこう。仮名序は、綴れ錦のような美文であるが、国土のあちこちの名所を巧みにとりこみながら書き進められている。そうした地名をとりだすと、『古今和歌集』が編まれる約十五年前の「寛平御時菊合」の州浜にあらわされた名所の範囲よりも、いっそう広大な国土が浮かんでくる。

陸奥国―安積山、末の松山
常陸国―筑波山
駿河国―富士の山
山城国―男山、嵯峨野、宇治山
摂津国―難波津、須磨、住の江、長柄の橋
近江国―鏡山、逢坂山
播磨国―高砂、野中の清水、明石の浦
大和国―春日野、竜田川、吉野山、吉野川、飛鳥山、飛鳥川
紀伊国―紀伊国

これらのほかに「甲斐」「出雲」という国名が加わる。国土の姿がより広く、より明確に浮かび上がってく

る。さらに多くの日本中の名所が『古今和歌集』の中に詠まれているわけだが、こうした名所は、貴族生活を美しく飾り立てる屏風に描き詠むためにのみあったわけではない。[8]もっと深い意味が込められている。後世、後鳥羽院が最勝四天王院の障子に全国の名所を描かせ、著名な歌人に歌を詠ませて色紙を押させた。それがもとで鎌倉幕府と険悪になり承久の乱に発展したといわれる。[9]真偽のほどは別として、国土をだれが支配するかの権力と深くかかわるものであって、それゆえに宇多天皇は郊外から近隣諸国へ広がる畿内の名所を詠ませ、それを洲浜の上に具現させたと考えるべきではなかろうか。

庭園と洲浜の相似性

こうして見てくると、貴族の住居である寝殿造りの庭園が、歌合の洲浜ときわめて緊密で有機的なつながりをもっていることがわかってくる。庭園も、洲浜と同じように全国各地の名所をとりこんで造られている。平安期から鎌倉期にかけての造園法を記した『作庭記』（日本思想大系による）の冒頭は、次のような印象的な文言から始まる。

　石をたてん事、まづ大旨をこゝろふべき也。
一、地形により、池のすがたにしたがひて、よりくる所々に、風情をめ□□□□《（ぐらして）》、生得の山水をおもはへて、その所々は□《（さ）》こそありしかと、おもひよせ〳〵たつべきなり。
一、むかしの上手のたてをきたるありさまをあと、して、家主の意趣を心にかけて、我風情をめぐらして、してたつべき也。

一、国々の名所をおもひめぐらして、おもしろき所々を、わがものになして、おほすがたを、そのところになずらへて、やハらげたつべき也。

池の姿を見て、心に浮かんでくる名所に似せて石を立てよ。先人の造った庭を手本にして、依頼主の希望に配慮して、「国々の名所」をあれこれ想像し、その風景を「やハらげ」て優美に見えるように池のまわりに石を立てよ。つまり、国々の名所を庭園に寄せ集めて、実際の風景よりも優美に感じられるように、想像できるように庭を造れ、と教えている。

庭園は、全国の名所を寄せ集めた人工の美的空間である。見方を換えれば、日本の国土を縮小したようなものであり、居ながらにして広い国土の、各地の名所に想いを馳せることのできる詩的空間である。名所を見立てる詩的想像力がそうした庭園を可能ならしめる。こうした想像力は和歌の力なくして成立しない。

これは洲浜と同じであろう。美的国土を縮小したのが庭園であり、それをさらに縮小したのが洲浜である。庭園には池があり小島が浮かぶ。洲浜も同じく大海に浮かぶ小島の姿である。『作庭記』は邸内の四方に木を植えて「四神具足の地となすべき」と述べている。ということは、美しい天の世界を地上に具現したのが寝殿造りの邸内であって、そこは天地が相応しあう空間なのである。四神相応の山城国に建造された平安京もこれと同じであることはいうまでもない。都、寝殿造りの邸、庭園、州浜はそれぞれ規模は異なるが、いずれも内部に託された思想は同じである。永遠の繁栄を祈念する象徴的《シンボリスティック》な空間といえよう。

仮名序に話を戻そう。仮名序の美文に織り込まれた国々の名所は、天皇の支配の及ぶ国土をそれとなく示している。それは都、邸、庭園、州浜に通じており、歌合とも有機的な関連をもっている。歌合を成り立たせている背景および環境とは、そういうものであった。

仮名序――和歌の歴史

仮名序と真名序は大方、同じことを書いている。しかし、すべてが同じなのではない。特に違いが目立つのは、和歌の歴史に関する叙述である。

仮名序は冒頭に、「和歌《やまとうた》は、人の心を種《たね》として、万《よろづ》の言《こと》の葉とぞなれりける」(A)と述べ、次の一節に「この歌、天地の開けはじまりける時より、いで来にけり」(B)と書いている(引用は以下も岩波文庫による)。和歌の歴史を二つに分けて、Bが先でAがそれを受けるという順序である。すなわち、歌は天地開闢とともに発生し、神々がうたっていたが、やがて人々が真似るようになり、神から人へと伝わった。そして、「人の心」をあらわす「和歌」が豊富になり、ついに宮廷和歌が確立し、『古今和歌集』が編まれるまでになった、と述べている。「花をめで、鳥をうらやみ、霞をあはれび、露をかなしぶ心・言葉おほく、様々になりにける」という状況にいたったのである。「花」「鳥」「霞」のような和歌に詠むべき美的対象が定まり、「めで」「うらやみ」「あはれび」「かなしぶ」というような美的情趣をあらわす「心・言葉」が定まり、優美を競う宮廷和歌となったのであった。

和歌は永遠の未来へ続いてゆく。この国は和歌とともに、あるいは和歌のように永遠に繁栄してゆく。和歌の歴史がこの国の歴史であると語られている。天地開闢の永遠の過去から永遠の未来へ、和歌と日本はともに進んでゆく。日本は和歌であり、和歌は日本なのである。

ところが、真名序にはこれに呼応した言説がまったく見られない。「それ　和歌は、その根を心地に託《つ》け　その花を詞林に発《ひら》くものなり」（原文漢文）は仮名序のAに対応する。しかし、Bに対応する文は、仮名序のいうところと矛盾する。「神の世七代は、時質《すなほ》に人淳《あつ》うして、情欲分つことなく、和歌いまだ作《おこ》らず」とある。「神の世七代」は天地開闢のあと、仮名序ではそのときすでに歌は存在したとあるのに、「いまだ作らず」であったというのである。

これはどうしたことだろうか。漢詩の歴史よりも和歌の歴史が古い、と述べたいのだろうか。これは考えやすいところだ。しかし、漢詩《からうた》がなければ和歌《やまとうた》はないわけで、〈漢〉を排除して〈和〉を屹立させようとした、とばかりはいえないだろう。〈漢〉文化が浸透してきて、それを基盤に〈和〉文化は成立してきたからだ。(10)とすれば、もう一つ別の答えを用意する必要がある。考えられるのは、和歌の淵源を日本の神々の〈声〉に求めようとしているのではないか、ということだ。仮名序に対する平安時代の古注と目される部分、すなわちBのあとに「天の浮橋のしたにて、女神（めがみ）男神（をがみ）となりたまへることを言へる歌なり」と注がついている。天の浮橋の下でイザナキとイザナミの男女二神が〈声〉をかけあった。「あなにやし、えをとめを」（男神）、「あなにやし、えをとこを」（女神）と答えた（『古事記』角川文庫による）。その問答を古注をつけたといわれる藤原公任（それ以前から平安期の人々）は、天地開闢におけるウタの始まりと解していたのである。

和歌の始まりを神々の〈声〉の問答すなわちウタに措くことによって、和歌の歴史は日本の歴史と重ねられる。なぜなら、日本の歴史は神の子孫である天皇・皇室の歴史として形成されてきたと考えられているからだ。

おそらく宇多天皇が歌合を創始したとき、洲浜の上に畿内諸国の名所を置いたのは、これと関連しているだろう。それは、天皇の支配が最も強く及んでいる王土をあらわすからだ。「神の世」から「人の世」へ、和歌はしだいに人々の世界に広まった。そして、王土もしだいに広がり確立した。和歌と国土はともに形成・確立されてきたのであって、それを象徴的に視角化したのが各地の名所を見立てた洲浜であったと思われる。洲浜は、和歌と国土の始まりを神話的に復原したものといえよう。そういう意味合いを込めて歌合に用いられたと見られる。

和歌はそもそも神々の〈声〉であった。始原の〈声〉を取り戻さなければ、和歌は「神の世」からその歴史を回復・体現できない。歌合は紙に書かれた和歌を目で読んで歌を鑑賞するのではない。鑑賞を十全ならしめるならば、今日の私たちのように〈声〉に出さず目で読めばいい。学校の教師は高学年になると「黙って読みなさい」と言ったものだ。平安時代の〈声〉に出して読み上げ、さらにみんなで朗唱しあう歌合は、まさに〈声〉の芸能・饗宴というべきであるが、神話的な和歌の始まりに立ち帰り、そこからの歴史が今も続いていることを体現する意味を込めて行われたというべきだろう。

驕慢の自讃するもあしからず

視点を院政期に移して考えてゆこう。

『中外抄』（新日本古典文学大系・池上洵一校注・三三三頁）に、次のような記事がある。

> 久安□（六カ）年八月九日。仰せて云はく、「故殿（師実）の仰せて云はく、「上﨟《じやうらふ》は、晴にては、全《もは》ら経史の文の事を第一の事にて語る」と。日記の事は強《あなが》ちに云はず。家の秘たる故なり。
> 次に、詩歌の事を語る。和歌の事は我より上臈に逢ひて、驕慢の自讃するもあしからず。故堀川右府（頼

宗）は、宇治殿（頼通）に逢ひ奉りて、「これは殿はえ知らせたまはじ。頼宗こそ知りて候へ」とて、板敷を叩たかれけり。しかれば、宇治殿は咲《わら》はせ給ひけり。

次には、弓馬の事ぞ語りける。（以下、略。（　）の中は筆者注）

周知のように、『中外抄』は、白河・鳥羽院政期に関白太政大臣の地位にあった藤原忠実《ただざね》の言談を中原師元《もろもと》が筆録したもの。「父祖の伝えた儀礼・作法の先例故実を大切に継承し、自身も実地に多年修練を積んできた名家の老識者が、後進の者に口授する公卿学の奥義」（新大系・解説）といえるもので、右はもちろんその一部にすぎない。

忠実は言う。上臈たる者は「晴」の場に参上して、もっぱら易経・書経・詩経・礼記・春秋、そして史記について語るものだ。自分の家の日記については語らない。それは秘すべきものである。その次に漢詩・和歌の文芸について話題にするが、和歌について語るときは「驕慢の自讃」をしても悪くはない。漢詩・和歌の次は、弓馬のことを語ることになるが、「晴」の場において上臈たちは、このような順序を守って談話をするのがよろしい。

忠実は上臈たる者の心得・作法を述べているのだが、なにゆえに、和歌について語るときは「驕慢の自讃」をしても許されるのだろうか。自分より身分・地位が高い人に会ったときでも、それは許されるという。日記は家の秘事だから語るべきでないのは納得できるが、和歌ならば「おごって人をあなどる」（広辞苑）ような自慢話をしても「あしからず」というのはまことにわかりにくい。忠実は「自讃」は〈しないほうがよい〉と思っているのだが、〈してもかまわない〉と考えていることには間違いない。

こう理解するほかないのではあるまいか。和歌の前では、いかなる人も対等であり平等であり、何を述べてもよい。だから、「驕慢の自讃」をしても許される、と。和歌は現実社会の身分・上下関係を解消する強い力を秘めている。よって、身分・地位の上の者は、下の者から和歌について語りかけられたら、耳を傾けなければならない。和歌について語る場には、そういう磁力がおのずと発生する。強弁すれば、和歌には現実社会の上下関係をチャラにしてしまう神秘的で強烈な威力がある、というのではないだろうか。

このようにでも理解しなければ、「和歌の事は我より上臈に逢ひて、驕慢の自讃するもあしからず」の本当の意味が腑に落ちない。上級貴族の心得である理由がわかりにくい。

いずれにせよ、和歌とは何か、を垣間見せてくれるエピソードである。和歌の根底に、現代の私たちの想像を超える〈畏怖すべき力〉が潜んでいることを示唆しているような気がする。(11)

右の記事は「宇治殿は咲はせ給ひけり」とあるから、けっして深刻なものではないだろう。たとえば頼宗は、「これ（＝和歌に関する事柄）は頼通さまにはお教えしませんよ。私だけが知っていることです」といって頼通の前で板敷を叩いたことがあった。「驕慢な自讃」をしたわけだが、頼通は笑ったとある。上の者を軽んじる態度・行為なのだが、話題は和歌のことなので笑って受けとめたのだろう。「驕慢の自讃」も許されるのが和歌を語る場であったということになる。

神と人とを結ぶ和歌

和歌ならば、なぜ許されるのか?

これがむずかしい。やむをえず、飛躍した考え方をしてみたい。和歌が内に秘めている（と思われている）ものは、和歌は天と地を結ぶもの、という思想ではなかったか。天と地は上下関係に置き換えることができる。和歌を用いれば大胆にも下から上へ、人から神へ意思を伝えることができる、と考えられていたのではないか。

前に述べたように、和歌はもともと〈神のウタ〉であった。長い歴史を経て〈人も詠むウタ〉になった。短歌形式の和歌が生まれ、人々も広く詠むようになり、後世へと伝えられてきた。もとは字数が定まらない音声の表現（ウタ）であったが、定型の和歌が一般化してからも、この根源的な認識はずっと持続されていたように思われる。

　したがって、和歌（ウタ）を詠むという行為には、どこかしら神的な存在になっておのれの心を表現するというような気分が残っている。〈神のウタ〉はやがて人間の詠む和歌になったわけで、そうなってからも〈神のウタ〉の性質は消えずに残っていたらしい。和歌を詠む者は疑似的に神なのであって、それゆえにお互いに対等だから、自由な表現・発言が許される。和歌について語る場で、上位の者に向かって「驕慢」な自慢話をしても咎められないのは、そのためだろう。人は和歌の前において対等・自由であり、この世の身分格差に左右されない。これが和歌に秘められていた原理であったと思われる。

　平安期の人々は、和歌にそういう観念を期待することによって、というより、和歌はそういうものだと自然に思われていて、それゆえに和歌は神世からの日本の歴史を内包して今にあるという共通認識・観念が成立していたのではないか。したがって、和歌を詠むことは、和歌を詠む人間がそれとなく神と重なるという行為なのであり、同時に日本の歴史にも身を重ねることを意味する。

　本歌取りの根本的意義はそこにあるだろう。孤立した自分という存在を、時代を超越して持続する和歌の伝統・日本の歴史の中に置き換える行為といえるだろう。『古今和歌集』の歌を本歌として詠むことは、おのれの歌もおのれの存在をも、永遠の過去から永遠の未来へ続いてゆく和歌の伝統と日本の歴史におのれを位置づけることを意味する。そういう歌が勅撰集に入集すれば、歌詠みとしての念願が達成されたことになる。

和歌を詠む行為には、そういった根源的な認識・観念がまつわりついてくる。それが先に引用した頼宗と頼通との場面などに露岩してくるのである。和歌に潜む認識・観念は、必ずしも理論化・言説化されてなく、歌を詠むときや話題にするとき、心のうちにおのずと働く一種の気分のようなものだったと思われる。

これは、人は和歌を詠んで神仏に訴える、という行為を成り立たせる。神仏はそもそも歌を詠んでいたし、今も詠んでいる。だから、人が和歌を詠みかけると理解してくれる。また、美しい風景や情調を詠んで捧げれば、神仏の心を慰めることができる。法楽の歌とはそうものであった。和歌は人と神仏を結ぶものなのである。

こういう意識が和歌を詠むとき、そして語るとき、その根底に入り込んでくる。和歌を詠むことは個人の心意表現であり、和歌について語りあうことも個人どうしの知識の披瀝であるが、個人の次元を超えた何かが働いてしまう。そういう二重の関係が和歌の思想・観念をつくりあげていると思われる。

ここから、「宗教テキストとしての和歌」の実体が見えてくるような気がする。和歌研究の簡便な方法といえば、私たちは本歌を認定したり、漢詩文の中に典拠はないかを調べたりする。見つけ出した本歌・典拠とくらべてみて、同じであるか、少し異なる表現をしていないかを計測する。そして、作者の意図を明らかにし、作品のどこが優れているかを認定する。あるいは、歌学・歌論書、歌合判詞などを分析したり、古い注釈書を調べる。また、同じ時代の作品やそれ以前や以後の作品ともくらべて、和歌の表現や思想の変化を明らかにする。

私たちは文藝として和歌を解明するのだが、和歌の宗教的な性格にも注目すべきだろう。和歌研究のグラウンドの中に、あらゆる観点・研究法をとりこむべきだ。和歌を宗教テキストという観点から照射する試みもそれであって、従来の方法とともに、私たちは果敢に試みるべきである。文藝と宗教を相容れないものとして差別・区別すべきでない。和歌はそれらを融合・昇華して存在し続けるテキストである。

天地感応

ところで、江戸時代の吉川流神道は幕藩体制を支える御用思想であったが、平安期以来の和歌思想を多分に含んでいる。一例をあげると、四代弘前藩主・津軽信政（一六四六～一七一〇）は、幕府の神道方に任じられた吉川源十郎従長（一六一六～九五）を江戸藩邸に招いて、『古今和歌集』仮名序などの和歌思想について講義をさせて学んでいた。従長はそのときの講義の中で次のように述べている。

千草万木のしぼむ所は、天の哀しみ給ふ所也。ものにのぞみて哀しむ所、天に備はりたる所也。天地同体にて生まれたる人なれば、春夏の天の悦ぶ時は人また悦び、秋に至り天の哀しむ所に於ては人また哀しみ、歌なども哀しみを詠む。自然の道理也。（元禄十六年五月二十四日の講義。『津軽史』第十八巻所収。表記を改めた）

草木も人も「天地同体」であるゆえに、天の哀しむものを人も哀しみ、天の悦ぶものを人も悦ぶ、という。人の詠む歌というものは、そういう「天地同体」の産物なのである。こうした考え方は、次の五月九日の講義にもとづいている。

感応は天地の御心《み》なり。感は体なり。応は用なり。かう呼べば応《こと》う。感は愛づるなり。

「天地」は「同体」ゆえに、互いに「感応」しあう。また、人が「感」じるとき、天はそれに応える。天が「感」じるとき、「人」はそれに「応」える。人は「地」に住んでおり、草木もまた「地」の存在だから、人と変わるものではない。四季とともに移り変わる自然を見て天と人が同じ心で悦び、また哀しむのである。天地そして人は「感応」しあう関係にある。

こうした天地人一体を説く神道思想は江戸期のものであるが、その基礎というべきものはこの時代に発生したものではないだろう。平安期以降の長い歴史の中で練り上げられた思想である。各地の藩主たちは、このような和歌思想をおのれ一人の教養のために学ぼうとしていたわけではない。幕藩体制の中で、おのれに与えられた領土・領民を治める良き君主として身に付けるべき政治思想であり教養だったから、臣下とともに従長の講義に聴き入ったのである。神世以来の日本の歴史は和歌とともにあるという共通認識・観念が平安期の昔からあったからこそ、江戸時代においても和歌は藩主の学ぶべき教養であり思想を内包するものだったのである。[12]

ところで時代は下り、明治初期の著名な国学者で大教宣布の教導職であった堀秀成（一八一九〜八七）も、「天地感応」の思想を各地の民衆に講説した。もちろん、政府関係者や貴族たちにも講説をした。教導職として山陰から東北をまわったときの「秋田日記」（明治五年七月十日〜十二月四日）には、地方の人々に「感格」について語ったことが記されている。「事比羅の社にいでゝ、感格のことをとききかす」（九月一五日、秋田県由利本荘市）、「人の誠意に神明の感格ある旨を説く」（十月四日、秋田市土崎港）、「人感而后、神感ずるの意をさとす」（十月二二日、秋田県三種町五里合中石）とある。これは「三条の教則」（明治五年宣布）に謳う「敬神」にもとづいて、人間の誠意や素直な心情の表明に対し神が応える、ということを述べたものである。人間が真摯に感じて心を述べると（「体」）、それに対して神が心を開いて反応し、恩恵を垂れる（「用」）というのである。先ほどの弘前藩における吉川従長の「体」「用」に関するの講義と相通じる思想といえよう。こうした考えの究極にはやはり神と人とをとりもつ和歌が構想されているわけで、その意味でも堀秀成の「感格」論は国学者にして歌人の発想であり、吉川流神道に通じるものが見いだせるといってよいだろう。

以上、和歌というものは、時代を問わず、天・神・仏と人間との関係構築力を根底に秘めて生き抜いてきた。そこに和歌の和歌たるゆえんがあると考えるべきである。和歌は神と人とを結び付ける強い力をもっている。神と人とをとりもつのは和歌であった。『古今和歌集』仮名序にいうように、和歌は神から人へ受け渡された表現の器であるが、そういう言説は、神の世から人の世へと移ってきたという日本の歴史観念を浮かびあがらせる。そういう理念的な歴史を構想する文化意志は、和歌があることによって可能なのである。いつの時代も、和歌には期待された思想（理念的であるゆえに宗教的な）が存在したのだった。

宇宙観的な自然認識

次の「中宮亮重家朝臣家歌合」で発言された俊成の判詞は、はたして妥当であろうか。

心澄む折からなれや月影の秋しもなにか光添ふべき（月・小侍従・持）

「心澄む折からなれや」といへるは、姿も心もをかしく聞こゆるを、「秋しもなにか」と詠まれたるや、少し事のちに違《ママ》ふらむ。四序五行随レ節運転、秋は少陰之位也。月又陰之精也。かかれば月の影も光を添へ、人の心もあはれを増すべき折にて侍るなり。されば、秋しも光の増すはことわりなりとぞあらまほしき。されど、いづれも歌ざまをかし。仍為レ持。

小侍従は、「私の心が清く澄んでいるから、今夜の月光はこんなに清く澄んで見えるのだろうか」と詠んだ。しかし俊成は、「こういう詠み方はいけない」と批判し、左右の歌とも「歌ざま」がよいから「持」にしたと述べている。

俊成は、「秋は陰の季節だから秋の月は多量に陰の要素を含んでいる。よって、清く明るく地上を照らすのだ」という。秋の夜空を詠むなら、このように宇宙・自然を認識しなければならない、と考えている。「陰陽道の原理、天文学の思想にもとづいて季節の運行、風景の変化をとらえ、その上で心をうたえ、歌を詠め」というわけだ。こういう宇宙論的観点からすれば、小侍従の歌は見ている対象とそれによって湧き起こった心情が表現する順序において逆転している。宇宙・自然の原理を認識するほうが先なのであって、作者の感情はそれを見たことによって発生したのである。

俊成が指摘するように、「心澄む折からなれや」と切り出したのは、やや粗雑な表現という印象を与える。月光が清く澄んで見えるのは私の心が澄んでいるからではないか、というのは素直すぎるようにさえ感じられる。対象の美しさよりも、自分の心の状態を詠もうとしたと思われてしまう。自己言及性は婉曲を尊ぶ和歌では評価されにくい。おのれを直接出さず、風景を見て、私はこのように感じた、という順路で詠むべきであった。

しかし、そんなに非難される詠み方なのだろうか。褒められないにしても、許容されてよいのではないか。だからこそ小侍従は歌合に出した、と考えられる。古来、同じような歌が多数あるからだ。

もちろん、俊成はそのことをよくわかっていたに違いない。しかし、このように言っておかねばならない理由もあったのではないか。この歌合は、個人的抒情の場というより、公的な表現の場であったからだ。俊成は、個人の表現レベルを超えた〈公的な思想〉をもちだして和歌を批評して見せなければならなかった。和歌とは、その内部に〈天の思想〉をはらむものであることを指摘しておく必要があったのではないか。

個人的な作品としてはこれでもよいのだが、歌合という公的な場では、もう一つ別の角度から批評すべきと考えたと思われる。この場合は、陰陽道の宇宙認識・世界観であり、歌人はそれにもとづいて自然の運行をとらえ、季節の美を味わうべきだ。つまり、和歌の抒情を成り立たせる基盤ともいうべき〈根源の思想〉というものがある。それにもとづいて詠まねばならぬ。それに合致するような詠み方がもとめられる。俊成の言わんとすることはそういうことだったと思われる。

したがって、個人の心意表現とか、一箇の文藝作品といった次元を超えて、思想および宗教という観点から見直さないと、和歌の根源に何があるのか、理解できなくなるのではなかろうか。大げさにいえば、こういうことになる。

五行の歌

次のような作品はどうだろうか。藤原定家は、「千五百番歌合」冬一の、

初霜のおきまどはせる菊の上に重ねて秋の色を見るかな（有家・勝）

に、「菊の上の霜、重ねて秋の色なる心、いと宜しくこそ侍れ。非㆓啻《ただに》六義之詞㆒、已叶㆓五行之理㆒」という判詞を書きつけている。

白菊の上に白い霜が置いている。宇宙は今、秋であり、秋の色である白があらわれている。少し詳しくいえば、地の中から秋の色である白が白い菊の花となってあらわれ、また天の中から霜が降りてきて秋の色である白をあらわしている。天と地がともに秋の色をあらわして、この上なく美しい情景が出現した、という歌である。天地が合一し、調和し、結晶している。天の運行に地がぴったりと対応・調和して運行している。「四序随レ節運転」（典拠は何であろうか）しており、天の風景がそのまま地上に具現しているのである。

白霜が白菊に降り積もる情景は、天と地がまさに合一・調和していることを示す。それゆえに美しい風景なのである。美しい風景とはどういうことなのかを示す好例といえるだろう。陰陽道、五行説にもとづいて宇宙と風景の美を認識し、歌を詠んでいる。

ちなみに、私なりの見方をいえば、『紫式部日記』はこの思想にもとづいて土御門邸の庭園のようすから書き始めたと思われる。[13] 橘俊綱（一〇二八〜九四）が書いたという『作庭記』に、寝殿造りの庭園は「四神相応の地となしてゐぬれバ、官位福禄そなはりて、無病長寿なりといへり」とある。道長の住む屋敷はまさに「四神相応」の空間であり、天の運行をそのまま反映・具現するのであって、道長には「官位福禄」がますます備わる。天地合一の聖なる空間であるゆえに、道長の娘に天子が誕生して外戚となり、ますます繁栄する。そういう確実な予兆として巻頭に土御門邸を描写したと考えられる。

地上に美しい世界が出現するのは、こうした思想・宗教によって説明されるのである。だから、歌人がおのれの目で美しい風景をとらえ、それをおのれ自身の詠法を駆使して作品に表現した、とは単純な意味ではいえない。歌人という個人性を超越したものが創作の内部におのずと浸透してくる。公式的な言い方をすれば、宇宙観的な宗教思想に動かされて歌人は美しい風景を表現する、と考えるべきだろう。俊成の判詞はこのようなつもりで述べたのではなかろうか。

『秋篠月清集』の五行の歌もあげておこう。

浪あらふ岩根の苔の色までも松の木陰をうつすなりけり（青）
霜さえて月かげ白き風のうちにをのが秋なる鐘の音かな（金）

前の歌は春を詠んでいる。春の色は青である。谷川であろうか、浪に洗われる青い苔に岸辺の松の青い色が映って重なっている。これも天地合一を示す。次の歌は秋を詠んでいる。秋の色は白。白い霜、白い光、白い風。風に乗って白い鐘の音が響きわたる。天も地も、宇宙全体が白い秋である、というわけだ。天も地も今まさに白い秋を結晶させている。

俊成、定家、良経の活躍した時代は、このような宗教思想を心内を抱えながら歌を詠んでいたようだ。もちろん、小侍従の作品のように、風景をおのれの眼で感じて素直に表現することも大いにあった。しかし、陰陽道、五行説を歌題にして詠むという特殊な場合はもちろんのこと、公的な歌合においては、個人的表現を超えた宇宙観的観想にもとづいて詠むことが要請されることもあったのである。そういう観点から説明できる作品が求められることもあったと考えてよいだろう。俊成たちの時代は、和歌とはそういうものだと思っていたのである。

私たちはあまり疑問を感じずに純粋な文藝として和歌を見ているのではないか。もちろん、それでよいのだが、和歌の根底に一種の宗教思想や宇宙観が潜んでいることを自覚してもよいと思われる。

本稿では、『古今和歌集』の仮名序の検討から、仮説として、その和歌思想が院政期から江戸時代にまで綿々と続いていることを指摘した。和歌は日本の歴史を支えるものであり、それゆえに為政者は学び詠んだのであった。和歌は神の〈声〉として始まったのであり、それゆえに神仏と人間の関係を構築するものとして期待されてきたのであった。こういう思想が消えたのが近代以降の私たちの時代であることを忘れてはなるまい。

注

1. 拙稿「和歌の思想」(『権力と文化』、森話社、二〇〇一年九月)。
2. 萩谷朴『平安朝歌合大成［増補新訂］』(同朋社出版、一九九六年十二月)、『新編国歌大観』巻五(歌合編)。萩谷の解説、特に巻五の「第二部　史論・総説・書誌編」は今でも追究すべき様々な課題を示してくれる。以下、『国歌大観』巻五の「解説」もふまえて概説を試みた。
3. 歌合が洲浜を用いた理由などは、拙稿「和歌における洲浜と庭園」(『文学』第七巻第三号、二〇〇六年五―六月)、同「和歌の思想――俳句を考えるために」(『俳句の詩学・美学』角川書店、二〇〇〇年十二月)などに述べた。
4. 注2の萩谷の巻五による。
5. 萩谷は十巻本「亭子院歌合」の本文に「よのうたは」とあるのを、「余の歌は」と漢字をあてる。廿巻本の本文は「夜のは」。どちらにも原文としての可能性がある。
6. 本稿では論じられないが、中小路駿逸『日本文学の構図―和歌と海と宮殿と―』(桜楓社、一九五八年六月)がこうした問題に鋭く切り込んでいる。かれによれば、平安期の和歌は建物を外から眺める視線がないという。建物の中から庭園を見、それを超えて遠方の名所や風景を想像するという視線において歌が詠まれているという。寝殿造りの庭園の中には諸国の名所が移し替えられている。歌人たちは、建物の中から庭園を見、それを通して想像の視線を諸国の名所へ馳せて詠んでいるわけだ。洲浜、庭園、それを踏み台にして遠方の名所へ想像の視線が延びてゆくのである。

7．森朝男『恋と禁忌の古代文学史―日本文芸における美の起源―』（若草書房、二〇〇二年十一月）。同「男性文芸としての風流自然―末期万葉の文芸意識―」（『日本語日本文學』第二八号、二〇〇三年七月）からヒントを得た。

8．前掲（3）の拙論に述べた。

9．目崎徳衛『史伝　後鳥羽院』（吉川弘文館、二〇〇一年十一月）は、後鳥羽院が最勝四天王院を建立し、「関東調伏」の祈禱をしたという説に疑念を呈している。

10．仮名序と真名序の成立・比較について、西村さとみ「唐風文化と国風文化」（『平安京』日本の時代史5、吉川弘文館、二〇〇二年十月）、同著『平安京の空間と文学』（吉川弘文館、二〇〇五年九月）がきわめて有益。また、西條勉『アジアのなかの和歌の誕生』（笠間書院、二〇〇九年三月）は、新しい観点と例証から和歌の成立を説いている。両序の〈音楽〉については、渡辺秀夫「〈歌のちから〉天地・鬼神を動かすもの―「礼楽」と「歌」―」（『國語と國文學』第五号、二〇〇二年五月）が有益。

11．拙稿「和歌の展開―一一世紀」（『岩波講座　日本文学史』第三巻、一九九六年九月）。

12．拙稿『和歌の思想・言説と東北地方における芸能文書との影響・交流についての研究―和歌における〈外部〉とは何か―』（萌芽研究・成果報告書、二〇〇八年三月）に簡略ながら指摘した。なお、津軽信政および諸藩主の和歌に関する思想等については平重道『吉川神道の基礎的研究』（吉川弘文館、一九九六年三月）に詳しい。

13．拙稿「音のある風景」（『日本文学』vol.53、二〇〇四年七月）。なお、都と四角い地上空間を丸い天空が覆っているような形状、すなわち古代宇宙観である天円地方の空間構造は、平等院鳳凰堂の空間と相似性を有する。キリスト教の教会、イスラム教のモスクもそうだが、円錐形の天井が四角い部屋を覆い、その内部を宗教的な音楽・声楽が満たす。歌合でも室内が歌を読み上げ詠唱する〈声〉で満たされる。〈聖なる声〉が天と地、神仏と人間とを一つにする。拙稿「第五章　中世」（『日本文芸史―表現の流れ』第八巻、河出書房新社、二〇〇五年十一月）。

和歌はなぜ〈声〉なのか――『古今和歌集』仮名序から　56

参考文献

1．中川真『平安京　音の宇宙』（平凡社、一九九二年六月）
2．荻美津夫『古代中世音楽史の研究』（吉川弘文館、二〇〇七年二月）
3．清水真澄『音声表現思想史の基礎的研究』（三弥井書店、二〇〇七年十二月）
4．磯水絵『「源氏物語」時代の音楽研究』（笠間書院、二〇〇八年十二月）
5．堀淳一編『王朝文学と音楽』（竹林舎、二〇〇九年十二月）

和歌は〈公共圏〉を生みだす
――室町期武家の和歌詠作から

前田　雅之

『永享百首』の詠進

永享五年（一四三三）九月頃か、室町殿足利義教は、百首歌を詠進することを沙汰した（『看聞日記』九月六日条）。いわゆる応製百首であった『永享百首』に関することである。だが、百首歌を詠進することは、「撰集の以前に人々の百首を召さるるは先例也」（同上、図書寮叢刊。書き下し文に改めた。以下同）とあるように、勅撰集編纂に際して古来、恒例行事化していたのである。

後小松院の猶子とはいえ、我が子彦仁が即位し、その命になる勅撰集を心待ちにしていた貞成にしてみれば、これは吉報であっただろう。それを承けてか、九月二十二日条にはこのようにある。

早旦左少弁《中御門》明豊参る。香織狩衣なり。御百首題持参す。高壇帋一重。書題は柳筥に居す。源宰相申し次ぎ対面せしむ。付衣を着す。御百首詠進すべきの由、室町殿より申さるるなり。来る十二月早早詠進すべしと云々。御人数に加へらるるは眉目の至り祝着なり。比興すと雖も詠進すべきの由申さしむれば、則ち退出す。〈中略〉

歌道再興の時刻到来す。珍重なり。仍つて、飛鳥井中納言雅世卿一人撰者を承り、綸旨を下さる。面目の至り、何事か之に如かんや。尭孝僧都開闔に補せらる。是も頓阿の例と云々。予、御人数に加へて百首詠進すべきの条。多年の数奇住吉の感応顕然なり。冥伽の至り自愛眉目極まり無し。（傍線筆者）

室町殿の使者として中御門明豊が詠進を要請してきたことを貞成が素直に喜んだ理由は、「御人数に加へら」れたからであろうが、(1)それだけではない。その気持ちをさらに「住吉の感応顕然なり。冥伽の至り自愛眉目極まり無し」とまで最大限に強調させているのは、「歌道再興の時刻到来す」とあるように、鎌倉期以降、主として大覚寺統によって創られた、勅撰集を編纂させてこそ天皇の治世に真の正統性が賦与されるという後花園天皇（『新続古今集』）以来の「伝統」を信じていたからに違いない。

だが、いうまでもなく、足利尊氏が執奏してなった『新千載集』（尊氏本人は奏覧の一年前に死去しているが）以来、勅撰集は「武家執奏」―形式上は将軍が院・天皇に撰集を持ちかける＝執奏することになっているものの、実際は、将軍が発議し事実上の撰集の責任者であった、しかも、尊氏＝『新千載集』、義詮＝『新拾遺集』、義満＝『新後拾遺集』のように将軍一代一勅撰集というあり方が半ば慣行化していた―となり、天皇には撰集の発議権すらなかったようだ。撰びたくても撰べないというわけだ。だから、貞成としては新将軍がその気になってくれるのを今か今かと待つ他はなかった。「永享五月二月日」の日付をもつ『椿葉記』には、多大な期待とともに幾分かの不安の交じった感情を貞成はこのように記している。

この一りやう《（両）》代中絶しはんべる。みち《（道）》の零落むねん《（無念）》なる事なり。むろ《（室）》町殿かだう《（歌道）》御すきにてあれば、たうだい《（当代）》いかにもせんじふ《（撰集）》再興のさた《（沙汰）》はありぬべし（群書類従、濁点・漢字を補った）

院・天皇が命じて撰集させるはずの勅撰集が、「むろまち殿かだう御すきにて」とあるように、室町殿が行うものと逆様に（当時としてはそれが常識なのだが）認識しているとはいえ、貞成を悩ますどっちつかずのもやもやとした感情が遠からず最高のかたちで解消・昇華されそうなのである。「自愛眉目極まり無し」と満腔の喜びを込めて咆吼したくなるのも宜なるかな、ではなかろうか。

次に、百首歌の詠進を依頼された人たちはどのような人たちだったのだろうか。貞成はこれも正確に記してくれている。[2]

御製（後花園）　仙洞（後小松）　伏見殿（貞成）　常磐井宮（直仁親王）　玉河宮[3]　前関白《九条》（満輔）　関白《二条》（持基）
前摂政《一条》（兼良）　左大臣《室町殿》（義教）　前右大臣《三条》（公冬）　内府入道《桐院》（満季）　北畠大納言入道（四条隆直）　小倉大納言入道（公種）　按察大納言《三条》（公保）　右大将《西園寺》（公名）　桐院大納言（実熙）　三条大納言（実量）　法性寺二位入道（為盛）　飛鳥井中納言（雅世）　中御門中納言《宗継》　日野中納言《広橋》（兼郷）　三条中納言[4]　中山宰相中将（定親）　中院宰相中将入道（通敏）

殿上人

雅永朝臣《飛鳥井中将》　為之《冷泉中将》　雅親《飛鳥井少将》　為孝《法性寺侍従》　持之朝臣　細河右京大夫《管領》

女房

上臈《三条故相国娘》（実冬）

門跡

御室一品親王（永助）　上乗院《下河原》二品親王（道朝）　御室新営二品親王（承道）　常住院准后（道尊）　聖護院准后（満意）

三宝院准后（満済）　大乗院大僧正（経覚）　実相院僧正（増詮）　竹中僧正（良什）　宝池院大僧正（義賢）　常光院堯孝僧都(5)

（『看聞日記』永享五年九月二十二日条、比定しうる人物を（　）に託した。）

ここには「公」秩序を構成する［院・天皇―公家・寺家・武家］の上層部の人々がほとんど網羅されている。(6)他に較べて少ないと思われるのは武将と女房くらいのものだろう。武将を代表するのがいうまでもなく百首歌詠進の主催者である武家＝室町殿義教だが、義教に加えて管領細川持之にも声がかかっている事実は存外重い。(7)将軍とこれを補佐する管領という構図（将軍―管領体制）が武家を表象するものと見なされていたことに拠るのだろうが、(8)とにもかくにも、武将が百首歌の詠者に撰ばれているからである。武家を支える武士が「公」秩序の中に位置づけられた端緒と見なしてよいだろう。

そこで、義教の序列を見ておこう。これによって「公」秩序における足利将軍家なるものの家格、即ち、グレイドを知りうるからである。それは、上記の「御百首人数」からも明らかなように、王家（院・天皇・宮家）・摂関家（前関白・関白・前摂政）の次にして諸々の公家（清華家以下）の上、即ち、上から三番目であった。これが義満によるやや強引さを伴った公武一体化が生み出した果実だったのだろう。

嗣子をもたず、かつまた後継者を指名しないで世を去った義持の後を承けて、やむなく籤で将軍に選出された同母弟の義教にしても、もとはといえば、青蓮院門跡義円（天台座主）である。室町期において仁和寺とならぶ寺格を有した青蓮院門跡になりえた家は、天皇家・摂関家・足利将軍家の子弟に限定されていた。(9)そこからも足利将軍家の世俗的な序列が予想される。それが百首歌の序列にもそのままに反映しているということなのだが、それでも強調しておきたいことは、百首歌の詠進において武家の代表はやはり将軍家と管領に限定されていたという事実である。将軍家と他の武将・武士とは隔絶した身分差あるいはそれと一体化した文化・教養差があったと認識されていたに違いない。

だから、武家主催の応製百首歌詠進であるとはいえ、武家＝将軍が院・天皇―公家・寺家を領導して、いわば、武家が天皇の名代として貴族社会を動かして百首詠進を張行（あるいは「奉行」）していたと捉える方が実状に適っている。たしかに、武家が武家のために歌集を編むなどということは、鎌倉期の弘長年間（一二六一～一二六四年）に成立したとされる『東撰和歌六帖』以来なかったと思われるし、これとて、将軍・執権・得宗家・北条氏・御家人・御内人に、京下りの貴族や鎌倉在住の僧侶が加わった、いわば鎌倉幕府内の「公」秩序に属する人たちの歌集であった。武将が「公」秩序を具現化する歌会への参加が本格化するのは、応仁・文明の大乱を経て、特異と思われる程、和歌に淫した室町殿義尚の時期まで待たねばなるまいが、それでも、ここで管領にも声がかかったことの意義は、武将参加の契機となった意味も込めて言えば、決して小さくはなかったのだ。(10)

さて、要請した百首歌は、翌永享六年六月から八月にかけて集まってきたという（『新編国歌大観』解説）。しかし、不思議なことに、声を掛けた人々のうち、百首を詠進してきたのは、以下の十人に過ぎなかった。

御製後花園院　　伏見殿無品貞成親王　　関白二条殿持基公太政大臣前摂政、後福照院　　前摂政一条殿兼良公左大臣
室町殿公方義教公征夷大将軍　　前右大臣三条公冬公従一位　　四条大納言入道浄喜正二位隆直卿　　小倉大納言入道性脩正二位公種卿　　三条按察大納言公保卿西三条従一位内大臣、又号武者小路　　右大将西園寺公名卿于時大納言、観音院従一位太政大臣

まず、管領細川持之の詠進もなかったが、次いで、寺家を代表する門跡たちも誰一人として詠進していない。

貞成と同様に、名簿に加えられたという表現で詠進要請を喜び、公家・武家・寺家を繋ぎ、実質政務の一翼を担っていた満済にしても詠進していないのである。理由は不明というしかない。とはいえ全千首、（現存本では九七八首）計十名という、小ぶりながらちょうどいい数の百首歌として、『永享百首』は一応の完成をみたということらしい。(11)

冒頭の十首を見ておこう（『新編国歌大観』による）。

立春　　御製（後花園）

いつしかと空もかすみて出づる日の影長閑なる春やきぬらん

伏見殿（貞成）

けふといへば春をむかふる世のひとの心もやがてのどかにぞなる

関白藤原持基

あめがした長閑にみえて朝日さす三笠の山に春やたつらん

従一位兼良

春はきぬ霞の衣しろたへの雪にかけほすあまのかぐ山

左大臣源義教

いとはやも霞そめつつ雲のうへにみちひろき世の春やきぬらん

従一位藤原公冬

山のはの霞のみかはけさははや空も長閑に春はきにけり
　　　　　　　　　　沙弥浄喜
あら玉の年の緒ながく君がへん千世の初の春はきにけり
　　　　　　　　　　性脩
今朝よりは新年次の春たつと雲井にみえて空ぞのどけき
　　　　　　　　　　陸奥出羽按察使藤原公保
雲の上民のかまどもおしなべてにぎはふよもの春やたつらん
　　　　　　　　　　右近衛大将藤原公名
さらに又春たつけふや久かたの空に月日もあらたまるらん

後花園天皇・貞成親王・関白二条持基・前摂政一条兼良・将軍義教・前右大臣三条公冬と続く序列は、構想段階と変わらない。また、門跡の参加はなかったけれども、沙弥浄喜・性脩によって僧侶がいないわけではない。後花園の父親貞成は無品故にまだ後崇光院という「院」ではない。しかし、見ようによっては、やや苦しいものの、この十人の序列を［院・天皇―公家・寺家・武家］からなる「公」秩序の具体化ととることは不可能ではない。

将軍義教の歌—公武一体

ところで、『永享百首』の実質的運営者たる義教はどのような和歌を詠んでいたのか。上記の歌題である「立春」は、『堀河百首』以来、多くの百首歌において、冒頭歌の題であった。[12] 通常は、春の到来を喜ぶめでたい歌が詠まれる。「いとはやも霞そめつつ雲のうへにみちひろき世の春やきぬらん」と詠んだ義教も同様である。

だが、義教はそこに一工夫を凝らしていた。春の到来を示す「春やきぬらん」の前に「雲のうへにみちひろき世」と置いたのがそれである。これは、「雲のうへ」が宮中のことだから、後花園天皇の治世を言祝ぐ意味合いを込めていると見てよい。と同時に、和歌の表現上にはまったく前景化していないけれども、後花園天皇の「みちひろき世」を支えるのが室町殿の役割・仕事であるという決意も籠められているのではないか。言い換えれば、天皇の治世を言祝ぎつつ、併せて「おほやけの御後見」であった光源氏と同じ役割を今は自分が務めている、という公武一体への決意も表明しているということである。そこから、この歌に公武を支える室町殿の自負と責任を読み取っておきたい。

こうした「後見」意識は、百首歌の掉尾を飾る「祝」の義教詠にも現れている。いうまでもなく、「祝」は天皇讃歌である。「立春」にはじまり、春・夏・秋・冬・恋・雑と来て、最後は天皇讃歌＝「祝」で締め括るのが『堀河百首』以来のならいであった。義教は「祝」題をこう詠んでみせる。

行末のためしにもひけあづさ弓八島のなみのをさまれる代を

『古今集』六一〇番歌（恋・春道列樹）の「梓弓ひけば本末わが方によるこそまされこひの心は」のように、「梓弓」という歌語は通常「ひけ（ひく）」や「末」と結ばれる。義教詠でいえば、「行末」の「末」、「ためしにもひけ」の「ひけ」がそれに当たろうが、「ためしにもひけ」なる表現はこの歌の核となっているから、他の例をみておきたい。以下の三首が先行する。

『拾遺愚草』（藤原定家）

建永元年八月十五夜、鳥羽殿御舟に御遊ありし夜、うた人みぎはにさぶらひて

秋の池の月にすむなることのねを今より千世のためしにもひけ（二四九〇）

『為家集』

玉の戸のひらくるももの花なれば長き命のためしにもひけ（一七四七）

『拾藻鈔』（公順⑬）

古今贈答集といふ打聞を、法印長舜⑭えらびて見せ侍りし、めづらしき集にて侍りしかば、返しつかはすとて

かかる世にためしもなきをいかにしておもひよりけむ和歌のわかのうらなみ（三八四）

返し

行すゑはためしにもひけ老が身のおもひよりにしわかのうらなみ（三八五）

このうち、長舜詠（三八五）の上句は義教詠と同一である。ここでは、長舜が撰んだ『古今贈答集』（推定するに古今の贈答歌を集めた「打聞」＝私撰集だろう）を見せられた公順が返し遣わした際に、「かかる世にためしもなきを」と詠んだのを承けて、「行すゑはためしにもひけ」と長舜が応えたのである。未来はいい例として引いてくれ、

老人の身で思いついた和歌の浦波（この「打聞」）を、ということだろう。また、定家詠「千世のためしにもひけ」、為家詠「長き命のためしにもひけ」も表現は異なるものの、ともに長さ（千世・長き命）の例として用いられているから、長舜詠もそして義教詠も「行末」は、「千世に八千代」に通ずる、永遠の意味を含み込んだそれということになるだろう。とすれば、義教詠は、下句「八島のなみのをさまれる代を」、即ち、後花園天皇の素晴らしい治世を、今後ずっと続く行末のいい例として引いてくれ、と言いたいのに違いなかろう。

冒頭の「立春」、末尾の「祝」が見事に後花園天皇の治世讃仰で一貫している。こうなったのは、言うまでもなく、義教の企図によるものだろうが、これと同様な歌例は他にもある。以下挙げる二例などはそれに該当しようか。

柳

青柳のいともかしこき御世ぞとて草木もまゆをひらくころかな（一一五）

竹

君や今かはらぬ色に契るらんたけの台《うてな》のよろづ代のかげ（九一二）

もっとも、後花園讃仰はこの百首歌の目的の一つでもあったのだが、[15]それ以上に、義教にはある意味で強固な統治者意識があり、この意識と和歌・百首歌・勅撰集が見事に連動していたのではないか。あまりに強烈な統治者意識、即ち、通常は「独裁」という言葉で片付けられる将軍権力の弛まぬ純粋化が、結果的に、暗殺（嘉吉の乱）という測らざる死を招いたのかもしれないが、[16]その一方で、和歌と公共圏の関係で言えば、武家執奏による勅撰集を復活したのみならず、具体化しなかったとはいえ、武将にも百首歌に参加させたという意味で、和歌の伝統を守りかつ公的に拡大させたという点で義教の和歌政策は意義深いと言わねばならない。

そして、義教本人も和歌を通して「世をおさめ、民をやはらぐる道と」（『新古今和歌集』仮名序。新日本古典文学大系）することが可能だと信じていたのではないか。歴史にifは禁物であることを百も承知で言えば、もしこのまま義教が将軍を続けていたら、統治＝政治と和歌がどのように展開していったか、和歌を核とする古典的公共圏がどのように拡大していったか、とつい想像したくもなる。おそらく、武将の歌会・歌合への参加の拡大や公家・武家・寺家が集う歌会・歌合のさらなる開催がいくつも実行（「張行」「奉行」）されたのではなかろうか。

甘露寺親長の月次和歌会と『公武歌合』

山名宗全と細川勝元の死を見て、もういいかといった類の断念があったのかどうかは不明と言うしかないが、室町殿義政（義教の次男）は文明五年（一四七三）十二月に将軍職を齢九歳の息子義尚に譲った。義尚をめぐって勃発したともいえる応仁の乱はまだ収拾し切ってはいなかったとはいえ、東軍優位に傾きつつあった文明七年（一四七五）、前権中納言甘露寺親長は、『公武歌合』という二十四番の歌合を主催した。親長五十二歳の秋である。

題は「湖上月」「禁中月」「月下竹」の三題。左右双方の難陣があり、衆議判。歌合一番の衆議判・難陣の後、編纂事情を記す序文的文章がつく。判詞は一条兼良という結構である。当時、兼良は奈良に避難していたので（文明九年帰京）、『公武歌合』を奈良に送って、判詞の執筆を願ったのだろう。こうした難陣・判詞のありようはいずれも『六百番歌合』に倣ったものと推測される。即ち、俊成役を兼良が務めているというわけだ。兼良の言説にもそれを匂わせる件がないわけではない。

この「歌合」の意義を、かつて井上宗雄は、「当代における一般歌会が、公家（前田注、「武家」欠か）両階層を主体として行われた傾向を最もよく示している」と評価した。[17] 現在は散佚しているのだろうが、当時は、公家・武家相まみえた歌合は他にもあったろうけれども、[18] 井上がここで言いたいのは、武家の和歌詠作が歌合を通して前代に較べて一歩進み出たということに尽きるだろう。私もこれを評価したいが、ただ、それを一般性あるいは一般的傾向とするのはもう一段階を踏む必要がある。というのも、この歌合の作者たちは、親長執筆と目される序文的文章に「同じ心ざしの人々をあつめてこの四とせばかり月次のやうなることをおもひたちて侍るにあるをりのつれ〴〵の時々は褒貶などをもまじへて愈けいこをはげまし侍らばやと申す、むる輩侍しを」（群書類従本を内閣文庫本・東大国文学研究室本で校訂した本文に濁点を付した。[19] 以下同じ）とあるように、親長家の月次会が母体であり、メンバーもそれと重なっているからである。つまり、親長交友圏という制約があるのだ。

そこで、親長主催の月次和歌会の全貌を把握しておきたい。前述した『公武歌合』序文に「この四とせ」とあるように、月次和歌会は文明四年から行われていた。以下『親長卿記』（史料纂集・続史料大成）の記載による（記載がないからといって行われていなかったどうかは不明なものもある）が、まず、文明四年から『公武歌合』が行われた文明七年までの四年間では、

文明四年（一四七二）三月二十六日・四月二十五日・五月二十五日、

文明五年（一四七三）正月十三日・二月十三日・三月十六日・四月十九日・五月十三日・六月十三日・七月五日（但し、三月〜六月までは参加者の記載がない、八月は頭役がおらず、「停止」）、十月十六日・十一月十二日、

文明六年（一四七四）一月十九日・二月十三日・三月十三日・五月十三日・閏五月十三日・六月十三日・九月

十六日・十一月十三日、

文明七年（一四七五）一月十三日・二月十二日（式日が明日だからこの日にしたと注記がある）・三月十三日・四月十三日・五月十七日・七月九日・八月二十三日（十三日が式日により延引と注記）・十一月十七日・十二月十日

計二十九回である。

次に、『公武歌合』成立後では、月次和歌会が親長の没する二年前の明応七年（一四九八）八月十三日までの二十二年の長きに亘って続き、計一一九回開催されている。[20] よって、月次和歌会が始まった文明四年（一四七二）三月からでは、途中、中断・延期となった時期もあるけれども、断続的ながら二十六年間、記録に残ったものだけで総計一四八回催されていたのだ。一人の人間が自亭（途中から息子の亭に場を替えてはいるが）で行った歌会としては長さといい回数といい、歴史にその名を記憶すべき規模ではなかっただろうか。

それでは、月次和歌会のありようはどうだったのか。以下、簡単に纏めておきたい。まず、開催日は、十三日が基本だったようだ（文明十四年二月以降、それがほぼ確定する）が、様々な事情（式日その他）で延引・変更があった（その理由が記されるケースもある）。第二に、開催時間は昼から始まり夜に入って終わり、その後宴（「一盞」）ということが多かったようだが、時には「早旦より事始まり、燭を秉るに事終はり了んぬ」（文明五年五月十七日）となることもあった。第三に、会の運営は、頭役（交代制）二人に任されていたようである（頭役がおらず、「停止」に追い込まれたこともあった。たとえば文明五年八月）。第四に、和歌の詠み方は、「兼日懐紙・当座短冊」とあるように、前もって歌題が示される「兼日」と当日示される「当座」の二種あり、和歌を記す媒体もそれぞれ異なっていた

（懐紙・短冊）。第五に、提出された和歌は「披講」（読師・講師＝交代制）されることが大半であり、時に「褒貶和歌」の形態をとった（『公武歌合』はこれに倣って「衆議判」にしたのだろう）。

参加者の顔ぶれ

そこで、『親長卿記』の記載に従いながら、月次和歌会出席者を見ておきたい。『公武歌合』成立の文明七年の秋～冬では、以下のメンバーとなる。

七月九日
勧修寺大納言《（教秀）》・右衛門督《（四辻季春）》頭役也・勘解由小路前中納言《（海住山高清）》・左大弁宰相《（町広光）》・蔵人右中弁《（勧修寺政顕）》頭役也・昭明院《（藤原康長　長光法師）》・長興宿禰《（大宮）》・則途《（赤松）》・元連《（飯尾）》・為信《（飯尾）》・清房《（飯尾）》・良世
八月二十三日
中院大納言通秀・予・右衛門督季春《（四辻）》・勘解由小路前中納言高清《（海住山）》・寂誉右大弁入道《（万里小路春房）》・元長《（甘露寺）》・長光康長入道《（照光院）》・長興宿禰《（大宮）》・源則途《（赤松）》・三善為信《（飯尾）》・同元連《（飯尾）》・同清房・良世
十一月十七日（褒貶和歌）
勧修寺大納言《（教秀）》左方右筆書人々申詞・予右方右筆書人々申詞・右衛門督《（四辻季晴）》・勘解由小路前中納言《（海住山高清）》・楽邦院寂誉法師・政顕《（勧修寺）》題二講師・元長《（甘露寺）》・照明院長光法師・則途《（赤松）》・為信《（飯尾）》・清房《（飯尾）》
十二月十日

勧修寺（教秀）大納言・勘解由小路（海住山高清）前中納言・右大弁宰相（柳原）量光・蔵人弁（勧修寺）政顕・（富小路）俊通・（飯尾）元連・（飯尾）為信・（飯尾）清房等

これに、文明四年三月～文明八年十一月間で上記三回の月次和歌会に加わっていない者を列記すると、親長の母方の甥にあたる三条西実隆（文明五年十月、文明六年一月、三月、五月、六月、九月、文明七年二月、文明八年七月）、親長の女婿であった中御門宣胤（文明四年四月、文明六年五月、九月、文明八年九月）、東坊城顕長（文明五年七月）、前大外記押小路師著（文明六年一月、この年出家）、三善（飯尾）淳房（文明六年三月）、広橋兼顕（文明四年三月、初回のみ）、石見孫四郎貴経（文明八年十月）[21]である。上記に登場する人たちとこの七名がほぼ月次和歌会の会衆（参加者）であると確定できる。また、会衆と非会衆は一応弁別されていた。文明八年十月十六日の月次和歌会に中山宣親が参加しているが[22]、「会衆に非ず、当番に依り石山より上洛の間人数に加はり畢んぬ」と注記されているからである。といいながら、宣親は同年十一月にも参加して再び「月次の人数に非ず」と注記されているところを見ると、非会衆であるからといって排除はされない（後半には会衆になっている）、縛りは緩かったのではないか。

ついでに、文明年間後半以降の展開を略述しておく。

第一に、武士の参加が長享元年八月十三日以降見られなくなることである。名家で代々継承される他、会衆は漸次変わってきているが、武士が消えていくのは親長の交友関係に変化が現れたのかもしれない。要するに、新たに会衆となる武士がいなくなるのである。

第二に、文明十三年九月・同十四年八月は褒貶歌合であるが、右大臣西園寺実遠（十三年は内大臣徳大寺実淳も）が参加していることである。そして、両会とも武士の参加はない。おそらく歌合が公的比重を増したために武士が排除されたのではないかと思われる。これは後述する足利義尚の主催する歌合と対極的な現れようである。開催時期はほぼ変わらないのにである。

第三に、将軍・室町殿の死に際しては延引で対処するということである。義尚の死去の際は二ヶ月、義政に至っては、約半年延引している。但し、この間、天皇（後土御門）の崩御や退位はないので、比較はできないが、そうであったら、確実に延引となっただろう。

第四に、文明年間の後半になると、毎月三回、親長は月次和歌会に参加している（五日の禁裏月次和漢御会、二十五日の禁裏月次連歌御会）。十三日に開催日が固定してくるのも、こうした他の月次和歌会が影響していることは想像に難くないが、驚くべきは会衆である。ほとんど同一人物なのだ。彼らは、月に三度顔を合わせて、和漢聯句・和歌・連歌を詠んで（巻いて）いたのだ。これも義尚近習の武士・武将がかならず歌合に参加していることとパラレルの現象だろう。だから、決して〈公共〉の〈場〉は開かれていたわけではない。身分・階層的に拡大はしているものの、いつも見る顔がどこの〈場〉にもいるということである。

最後に、文明七年前後というのは、月次和歌会がメンバーの多様性において、頗るいい時期だったのである。文明年間の後半であれば、『公武歌合』などできはしなかったろう。

やや紆余曲折を経ているが、ここらで、月次和歌会会衆と『公武歌合』の歌人たちとの関係に入らねばならない。まず、『公武歌合』の詠出順に上げると歌人たちは以下のメンバーとなる。

海住山高清・三善（飯尾）清房・三善（飯尾）元連・源（赤松）則途・甘露寺親長・（小槻＝大宮）長貞（興カ）宿禰[23]・法眼良世・中院通秀・藤原（富小路）俊通・沙弥寂誉（万里小路春房）・三善（飯尾）為信・藤原（四辻）季

春・甘露寺元長・勧修寺教秀・沙弥長光（甘露寺）・中御門宣胤

以上、総計十六名である（二人一組で三題、計二十四番となる。但し、組合せは題によって異なる）。月次和歌会の会衆で『公武歌合』に名前が見えないのは町広光・柳原量光の二名、さらに本年二月まで常連だった三条西実隆であり、その反対に『公武歌合』にだけ参加した者はいない。

そこから、月次和歌会が『公武歌合』の母体であることが改めて確認できるが、「公武」の面々はどのような人たちなのだろうか。順序は逆様になるが、武家方から見ていきたい。武将の和歌詠作を重視する故の措置である。

三善（飯尾）清房・三善（飯尾）元連・三善（飯尾）為信・源（赤松）則途

の四名が武家方の歌人である。このうち、赤松則途以外は、皆飯尾氏であり、文明十年に四十五歳で「頓死」（大日本史料引用『蜷川親元日記』）した為信は、「政所寄人加賀守」（大日本史料）、元連・清房は「奉行衆」（前掲『蜷川親元日記』）であるから、いずれも幕府官僚、即ち、「公事奉行人」である。その点、赤松則途は、かつては能登四郎（『親長卿記』）と名乗り、文明七年では「刑部少輔」（同上）と称していたから、任官したのだろうが、純然たる武将である。また、僧の良世は「法眼」と称されているけれども、他では『七十一番職人歌合』にも登場する「経師」（文明三年三月二十日条、同上）ともあり、会衆列記で概ね末尾に記されていることからも、おそらく武士ないしはそれ以下の身分だと判断してよいと思われる。

対する公家方はどうか。公家方は官人と貴族で構成される。まず、官人は官務家の小槻＝大宮長興の一名である。文明七年当時、長興は宿禰と称され、小槻＝大宮家の家職である「左大史」の初例は、文明八年十二月二十六日まで現れない（『長興宿禰記』[24]）。だから、『公武歌合』の時点では、まだ微官ないしは無官だったのではないか。

　次に、貴族は、以下に挙げる十名である。

　甘露寺家（親長・元長・長光法師）・海住山（勘解由小路）高清・中院通秀・藤原（富小路）俊通・沙弥寂誉（万里小路春房）・藤原（四辻）季春・勧修寺教秀・中御門宣胤
当時の歌壇を彩る多士済々なメンバーが集っているが、貴族にとって本質的な存在規定である家格から見ていくと、大臣家は中院通秀のみ（極官は内大臣。同じ大臣家の三条西実隆は歌合には参加していない）。後は、最下位の半家に属しながら、九条家家礼であった富小路俊通（極官位は宮内卿従三位[25]）と羽林家の四辻（室町）季春（極官位は権大納言正二位）を除いて、いずれも名家であり、出家者以外は極官たる権大納言で終えた人たちである。むろん、主催者が名家の甘露寺親長故だろうが、逆に言えば、彼の家格から生まれる縁戚かつ交友関係が名家に連なる大臣家・羽林家・半家・官人から公事奉行人・武将までも呼び込んだのではないかと思われるが、いかがだろうか。

　さて、この中に、前述の良世を含めて、僧侶が長光・寂誉と三人もいる。このうち、寂誉は、参議であった文明三年に出家を遂げている（九月十三日条、『親長卿記』）。長光は俗名康長であり、文明五年には出家している（十月十六日条、同上[26]）。この三人の僧侶に注目しているのは、他でもない、僧侶が入っていても、『公武歌合』と称しているからである。つまり、ここには、当時の「公」秩序を構成する「公家・武家・寺家」といった権門による分類基準などは存在せず、もっと具体的な判別基準、即ち、公家方を構成する官人（小槻＝大宮）・貴族（大臣家・羽林家・名家・半家）と武家方を構成する公事奉行人（飯尾）・武将（赤松）という特定の家が「公武」を構成する原理となっていたということだ。故に、『六百番歌合』を装い、また「公武」なる魅惑的なネーミングまで持ちながらも、親長交友圏という私的な性格は決して越えていなかったのである。

『公武歌合』の和歌の表現とレベル

最後に、和歌の表現とレベルについて検討したい。具体的には公家対武家の組み合わせになっている巻頭の一番を例に選んで、本歌合のありよう・判定・判詞のもつ問題をみていく（群書類従による清濁等、表記を改めた）。

一番　湖上月

左　　従二位藤原高清海住山

すはの海や浪路はれたる秋風に月のこほりをわたる船人

右方申云、無㆓殊難㆒。左を勝とし侍り。

右　　三善清房飯尾加賀守

にほの海やしがの山風吹おちて月のみふねをよするさゞ波

左方申云、下句きゝなれたる心地す。

（序文略）

左の歌無㆓殊難㆒之由被㆑申か。但氷のかち渡（り）勿論（の）事なりといへども、此（の）一首にとりて、月を氷にのせられたる子細何事ぞや。氷には舟のゆくゑも難㆑在。渡海の煩もなきにや。又秋風をそへられたるうへは、さゞら浪もたつべき歟。しからば月の氷にたる、所詮おぼつかなし。

右哥、下句きゝなれたる様に申さるゝ也。七々の二句、全分㆓同類㆒事は覚悟に及ばず。かやうの事は幾度も可二出来一にこそ。さりながら、上の詞に晩陰夜景の心なくして、俄に月の御舟を出されたるこそ如何とおぼえ侍れ。愚存には、右歌、聊まされるやうに覚ゆ。僻案の至（り）なるべし。

分析に入る前に結論めいたことを述べておくと、『公武歌合』には、公家対武家となっているケースが上記を入れて計五番ある。十二番の長興対為信の「持」を除いて、いずれも公家の「勝」となっている。公事奉行人・武将はまだまだ貴族・官人の敵ではなかったということだろうか（公家で最も身分の低い官人長興が「持」であったことはやや興味を惹く）。それだけでもあるまい。衆議判による判定方式は、参加者数で公家の方に有利にはたらくだろう。同程度の歌であれば、わざわざ身分の低い武士の方に貴族が一票投ずることは想定しにくい。

だが、歌合・一番で興味を惹くのは、衆議判と兼良の判詞が矛盾を来している事実である。他にも兼良は疑義を呈している箇所は存外多い（二・六・八・十・十二・十五・十六・十九・二十・廿三番など）けれども、「一番」ほど衆議判を批判しているものは他にない。そこには、兼良の生まじめさに基づく公正さのみならず、自分を別格に置いている意識も窺われよう。ここで、分析に入りたい。

題は「湖上月」であり、海住山高清と飯尾清房の歌が番われている。左方、高清の

すはの海や浪路はれたる秋風に月のこほりをわたる船人

は、右方から「無二殊難一」ということで勝となった。衆議判による結果だろう。だが、「湖上月」という題に即した趣向を狙いすぎたのか、何が言いたいのか、よく分からない歌になってしまっている。

それでは、兼良によしとされた清房の右歌はどうなのか。

にほの海やしがの山風吹おちて月のみふねをよするさゞ波

この歌は、左方から「下句きゝなれたる心地す」と評されている。たしかに「月のみふね」「よする」「波」などを詠み込んだ歌は平安後期から急に増えており、珍しさは感じられないといえよう。しかし、その中で清房詠のように「さゞ波」が「月のみふね」を岸辺に寄せる、という趣向を詠んだ歌はなかなか見つからない。「さゞ波よする」あるいは「よするさゞ波」を詠み込んだ歌ならば、大江匡房の「氷ゐし志賀のからさきうちとけてさざ浪よする春風ぞふく」（『堀河百首』立春。『詞花集』春。『新編国歌大観』による。以下同。傍線筆者）、慈円の「しがのうらにうらみてよするわさざ浪やいとはるる身のたぐひなるらん」（『拾玉集』）など多数見いだせるが、それらは波が岸辺に寄せてくる、という趣向が多く、波が舟を岸辺に運ぶ、という趣向ではない。したがって、「きゝなれたる心地す」という評価は必ずしも当たっているとはいえない。もう少し別な角度から分析する必要がある。

「月のみふね」といえば、『久安百首』秋に初めて使われた歌語である。詳述は避けるが、牽牛が織女のもとに乗って行く乗物（＝月）を意味しており、月を舟に見立てて天の川を渡って行く、という趣向である。また、遙か以前の用例では、「秋かぜのきよきゆふべにあまのがはふねこぎわたせつきひとをとこ」（『赤人集』『家持集』）などがある。これも七夕を詠んだ歌であるが、清房はこのような歌（用例は枚挙に遑がない）をヒントにして詠んだと考えてよいだろう。

だが、注目すべきは、清房詠は七夕の歌としてではなく、「にほの海」（＝琵琶湖）に現出した秋の夜の風景を詠んでいることだ。歌の意味は、〈志賀の山を越えて風が吹く。「にほの海」はまるで青く澄み切った夜空のようだ。夜空を渡る「月のみふね」（＝月）が湖面に映り、夜空と同じように渡って行く。「さゞ波」が立ち、「月のみふね」を岸辺に寄せて来るようだ〉。「岸辺に寄せる」と解してみたが、志賀の山から吹く風が天空に輝く月を湖上に連れてくる、というのかもしれない。いずれにせよ、七夕の歌ではなく、月が湖上を渡って行くという純粋な叙景歌になっている。天上と地上を対比した大きな空間が詠まれている。

「湖上月」という歌題は、承安三年（一一七三）八月十五日の『新羅社歌合』が初出である。そのときの歌をいくつかあげてみる。

夜もすがら志賀の浦わに月すめば水もむすばぬ氷しにけり（中納言君）

すはの海夜すがらさゆる月影をかち渡りする氷とぞ見る（泰覚）

あきの夜はよごの入り江にすむ月をさえぬつららと思ひけるかな（明智）

さざ波やひらのたかねに月すめばしがつの沖に雪ぞきえせぬ（智経）

いずれも、秋の月が冴え冴えと湖上に映り、まるで「氷」のように冷たく光っている、あるいは沖に白く「雪」が積もっているかのように見える、と詠んでいる。月光を氷に見立てる手法は夙に『和漢朗詠集』『新撰朗詠集』などに見え、『源氏物語』朝顔巻には「氷とぢいしまの水は行きなやみ空澄む月の影ぞ渡るる」という歌がある（新日本古典文学大系『千載和歌集』脚注を参照した）。漢詩文からの影響であるが、こうした冷たいものへの美的志向は『千載集』から顕著になり、冬部にはそうした歌が集められている。「湖上月」を詠んだ藤原顕家の「月かげはきえぬこほりとみえながらさざ浪よするしがのからさき」もその中の一首である。後世には頓阿も「湖上月」で、「にほの海や浦風吹けばすむ月の氷をこゆる水のしらなみ」と詠んでいる。

清房は直接的には、こうした歌を見て一首を作り上げたのだろう。とりわけ、泰覚の「すはの海」の歌が参考になったのかもしれない。だが、湖面の月を「月のみふね」と捉えたのは、やはり七夕を思わせるのであって、叙景歌としてはやや勇み足ではなかったか。

あるいは、次に記すような、治承三年（一一七九）十月十八日『右大臣（藤原兼実）家歌合』で詠まれた源頼政の歌なども念頭にあったかもしれない。

をちかたやあさづまやまにてる月のひかりをよするしがのうらなみ（月・勝）

判者の俊成はこの歌に対し、次のように評して勝を与えている。

「をちかたや」と置きて、「ひかりをよするしがの浦なみ」といへる末の句、面影おぼえていとよろしく侍るめれ。「あさづま山」はふるくもよめる所にはあれど、こひねがふべしとは見え侍らねど、なほしがのうら浪のひかりをよせたる心をかしく、見え侍る。（歌句に「　」を付けた。傍線筆者）

「月のひかりをよするしがのうらなみ」を、先に見た清房詠の下句「月のみふねをよするさゞなみ」と比べると、近似していることは明らかだ。よって、清房の詠んだ「月のみふね」とは湖面に浮かぶ「月のひかり」と見てよいだろう。俊成は「朝妻山」が『万葉集』以来の古い歌枕であるが大和国にあり、「しがの浦」（琵琶湖）からあまりに離れていることを批判している。だが、それでも勝を与えたのは、「面影おぼえていとよろし」きからであった。天空を渡る月が大和から近江の湖へやってきて、湖面に清《さや》かな光を投げかけている。その光を「しがのうらなみ」が岸辺へと打ち寄せている。想像の世界なのだろうが、頼政は天と地の交響しあう壮大な空間をうたっており、清房詠はそれを真似たともいえないことはないだろう。場面・構想がやはり似通っている。

さて、『公武歌合』の判詞に戻ると、この歌に対する兼良の批評は、上句と下句の繋ぎ方のまずさに向けられている。「湖上月」は夜景であるのに、上句の「にほの海やしがの山風吹おちて」にそれが表現されていない。

下句に来て突然、「月のみふね」が出て来て夜の風景になるのは唐突な感じがする、という。そう述べつつも「右歌、聊まされるやうに覚ゆ」と勝を与えたのは、高清の詠んだ左歌の下句「月のこほりをわたる船人」が意味がとりにくいからであった。「月のこほり」に乗って船人が渡る、という表現はたしかにわかりにくい。月の光が白々と湖面を照らし、あたかも「氷」が張ったように見える。その中を船を漕いで行く、というのかもしれない。そういう観点から左右の歌を読み直すと、やはり兼良の言うように、わずかながら右歌が優っているといってよい。

さて、輝かしい和歌の伝統は、題詠を生み出し、それによって、どのような立場でも和歌を詠むことが可能となった。と同時に、先行歌を常に参照し、一定の観念連合、歌ことば連合というべき事態も生まれた。これが和歌による公共圏の具体相に他ならないが、上記の高清と清房の詠を比較してみると、ある意味で和歌の定着のありようが読み取れる。両人共に先行歌・歌語によって構築された既存のイメージ群の若干の組み替えを行いつつ、「湖上月」を詠みこもうとしているのである。しかし、俊頼・定家・頓阿といった達人たちが得意とする題のずらしや隠題ふうに詠む技量は彼らにはない。また、西園寺実氏のように、題に用いられた字がすべて歌の内容にあてはまるように丁寧に詠む訓練もどうやら受けていない。となれば、できることは、先行歌・先行歌語によって、その時思いついたことを想起し、組み合わせることだけとなる。よって、できあがった歌は、一見、題を詠んでいるようだが、全体的にバランス（姿）が悪く、しかも、意味内容も高清詠などは典型的だが、曖昧なまま放置されているという程度の達成であった。

そして、強調しておきたいのは、公家と武家の間で和歌の裁量においてさして差がないという事実である。極端な言い方をすれば、駄歌を相互に詠み合う世界が成立していたのだ。おそらく親長の月次和歌会も一部の人（実隆など）を除いて、この程度の和歌が詠まれる場であったのだろう。しかし、これこそ、和歌が定着し、公共圏となっている証左ではあるまいか。

和歌的公共圏の完成者、足利義尚

当代随一の歌人にして歌学者であった飛鳥井雅親（栄雅）は、長享三年（一四八九）三月二十六日、近江鈎の陣において、二十五歳の若さで没した将軍足利義尚を偲んで、[29]

春ふかき小川のきしの柳かげかへらぬ水のあはれ世の中

という歌を詠んだ（『亜槐集』三〇四）。「常徳院かくれ給ひし後、彼あそばし捨てられし題どもにて、有人歌すゝめ侍りしに、河柳」という詞書が付いている。「河柳」を詠んでいるが、「かへらぬ水のあはれ世の中」とあるように、哀傷（追悼）の歌である。前に「和歌に淫した」と述べたが、雅親をしてかくも嘆かせるほど、義尚は和歌に夢中であり、文明十三年（一四八一）以降の幕府歌壇におけるファウンダーかつプロモーターでもあった。故に、その歌壇は、井上宗雄が指摘するように、「公武一体化」した「まさに貴族化した足利将軍が公武を包摂した歌壇」となったのである。[30]

この「公武一体化」「公武を包摂した」という面を義尚が主催した歌合の構成員から見ておきたい。前代までとは異なる状況がそこに見えるはずである。

『三十番歌合』（文明十三年十一月廿日）判詞、栄雅

左方、義尚・親長[31]・公躬・基綱・実隆・細川政国・星野政茂・二階堂政行・一色政熙・大館重信、

右方、為富・雅康・高清・為広・永継・杉原宗伊・河内頼行・伊勢貞頼・垪和元為・武田玄就

『将軍家歌合』（文明十四年六月十日）判詞、栄雅

左方、二条持通・義尚・尊応・為富・実量・為広・信量・実隆・尚氏[32]・正広

右方、近衛政家・宋世・道興・増運・冬良・親長・高清・基綱・藤原政行・宗伊

『将軍家歌合』（文明十四年閏七月）判詞、栄雅

左方、親王（勝仁）・政家・尊応・実量・義尚・高清・親長・広光・永継・基綱・尚氏・政行・政茂・宗伊・明親

右方、持通・道興・増運・信量・教秀・冬良・宋世・実隆・政為・為広・高秀・貞頼・玄就・頼行・光清

『詩歌合』（文明十五年正月十三日）

左方、政家・実遠・実淳・同山・宋山・通秀・教秀・高清・冬良・経茂・広光・実隆・基綱・蘭坡・横川・桃源・周麟・周全・兼致・和長

右方、後土御門（女房）・勝仁親王・邦高親王・持通・義政・尊応・増運・義尚・実量・信量・親長・永継・宋世・教国・政為・為広・雅俊・尚氏・政行・宗伊

『殿中十五番御歌合』（文明十八年三月十六日人々詠進）判詞、栄雅

左方、政家・邦高親王・冬良・実淳・宋山・通秀・周全・雅俊・尚氏・政為・政行・基綱・貞頼・政

顕・尚隆

右方、栄雅・実遠・為広・宋世・教秀・親長・常祐・尭盛・高清・尚俊・実隆・宏行・宣親・才法師・

義尚（右大将）

『室町殿十番歌合』（文明十六〜十七年頃[33]）判者、義尚

左方、宋世・義政・宋山・高清・邦高親王・尚正・親長・宗綱・広光・実隆

右方、為広・永継・尚氏・頼行・茂春（義春）・政資・宗伊・貞頼・政行・基綱

『十二番歌合』（文明末年頃）＊義尚出題判詞

尚宗（道堅）・政広・長泰・沙弥宗空・尚隆・貞泰・歳阿・良椿

道堅といった近臣および身近にいた僧侶だけで構成された『十二番歌合』を除いて、他の歌合は、『将軍家歌合』（文明十四年六月十日、文明十四年閏七月）、『詩歌合』が典型であるように、見事なまでに、［院・天皇―公家・武家・寺家］からなる「公」秩序が具現されている。

たとえば、寺家についていえば、『将軍家歌合』では、天台座主尊応・聖護院門跡道興・実相院門跡増運という顕密僧が集っているが、『詩歌合』では漢詩であるから、顕密僧に加えて漢詩を得意とする五山僧も加わるといった差異はあるとはいえ、寺家の人々が歌合の中にしっかり組み込まれている様を確認しておきたい。

次に、武家はどうか。義尚とその近習たちは、ほとんどの歌合に登場しているが、ここで見落としてならないのは、『将軍家歌合』には、公家・武家・寺家を代表する関白・将軍・門跡が参加している事実ではなかろうか。こうした貴顕の人々に武将が同席している事態（それが紙上であろうと）の革新性は強調してもし過ぎること

はない。就中、『詩歌合』では天皇・親王までも参加しているのである。

第三に、公家の動向である。傍線部を引いた人物は親長の月例和歌会の会衆だが、和歌・連歌を嗜む大臣家・羽林家・名家級貴族は、ほぼ親長交流圏内であったことが改めて諒解されるが、こうした私的な交流圏が義尚の手にかかると、上は天皇・親王から摂関家・清華家までといった公家世界の総体が歌合という場を通して具現されているのである。即ち、正しく「公事」となっているのだ。

それでは、こうした事態はどうして可能だったのか。ここでは見通しだけを示しておきたい。『永享百首』（構想段階）で武将を加えるという義教の企ては、『永享百首』の妙な「完成」の仕方、および、本人の横死によって、『新続古今集』は撰集されたものの中途半端のままで終わってしまった。それを承けた義政も応仁の乱による和歌所の焼失で勅撰集を断念せざるをえなかった。但し、応仁の乱後には、親長によって『公武歌合』が作られるなど、武将が月次和歌会に参加するような状況が他方では生まれた。これを応仁の乱に伴う文芸復興《ルネッサンス》といえば、やや言い過ぎになってしまうが、義満が構築した家格序列ナンバー3の将軍家を支える武将を加えた上で、和歌（場合によっては漢詩）を介して古典的公共圏を再構築しようとしたのが義尚である、と考えることが一等情理に叶っていよう。義尚が積極的に加わり完成させた『新百人一首』（井上宗雄が推測するように、頼政・頼朝・宗尊を義尚が選んだことはまさに和歌を尊ぶ武家という考えに適ったものだろう）、模索しつつも中断せざるをえなかった『打聞』も、義尚が後十年延命していたら、おそらく完成し、そして、最終的に、勅撰集（二十二代集）に結実したであろう。その時の歌人は、まさに公家・武家・寺家が実にバランスよく並んだ、古典的公共圏の具現化となったと思われる。

おわりに——和歌と古典的公共圏

最後に総括をしておきたい。和歌は、もともと武家が好んだものではなかった。だが、小川剛生は、和歌には「同列の仲間を「つなぎ」、かつ超越的な何かのもとに「むすびつける」働きがたしかにあった」と指摘している。[34]極めて重要な指摘である。この「つなぎ」「むすびつける」働きが、権門を超えて、和歌を詠む人々という一体感をつくり出すことは理解しやすいだろう。足利尊氏・直義兄弟がどうして鎌倉を捨て京都に入り、幕府を立てたのか。対南朝戦略もあったろうが、それ以上に、武家を公家および寺家と「つなぎ」「むすびつけ」ないと、再び無秩序状態になると予測したからだろう。その時点から、和歌は諸身分・諸階層・諸権門を「つなぎ」「むすびつけ」る上での最大の道具・武器になっていたのである。義尚は、自己の運命とも大きく関係している応仁の乱に伴う混乱・破壊・無秩序を見つめながら、このことを改めて深く心に刻んだのではなかったか。和歌による平和・安穏、これこそ義尚が「公」秩序を忠実に具現する歌合を構築していった根本的な理由であったと考えたい。

こうして和歌は、「公」秩序にはなくてはならない伝統、言い換えれば、古典的教養と並ぶ古典的公共圏の核心となったのである。

注

1．『満済准后日記』の九月廿一日条には、「百首題明豊持来り了んぬ。御人数に加はるの条、眉目の至なり。詠進すべき旨申し入れ了んぬ」（群書類従、原記録体）とある。ほぼ同じ言説で喜びを表現している。既に決まった言い方だったのだろう。

2．井上宗雄『中世歌壇史の研究　室町前期［改訂新版］』「第四章　永享期の歌壇　4　新続古今集の撰集」（風間書房、一九八四年）にこの辺りの事情が詳しく記されている。

3．森茂暁『後醍醐流の抵抗と終焉　闇の歴史、後南朝』（角川選書、一九九七年）には、長慶天皇の皇子とある。実名は不明であり、初代・二代のどちらかであることも判定できない。図書寮叢刊本も「（長慶天皇皇子カ）」とする。

4．図書寮叢刊本は、「三条中納言」の三条を「二カ」とし、（「持通カ」）とする。二条持通と比定されているが、確証はない。

5．「門跡」の中に堯孝が入っているのは奇妙だが、僧綱（当時僧都であった）であったからここに加えたのだろう。

6．「公」秩序については、拙稿「院政期の政治神学」（『記憶の帝国　【終わった時代】の古典論』、右文書院、二〇〇四年所収）を参照されたい。

7．図書寮叢刊本は、この「細河右京大夫」を持之の父満元と比定する。だが、これは誤りである。なぜなら、満元は、応永三三年（一四二六）に亡くなっているからだ。ならば、息子の勝元はどうか。永享二年（一四三〇）生まれだから、話にならない。つまり、ここは「持之朝臣」と「細河右京大夫」を同一人物と見なすほかないだろう。「細河右京大夫持之朝臣」とでも書かれていればよかったか。

8．義教の政治姿勢については、独裁云々で通常議論されるが、新田一郎「満済とその時代」（『文学』二〇〇八年五・六月号）によれば、「現実社会の雑多な事情の無秩序な浸入をいったん遮断することによって形式化された、「外様」（前田注、「オフィシャルな形式性をもった手続方式、ないしそうした方式が作動する場」）の空間におけるオフィシャルな「決定」のプロセスに、義教の意思は「上意」としてダイレクトに繰り込まれて解を構成し、関係する人々の間に整合的なレスポンスを生むはずである。しかし実際には、「上意」の繰り込みが阻害されるケースがしばしば発生する」という。こうしてみると、義教は決して単なる独裁者ではないことが諒解されよう。彼なりに生まじめに「外様」に上意を繰り込むことを試み、挫折しただけである。ある意味で、法的支配を導入しようとした直義とならぶ「近代人」であったのかもしれない。だから、義教にとって、応製百首・武家執奏は「外様」に上意を繰り込む政治そのものであったと思われる。

9．稲葉伸道「青蓮院門跡の成立と展開」（河音能平・福田榮次郎編『延暦寺と中世社会』、法蔵館、二〇〇四年）の末尾に「義満は青蓮院門跡に自身の子息尊満を入室させ、その器量に問題があると遁世させ、同じく子息の義円を入室させた。摂関家・天皇家に限定されていた門跡の継承者に、武家の室町将軍の出身者が加わったのである。そのことの意味は別に問題にしなければならない」とある。これは武家のグレイドを示す表徴と見てよいのではないか。

10．義教が赤松満祐に暗殺された二年後の嘉吉三年（一四四三）二月十日に、一条兼良邸において催された『前摂政家歌合』は、兼良・教房父子・町資広・冷泉持和といった公卿、堯孝・正徹といった歌僧、中納言局・小宰相といった女房に加えて、畠山持純・東氏数・近藤定衡といった武将も参加した歌合である。冷泉家対飛鳥井家といった歌道家の対立の一例としてこれまで議論されてきたようだが、『永享百首』の構想段階の発展形という見方はできないものであろうか。今後、稿を改めて考察を加えたい。

11．『新編国歌大観』解題（稲田利徳執筆）は、「新続古今集には先の四一名のなかには、一首も採歌されていない人物が一〇名ばかりあり、全員が詠進したかどうか疑問。なお、百首部類の浄喜は前大納言隆直のことだが、この百首からも一首も採歌されてなく、先の四一名に該当人物も指定しがたい。したがって、この百首が、はたして永享百首かどうか、疑問もなくはないが、それを否定する積極的な根拠もないので、永享百首として翻刻した」とする。たしかに「疑問」はある。詠進要請と十人の百首詠進の間に編纂・完成の度合いなど数段階の曲折が予想されるか。但し、浄喜については、「北畠大納言入道」が比定されよう。また、十人というちょうどいい数も気になるところではある。

12．冒頭を「立春」題で始めないのは、応製百首（『宝治百首』『弘長百首』『嘉元百首』『文保百首』『延文百首』）のうち、『弘長百首』「初春」だけである。また『文保百首』には題が記されていない（冒頭歌の内容は立春・初春である）。

13．生没年未詳ながら、十三世紀末～十四世紀前半にかけて活躍した歌僧である。『新千載集』『続後拾遺集』『新千載集』『新拾遺集』に計六首入集。

14. 生没年未詳。公順の『拾藻鈔』によれば、正中二年（一三二五）頃没か。『新後撰集』以下に三十七首入集。

15. とりわけて、それは後花園の父貞成詠に顕著である。「述懐」「祝」の二首を挙げておこう。

　君が代にあはずは和歌の浦波によらでもくづの朽ちやはてなむ

　八隅しる君を佐《たす》けてかしこくもをさむる御代は千世もかぎらじ

おそらく、父として御後見の役を務める貞成と臣下として同様の役を務める義教とは類似した意識を共有していたのだろう。

16. 新田前掲論文、同「中世における権威と権力―「王権」という道具立てをめぐるコメント」（大津透編『王権を考える　前近代日本の天皇と権力』、山川出版社、二〇〇六年所収）参照。

17. 井上前掲書「第七章　文明前期の歌壇」「3　文明七年より十年に至る京洛歌壇」。

18. 親長月次和歌会の会衆、『公武歌合』の作者である大宮長興の日記『長興宿禰記』によれば、やや時代が下る文明十一年（一四七九）五月五日に、長興は、布施下野守英基の月次和歌会に出席している。そこには、姉小路基綱が出題で、兼日懐紙（三首）をもって、「朝喰以後人々参集」、「夜に入りて分散し了んぬ」とあるから、一日かけて行われていたことが分かる。ほぼ親長月次和歌会と同じである。しかも主催者は武将である。同じ五月十二日に、今度は一条兼良の和漢御会があり、そこには、兼良・冬良・園基有・海住山高清・中御門宣胤・平松資冬・東坊城顕長・姉小路基綱・中山宣親・富小路俊通・長興が参加している。下線部を施した人物が「親長月次和歌会」・『公武歌合』と共通する。当時の和歌・連歌月次会の会衆がかなり重なり合っていたことがここからも分かる。

19. なお、本文は鹿野しのぶ氏の作成した校本を参考にした。氏には心から感謝の念を表したい。

20. 開催された年月日は、たとえば以下のごとくである。

　文明八年（一四七六）二月十三日・三月十三日、七月二十一日（去月、去々月は、日野前左大臣勝光のことで延引したと注記）・八月十九日・九月十七日・十月十六日・十一月七日

　文明十年（一四七八）九月十二日（褒貶歌合）

　文明十一年（一四七九）閏九月四日（月次会再興）、十月十二日

文明十二年（一四八〇）正月二十一日、三月十七日、六月十二日、七月十九日、九月十一日、十一月十一日

文明十三年（一四八一）正月二十一日、二月十六日、三月十一日、五月十一日、六月十一日、八月十日、九月十一日（褒貶歌合、右府西園寺実遠・内府徳大寺実淳出席）、十月十一日、十一月十一日

文明十四年（一四八二）正月二十九日、二月十三日、五月十三日（武士の出席なし）、六月十三日、八月十九日（褒貶歌合、西園寺実遠出席、武士の出席なし）、九月十三日（武士の参加は清房のみ）、十月十三日、十一月十三日（武士の参加なし）、十二月十三日（同上）

文明十五年（一四八三）正月二十一日、二月十三日（武士の参加なし）、五月十三日（同上）、六月十九日（同上）、七月二十一日（同上）。

文明十六年（一四八四）正月十三日（武士の参加なし）、二月十九日（武士は伊勢次郎左衛門のみ）、三月十三日（武士は平貞頼のみ）、五月二十三日（武士の参加なし）、六月十三日（同上）、七月十九日（同上）

長享元年（一四八七）三月十三日（武士は飯尾清房のみ）、四月十三日（武士の参加なし）、五月十三日（武士は清房のみ）、八月十三日（以後、武士の参加はない）、十月十三日、十一月十三日、閏十一月十三日、十二月十三日

長享二年（一四八八）正月二十一日、二月十三日、三月十三日（以後、会場は息元長の正親町亭となる）、四月十三日、九月十四日、十月十三日、十二月十三日

長享三年（一四八九）正月十三日、二月十三日、三月十三日、六月十三日（四月・五月は三月一六日将軍義尚の死去で延引）、七月二十二日、八月十三日、延徳元年（八月二十一改元）九月十一日、十月十三日、十一月十三日

延徳二年（一四九〇）六月十三日（月次会再興。正月七日、慈照院殿義政の死去に依り停止し、以後延引）、八月十三日、閏八月十八日（人無きによりこの日に延引）、十月十三日

延徳四年（一四九二）二月十三日、三月十三日、四月十三日、五月十三日、明応元年（七月十九日改元）八月十三日、十月十三日、十一月十六日（蹴鞠によりこの日に延引）、十二月十三日

明応二年（一四九三）二月十三日、三月十三日、閏四月十三日、五月十三日、六月十三日、七月十六日（盂蘭盆によりこ

の日に延引)、八月十三日、九月十三日、十月十三日、十一月十三日
明応三年(一四九四)二月十三日、四月十三日、五月十三日、六月十三日、八月十三日、十月十三日、十二月十三日
明応四年(一四九五)正月十三日、二月十六日(頭役、当番并御談義故にこの日に延引)、四月十三日(三月十三日は頭役故障で延引)、五月十三日、六月十三日、八月十三日、十一月十三日(九月十三日は、元長湯山に入るので延引、一二月十三日は停止)
明応五年(一四九六)二月十三日(勧修寺尚顕、教秀の孫が登場)、閏二月十三日(親長所労で欠席)、三月十三日、四月十三日、五月十三日、六月十三日
明応六年(一四九七)三月十六日(多武峰より帰宅したのでこの日に延引)、四月十三日、五月十三日、八月十三日(六月十三日は安然寺殿葬礼で延引、七月十三日も延引)、九月十三日
明応七年(一四九八)二月十三日、六月十三日、八月十三日

21. 武将と思われるが、文明六年正月の飛鳥井家和歌会に、親長・季春・兼顕・長興他、飯尾元連・為信等とここでも親長月次和歌会・『公武歌合』と同じ人物が参加している。翌七年正月の同和歌会も同様である。
22. 中山宣親(権大納言定親の男)は、文明十三年(一四八一)に二十四歳で参議になっている。極官は権中納言正二位。文明十一年は義政の命を受けて草紙を書写しているから、教養人であり(明応五年十二月には、実隆のところに「桐壺」を持って来訪し、校合等を依頼している。宮川葉子『三条西実隆と古典学』、風間書房、一九九五年参照)、幕府にも近い貴族であったと思われる(家格は羽林家)。文明六年閏五月二十四日に、親長・四辻季春・季経と共に、室町殿(義政)の「新造御所御庭」の見物に出かけている(『親長卿記』)から、親長とも近い人物だったのだろう。
23. 写本のうち、内閣文庫本のみ、長興(長奥の方がまだ近いか)に読めるものがあるが、他は「長貞」である。しかし、長興の誤写であるから、以後は長興とする。
24. 文明十年七月二十二日には「治部卿」に赴任している(ネット版大日本史料)。永正八年(一五一一)、息時元が従三位を追贈せられんことを願っているが、許されなかった(長興は、明応八年十月二十四日、前左大史正四位上で死去している(同

上）。

25. 文明七年一月十三日に「前少弼」（『親長卿記』）とあるが、井上宗雄『中世歌壇史の研究　室町後期』（明治書院、改訂新版、一九八七年）、宮川前掲書によれば、文亀二年（一五〇二）初頭に極官である「宮内卿従三位」になっている。例外的な栄達と言ってよい。「修理大夫」と表記されるのは、明応二年（一四九三）一月二十日条（『親長卿記』）であるから、当時は無官だったと思われる。なお、俊通は、明応五年、実隆と相談の上、『紫明抄』・『河海抄』・『花鳥余情』を抜書・集成し、私見を施した『三源一覧』を著している。源氏物語注釈史の上でも落とせない人物である。

26. 『尊卑分脈』に「出家有子細」とあるから、なにやらの事情があったものとみられる。

27. 「月似氷」という題で正徹が詠んでいる。「すはの海や月に氷を敷きながら秋とて人も駒もわたらず」（『草根集』四二三六）、また、同じ正徹が「湖月」と題して「すはの海や影に氷を先しきてひとりぞわたる秋の夜の月」（同上四一三九）とも詠んでいる。諏訪湖に氷を合わせるのは、『久安百首』の清輔詠（九六〇番歌）「すはの海に氷りすらしも夜もすがらきそのあさ衣さえ渡るなり」からだろうが、兼良の批評には、「氷似月」および「氷を先しきて」月が「ひとり」で湖を「わたる」、つまり、月の姿を湖面に映しながら西に進んでいくという正徹詠のような認識があったのだろう。これから見ても高清詠は変なのである。なお、「月似氷」という題は、新古今時代に「河月似氷」という題がある（建仁元年仙洞十首歌合）。それが室町期にはいると、一部「河」が残るが、概ね「月似氷」となっていったようである。

28. 『新編国歌大観』によれば、室町期までに「さざ波よする」では、二十四例程度。「よするさざ波」では、十例程度ある。

29. 当時の正式な名前は「義熙」だが、「義尚」で通すことにする。

30. 井上前掲書（『室町前期』）「第八章　文明後期の歌壇」「6　足利義尚を中心とする幕府歌壇」。

31. 傍線は親長月次和歌会の参加者を指す。以下も同じ。

32. 尚氏のように囲み括弧で括った武士は、他の歌合にも登場していることを示す。極めて高い重複率である。将軍の側近、近侍した武士が歌合に呼ばれていたのだろう。

33. 『十二番歌合』と並んで、成立の推定は、井上前掲書（『室町前期』）に拠っている。また、作者付も同書に拠っている。『十二番歌合』も同様。

34．小川剛生『武士はなぜ歌を詠むか　鎌倉将軍から戦国武将まで』（角川叢書、二〇〇八年）は武士と和歌の関係を詳細な実証データに基づいて考察した基本書である。拙稿はこれに多く負っている。

参考文献

米原正義『戦国武士と文芸の研究』（桜楓社、一九七六年）
横井金男『古今伝授の史的研究』（臨川書店、一九八〇年）
武井和人『中世古典籍学序説』（和泉書院、二〇〇九年）
上島享『日本中世社会の形成と王権』（名古屋大学出版会、二〇一〇年）
森正人・鈴木元編『細川幽斎―戦塵の中の学芸』（笠間書院、二〇一〇年）
赤瀬信吾「宗祇が都に帰る時―宗祇『百人一首抄』」（『説林』29、一九八一年）

♪間奏曲♪

和歌に詠まれた光と声

田村　正彦

はじめに

『古今和歌集』の「仮名序」は、和歌の本質と歴史を説いた文学論として、平安朝以降の和歌観に大きな影響を与えた。その冒頭は、

やまとうたは人のこころをたねとしてよろづのことのはとぞなれりける。世中にある人ことわざしげきものなれば、心におもふことを見るものきくものにつけていひいだせるなり[1]。

と始まり、和歌は人の心より発せられた言の葉であり、心情を物事に托して詠み出す表現構造であることが語られている。「見るものきくもの」とは、森羅万象、自然界の全てのものを指しているが、それらと「人のこころ」との緊張関係が、単なる記号に過ぎない言の葉を「やまとうた」たらしめているということであるのだろう。言い換えれば、和歌は目にし耳にした事象をそのまま三十一文字に置き換えたものではない。

さて、本稿では、その「見るものきくもの」について、前者を「光」、後者を「声」に限定し、それらと「人のこころ」とのつながりを概観してみたい。およそ、八代集の時代が対象となろうが、「光」と「声」に託され、吐露されてゆく王朝人の心の諸相を辿ってみたい。

鳥声と月光

この世に「光」や「声」を発するものは数多くあれど、最も王朝の歌人に愛されたのは、夏のほととぎずと秋の月である。特に「和歌に詠まれた」ものの中では群を抜いており、それぞれの季節を代表する景物にもなっている。

まず、ほととぎすについてであるが、古来より、これほど「声」が愛でられたものは他にないであろう。

はつこゑのきかまほしさに郭公夜深くめをもさましつるかな　（拾遺和歌集・夏・九六・よみ人しらず）

王朝人は、先を争い、夜を明かしてでもこれを聴こうとした。その鳴き声に対する憧憬は並大抵のものではなかったようで、『古今和歌集』では、夏歌三十四首のうち二十七首までもがほととぎすの歌で占められている。配列も、「こぞのふるごゑ」から始まり、「はつこゑ」に懐旧の情を募らせ、「ひとこゑ」を求めて夜を明かし、「あかず」「声ふりたててなく」ほととぎすとともに夏の夜を過ごす、といった具合である。

また、鶯が春を告げる鳥であるのに対して、ほととぎすは夏の到来（もしくは田植えの季節）を知らせる鳥であった。そして、両者においては、その鳴き声の優劣が取り沙汰されてゆくことになる。

うぐひすのはるのはつねとほととぎす夜ぶかくなくといづれまされり

（朝光集・三五）

王朝人が好む優劣論の典型であるが、ここでもうひとつ注意しなければならないのは、鶯が春の陽光の中で鳴く鳥であるのに対して、ほととぎすは暗闇から声のみをあらわす夜の鳥であるということである。したがって、闇を行き交うそのイメージは、冥界との橋渡しをする鳥とも考えられ、

しでの山こえてきつらん郭公こひしき人のうへかたらなん

（拾遺和歌集・哀傷・一三〇七・伊勢）

といった、死出の山との取り合わせも一般化してゆく。いずれにせよ、闇の中から聞こえてくるほととぎすの鳴き声は、暗闇を失った現代人には想像もできないほどの神秘性を有していたに違いない。

さて、一方、その闇を照らし出す「光」の代表格が、秋の夜の月であった。

秋の夜の月のひかりしあかければくらぶの山もこえぬべらなり

（古今和歌集・秋上・一九五・在原元方）

「月のひかり」という表現からも明らかなように、王朝人は月そのものではなく発せられた光の方に関心を寄せている。その光に身をさらすことは、古来より忌避されてきたが、[2]月光の持つ吸引力は、

いむといひてかげにあたらぬこよひしもわれて月みるなやたちぬらん

（山家集・雑・一一五四）

というように、普段よりも忌避すべき「月蝕」においてさえ、あえて月を眺めようという西行のような歌人を生み出すことにもなるのである。

また、月の光は、その清新なイメージから、涼感を表す素材としても好まれ、霜や雪、氷に喩えられるようになり、さらにはそれが「冬の月」の発見へとつながってゆく。

いざかくてをりあかしてん冬の月春の花にもおとらざりけり

（拾遺和歌集・雑秋・一一四六・清原元輔）

このように、月の光が持つ明るさと清らかさは、また、上空からこの世の闇を照らし出す、温かく清浄な仏の光にも喩えられる。

暗きより暗き道にぞ入りぬべき遙に照せ山のはの月
（拾遺和歌集・哀傷・一三四二・和泉式部）

『法華経』化城喩品の一節（「従冥入於冥永不聞仏名」[3]）に月光を取り合わせた、初期釈教歌の佳作である。ここにいう「山のはの月」とは、真如の月であり、彼女が結縁を求めた性空上人であることはもはや指摘するまでもないだろう。

光の歌

次に、月以外の「光」の歌についても、およそのところを概観しておこう。日、星、天の川、稲妻、照射《ともし》、漁火《いさりび》、篝火《かがりび》と、数え上げればきりがないが、もとよりその全てを取り上げるわけにはいかない。ここでは、月の光に対する日の光と、「声」の代わりに「光」を発する蛍について考えてみることにしよう。

日の光と言えば、春の陽光を詠う次の歌がまずは思い浮かぶだろう。

久方のひかりのどけき春の日にしづ心なく花のちるらむ
（古今和歌集・春下・八四・紀友則）

のどやかな春の陽光と急ぎ散る桜の花という、静と動の対比構造が印象的である。また、賀歌においては、日の光に天子の威光を重ねる傾向があるが、季節歌の中にも次のような詠が見られる。

春の日のひかりにあたる我なれどかしらの雪となるぞわびしき
（古今和歌集・春上・八・文屋康秀）

おく山のいはかきもみぢちりぬべしてる日のひかり見る時なくて
（古今和歌集・秋下・二八二・藤原関雄）

これらも天子の威光と不遇な我が身を並べた、正と負の対比構造であるといえよう。日の光の柔らかさによって、それに対置される事象の遜色はより際立って見える。したがって、逆に真夏の太陽のような強烈な光を取り上げることは少なく、

みなづきのてるひのかげはさしながらかぜのみ秋のけしきなるかな

（金葉和歌集二度本・夏・一五三・藤原忠通）

と、やはり「てるひ」は涼しさの引き立て役に過ぎないのである。そして、そのような光に対する感覚は、

ひぐらしの山ぢをくらみさよふけてこのすゑごとにもみぢてらせる

（後撰和歌集・羈旅・一三五七・菅原道真）

のように、昼間の暗さがかえって夜の月光を際立たせるというような、やや理知的ながらも繊細な美意識を育んでゆくことになるのである。

一方、暗闇の中で妖しげな光を発するのが蛍である。

おともせでおもひにもゆるほたるこそなくむしよりもあはれなりけれ

（後拾遺和歌集・夏・二一六・源重之）

鳴くことを旨とする野の虫の中で、声を立てず思いの炎を燃やす蛍に、重之はあわれを感じている。これが夏歌という季節歌であるのは、『古今和歌集』仮名序の和歌観に拠るものであることは言うまでもない。人の心は、鳴く（泣く）声ばかりでなく、光にも託されてゆくのである。

ものおもへばさはのほたるもわがみよりあくがれいづるたまかとぞみる

（後拾遺和歌集・雑六・一一六二・和泉式部）

情念の表象が、「声」ではなく「光」であるところに、蛍に対する王朝人の関心の淵源を見る思いがする。

「声」の歌

「声」は「光」以上に多彩である。先述の蛍は例外として、生き物は基本的に声を発するものであるから、飛ぶ鳥や集く虫など、和歌の中には多くの鳴き声が満ち溢れている。四季の歌を繙いてみても、ほととぎす、雁、鶴、千鳥、鶏、鶯、あるいは蜩、松虫、鈴虫、きりぎりす（はたおり）など、豊かな聴覚世界が広がっている。それらの中から、ここではいくつかの特徴的な歌を見ておくことにしよう。

ひぐらしのこゑばかりするしばのとはいりひのさすにまかせてぞ見る
（金葉和歌集二度本・雑上・五六八・藤原顕季）

「声ばかりする」は、他に音が無いことを表す修辞であり、蜩の声が逆に閑寂とした山家の様相を際立たせている。これらの発想については、「蟬噪林逾静　鳥鳴山更幽」(4)（王籍・「入若耶渓」）などの漢詩世界との関係が重要であろう。また、顕季の歌の場合は、暮れてゆく夕陽の色調によって、聴覚のみならず極めて視覚的な詠であることにも注意が必要である。「光」と「声」が調和した優美な世界が構築されているのである。

この蜩と夕陽の取り合わせは、

ひぐらしの声きく山のちかけれやなきつるなへにいり日さすらん
（後撰和歌集・秋上・二五四・紀貫之）

など早くより見られ、王朝和歌の典型となっている。

また、もう一首、同じく夕暮れ時の「声」を取り上げた、やや特異な詠草を見ておこう。

ふるはたのそはの立木にゐる鳩のともよぶ声のすごきゆふ暮
（新古今和歌集・雑中・一六七六・西行）

「鳩のともよぶ声」とは、同じく西行が詠う、

ゆふざれやひばらのみねをこえ行けばすごくきこゆるやまばとのこゑ

（山家集・雑・一〇五二）

のような実際の山鳩の声か、あるいは、

まぶしさすしづをのみにもたへかねてはとふく秋のこゑたてつなり

（千載和歌集・恋四・八四八・藤原仲実）

という猟師の鳴き真似であるのかは判然としないが、いずれにしても「声」によって呼び起こされる荒涼たる実感が、王朝人の感覚からは一歩踏み出したものであることに間違いはないであろう。

ちなみに、その西行には、「光」に関する次のような歌も残されている。

山ふかみまきのはわくる月かげははげしきもののすごきなりけり

（山家集・雑・一一九九）

「光」と「声」をともに「すごし」と感じる西行の心性を思いやるべきであろう。

さて、「声」の歌に関してもう少し見ておくと、和歌では無生物から発せられる音を「声」と表現する場合が散見される。「鐘の声」「波の声」「滝の声」「風の声」「嵐の声」などに加え、楽器の音色についても「琴の声」「笛の声」などと見られる。その他にも、法会の場から聞こえてくる「声」の用例が、平安の後期になると増加してくる。

人をとふかねのこゑこそあはれなれいつかわがみにならむとすらん

（詞花和歌集・雑下・四〇六・よみ人しらず）

「人の四十九日の誦経文にかきつける」という詞書で、「成る」に「鳴る」が掛けられているから、この場合の「かねのこゑ」は、法要に際して鳴らされる鐘の音であろう。しかしまた、その場には僧侶達による誦経の

「声」も高らかに響き渡っていたに違いない。

釈教歌における「光」と「声」

釈教歌は、狂言綺語観の流行とともに、平安の中頃から盛んに詠まれるようになるが、それに伴い、和歌には新たな「光」と「声」がもたらされることになる。前掲、和泉式部の「暗きより」の詠草は、この世の闇を照らして欲しいという願いであったが、同時期に盛行を見た天台浄土教は、王朝人に浄土という来世への志向を呼び起こしていった。

あみだぶととなふるこゑをかぢにてやくるしきうみをこぎはなるらん
（金葉和歌集二度本・雑下・六四七・源俊頼）

天王寺西門から西方へ船出してゆく様相を詠う屛風歌である。絵から声を聞くのは、屛風歌一般に見られることであるが、その念仏の声とともに西方浄土が希求されているのである。そして、そのような心性は、浄土世界そのものへの憧れをもかき立ててゆく。

いにしへの尾上の鐘ににたるかな岸うつ浪のあか月のこゑ
（新古今和歌集・釈教・一九六八・藤原俊成）

「岸うつ浪のあか月のこゑ」とは、極楽浄土の七宝池に打ち寄せる波の妙音であり、詞書には「あかつきいりて、浪のこゑ金の岸によするほど」という『浄業和讃』の一節が引かれている。『往生要集』にも「見仏光明得清浄眼、因前宿習聞衆法音」(5)（大文第二）などとあるから、浄土世界は光と声に包まれた世界と考えられていたようである。

ところで、中世の足音が近づく平安末期になると、浄土に対置する地獄への関心も、次第に顕著になってゆく。地獄絵の中に獄卒・亡者の「声」を聞き、救済の「光」を見た、西行の連作（『聞書集』「地獄ゑを見て」）を最後に見ておこう。

とふとかやなにゆゑもゆるほむらぞと君をたきぎのつみのひぞかし　（聞書集・二一七）

罪人の「なにゆゑもゆるほむらぞ」という問いに対する、獄卒の「君をたきぎのつみのひぞかし」という答え。地獄から聞こえてくる問答に耳を傾ける西行の姿が思い浮かぶ。また、救いの「光」については、連作前半の最後に次のようにある。

ひかりさせばさめぬかなへのゆなれどもはちすのいけになるめるものを　（聞書集・二二一四）

いわゆる「地獄の鑊割れ」の場面であり、「ひかり」は阿弥陀から発せられた慈悲の光である。そして、後半の最後も次のような歌で締め括られている。

あさひにやむすぶこほりのくはとけむむつのわをきくあか月のそら　（聞書集・二二二四）

奈落の底に差し込む朝日の光とほのかに聞こえる錫杖の音とが、地蔵の救済の象徴である。これらに見られる「光」の描写は、地獄世界からの直接の救済をあらわしており、その意味では、無明の闇を照らし出す真如の月よりも、より現実的な希望の光であったのかもしれない。

おわりに

「光」と「声」の詠草を辿ってきたが、わずかな用例を選び出して論じたにすぎない。最後に恋に関する歌を紹介して閉じることにしよう。

恋すればもゆるほたるもなくせみもわがみの外の物とやはみる　（千載和歌集・恋三・八一三・源雅頼）

蝉と蛍に託された王朝人の心象風景は、今も変わらない。視覚と聴覚の世界が合わさって「人のこころ」であるところに和歌の生命力はあると思われる。

注

1. 新編国歌大観、角川書店。以下に引用する和歌もすべてこれに拠る。
2. 『竹取物語』に、「月の顔見るは、忌むこと」（新編日本古典文学全集、小学館）とある。また『更級日記』などにも若い女性が月を見ることをタブーとする心理・心情が描かれているところがある。
3. 大正新脩大蔵経、九巻、二六二。
4. 『漢詩大観』上、関書院、一九三六年。
5. 大正新脩大蔵経、八十四巻、二六八二。

第二章 うたわれる場

法会と歌詠
―源経信から藤原俊成へ　清水　眞澄

歌合の〈声〉
―読み上げ、詠じもしたる　渡部　泰明

♪間奏曲♪覚如の歌、円空の歌　岡﨑真紀子

法会と歌詠——源経信から藤原俊成へ

清水　眞澄

はじめに

『万葉集』以前の古代歌謡には、さまざまな詩型（定型律・歌体）があった。３・４、３・４の音数くりかえしもあれば、５音、７音のくりかえしもあったし、それ以外のものもあった。そういう中から５・７・５・７・７の短歌形式が主流となり、『万葉集』を経て平安時代の和歌が成立していった。和歌史を要約すれば、こういうことになるだろう。

だが、こうした一般的な和歌史の把握には、歌は声に出してうたうものであった、という観点が抜け落ちている。和歌の研究史をひもとくと、声の問題があまりとりあげられてこなかったことに気づかされる。洗練された表現世界に対する分析に研究者の関心が集中し、また歌人の伝記・歌論その他に関心がひろがったが、歌は実際にうたうものだという当たり前で本質的な問題が置き去りにされてきたようだ。

声は残らない。したがって「うたう」歌を論じるならば、『琴歌譜《きんかふ》』のような資料や、神楽《かぐら》、催馬楽《さいばら》、今様《いまよう》などの伝承芸能をとりあげることになる。資料が数多く残されているから緻密な研究が可能であり、和漢朗詠、和歌披講に関する論文も増えてきた。[1]また、和歌と漢詩の朗詠や歌会などでの和歌の詠唱を再現する試みも盛んに行われるようになった。

しかし、ここに疑問がある。和漢朗詠や和歌披講は、和歌を「うたう」ことなのだろうか。詞章に曲節を付けて声に出すのだから、そう言ってよいだろう。だが、それらを研究するための資料は、ほとんどが和漢朗詠・和歌披講が宮廷芸能として確立し権威化された後に書かれたものである。資料もまた権威化している。そういう記載資料によって研究を進めれば、声に出してうたう行為の本質が見えにくくなるのではなかろうか。歌の原点にもどって考え直すべきことがあるのではないか。以下、声に出してうたうこと、うたわれるものを「ウタ」ということにする。

最近は、思想や信仰の面から和歌を考える試みも盛んになってきた。たとえば、小島裕子[2]や阿部泰郎[3]は宗教資料の収集につとめ、その鋭い分析をとおして新しい研究の視界を切り開いた。小峯和明は、法会文芸という独自の概念をうちだした。法会という場から文芸を切り離しテキストとして研究するのでなく、法会という場を音楽・芸能・宗教なども含めて新たなる表現世界を生みだす総合的な場として捉えようとしている。[4]

本稿は、こうした近年の研究成果に学びながら、古代歌謡から中世の和歌・歌謡へと続く和歌史・韻文史の根源に〈声としてのウタ〉があることを明らかにしてみようと思う。すなわち〈声としてのウタ〉の実態――どのような場で、どのような方式でウタわれたのかを考える。

まず、用語の使い分けをしておく。「ウタ」は前述のごとく声に出してうたうもの、「歌」は文字で書かれた詞章をさす。「歌詠」は、儀礼的な場において声に出してウタをうたう、という意味で用いる。とくに問題にするのは、「歌詠」と「法会」の関係を明らかにすることである。その上で、紙に記されて資料として伝存している「歌」の根源に何が潜んでいるのか、考えてみたい。それは、はたして「ウタ」の本質とどう違うのか、同じなのかを明らかにしてみようと思う[5]。

歌詠の歴史

ウタが「和歌」と呼ばれる以前、どういうものであったか、『万葉集』から用例を探してみよう（引用は、小学館日本古典文学全集による）。

たとえば、『万葉集』巻第一に、斉明天皇が今の愛媛県松山の港から出港するときに詠んだ有名な歌がある。「熱田津《にぎたつ》に　船乗りせむと　月待てば　潮もかなひぬ　今は漕ぎ出でな」（八）。作者は額田王、と記されている。だが、左注を見ると、山上憶良の『類聚歌林《るいじゅうかりん》』〈逸書〉[6]が引用されており、それをもとに『万葉集』の編者は「即《すなは》ち、この歌は天皇の御製《おほみうた》なり」と記している。今は亡き夫の舒明天皇と伊予の温泉に行ったことを思い出し、「感愛《かなしみ》」の情を詠んだものだという。「所以《このゆゑ》に因《よ》りて歌詠《みうた》を製《つく》りて哀傷したまふ」とあるから、『万葉集』が編まれたころ、夫をしのぶ斉明天皇の哀傷歌として伝えられていたとみてよいだろう。そこには、みずから声に出して悲しみをウタう天皇の姿がある。この場合の「歌詠」は、歌を声に出して人々の前でウタったことを意味すると思われる。もちろん実際には斉明天皇に代わって、歌を作り詠唱する者がいた。それが額田王であったわけだが、声に出してうたわれたことに変わりはない。

だが現存の『万葉集』は、額田王を実作者であるとしている。これはどういうわけか。歌の社会的な役割が大きくなり、それにつれて専門歌人が出現してきて、作者名が記されるようになる。ウタをうたうことよりも、歌を作る人間が重視されるようになる。ウタは共同の営為であったが、しだいに作者を際だたせるものへ変わり、公の評価を受けるようになった。そういう事情を反映して作者名が記されたのであろうと考えられる。

次に、巻第十六、三八〇二番歌の左註に見える歌詠の用例を検討してみよう（傍線は引用者による。以下同じ）。

　春の野の　下草なびき　我も寄り　にほひ寄りなむ　友のまにまに（三八〇二）

　昔者壮士《をとこ》と美しき女《をみな》とありき。姓名未詳なり。二親に告げずして、竊《ひそか》に交接を為す。ここに娘子《をとめ》が意《こころ》に、親に知らせまく欲りす。因りて歌詠を作り、その夫《つま》に送り与へたる歌に曰く、

　隠りのみ　恋ふれば苦し　山の端ゆ　出で来る月の　顕さばいかに（三八〇三）

男女の秘密を述べた物語的な内容である。歌が生まれた理由を「因作㆓歌詠㆒」と述べる。しかし、その後に、夫に送ったとあるから、この場合の「歌詠」は木簡か何かに書いて送ったか、もしくは、だれかしら信頼できる人に頼んで伝言したか、どちらかである。もし、何かに書き記されて送られたものが「歌詠」であったならば、それは離れている相手に対して直接、自分の心を伝えるための手段であったといえるだろう。『万葉集』には、歌を書き留めて相手に心を伝えた例がほかにも見える。『万葉集』時代の歌が「和《こた》ふる」という機能を担っていたことに注意したい。

『万葉集』全体から見れば、声を出して披露したと思われる「歌詠」の用例は乏しい。それにも関わらず、題詞等から判断して、宴席で声に出してうたったと思われる歌が多い。たとえば、題詞に「宴する歌」（巻六・一〇

一六）とある「海原の　遠き渡りを　みやびをの　遊ぶを見むと　なづさひそ来し」は、左註に「右の一首、白き紙に書きて屋の壁に懸着けたり」とあるものの、やはり宴会で詠唱されたと考えるべきだろう。また、巻第十六、三八一六から三八二〇なども、注記から宴席での詠唱と認められる。喜びや悲しみが高まってきて声を出してうたうウタが生まれ、また、宴席で披露するためにウタが作られたのである。

では歌の本質も、人の喜怒哀楽に応じて即興的に作り消費するものと考えてよいのだろうか。『万葉集』で注目したいのは、歌を、伝承する目的で詠作する場合があったという点である。万葉歌の中には、巻第一七・四〇二九の左註に「右の件の歌詞は、春の出挙に依りて、諸郡を巡行し、当時当所にして、属目し作る」とあるように、即興的に声に出してうたったというのではなく、記録をする目的で歌を詠作したと考えられるものがある。さらに「右、この歌を伝誦するは、三国真人五百国これなり」（四〇一六・左註）、「右の一首、伝誦するは掾久米朝臣広縄なり」（四二三五・左註）などと伝承者を記すものもある。

確かに『万葉集』は長い時間をかけて段階的に成立したものであり、巻ごとの編纂の仕方にもかなりの違いがある。しかし、最終的な段階のころは、歌は即興的に生み出されるウタではなく、意図して作る文芸になっていた。そのうえで詠唱されていた。それが「歌詠」というものだろう。ウタは、「歌詠」「歌詞」へと変化しつつあったのである。

もう一つ『万葉集』で注目したいのは、「歌儛所《うたまひどころ》」の記事である。天平八年（七三六）に詠まれた巻第六・一〇一一～一〇一二番歌の題詞に、「古儛盛りに興り、古歳漸に晩れぬ」とあるので、このころ古くから伝わる「歌舞」を尊重しようとの機運が高まり、「歌舞所」が設置され、「風流意気の士」が集ったことがわかる。結局、天皇のもとに、民間その他で伝承されていた歌と舞を積極的に保存する時代を迎えており、やがて宮中の大歌所へと発展したのであった。[7]それは歌詠の専門職が公に認められ、うたうことに権威が生じた証しでもあった。

法楽の思想

歌詠の権威は、宗教においても高まっていった。次に法会において、和歌や音楽が披露された最初の事例を確認しよう。すなわち『万葉集』巻第八・一五九四の歌である。

　しぐれの雨　間なくな降りそ　紅に　にほへる山の　散らまく惜しも

題詞に「仏前の唱歌一首」、左註に「皇后宮の維摩講《ゆいまこう》に、終日《ひねもす》に大唐・高麗等の種々の音楽を供養し、爾《しか》して乃《すなは》ちこの歌詞《かし》を唱ふ」とある。法会の会場は光明子の父である不比等《ふひと》の邸第であったと推定され、不比等の娘で聖武天皇の皇后藤原光明子が維摩講を主催したのであった。注にはさらに琴を演奏したのは市原王と忍坂王で、詠唱したのは田口朝臣家守ら十数人、とも記されている。歌には、時雨の降る中で紅葉が散りゆくようすが詠まれている。大唐や高麗のさまざまな音楽を奏でて仏を供養し、無常の思いをあらわすこの歌をうたったのだという。[8]

もう一例、「歌詠」と信仰が結びついている例をあげてみよう。『万葉集』巻十六・三八四九～五〇の題詞に、「世間《よのなか》の無常を厭《いと》ふ歌二首」とある。「無常」という仏教語が文学作品に登場した最も早い例の一つであった。

　生死《いきしに》の　二つの海を　厭はしみ　潮干の山を　偲《しの》ひつるかも　（三八四九）

　世の中の　繁き仮廬《かりほ》に　住み住みて　至らむ国の　たづき知らずも　（三八五〇）

左註に、「右の歌二首、河原寺の仏堂の裏《うち》に、倭琴《やまとごと》の面《おもて》に在り」とあるから、二首の歌は、河原寺の仏堂に保管されている倭琴に記されていたことがわかる。河原寺は斉明天皇の御願によって建立された四大寺の一つである。二首の歌が成立した年代はわからないが、古代、琴は風流な王たちの素養として宴席で重用されたのであった。これらの歌も専門の歌人が作り、風流王たちの奏楽に合わせて詠唱したものであろう。[9] そして以上の事例を考えるに、法会歌謡の濫觴から歌詠と奏楽は同義であったと認めてよいだろう。

それでは当時すでにさまざまな法会があった中で、維摩講の法会に「歌詠」が用いられたのには、どのような理由があったのだろうか。法会の内容からその理由を考えてみよう。そもそも、仏教では基本的に「楽」は罪の一つであり、天女（玉女）の奏する「鼓楽絃歌」も美という快楽であるがゆえに退けられていた。ところが山田昭全[10]や多屋頼俊[11]によれば、音楽を仏に捧げる法楽《ほうらく》は『維摩経《ゆいまきょう》』の受容とともに広まったという。『維摩経』巻第四「菩薩品《ぼさつぼん》」は、「楽」は五種類の快楽（五欲楽）から真実の法楽に転じると説いている。法楽とは、常に仏を信仰し、法を聴聞し、衆を供養する楽しみをいうのである。聖徳太子の撰述という『維摩経義疏《ぎそ》』は、随喜して他善を行い心を清浄にすることこそ菩薩法楽であると述べている。よって天女の音楽も他者のために善を行うのであるから、仏の供養に用いることができるという理解が広まった。

では法会の歌詠には、どのような音声の思想が認められようか。一つは、歌は天象・地祇を反映するものであり、神仏と人を結ぶものという思想である。「時雨の雨」の歌の場合は、時雨の降るようすは、天象・地祇の内部に存するものがあらわれていると認識されたであろう。二つに、「維摩経十喩《じゅうゆ》」（無常を表す十の譬え。泡や芭蕉を挙げることで知られる）で知られるように、無常思想を具体的な物象を用いて表現する傾向がすでに生じていた。

法会の場での唱歌すなわち「歌詠」が作られ、無常観が表現・詠唱されるようになった背景には、こうした『維摩経』を核とする思想と表現の胎動があったと考えてよいだろう。

興福寺の維摩会は、のちに宮中大極殿の御斉会《みさいえ》、薬師寺の最勝会と並ぶ重要な法会となった。権力を握った藤原氏は『維摩経』を重視し、宗教・政治の世界の再構築を行った。その結果、器楽の演奏と「歌詠」の創作・詠唱を組み合わせたシンフォニックな宗教音楽が盛大に、また豊かに展開されるようになったのである。

平安時代、日本に密教が請来されると護国経典である『金光明最勝王経』の弁才天と、密教の基本経典である『大日経』の妙音天が習合し、妙音弁才天信仰が生まれた。これに『大日経』に基づく金剛歌詠の思想が加わり、歌詠が密教の中心仏である金剛薩埵の力を増幅するとの信仰が生まれた。現代でも法会の冒頭で唱えられる声明曲の一つ、「四智讃《しちさん》」(12)は、金剛薩埵を讃えて法楽の根本を示している。

金剛薩埵攝受故　得為無上金剛宝
金剛言詞歌詠故　願成金剛承仕業

第三句、第四句を取意すると、「輝かしい言葉をうたうことで、御仏への最高の供養となさん」となろう。「四智讃」は梵語《ぼんご》（サンスクリット）でも漢語でも詠唱する曲であったが、法会の始めに唱えて、法会の全てが仏への最高の供養となるよう祈るのであった。

法楽の思想を奏楽に結びつけて信仰したのが、源経信（一〇一六〜一〇九七）であった。前節で述べたように、すでに八世紀の法会において「歌詠」は倭琴の演奏をともなってうたわれていた。平安中期にはさらに音楽による仏供養が盛んになり、和琴の代わりに琵琶が用いられるようになった。経信は歌人であったが、漢詩や音楽にも優れた才能を発揮した。鎌倉時代の楽書『文机談《ぶんきだん》』は、源経信が妙音天を信仰していたことを伝えている。経信は琵琶を能くしたことから、琵琶を奏する仏である妙音天を深く信仰したのだという。確かに『文机談』の記事には、後世人の源経信に対する称讃も投影されていよう。だが院政期になると藤原摂関家から妙音院師長《みょうおんいんもろなが》が出て、源経信の桂流と藤原孝博《たかひろ》の西流とを統合して妙音天信仰をも受け継いだ。琵琶は仏教的に権威付けられて聖なる楽器とされたことから、天皇の楽器として儀礼に用いられるようになった。このように音楽が宗教的な意義を増したことから、歌詠と奏楽はさらに緊密な関係を持つようになった。

和歌と声明

それにしても和歌が原初のウタに還元される理由はどこにあったのか。実のところ、和歌の壮大な研究史の中で、和歌を声に出してうたうこと、すなわちウタとしての詠唱の実態や、思想的背景を問う実証的な研究は立ち後れているように見受けられる。そこで和歌がうたわれた実例として、東大寺建立の「勧進聖《かんじんひじり》」として知られる行基《ぎょうき》の詠歌を取り上げて、和歌が法会の中で声明曲として伝承された経緯を追ってみたい[13]。

そもそも法会和歌の資料は、『拾遺集』巻第二十、「哀傷」、一三三九番歌の藤原道綱母（藤原倫寧《ともやす》女）の詠歌が早いとされる（『新編国歌大観』による。以下、勅撰集の引用は全て同じ）。

為雅朝臣普門寺にて経供養し侍りて、又の日、これかれもろともにかへり侍りけるついでに、をのにまかりて侍りけるに、花のおもしろかりければ、　春宮大夫道綱母

たきぎ木こる事は昨日につきにしを　いざをののえはここにくたさん

この歌は、詞書から、藤原為雅が普門寺で主宰した法会の翌日、作者が帰路に小野で桜を観賞した際の詠歌と見られる。詠作のきっかけとなった「経供養」は、法華経千部供養と考えられている（岩波日本古典文学大系『かげろふの日記』「附録家集」の頭注参照。なお、同歌は、『拾遺抄』巻第十、雑下、五七二番歌として収められるが、詞書に異同がある）。和歌の冒頭、第一句の「たき木こる」とは、法会で詠唱された仏教歌謡（声明）である「法華讃嘆《ほっけさんたん》」（法華讃歎とも。一名「薪句」）を意味している。「法華讃嘆」は、仏伝（釈迦の伝記）の有名な故事を讃える声明曲である。すなわち、かつて釈迦が阿私《あし》仙人に仕えて自ら薪を採り、菜を摘み、水を汲み、教えを得たという。行基がこの故事を題材として詠んだ歌を元に、「法華讃嘆」は作られたという。

声明曲の基となった行基の詠歌は、同じく『拾遺集』一三四六番歌に、次のように見える。

大僧正行基よみたまひける

法華経をわがえし事はたき木こり　なつみ水くみつかへてぞえし

『法華讃嘆』の記録上の初出は、寛平元年（八八九）九月二十四日から嘉祥《かしょう》寺で営まれた光孝《こうこう》天皇の一周忌の法華八講の記事である（『願文集《がんもんしゅう》』二所載「御記《ぎょき》」（『大日本史料』第一編之一所収））。以降、「法華讃嘆」は『小右記』『中右記』などの史料に散見する。文学では、『三宝絵《さんぼうえ》』中、「大安寺栄好」が述べる石淵《いわぶち》寺の法華八講の記事が早い。『三宝絵』は、法会で薪を実際に担うという表演があったと伝え、「法華讃嘆」の歌詞と共に行基作説と光明子作説を紹介している。「法華讃嘆」と薪や水を運ぶ表演のことは、『源氏物語』「御法巻《みのりのまき》」、『栄華物語』巻第八、「はつはな」・同巻第三十七、「けぶりの後」をはじめ諸書に見え、平安時代中期に盛行した様がうかがえる。すなわち、法華八講での行基の和歌は、声明曲としてうたわれたのみならず、表演を加えて多くの人々の心を捉えたのであった。

では実際の法会では、行基の和歌はいかに詠唱されていたのだろうか。先述した光孝天皇の一周忌を記す「嘉《か》祥《しょう》寺《じ》御願八講御願文」（同前、橘広相《たちばなのひろみ》作）には、「披講梵唄」とも見える。梵唄は、声明（仏教歌謡）を指す言葉である。だが内容を考えると、仏教歌謡として和歌を披講したのか、あるいは和歌披講と梵唄は別であったかはよくわからない。そこで法会と和歌の関係を、鎌倉時代の声明資料を手掛かりに考えてみたい。

神奈川県にある称名寺の資料を寄託された金沢文庫には、貴重な法会の資料が保管されている。『法華讃嘆』も、同文庫蔵『聖宣本声明集』所載「法華経讃嘆亦名薪句」及び『顕教声明集《けんきょうしょうみょうしゅう》』に見える（『金沢文庫資料全書』第八巻、「歌謡・声明篇　続」神奈川県立金沢文庫編。解題　新間進一・乾克己・福島和夫・髙橋秀榮　一九八六年三月。以下「全書」と呼ぶ）。同書は、鎌倉時代に興福寺の声明僧（内梵音）聖宣が著したものである。聖宣については、音楽史の面から福島和夫が、興福寺と金沢称名寺をつなぐ重要な人物であったことを明らかにしている[14]。すなわち聖宣は、西流琵琶で知られる藤原孝道の甥で、院政期の音楽を大成した妙音院師長の音楽を継承していた。資料から、行基の詠歌が『法華讃嘆』の詞章であり、鎌倉時代には「薪句」と呼ばれ、南都から鎌倉へと広く伝承されていたことがわかる。

実は金沢文庫には、「法華讃嘆」を取り出して、法会に用いたことをうかがわせる声明譜が伝わっている（傍線は引用者による。以下同じ）。

〈資料1〉『法華讃嘆』（『金沢文庫資料全書』第七巻、「歌謡・声明篇」。神奈川県立金沢文庫編　解題　新間進一　一九八四年三月）

ホケキョウヲ／ワカエシコトハ／タキ、コリ／ナツミ、ツクミ／ツカエテソエシ／ツカエテソエシ

「薪句」の詠唱法は、金沢文庫所蔵の声明資料の内、室町時代の舞楽法要の式次第を記録した中に見える。

〈資料2〉『如法経供養』（仮題。原典は表題欠。全書では『立筆・先立貞治七如法経舞目録』として収載）

①次収坐具了分経上﨟持経下﨟執蓋次
第者上座一﨟迎経合掌互跪唱薪吟之
次分経伽陀次第　薪讃

記事によれば、貞治七年（一三六八）の如法経書写供養で、経典を法会に迎えるに際し、僧たちは合掌して互いに跪《ひざまづ》き「薪」を吟詠した。これに続いて伽陀《かだ》という声明曲の一つ「薪讃《たきさん》」（「法華讃嘆」）を詠唱した。実は、詞章は法式の中ではなくて、表紙に博士譜として記されている。

②法華経ヲワカエシコトハ
タキ、コリ　ナツミ　ミツクミ
ツカヘテソエシ　ツカエテソエシ

なぜ目録の表紙に「薪句」を記したかは明らかでないが、声明の特性が末尾のリフレインにあったことがうかがえよう。

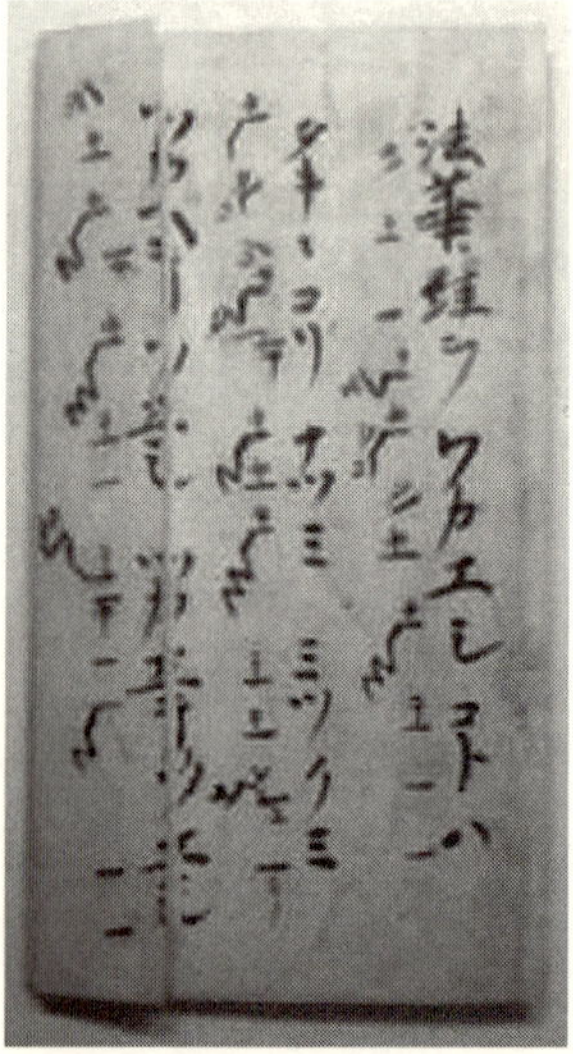

『如法経供養』〔279函―8、称名寺所蔵（神奈川県立金沢文庫保管）〕

さらに金沢文庫蔵の『法華讃嘆』には、博士譜に加えて詠唱法を記す資料もある。『秘中秘』という声明の秘

伝書である。

〈資料3〉『秘中秘』〔法華讃嘆〕〔皓然記《こうねん》。成立年代未詳。鎌倉時代か。全書第七巻、「歌謡・声明篇」同前〕

①倍《秘》又薪楽云々可訓之

　合葉菜色拍子六之前拍子《ヒ》

　三

　　只拍子

　　〔博士譜　略〕

②文者光明皇后御作曲者

　公任作　已上拍子十六

　貞保親王記云楽五反詠三反

　〔後略〕

『秘中秘』では、『貞保親王記《さだやす》』〔＊貞保親王　清和天皇皇子〕を引用して、楽を五回、詠唱を三回繰り返すと記述しており、声明の詠唱に応じて器楽を奏したことは明らかであろう。さらに伽陀の詞章を「文」と呼び、作者を光明皇后〔藤原光明子《こうみょうし》〕、作曲者を『拾遺抄』の編者でもある藤原公任とする点は重要である。

「法華讃歎」の作者に関する同様の説は『大原声明博士図』にも見える。同書は「法華讃嘆」が、保安三年（一一二二）に良忍から家寛《けかん》〔後白河院の声明の師〕に相承されたと伝えている。一方、金沢文庫蔵『諸経要文伽陀集』は、行基作の和歌五首をまとめて収めるが、「法華讃歎」は見えない。

以上を整理するならば、行基の詠歌は、藤原氏の栄華と維摩経や法華経への信仰を背景として、光明子作の行道の曲「薪楽」へと変容したのであった。法会内では、同歌を和歌として吟詠した後、「法華讃嘆」（「薪讃」）という伽陀として詠唱する形態があった。やがて和歌としての詠唱は失われ、独立した声明曲となったと考えられる。現在は、「法華讃嘆」の他に、行基作の「百石讃嘆《ももさかさんだん》」、伝円仁作の「舎利讃嘆《しゃりさんだん》」とを合わせて三讃嘆と呼んでいるが、和讃の成立は和歌と仏教歌謡との間を考える上でも重要である。(15)

平安時代中期から院政期にかけて流行した歌謡―今様の中にも、行基の詠歌が見える。資料として、鎌倉時代の歌謡の書である異本『梁塵秘抄口伝集《りょうじんひしょうくでんしゅう》』を取り上げて紹介しよう。本書は、後白河院撰述の『梁塵秘抄口伝集』とは別書である。飯島一彦の研究から、本書が平氏政権時代の芸能・文化の実相を伝える貴重な資料であることが明らかとなっている。(16)この異本『梁塵秘抄口伝集』巻第十二に、次のような記事が見える（岩波文庫本による）。

資賢卿のいう、今様に釈迦仏修行くるしみを説て云、法華経はつかへしことはたきゞこりなつみ水くみつかへてぞえし、といふを、今様にうたひて、稽古も修行によるべしとその座ニしてうたはれき。はれもつけて唱ひしとかや。

ここに見える詞章は、伝存する「法華讃嘆」や行基の詠歌とは、第一句の詞章が異なる。だが和歌が仏教歌謡となる一方で、即興的に今様としてうたわれていたのは疑いない。古代から中世に限って言えば、和歌は聖俗を兼ね備えた歌謡でもあったと言えよう。

「法華讃嘆」の他にも、仏教歌謡として実際に詠唱されていた「和歌」がある。金沢文庫収蔵の『和歌』は、三首の和歌を仏教歌謡にしたものである。

〈資料４〉『和歌』（講式《こうしき》伽陀）（『金沢文庫資料全書』第七巻収載。引用にあたり、私に記号を付して詞章を示した）。

Ａヤクモタツ／・イツモヤエカキ　ツマコメニ
／・ヤエカキツクル／・ソノヤエカキヲ

Ｂナニワツニ／・サクヤコノハナ　フユコモリ
／・イマワハルヘト／・サクヤコノハナ

Ｃホノホノト／・アカシノウラノ　アサキリニ
／・シマカクシユク／・フネヲ《ネヲ》《ヲ》シソヲ《オモ》モフ

『和歌』は、本来五句から成る和歌を、四句の訓伽陀《くんかだ》（和語の仏教歌謡）にしている。本資料で特に注目したいのは、和歌が法会で伽陀として詠唱されてもなお、「和歌」と認識されていたことである。さらに貴重なことに、『和歌』には詠唱法を示す朱筆裏書がある。次に全書を参照しつつ全文を示す（□内は、虫損箇所を示す。また〔 〕は全書では未読とする）。

私尋云若只二句出来者如何可誦之
□《師仰》伝云第一第四計ニ可誦之歟

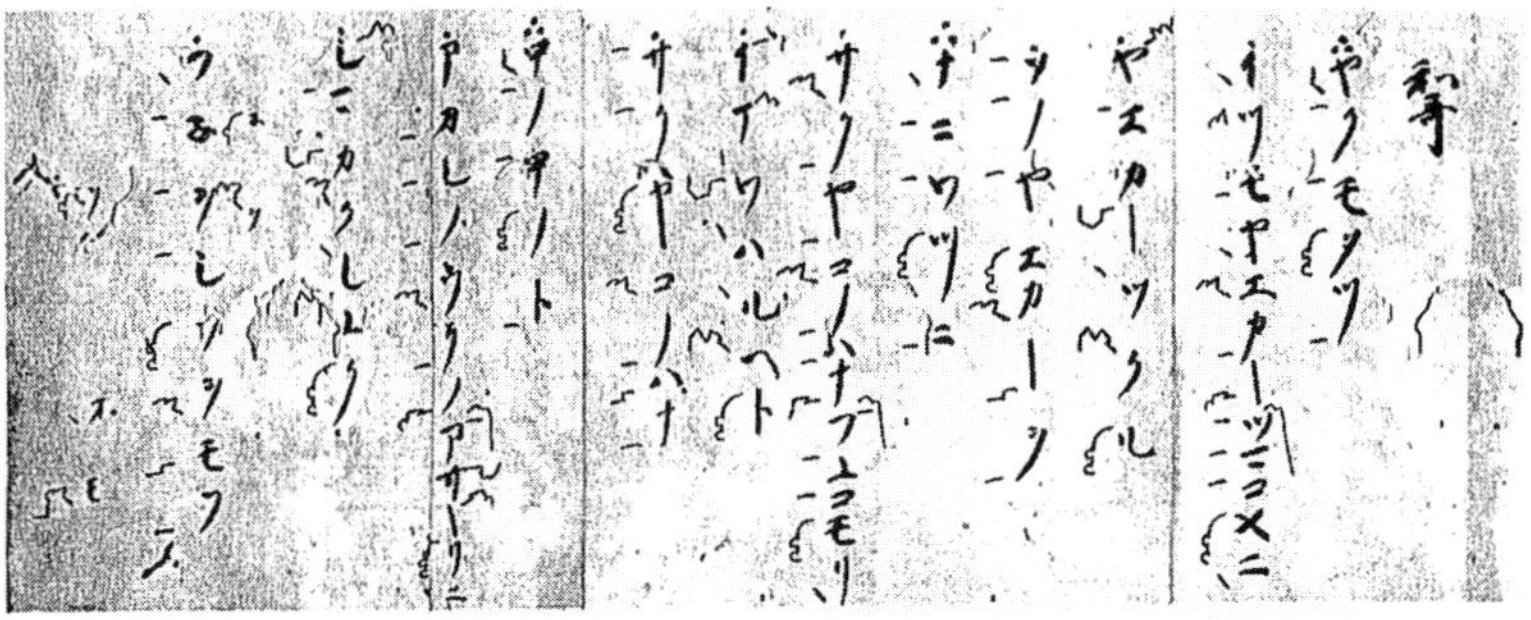

『和歌』（ヤクモタツ）〔276函-25、称名寺所蔵（神奈川県立金沢文庫保管）〕
和歌が声明曲として歌われていた実例

又師仰云詩伽陀ハ如訓伽陀無別子細云々
又仰云此墨博士言ハ我流也朱ハ他
流也不可用之云々
又此解半訓伽陀トテ有之可存之
二句ハ音ニ読之テ二句ハ訓ニ読之立
此名一云々
又切音ノ伽陀トテ有之聊天台
大師ノ画讃〔御作〕也云々

和歌は、それぞれ四句から成る伽陀として法会で用いられた。伽陀を二句のみ誦する場合には、第一句と第四句を誦する。「半訓伽陀」では、二句は音読、二句は訓読するという。

　ではこの三首の和歌は、どのような理由で法会で詠唱されたのだろうか。『和歌』の作者を考えてみると、それぞれAは素戔嗚尊《すさのおのみこと》（『日本書紀』）、Bは王仁《わに》、Cは柿本人麿である。この三歌人は、『古今集』序以降、歴代の勅撰集の序などで和歌の歴史を述べる場合に繰り返し登場している。従ってその詠歌も、だれもが学ぶべきものだと考えられて、当初は初学者のための手習い歌の性格が大きかったが、次第に呪術的な、あるいは密教的な意味付けがなされるようになった。

　三首の和歌が「三首ノ本歌」と呼ばれて、儀礼の中で大変重んじられていたろうことは、中世の和歌の秘伝書で三輪正胤が紹介した『和歌古今灌頂巻』からもうかがえる。(17) 同書は、藤原為家の息男で定家には孫にあたる藤原為顕《ためあきら》（生没年未詳　法名明覚）が、家伝を記したとされる。中世では、和歌の宗教性を深めるために、さまざまな秘伝が生まれた。称名寺に伝来した『和歌』は、秘伝を相承するための権威として、密教の伝法の作法にならって生み出された「和歌灌頂」という儀式のための譜であったのかもしれない。

院政期のもう一つの特徴は、歌人を神として祀るようになったことである。「歌仙」は中国の詩仙に対して『古今集』仮名序で用いられた言葉であるが、やがて詠歌を重んじるだけでなく、歌人そのものが信仰の対象となった。中でもＣ柿本人麿は、和歌の神として広く崇拝された。歌人たちは人麿の肖像画を掲げて、それぞれの詠歌を奉納した。この法会を柿本人麿影供《えいぐ》といい、山田昭全の取組み以降[18]、上野順子[19]や、佐々木孝浩らの研究によって[20]、院政期から中世にかけての信仰の実態が明らかになってきた。

実は歌人たちの法会―和歌講には、宗教儀礼の中で和歌がいかにうたわれたのかをうかがい知る重要な手掛かりがある。そこで、鎌倉時代の『竹園抄』「九和歌講作法」（伝藤原為顕著　日本歌学大系第三巻、続群書類従第十七上所収）から、和歌講での詠唱の問題を考えてみたい。

まず資料とする『竹園抄』については、早く久松潜一が作者及び諸本についての基本的な検証を行っている[21]。久松の指摘によれば、『竹園抄』は大きく三系統に分けられ、書写奥書の最も古い系統は、鎌倉時代の年号を持つ二条為実《ためざね》書写本に代表されるという。したがって、ここでは伝二条為実書写本『竹苑抄《ちくえんしょう》』（国文学研究資料館蔵　以下『竹苑抄』）を用いて、和歌講の実際を確認したい。

まず和歌講の本尊に、柿本人麿と高貴徳《こうきとく》住吉明神の影《えい》（肖像画）を掛ける。文台の前に、式師の座、その後ろに講師と読師の円座を対置する。続いて上﨟《じょうろう》の座席と管絃者と伽陀師の座を用意する。式は次のように進行する。1．惣礼《そうらい》の楽、2．式師の伽陀（朗詠）3．読師、和歌の朗唱を行う。以下、難陳（論難と陳述）と判が行われる。

記事を見れば、和歌講の前半は法会の形をとり、伽陀または朗詠を詠唱している。

惣礼の楽をはりて式師しつかにあゆみよりて礼盤につくなり常の作法のことし伽陀は為朗詠の祝言等可然也

後半は、読師の和歌朗唱が行われ、参会者全員がこれに唱和した。

式をはて読師あゆみよりて下臈の哥よりはしめて次第に哥をよみあくる也はしめ一言はさし声次二返は満座同音にこえはのへて詠也

この「和歌講作法」の記事は、三輪正胤が紹介した尊経閣文庫本『竹苑抄』をはじめ、鎌倉時代に遡る古い系統の諸本に共通するようである。記事で特に注目したいのは、伽陀を朗詠に代えることである。金沢文庫蔵『禁中遊宴曲事』に妙音院師長の口伝として、禁中では伽陀ではなく朗詠に代えるとある。こうした資料から考えても、『竹苑抄』の記事は、院政期から鎌倉時代の法会と歌詠のあり方を如実に反映したものと認められる。

『竹園抄』には問題もある。日本歌学大系や続群書類従が基とした寛永二十一年の版本では、式師の役割が大きく異なる。日本歌学大系第三巻より次に示す。

惣礼の伽陀をはりて、式師静にあゆみより、下臈の歌よりはじめて、次第に歌をよみあぐるなり。初の一詞はさし声に、次二返は満座同音に声をのべて詠ずる也

（中略　＊和歌懐紙の積み方）

読師本座に着す。次に

講師よりて、座につきて、さし声にて、歌をよみ、歌の善悪をいふなり。

この記事では、明らかに式師が詠進された和歌を伽陀にして詠唱している。式師とは、講に参会した人々を代表して法則を執り行う僧のことで、講式の文（式文）を様式に従って読み上げる専門僧でもあった。本書から、俗人の読師や講師が和歌披講をするのではなくて、式師や伽陀師など声明の専門僧が和歌を読む、すなわち和歌を伽陀として詠唱し、参会した人々が唱和して声を長く引くという形式も存在したと見られる。

和歌と歌謡

仏教伝来とともにウタは法会音楽と接近し、平安時代には和歌と歌謡が呼応しあって一連の伝承世界を展開していた。それにも関わらず法文が和歌に詠まれ、和歌が伽陀になることはあっても、伽陀が和歌となった事例を指摘することができない。一方では、歌謡が和歌の題材となり、和歌が歌謡とされた事例は少なくない。そして朗詠と伽陀が緊密な関係にあったことは前節ですでに見た。そこで伝教大師最澄の和歌が歌謡とされた事例に注目したい。『和漢朗詠集』「仏事」、六〇二番歌（岩波日本古典文学大系による）は、最澄の詠歌としても名高い。

阿耨多羅三藐三菩提《あのくたらさんみやくさんぼだい》　わがたつ杣《そま》に名賀《みょうが》あらせたまへ　＊名賀＝冥加

この歌は、最澄が比叡山延暦寺を開いた時の詠歌であるとされ、諸書に見える。すなわち『俊頼口伝』上、『奥義抄』序、『古来風体抄』、『袋草紙』『新古今集』巻第二十「釈教」、一九二〇番歌などである。また後白河院の命によって藤原俊成が編んだ『千載集』の序にも、聖徳太子の詠歌と並べて当該歌から歌詞の一部が引用されている。さらに注目されるのは、後白河院自身が編んだ『梁塵秘抄』（巻第二、五六五番歌）にも、最澄の和歌が今様として収められていることである。つまり最澄の和歌は、貴族層や知識人が愛好する朗詠からより広く民間に広まって、今様という現代歌謡となったことがわかる。最澄と比叡山延暦寺への信仰が、和歌をうたう強い要因だったことは疑いない。歌謡は一定の様式に則ってうたうことだが、様式や位相を異にしても和歌をウタに還元する役割を担ったのである。

和歌が歌謡となる時、その「担い手」がどのような人々であったかは重要である。この問題を考える上で、鴨長明の『無名抄《むみょう》』が早くから注目されてきた。梁瀬一雄『無名抄全講』（加藤中道館、一九八〇年五月）によって次に略述する。

富家《ふけ》の入道殿に、俊頼朝臣さぶらひける日、かゞミのくゞつどもまゐりて、歌つかうまつりけるに、神歌になりて、

世の中ハうき身にそへる影なれや　思ひ捨つれどはなれざりけり

以下を要約すれば、この歌は、源俊頼（一〇五九頃～一一二九。源経信の息男）の詠歌であった。それを近江国鏡山《かがみやま》の傀儡《くぐつ》らが、神歌《かみうた》（今様など、神に捧げる歌謡）として歌っていたのである。この場合、歌は作者を離れ、ウタとなることで神と人とを結んだのである。ところで傀儡というのは、古代から人形劇や歌謡などを生業とした芸能民であるが身分は低い。しかし当の俊頼は、「いたり侍らひけりな」と述べたといい、逸話を記した鴨長明は「いみじかりける」と結んでいる。傀儡の歌謡は、和歌が世間に流布した証しでもあった。しかも当時最高の文化人の一人、富家殿《ふけどの》藤原忠実の御前で、自作和歌がうたわれたのだから、俊頼は大いに面目を施したのである。

『無名抄』の話には、さらに後日談が記されている。俊頼の話を聞き伝えた永縁僧正は、羨ましく思って琵琶

法師を集め、様々な禄《ろく》（褒美）を取らせた上で次の自作の和歌を唱わせた。

　聞くたびにめづらしければ郭公《ほととぎす》　いつも初音のこゝちこそすれ

この歌は『金葉集』巻第二、「夏歌」一一三番歌に収められ、『袋草紙』もこの歌に永縁の強い自負があったと記す。それにも関わらず、他の者が数ヶ月前に同じ詠歌を自作だとして提出していた。それを知った永縁が、本当の作者は自分であると強く訴えたので、永縁の作であると認められたのであった。

さらに、『無名抄』の話は続く。永縁の件を伝え聞いた敦頼入道（道因）は、やはり盲人を集めて自作歌をうたわせようとした。だが、彼らに報償を与えず無理にうたわせようとした件が露見して、道因は世の笑い物になってしまった。本話の史実性については多くの研究がなされているが、特に植木朝子は、道因と鏡山の傀儡であるあこ丸との交流を、『続詞花集』及び『新勅撰集』に収められた二人の贈答歌から再確認し、院政期の今様文化圏を鮮明にしている。[22] では、なぜ道因はそこまでして和歌を歌謡にする必要があったのか。その答えを考えるに、詠歌を意図的に芸能民に唱わせて、自作の和歌が自然発生的に神歌となったと装い、かつ著作権を主張できると考えたからだと思われる。

もう一例、『野守鏡《のもりかがみ》』上（日本歌学大系第四巻）には、「秀歌はつねに人の口ずさむ事」として、道因の次の詠歌を「めくら法師」が口ずさんだ話が見える。

　山のはに雲のよこぎる宵の間は　出ても月ぞ猶またれける

「秀歌よみたりけり」と喜んだ道因は、彼の盲僧を呼び入れて引き出物を与えたという。伝承の真偽を確認することはできないが、同歌は、『新古今集』巻第四、「秋歌上」、四一四番歌に収められていることから、一定の評価があったことは確かである。

和歌は民が歌ってこそ秀歌だという民詠秀歌の思想は、『袋草紙』上巻所収の『後拾遺集』第三、夏歌、一七八番歌を巡る逸話にもうかがえる。すなわち太宰府の大山寺別当元慶は、筑紫で時鳥《ほととぎす》を次のように和歌に詠んだ（新日本古典文学大系により示す）。

わがやどのかきねな過ぎそ時鳥　いづれのさとも同じ卯の花

ところが後に元慶が上洛した際、山崎辺りで自分の詠歌を下女が臼《うす》歌（臼引き歌）としてうたうのを聞いて、感動のあまり涙をぬぐったという。自作の和歌を民がうたう、それは秀歌の証しであったから、元慶にとっては最高の名誉のはずであった。しかし源経信は『難後拾遺抄』の中で、この元慶の歌が実は大原の良暹《りょうぜん》の作だったと指摘している。やはり、道因や永縁僧正が自詠歌を芸能民に誂えて歌謡としたのは、その詠歌が秀歌であると喧伝するためだったに相違ない。和歌はうたわれるからこそ、常に誰の歌か、民が歌っているか、勅撰集は正しき歌を収めているかといった厳しい吟味が必要なのだともいえよう。

それでは和歌と歌謡は、うたう上でどのような相違点があったのだろうか。藤原俊成はその歌論『古来風体抄』上（建久八年（一一九七）日本歌学体系第二巻）で、「うたはたゞよみあげもし詠じもしたるに、なにとなくえんにもあはれにもきこゆる事のあるなるべし。もとより詠歌といひて、こゑにつきてよくもあしくもきこゆるものなり。」と述べて、詠歌の意義を重んじたことで知られる。つまり和歌は、読み上げ、あるいは詠じて「艶」や「あはれ」といった情趣を醸し出すものであった。もとよりこれを詠歌というのであって、洗練された声技は和歌の美意識を表す上での大きな要素であった。詠歌以下については、藤原公任の説として記す歌論書もあるが

（『悦目抄』）、俊成は、判者を務めた、『民部卿家歌合』跋（建久六年（一一九五））や『慈鎮和尚自歌合』十禅師十五番跋（建久末年頃）でも同様の言説を述べている。特に後者では、『古来風体抄』では「あはれ」とあった箇所を、「幽玄」としている。和歌の真髄は、うたうことにこそあったと言えよう。一方、先述した『野守鏡』に「秀歌はつねに人の口ずさむ事」とあり歌謡は「口ずさむ」ことと同義であった。確かに歌謡は、時節に応じて自然に、自由に唱う要素が強い。けれども歌学書や説話に見る限り、和歌を歌謡とするためには専門的な歌い手を必要としたことは間違いない。

院政期の場合、専門的な歌い手とは琵琶法師や盲僧であり、傀儡や遊女、白拍子の類であった。彼ら芸能者の活動は断片的にしか伝わらないが、琵琶法師たちには独自の法会があったといわれる。異本『梁塵秘抄口伝集』巻第十四によれば、彼らは京都の東市にほど近い左女牛《さめうじ》に集住し、時に今様講のまねごとをしたというのだ。当時の琵琶法師たちは地神を祀り、歴史を語り、鎮魂を担っていた。今様講が和歌講にならう法会だったとすれば、和歌は今様となり、訓伽陀ともなって神仏に捧げられたであろう。芸能者の歌詠は深く信仰と結びついており、和歌を神仏への捧げ物へと変える重要な回路を担っていたと考えられるのである。

おわりに

和歌は紛れもなく声に出されてうたわれるウタである。ウタという視界を取り戻し、和歌と歌謡を対置して捉える従来の枠組みに対して再検討が必要なのではあるまいか。ウタから生じた一つの位相が和歌であり歌謡であるとするならば、歌謡の概念を問い直すとともに、和歌が和歌である理由も問い直す必要がある。

和歌と歌詠の問題は、法楽という音の信仰や思想・学問の問題でもある。源経信の妙音天信仰は院政期には妙音院師長へ継承され、戦乱を鎮める力の拠り所になった。源経信の子である俊頼の歌学は、後白河院の今様の書である『梁塵秘抄』の編纂に影響を与えた。俊頼の子孫が、猿楽長者の家を形成した（『尊卑分脈』）とも伝えられ、伝承の背景にウタと芸能者との関わりが予想される。藤原為顕流の秘伝書『和歌古今灌頂巻』では系図が示され、そのなかで源俊頼と為顕の祖である藤原俊成との間に「師弟之儀」に加えて「親子契約」があったとし、源経信からの秘説を相承したと説かれている。中世の伝承が俊成と俊頼のつながりを強調している事実は、和歌と音楽そして芸能がどのような関係を築いて展開していったのかを解明する上でも重要であろう。

和歌を宗教の面から考えるとき、俊頼の子俊恵が主宰した花林苑は、平氏政権時代の人的なネットワークとして改めて注目される。花林苑の和歌講は、俊恵の『林葉集』の詞書（四一六、五三四番歌）では「和歌曼荼羅講」と見えることが指摘されている。[23] そして花林苑における「和歌曼荼羅講」の実態は、安居院流唱導の祖であった澄憲の「和歌一品経供養」（『澄憲作文集』及び『拾珠鈔』収載）や『和歌所結縁』（『転法輪鈔』収載）からうかがえる。院政期以降の和歌を宗教テクストという観点から捉えるならば、ウタ・歌謡・和歌を包括する概念を構築しなければならない。信仰の場で和歌が誰によってどのようにうたわれていたのかその実態を音声や絵画・演劇から詳細に検証することが求められる。

注

1. 青柳隆志『日本朗詠史 研究篇』（笠間書院、一九九九年二月）、『日本朗詠史 年表篇』（笠間書院、二〇〇一年二月）、『和歌を歌う―歌会始と和歌披講』（笠間書院、二〇〇五年九月）。
2. 小島裕子「『一心敬礼声澄みて』考 法文の歌が生み出される場」（『文学』第一〇巻第二号 一九九九年四月）、「教化と歌謡 教化という法会の歌謡―教化史の山並み―」（『日本歌謡研究大系下巻 歌謡の時空』日本歌謡学会編 和泉書院、二〇〇四年五月）。
3. 阿部泰郎『聖者の推参―中世の声とヲコなるもの―』（名古屋大学出版会、二〇〇一年二月）、「儀礼の声―声明と念仏の声をめぐりて」（『シリーズ思想の身体』第三巻、『声の巻』兵藤裕己編 春秋社、二〇〇七年三月）
4. 小峯和明『中世法会文芸論』（笠間書院、二〇〇九年六月）。
5. 浅野健二「歌謡と和歌」（『和歌文学の世界』第五集 和歌文学会編 笠間書院、一九七六年二月）＊歌・和歌・歌謡の定義について、基本事項を参照した。
6. 『万葉集』と『類聚歌林』及び琴については、近年の成果として次の書がある。猪股ときわ『古代宮廷の知と遊戯―神話・物語・万葉歌』（森話社、二〇一〇年一月）。
7. 林屋辰三郎『中世芸能史の研究―古代からの継承と創造―』（岩波書店、一九六〇年六月）、『日本芸能史1 原始―古代』（日本芸能史研究会編 法政大学出版局、一九八一年一月）。荻美津夫「古代音楽制度の変遷」（『日本古代音楽史論』吉川弘文館、一九七七年九月）、「古代の音楽」（『古代史研究の最前線』第三巻「文化篇上」雄山閣出版、一九八七年一月）、『古代中世音楽史の研究』（吉川弘文館、二〇〇七年二月）。桜井満「宮廷伶人の系譜」（『柿本人麿論』桜楓社、一九八〇年六月）。阿久沢武史「「歌舞所」の時代 大歌所前史の研究」（『三田國文』第二二号 一九九五年六月）。
8. 石原清志『釈教歌の研究―八代集を中心として―』（同朋舎出版、一九八〇年八月）。井村哲夫「天平十一年「皇后宮之維摩講仏前唱歌」をめぐる若干の考察」（『憶良・虫麻呂と天平歌壇』翰林書房、一九九七年五月）。辰巳正明「仏教と詩学―維摩講仏前唱歌について」（『万葉集』と比較詩学』おうふう、一九九七年四月）。猪股ときわ「光の中の仏教儀礼 皇后宮維摩講の時空へ」（『歌の王と風流の宮―万葉の表現空間』森話社、二〇〇〇年十月）。

9．榊泰純「古代寺院と和歌―和琴と和歌」（『文学と仏教』第一集『迷いと悟り』大正大学国文学会編　教育出版センター、一九八〇年十一月）。小林真由美「河原寺倭琴面無常歌二首」（『成城文藝』第一三八号　一九九二年三月）。

10．山田昭全「密教と和歌文学」（『密教学研究』創刊号　一九六九年三月）。

11．多屋頼俊「和讃の発達」（『仏教文化大講座』3　東方仏教協会編　大鳳閣書房、一九三四年）のち、多屋頼俊著作集第二巻『和讃の研究』（法蔵館、一九九二年一月）所収。なお、杉田まゆ子「公任の釈教歌―維摩経十喩歌　その発生と機縁―」（『和歌文学研究』第六九号　一九九四年十一月）は、『維摩経』を和歌が摂取した類例を、思想面から広く追究している。

12．『大日経持誦次第儀軌』所載の「金剛歌詠偈」に拠る。

〈参考〉清水眞澄『音声表現思想史の基礎的研究―信仰・学問・支配構造の連関―』第二章「法楽と音の仏たち―」（三弥井書店、二〇〇七年十二月）。

13．多屋頼俊『和讃の研究』（前掲注11）。

14．福島和夫「狛近真の臨終と聖宣」（『古代文化』第三四巻八号　一九八二年八月）のち『日本音楽史叢』十（和泉書院、二〇〇七年十一月）所収。

15．多屋頼俊『和讃の研究』（前掲注11）、小林真由美「百石讃嘆と灌仏会」（『成城国文学論集』第二六輯　一九九九年三月）。

16．飯島一彦「『異本梁塵秘抄口伝集』成立再考」（福島和夫編『中世音楽史論叢』和泉書院、二〇〇一年十一月）。

17．三輪正胤編『歌学秘伝の研究』第二章「伝授の方式とそれによる時代区分」（風間書房、一九九四年三月）。

18．山田昭全「柿本人麿影供の成立と展開―仏教と文学の接触に視点を置いて」（『大正大学研究紀要』第五一輯　文学部・仏教学部　一九六六年三月）、「中世後期における和歌陀羅尼の実践」（『印度学仏教学研究』第一六巻一号　一九六七年十二月）、「『和歌講式』二題」（『大正大学研究紀要』第五五輯　文学部・仏教学部　一九七〇年三月）。

19．上野順子「正治・建仁期の影供歌合について―土御門通親を中心に―」（『和歌文学研究』第六七号　一九九四年一月）。

20．佐々木孝浩「歌会に人麿影を掛けること」（『文学』第六巻四号　二〇〇五年七・八月）、「人麿影と讃の歌」（『和歌をひらく

第三巻　和歌の図像学』岩波書店、二〇〇六年二月）。

21. 久松潜一「竹園抄攷」（『日本学士院紀要』第一五巻三号　一九五七年十一月）、『日本歌論史の研究』（風間書房、一九六三年七月）。

22. 小川寿子「傀儡と今様」（『国語と国文学』第五九巻六号　一九八二年六月）、菅野扶美「『無名抄』「傀儡歌傀儡云事」ノート」（『東横国文学』第二四号　一九九二年三月、鈴木徳男「傀儡あこ丸と道因法師」（『ぐんしょ』二五　一九九四年七月）、植木朝子「道因法師小考―今様との関わりをめぐって―」（『和歌文学研究』第七八号　一九九九年六月）、『梁塵秘抄とその周縁―今様と和歌・説話・物語の交流―』（三省堂、二〇〇一年五月）。

23. 柳井滋「勧学会における釈教詩」（『共立女子大学短期大学部紀要』第七号　一九六三年十二月）前掲注、18・19・20、佐々木孝浩『歌林苑の人麿影供』（『銀杏鳥歌』三〜五　一九八九年十二月、一九九〇年六月・十二月）。

参考文献

『金沢文庫資料全書』第七巻、「歌謡・声明篇」・同第八巻「歌謡・声明篇続」
神奈川県立金沢文庫展観資料『寺院に響く妙音』二〇〇六年八月

歌合の〈声〉——読み上げ、詠じもしたる

渡部　泰明

〈声〉をめぐる藤原俊成の発言

優れた和歌とは何か、良い歌を詠むにはどうしたらよいか。中世初頭、そのことに正対した歌人として、藤原俊成がいる。彼はその問いに答えるべく建久八年（一一九七）に『古来風躰抄』初撰本を著した。その中で彼は、あまりにも有名な次の言葉を吐く。

歌の良きことを言はんとては、四条大納言公任の卿は金玉の集と名づけ、通俊卿後拾遺の序には「詞縫物のごとくに、心海よりも深し」など申ためれど、かならずしも錦縫物のごとくならねども、歌はただ読み上げもし、詠じもしたるに、何となく艶にもあはれにも聞こゆる事のあるなるべし。もとより詠歌といひて、声につきて良くも悪しくも聞こゆるものなり（上―一二九頁）。（歌論歌学集成本による。以下同じ）

『古来風躰抄』上巻の序にあたる部分に見える箇所である。有名であるとともに、ここに俊成の和歌観の核心があると見なされている文章である。この部分の、とくに「歌はただよみあげもし、詠じもしたるに、何となく

艶にもあはれにも聞こゆる事のあるなるべし。もとより詠歌といひて、声につきて良くも悪しくも聞こゆるものなり」の箇所に込められた意図を探ってみたい。

俊成は、藤原公任の秀歌撰の「金玉集」という命名法や、『後拾遺集』の序文の、表現が華麗・巧妙で内容がはなはだ深いという、『万葉集』から『拾遺集』までの四集の形容を取り上げて、必ずしも錦繡のごとき表現でなくとも、とまず断りを入れる。『後拾遺集』には「心海よりも深し」という形容もあったのだが、自身の文脈の中で、これを不問に付している。あくまで表現の秀麗さを第一とする姿勢に対して、物申そうとしているのだろう。和歌というものは、声に出して読み上げたり、節をつけて朗誦したりしたときに、格別の理由もなしに優れていると感じることがあるものだ、と述べる。そもそも「詠歌」と言うくらいなのだから、と注釈的に付言するのは、いかにも俊成的な諧謔を含んだ物の言い方だろう。「詠歌」の語の持つ「吟じる」と「和歌を作る」の二義を生かして、和歌活動に詠吟は本質的に不可欠なのだ、と印象付けようとしているに違いない。その上で、「声」によって歌は良くも悪しくも聞こえる、と思わぬ結論に至りつく。もしこれが、上手に吟じればどんな歌であれ良く聞こえる、つまり読み上げたり朗誦したりする以前には、良いか悪いか決定できない、という趣旨であるならば、こうした歌論書を著すこと自体が無意味になりかねない。

もちろん、そうではないであろう。彼は挑発しているのである。表現そのものではなく、表現が取り扱われる場に即して、そこに立ち現れる、言語化しがたいが決定的なある何かに、読み手を導こうとしている。それが何であるかを考えるのが、本稿の課題である。

右の箇所に俊成の和歌観の核心があるとされてきたのは、同趣旨の発言を、彼が時期を接して他に二度繰り返しているためである。建久六年（一一九五）の『民部卿家歌合』と建久末年（一一九八）頃の『慈鎮和尚自歌合』十禅師跋文においてである。長期にわたる和歌作者および判者・歌学者としての実践を踏まえて、俊成が到りついた見解と見てよい。『民部卿家歌合』の方は後に検討することにし、『慈鎮和尚自歌合』の方のみ引いておく。

おほかたは、歌はかならずしもをかしきふしをいひ事の理をいひきらんとせざれども、本自《もとより》詠歌といひて、ただよみあげたるにもうちながめたるにも、何となく艶にも幽玄にも聞こゆる事有るなるべし。よき歌になりぬれば、そのことば姿のほかに景気のそひたるやうなる事の有るにや。たとへば春花のあたりにかすみのたなびき、秋月の前に鹿の声を聞き、垣根の梅に春の風のにほひ、嶺の紅葉に時雨のうちそそきなどするやうなる事の、浮かびて添へるなり。常に申すやうには侍れど、かの「月やあらぬ春やむかしの」といひ、「むすぶ手の雫に濁る」などいへるなり。何となくめでたく聞こゆるなり。（新編国歌大観本による。以下同じ）

最初の一文は、ほぼ『古来風躰抄』の先ほどの文言の趣旨に等しい。「事の理をいひきらんとせざれども」の箇所だけは異なっているが、表現や内容上のこれ見よがしな工夫のみが評価の対象になるのではない、という点では、共通するといってよい。しかし、その後の「よき歌になりぬれば……」以降の文章は、『古来風躰抄』には見られない言い方である。むしろ「良き歌」とはどういう印象を与えるものか、比喩的ではありながら正面から語っているだけに、より注目すべきである。この箇所については後述することにして、まずは三書に共通する趣旨の底に何があるのかを考えてみたい。なお、和歌・歌合の引用は、とくに断らない限り『新編国歌大観』による。ただし表記は私に改めた。

「姿」の二つの側面

まず『古来風躰抄』から始めよう。同書の執筆意図は、「古来風躰抄」という書名にそのまま示されている。古から今に至るまでの「風躰（体）」、すなわち歌の「姿」を表すためのものである。それは「歌の良し悪し」を見定め、「歌を詠むべき趣」を知るために必要だという。つまり、良い歌とは何かを知るために、古来の歌の「姿」を会得せよ、ということである。もとより良い歌がどういうものかわかれば、良い歌が詠めるようになるはずだろう。そこで俊成は、『万葉集』から『千載集』までの「勅撰集」から歌々を抄出した。姿を会得するためめに、である。本書の意図は、突き詰めればその一点にある。とすれば、「歌はただ読み上げもし、詠じもしたるに、何となく艶にもあはれにも聞こゆる事のあるなるべし」の箇所も、歌の姿を会得することと密接につながることになる。

そこで、歌の「姿」について考えてみよう。ただ単に姿を我がものとするために歌を列挙するだけなら、それらをひとまず選抜したのち、自分なりに部類して示すこともできたはずである。『久安百首』を部類し、『千載集』を編集した彼の手腕をもってすれば、さほど難しい作業ではなかっただろうし、なによりその方が、多くの歌学書に見られるように、詠み手の実際に即したものであっただろう。しかし俊成は、律義にそれぞれの撰集ごとに抄出する形を堅持している。各集の個性をも示したい、という意志を感じることさえできる。おそらくそれは、歌の「姿」が歴史的に変遷している、ということに彼がこだわっているからである。

唐土にも文躰三たび改まるなど申たるやうに、この歌の姿詞も、時世の隔たるにしたがひて、変はりまかるなり（上—八七頁）。

もちろん時代ごとの差異があるといっても、その時代以前の姿が否定し去られ、時代ごとに孤立しているというわけではない。時代を越えて生き延びるものもある。典型的なのは、柿本人麿である。

それより先、柿本朝臣人麿なん、ことに歌の聖にはありける。これはいと常の人にはあらざりけるにや、かの歌どもは、その時の歌の姿心に適へるのみにもあらず。時世はさまぐ改まり、人の心も歌の姿も、折につけつつ移り変はるものなれど、かの人の歌どもは、上古、中古、今の末の世までを鑑《かが》みけるにや、昔の世にも、末の世にも、みな適ひてなん見ゆる（上—四〇頁）。

和歌は古から詠み継がれてきた、そして、時代時代に人々の好む姿がある。「歌の聖」ともいうべき柿本人麿は、その時代のみならず、後の時代にも、また現代にも受け入れられた。こうした時代を超えるような存在こそ、理想とすべきなのであろう。それゆえ、古い時代の歌の姿が好まれることに対して、肯定的に言及されることがある。例えば、源経信である。

かの大納言（注：源経信のこと）の歌の風躰《スガタ》は、又ことに歌のたけを好み、古き姿をのみ好める人と見えたれば、後拾遺集の風躰をいかに相違して見え侍りけん（上—四四頁）。

もちろん、古ければ良いわけではない。人麿や経信の例も、彼らがその時代の中で傑出していたことを強調する文脈の中で捉えられなければならない。そして『古今集』の姿こそ、正しい拠りどころとして掲げられる。

この集の頃をひよりぞ、歌の良き悪しきもことに撰び定められたれば、歌の本体には、ただ古今集を仰ぎ信ずべき事なり（上—四〇頁）。

なぜ『古今集』かといえば、良い歌が選別されているからだという。古いだけなら『万葉集』は良し悪しを選び定めておらず、つまり玉石混交であり、拠りどころとはできないのであろう。もちろん、『古今集』が『万葉集』について古い勅撰集である、ということも前提になっているだろう。『古今集』は、姿の良し悪しを選別された歌の起源として措定されている。そして、時代を超える価値をもつものとなる。たしかに時代を超えて生きる部分をこそ問題にするのでなければ、姿をことさらに言挙げする意味もないだろう。「歌を詠むべき趣」を知りたい今の歌人に応えられないからである。現代の歌人の美意識に適い、なおかつ時代を超えた普遍的な価値をもつものとして、掲げられているのである。

するとと姿については、

・その時代特有の側面
・時代を超えて生きる側面

の二側面がある、ということになる。現代性と超時代性の二面である。現在性と歴史性と言い換えてもよかろう。この二側面が、姿の性格の基本を表していると考えられる。このことをまず押さえておきたい。

『民部卿家歌合』跋文の文言の意図への接近

では建久六年（一一九五）の『民部卿家歌合』の跋文を、歌合の最後の番（久恋題二十三番）とともに検討してみよう。

廿三番　（久恋）　左　皇太后宮大夫入道（俊成）

ふりにけりとしまのあまの浜びさし浪間に立ちもよらましものを（二二九）

右　少納言法印（静賢）

むかしより心づくしに年はへぬ今はしらせよあふのまつばら（二三〇）

左歌、「はまびさし」といへり。彼の、「浪間よりみゆるこじまのはまひさぎ久しくなりぬ君にあはずして」といふ歌は、『万葉集』にも宜しき本と申すにも、多くは「久木」とぞ書きて侍るを、郢曲などにうたふ歌に、「はまびさし」とうたふにつきて、歌絵などに、あまの家などを書きて、「久し」とかくなり。されば、「ひさぎ」ぞ正説には有るべき。但、はまひさぎは久しくなりて朽ちもうせにけん、あまのしほやなどのひさしは、今もこじまにも有るものなり。一説につきて、ことさらよめるなるべし、又『万葉集』にも、「楸」とはかかず、「久木」とかけるなり。少しは覚束なきことなるべし。右歌、「心づくしに年はへぬ」といひて、「あふのまつ原」とよまれたり。いと宜しくこそ侍るめれ。左歌は古事取りすぐしてもみえ侍れど、是も判者に事よせて不レ加レ判、夫是非定は作者の群義にあるべし。

敷しまややまと歌の道におきて、津の国のよしあしをさだむる事は、あまつ乙女のなづらむ石よりもかたく、わたの原浪のそこよりもはかりがたし。いはんや愚老をや……（以下、歌合の判者となったことへの思いを述べる）

大形は歌は必しも、絵の処のものの色色のにの数をつくし、つくもづかさのたくみのさまざまきのみちをえりすゑたる様にのみ、よむにはあらざる事なり。ただよみもあげ、うちもながめたるに、艶にもをかしくも聞ゆるすがたのあるなるべし。たとへば、在中将業平朝臣の、「月やあらぬ」といひ、紀氏の貫之、「雫に濁る山の井の」などいへるやうによむべきなるべし。

老比丘今は九十にちかづきて、草ばの露と消えむこと、あすを待つべきにもあらざれば……（以下、歌のよしあしを判じたことへの弁明を記す）

傍線部は、『古来風躰抄』と同趣旨の発言である。その直後の「たとへば、在中将業平朝臣の、「月やあらぬ」といひ、紀氏の貫之、「雫に濁る山の井の」などいへるやうによむべきなるべし」の一文は、『慈鎮和尚自歌合』には見えるが、『古来風躰抄』にはない。ただしここで挙げられている『古今集』七四七番歌・四〇四番歌の両首は、『古来風躰抄』下巻の『古今集』からの抄出歌として取り上げられ、しかも絶賛されているから、基本的に三書同趣旨の言辞であると認めてよいだろう。

とすれば、跋文中の文言でもあり、この歌合の内容自体とは切り離して考えられそうだし、実際に従来そのように扱われてきた。しかし本当にこの言葉だけ特立させてよいのだろうか。俊成は具体的な歌に触れつつ、自説を吐露するのを常とする。『古来風躰抄』など、一書全体がそういう構成だといってもよい。ここでも、歌合の内容、とくに直前の二十三番の判詞が影を落としていると考えることはできないだろうか。ひとまずその前提で考えてみたい。

二十三番は久恋題の番で、作者は判者俊成と静賢である。この俊成歌とその自詠への判詞に注目してみよう。俊成歌は「浜びさし」が一首の眼目であり、この語が、「久」と「恋」という複合題の題意を結び付ける要となっている。「浜びさし」は「ひさし」を響かせると同時に古びたものであり、かつ浜辺にあるものとして、「浪」およびその縁語（「立ち」・「寄る」）を導いている。俊成の判詞は、最終的な判は放棄しているものの、結局この「浜びさし」一語にひたすらこだわっている。この後へのこだわりを読み解いてみる。

拠りどころとなっている歌は、俊成の引用するように、『万葉集』の、

浪間《ナミマ》よりみゆるこじまの浜久木《ハマヒサギ》ひさしくなりぬきみにあはずして（巻十一・二七五三。古来風躰抄初撰本の訓による）

である。これに依拠したとすれば、「浜ひさぎ」と詠まなくてはならないし、それが正説であると認めている。彼自身、かつて

同院の御会に、思不言恋といふことを

わがこひは浪こす磯のはまひさぎ沈みはつれどしる人もなし（長秋詠藻・三一四）

と「浜ひさぎ」を恋歌で詠んでもいる。だから新しい試みをしようとしたに違いない。もちろん新しさだけではない。『伊勢物語』では、

浪間より見ゆる小島のはまびさし久しくなりぬ君にあひ見で（第一一六段）

と、万葉歌が「浜びさし」の形で歌われている。拠りどころがないわけではない。「正説」たる『万葉集』によらず、『伊勢物語』などで詠まれている形に従っているのである。このことが判詞の中でさまざまなこだわりを生むことになる。そのこだわりとは何か。

『伊勢物語』第一一六段では、登場人物の「男」が、陸奥国から都の人へと贈った歌となっている。伝承的な古歌を利用したのである。俊成のこだわりは、こうした伝承的な古歌利用に関わっているのではないだろうか。『古来風躰抄』には、『伊勢物語』や『大和物語』の中の話が、あるいは話の中の歌人が、古歌を利用してその時の思いを表出していることに、何度か言及している箇所がある。

・古き歌をも今ある事のそのことに適ひたる時は、詠じ出づる事はあることにや（上―九六頁）。
・古き歌に合ひたることのある時、その歌を言はせても侍らん（上―九七頁）。
・いかにも古き歌を折節につけて適へる事に詠み出づるもある事なるべし（上―九九頁）。

古い歌が、時宜に適ったその時に、あらためて詠み出される。どうやら俊成はそういう詠歌行為を、和歌の機能として重要視していると思われる。これをいま、和歌の伝承的行為の重視、と見ておきたい。歌を伝え、今に生かす行為であることに注目して、「伝承」の語を用いておく。俊成の方法の基盤に、古歌を折に合わせて詠む、こうした詠出行為につながろうとする面があると考えるのである。

そこで気になってくるのが、「郢曲などにうたふ歌に、はまびさしとうたふにつきて、歌絵などに、あまの家などを書きて、久しとかくなり」という言葉である。どうやらこの歌に関わって、「浜びさし」の語句をもつ「郢曲」があったらしい。古歌利用の詠出行為は、歌謡の唄い方に共通するところがある。歌謡、俊成の語でいえば「郢曲」であるが、その中でも今様は、しばしば既成の歌謡を、時には折に即した形に変えて唄い出す。和歌を利用することとさえある。「波間より」の万葉歌もそのように唄われることがあったのだろう。歌謡、とくに今様との近しい関係が、俊成の古歌利用の意識の中に認められるのである。(1)

また、「歌絵」に言及していることも気になる。歌絵の実態に関しては、なかなか捉え難いものがあるが、俊成と歌絵との関わりでいえば、いわゆる「久能寺経」の遺品が思い浮かぶ。そこから類推するに、この「浪間より」の歌を謎々めかして絵画化した絵を想像すればよいのだろう。そのような謎掛けが解読できるほどに、「浜びさし」の形が郢曲などをも含めて流布していたのだろう。

もとより、俊成はこの判詞で、和歌は歌謡に近いなどと言っているわけではない。「浜ひさぎ」とするのは、郢曲や歌絵などでなじみのある表現だ、と言っているにすぎない。しかし、正説ではないことを認めつつ、郢曲や歌絵をわざわざ付け加えていることは無視できないだろう。人口に膾炙していること、つまり現代においても伝承されていることをさりげなく主張しているのではないだろうか。

「但、はまひさぎは久しくなりて朽ちもうせにけん、あまのしほやなどのひさしは、今もこじまにも有るものなり」というのは、何やら持って回った含みのある言い方だが、その真意は、「浜ひさぎ」は現代人にとって縁遠い詞になってしまったけれども、「浜びさし」なら今の人々にもイメージしやすいだろう、ということだと判断される。現代においてイメージが共有されていることに注意を喚起しているのである。

ただし、それは現実的な具体物を思い浮かばせやすい、ということではない。「浜びさし」の方が、歌ことばとして機能性が高い、ということも忘れてはならない。さまざまなイメージを連想させる力があるのである。「久し」を響かせるだけではない。例えば、「庇」は、「古屋の板庇」（金葉集・五〇四）などの表現があるように、古さと結びつきやすい。そして「庇」を、部分をもって全体を表す換喩とみれば、家・小屋を連想させて、そこに住む人へと想像を育む。作り手の立場から言えば、歌の言葉の展開を容易にし、直接表現していない意味・イメージ・情緒をも、それとなく含意することができる。いわゆる余情表現を可能にするのである。現代におけるイメージの共有が目指されているのはたしかだけれども、それは歌ことばのつながりを生かして、余情を生み出すような表現性と共存している。この判詞で、『万葉集』でも、「楸」ではなく「久木」という表記だと付言しているのは、『万葉集』でも、たんに植物としての「楸」を表示したいだけではなく、「久し」の意味に関わらせているのかもしれない、と言いたいようにも思われる。そして俊成歌は、たしかに「浜びさし」が生み出す、「古さ」と「古屋に住む人」への連想を生かしているのである。

要するに、「浜びさし」が現代の人々に共有されているイメージを喚起するとともに、それが詠み継がれ、今も生かされていること、つまり伝承されていることに、俊成はこだわっているのである。本歌合の跋文に近接する俊成歌・俊成判詞からも、どうやら現在性と歴史性の問題を垣間見ることができるようだ。そしてその問題は、伝承的行為によってつなげられているらしい。

『六百番歌合』の声①

それでは言葉の「声」について、より直接に言及している例を取り上げてみよう。歌ことばの「声」、つまり歌の言葉がどのように聞こえるかについての俊成のこだわりが端的にうかがえるのは、『六百番歌合』の判詞である。『六百番歌合』は左右の方人の評定を比較的詳しく記録している。評定に参加しなかった俊成は、その記録を見て判詞を記しているのだが、「聞きよからず」「耳に立つ」というような方人の評価の言葉に、実に敏感に反応している。多くは反発である。しかも反発の仕方に、感情的な口吻も交じっている。たんに自分と違う感性を示されたことに苛立っているのではなさそうだ。彼は、そういう主観の相違に類するものには、もっと老獪な対応をするのを常としている。歌の言葉を声にした時の印象――実際に声には出さなくても、内的な声を含めて――は、人々と共有すべきものだと考えているからではないだろうか。いやむしろ「声」とは、感覚の共有をこそ目指して、掲げられたのではないだろうか。声が同調し合うとき、人は心を一つにしたという実感に強く囚われるものだからである。だから「聞きよからず」「耳に立つ」など、歌ことばの「声」の側面で違いがあらわになることが、許し難かったのだと考えられる。

象徴的な例が、「源氏見ざる歌よみは遺恨のことなり」の名言で知られる、「草の原」をめぐる判詞（冬上・十三番）である。

右方申云、「草の原」聞きよからず。左方申云、右歌、古めかし。

判云、左、「何に残さん草の原」といへる、艶にこそ侍めれ。右方人、「草の原」難申之条、尤うたたあるにや。紫式部、歌詠みの程よりも、物書く筆は殊勝也。其上、花の宴の巻は、殊に艶なる物也。源氏見ざる歌詠みは遺恨事也。右、心詞悪しくは見えざるにや。但、常の体なるべし。左歌、宜しく、勝と申べし。（新日本古典文学大系による。以下同じ）

この判詞については論じたことがある(2)ので重複は避けるが、ここでは、「聞きよからず」に対する反発が俊成の『源氏物語』揚言の原動力になっている側面があることを確認しておきたい。『源氏物語』こそ歌人の共有基盤であるべき、というのが俊成の趣旨にほかならない。「草の原」を「聞きよからず」とするのは、今の歌人が共有しなくてはならない事柄を欠く未熟な姿勢なのである。「草の原」と聞いて『源氏物語』が自然に想起されるような耳を持つことを、人々は要請されているように感じたに違いない。「声」は感性の共有を求めるものなのである。

「草の原」をめぐる枯野題一番の判詞が、「声」の問題から発していると推定したのには、もう一つ理由がある。この番の直前に位置する、残菊題十二番の判詞である。

十二番（残菊）左　　定家朝臣

白菊の散らぬは残る色顔に春は風をも恨みけるかな（五〇三）

右勝　　信定（慈円）

花もかく雪の籬《ませ》まで見る菊の匂ひを袖にまた残さなん（五〇四）

右申云、左歌、残菊無㆓面目㆒之上、下句も心得がたし。左申云、「雪の籬」聞きよからず。

判云、左歌、残菊無㆓面目㆒之由右方申事、又不㆑可㆑然歟。面無きにはあらず。但、「色が顔に」といへる詞、不㆑可㆓庶幾㆒にや。右歌、「雪の籬」、又残菊の心も殊に見えて、おかしくこそ見え侍れ。大方は両方人、常に「聞きよからず」「耳に立つ」など申すことは、聞きよからざるにや。右、勝と申べし。

俊成は、右歌の「雪の籬《ませ》」を左の方人が「聞きよからず」と難じたことに対して、強く反発している。「雪の籬」は確かに前例のない表現だが、逆に「残菊の心も殊に見えて、おかしくこそ見え侍れ」と、ここをこそ評価している。何を評価しているのだろう。おそらく「雪の籬」が、「雪降る時分にまで咲いている」という主意に加えて、雪のような白菊というイメージが揺曳していることを賞しているのではないだろうか。白菊と雪の見立ては、

籬菊如雪といへる心をよみ侍りける　前大僧正行慶

雪ならばまがきにのみはつもらじとおもひとくにぞ白菊の花（千載集・秋下・三四八）

などに見られる。行慶歌の詞書の「籬菊如雪」に見るように、「籬の白菊が雪のようだ」という観念は、題にされるほど常識化していたといってよいだろう。もとより、残菊は紫に移ろっているのが常態だろうから、実際に

は白く咲いているわけではない。「雪の籬」は、現実的な風景に、見立てに基づく幻想的な風景を重ね合わせた語であると思われる。そうした詩的な表現の試みに思い至らず、ただ聞き慣れないということで否定する姿勢を、断固拒否しているのだろう。新しい表現であり、具象性を持ちながらも、王朝的な美意識に即しているという点で、これも前節の特色に通じるものがある。

しかも「雪の籬」は、郢曲とも必ずしも無縁ではない。『古今著聞集』巻八第三一九話「刑部卿敦兼の北の方夫の朗詠に感じ契を深うする事」に次の今様が見える。

　ませのうちなる　しら菊も　うつろふみるこそ　あはれなれ　我らがかよひて　みし人も　かくしつつこそ枯れにしか

これは、

　いもうとに侍りける人のもとに、男来ずなりにければ、九月ばかりに菊のうつろひて侍けるを見てよめる　良暹法師

白菊のうつろひゆくぞあはれなるかくしつつこそ人もかれしか（後拾遺集・三五五）

を基としつつ、「ませのうち」という具体的なイメージを加えたものである。これをもって「雪の籬」が歌謡的表現だというつもりはないが、具象的な場面作りによって、言葉を感覚的に身近なものにし、耳になじみやすいものとしている点で共通することは確かであろう。

『六百番歌合』の声②

その他、『六百番歌合』から、「声」に関わる判詞のいくつかを見ておこう。

二番　（秋雨）　左　定家

ゆくへなき秋の思ひぞせかれぬる村雨なびく雲のをちかた　（三六三）

右勝　信定

日にそへて秋の涼しさつたふなり時雨はまだし夕暮の雨　（三六四）

右申云、左歌、「雲のをちかた」とて果てたる、聞きにくくや。左申云、「またし」は「未」歟、「不侍」歟、不審。陳云、「未」也。又難云、然者、「未」詞、聞きよからず。

判云、左「雲のをちかた」聞きにくきよし、右方人申云々、さも侍らん。凡、各の方人の申旨、与レ所二存申一は、常は依違し侍れば、しゐて不レ能二訓釈申一者也。「時雨はまだし」も宜くこそ侍めれ。歌には「いまだ」とやは詠み侍る。「まだしき程の声聞かばや」などこそは、古今には侍るめれ。右歌、下句殊にをかし、以レ右可レ為レ勝。

左の定家の歌に対しては、第五句の「雲のをちかた」という終わり方に「聞きにくくや」、右の信定（慈円）の歌の第四句の「まだし」に「聞きよからず」の難が出され、ともに俊成の強い反駁を浴びている。まず左歌から見てみよう。「雲のをちかた」というのは確かに先例の見出し難い言い方である。右方人は、この句にひねり過ぎた技巧を感じたのだろう。あるいは「をちかたの雲」とでもすれば反発は抑えられたのかもしれない。しかしここは、雲のかかる遠方の空の意に、「雲の向こう」の意が忍ばせてあるのだろう。雲の向こうへと広がって行こうとする秋の思いが、余情的にこの句に滲んでいる。だが、そこまで踏み込まずとも、「……のをちかた」という言い方は、けっして先例のない、不自然な表現ではない。『新古今集』には、

紀貫之、曲水宴し侍りける時、月入花灘暗といふことをよみ侍りける　坂上是則

花ながす瀬をも見るべき三日月のわれて入りぬる山のをちかた（春下・一五二）

の例が見られる。古今集時代にも例のある表現なのである。それを生かした定家苦心の一句なのだと、逆に俊成の強い口調から、読み手は思いを致すことになる。

一方右歌の「まだし」は古今歌の用例（一三八番・伊勢歌）を根拠にして、肯定されている。のみならず、この語を含んだ下句の面白さを賞されている。「あたかも時雨を思わせる雨だが、もちろん時雨には早すぎる」というごとき余情が、第四句の後の句切れに含まれている、ということだろうか。いずれにしても、古今集時代もしくは『古今集』の用例をもとに、それを独自の工夫で活かした表現であるという点で、左右の歌は共通している。

七番　雉

左　　　　　　　　　定家朝臣

立つ雉の馴るる野原もかすみつつ子を思ふ道や春まどふらん（七三）

右　勝　　　　　　　信定（慈円）

鳴きて立つきぎすの宿を尋ぬれば裾野の原の柴の下草（七四）

右申云、左歌「野に馴るる」、事新しくや。「春迷ふらん」も詞足らぬ様に聞こゆ。左申云、右歌、初五字、耳に立つ。「雉の宿」もいかが。

判云、左右の歌、心詞は悪しくもえうけたまはらず。凡は歌の姿詞をば顧みず、理を言ひとかざるをば難とする輩の侍にや。「立つ雉の春まどふ」ともいひ、「鳴きて立つ雉の宿」とも侍らん、難なるべしとも見え侍らず。但、右末句、「柴の下草」、殊に好もしく見え侍り。可レ為レ勝。

左の定家の歌の「野に馴るる」「春まどふらん」、右の信定（慈円）の歌の「鳴きて立つ」「雉の宿」が難じられている。とくに「春まどふらん」に「詞足らぬやうに聞こゆ」、「立つ雉の」に「耳に立つ」と、「声」に関わる非難がなされている。まず「春まどふらん」は、たしかに「春にまどふ」という言い方が自然に思え、言葉足らずにも感じられる。しかしこの独立語的な「春」には、子を思う親雉が馴れたはずの野原の道に惑うというのは、そうか霞立つ春なのだ、という情感が込められており、それには「春に」というような論理で限定する言い方の方がそぐわないとも言えるだろう。

また、右方の初句「鳴きて立つ」だが、これには、

時鳥鳴きて立ちにし宿なれどすみかと思へばわびつつぞ寝る（伊勢集・二六七）

などの先例もあり、けっしてとがめられるほどの物言いではない。初句に置いたのが唐突感を生む、ということかもしれないが、そもそも雉の飛び立ち自体が唐突なものなので、多少の違和感は、むしろ表現内容に添うものと言えなくもない。

ともに『古今集』以来の勅撰集的な表現世界のあり方を十分ふまえて、そこに独自の工夫を加えた表現であ

る。そう感じ取らせるように俊成によって導かれている。これらの感覚を一口に言えばどういうことになるか。『古今集』以来の勅撰集の和歌をしっかり身に付け、血肉とした歌人ならば、あやまりなくその良さを味わえる、ということになるだろう。もう少し正確に言うならば、そういう伝統の存在を、あらためて感じ取らせる表現だ、ということとなのだろう。時代を超えて受け継がれるべき、勅撰集を中心とした和歌伝統によって育てられた歌ことばを、まさにその表現の実現によって感じ取らせている事実が、指摘されているのだろう。

そしてなにより注意したいのは、そういう感覚が彼一個のものではなくて、皆に共有されるべきだ、ということであろう。主観的な感覚については、もっぱら慎重な態度を取る俊成が、これほど苛立つような強い口調を見せるというのも、受け継がれるべき勅撰集的和歌伝統の存在を、現在に共有される感覚として位置付けることを求めているからだろう。それを拒否するのが、「耳に立つ」「聞きよからず」だからなのではないか。

十五番（枯野）　左　有家

色々のはなゆへ野べに立出でしながめまでこそ霜枯にけれ（五〇九）

右勝　中宮権大夫

冬ふくる野べを見るにも思出る心のうちは花の色々（五一〇）

右申云、ながめの霜枯れん事、如何。左申云、「冬ふくる」、聞きよからず。判云、左右の「色々」、ともに秋の花を思へる、優ならざるにはあらず。「ながめまでこそ」といへるも、霜枯の野辺をながむれば、「ながめまで」といはん、咎なかるべけれども、すべて「ながめ」は不レ可二庶幾一にや。「冬ふくる」は例の「聞きよからず」と申詞、又聞きよからざるにや。「冬ふくる」、何可レ為レ難乎。「ふくる」

といへる詞、何事にも何不レ用レ之。以レ右可レ為レ勝。

「冬ふくる」が問題にされている。たしかにこれまで用例自体は乏しい。季節＋「更く」という組み合わせでの古い例として、

沢田川ゐでなる葦の葉分かれてかげさすなへに春ふけにけり（好忠集・四九二）

が見えるくらいである。ただし、新古今時代にはかなり流行した言い方で――とくに「秋ふけて」――、時代のなかで共有されつつあった物言いということになる。俊成の言説は、そういう共有を喚起するものだったといえよう。つまり、伝統を継承し、あらためて伝統を生み出す表現として、皆に共有されるべきだという俊成の趣旨が活かされたのである。

伝承を生み出す文体への志向

俊成の「声」の言説を考える上で、次の『梁塵秘抄口伝集』の行文は、無視しがたいものがある。

我が身五十余年を過し、夢の如し。既に半ばは過にたり。今は万を抛げ棄てて、往生極楽を望まむと思ふ。仮令又今様を謡ふとも、などか蓮台の迎へに与らざらむ。その故は、遊女の類、舟に乗りて波の上に泛び、流れに棹をさし、着物を飾り、色を好みて、人の愛念を好み、歌を謡ひても、よく聞かれんと思ふにより、外に他念無くて、罪に沈みて、菩提の岸に到らむ事を知らず。それだに一念の心発しつれば往生しにけり。まして我等はとこそ覚ゆれ。法文の歌、聖教の文に離れたる事無し。

法華経八巻が軸〳〵、光を放ち〳〵、廿八品の一々の文字、金色の仏に在します。世俗文字の業、翻して

讃仏乗の因、などか転法輪にならざらむ。

> 大方、詩を作り和歌を詠み手を書く輩は、書き留めつれば、末の世までも朽つる事無し。声技の悲しきことは、我が身崩れぬる後、留まる事の無きなり。其の故に、亡からむ後に人見よとて、未だ世に無き今様の口伝を作り置くところなり。（梁塵秘抄口伝集・巻十。新日本古典文学大系本による）

これと俊成の「声」の言説との関わりは、今様研究の方からもしばしば注目されている。(3) 直接の影響関係があるかどうかはともかく、表現行為の抱え込む、相似た問題に突き当たっていることは確かであろう。それは、第二節で見たような、現在性と歴史性の相克、という問題と基本的に同じものと考えられよう。「声」という一回性・身体性の強いもの——現在性である——を追求すればするほど、反対に持続的なものが浮上してくる。それは正統に受け継がれてきた、そして受け継がれてゆくべき歴史性である。受け継がれてきたのであるから、「伝承性」の語を与えた方がより正確となろう。和歌は、漢詩と並んで、書き留めるものなので、今様の声に比べれば、消え去ることを痛恨事とする必要はなかったはずだ。しかし、俊成は、「読み上げもし、詠じもしたる」「声につきて良くも悪しくも聞こゆる」と、「声」を強調してしまった。それはたしかに歌謡がもっている「人の愛念を好み」「よく聞かれんと思ふ」というような、場を同じくする者への訴求力の強さに惹かれる面があったのであろう。現代の人々に共有されることを強く望んだのである。

そうした「時代の空気」に俊成も染まっていたとすれば、「声」を強調することと、古来の和歌の伝統が強調されることが結び付けられていたことも理解できる。現在にこだわることが、逆に現在が孤立してしまうことへの惧れを生み出し、歴史的な継続性を求めさせるのであろう。

錦仁氏は、本稿で取り上げてきた俊成の「声」の言説をめぐって、神仏の感応が目指されていることを読み取られた。(4)中世初頭の文化的・思想史的状況を踏まえた、鋭い立言というべきである。ただし俊成はあくまで、「姿」すなわち歌の文体とのつながりの中でこれを述べていた。歌を批評し、歌をつくる立場に即して語ったのである。それゆえ、あくまで歌ことばの側から「声」との関わりを考えたい。神仏をも感応させるような歌ことばがあるとすれば、それはどのようなものなのか、と。

そもそも俊成が「声」を強調するとき、彼は読み手をどこへ導こうとしているのだろう。まずは人々の共感を得るべきことが示されているだろう。「声」とは今この場の人々の心が一つになっている状態を、象徴的に示す。『六百番歌合』の判詞で、「耳に立つ」「聞きよからず」という非難の言葉に、異様なほど敏感に反応していることからも、彼が言葉の「声」に共感を求めていることが察せられる。(5)それは歌合判者としての経験の中でつかみ取って行った感覚でもあろうし、また、今様の声がクローズアップされていた時代の感性に育てられたものでもあろう。「声」の問題は現在性に根ざしている。

一方、今の人々の共感、つまりここでいう現在性を志向すればするほど、歴史とのつながりを失いかねない。先に引用した『梁塵秘抄口伝集』で後白河院が慨嘆したように、「声」は後に残らないからだ。後世に残るためには、歴史とのつながりが保証されなければならない。歴史的な継続性の中で位置づけられなければならない。実は「声」と時を超えた継続性にも、接点があった。例えば、古歌を折に合わせて詠誦する行為である。物語における引歌なども、その一種とみてよい。(6)俊成の言う歌を「読み上げる」行為には、古歌詠誦のイメージが重ね合わされていると思しい。とすれば、歌ことばを声に出す行為は、今現在を超え、歴史的に蓄積されてきた和歌の伝統の中に身を置くことをも可能にするだろう。『慈鎮和尚自歌合』十禅師跋文の「たとへば春花のあたりにかすみのたなびき、秋月の前に鹿のこゑをきき、かきねのむめに春の風のにほひ、嶺の紅葉にしぐれのうちそそきなどするやうなる事の、うかびてそへるなり。」という「よき歌」の喩えも、そのことを良く示している。まさに歌ことばの醸し出す伝統的空間に自己投入する感覚である。

つまり俊成のいう「声」は、現在性と歴史性とをつなぐ役割を果たしているのである。今どれほど評判を得ていても、それが今だけのものであれば、空しい。逆にどれほど長く継続していても、今の人々の中に存在していなくては価値は乏しい。今集団の中で共有されているものが、由来古く続けられてきたものであることによって、得難いものとして尊重される。俊成が「姿」という歌の文体で追求したものは、そのようなものであり、それをわかりやすく示すのが、「声」であった。

現在性と歴史性をつなぐ「声」とは、「声」を伝誦する行為と見なすこととほぼ等しい。一回限りの詠吟ではなく、古来詠誦され続け、末永く読み上げ続けられてゆく、そのような気分を感得すべく、「声」を聞くことが求められているのだと思われる。感得できるならば、すなわち伝誦されるにふさわしいならば、その歌は良い歌となる。つまり「声」を正しく聞き取ることは、歌の良し悪しを判断する基準となる。当然良い歌を作る拠りどころともなる。

さて、伝誦とは、口頭による「伝承」の具体的行為である。そこで、もう一段抽象化していうならば、「声」とは和歌の伝承を立ち現すものだ、といってもよかろう。ここで注意したいのは、伝承が先に形成されていて、それが表面に現れる、という次第ではないことである。伝承は、事前には確たるものとしては存在しない。それを感じ取られるような工夫が与えられることによって、初めてそういうものがあったと確信されるのである。確信するよう、導かれるのである。新しい歌ことばの工夫があって、あたかも伝承があったかのような気分が生み出される。逆にいえば、伝承の気分を生み出すような表現こそが賞されるのである。伝承を生み出す文体。俊成が最晩年にたどり着いたと自負し、「声」の言説を用いて語ろうとした秀歌の基準は、一言でいえばそこにあったのではないか。

注

1．大野順子「藤原俊成の和歌と今様」（『中世文学』55、二〇一〇年六月）など。
2．拙稿「源氏物語と中世和歌」鈴木日出男編（『国文学解釈と鑑賞』別冊『文学史上の『源氏物語』』至文堂、一九九八年）。
3．植木朝子「消えゆく声への焦燥――『梁塵秘抄口伝集』から――」（『日本文学』六三七、二〇〇六年七月）。柴佳世乃「和歌の声と読経の声――音声をめぐる一考察――」（『文学　隔月刊』三―二、二〇〇二年三月）
4．「和歌の思想　詠吟を視座として」（『院政期文化論集一　権力と文化』森話社、二〇〇一年）。また、山本一「俊成的『古今集』享受の一側面」（『古今和歌集連環』和泉書院、一九八九年）も、「声につきて」と法然の「御消息」との関連などを端緒として、鋭い分析を行っている。
5．俊成の判詞における感情的とも受け取れる強い表現については、安井重雄『藤原俊成　判詞と歌語の研究』（笠間書院、二〇〇六年）が周到な分析を行っている。
6．俊成の歌論と引歌との関係は、拙著『中世和歌の生成』（若草書房、一九九九年）第二章第一節2で論じた。

♪間奏曲♪

覚如の歌、円空の歌

岡﨑真紀子

はじめに

あらかじめ言っておこう。これから紹介する二人の男は、生きた時代も異なれば、境涯も異なる。二人の間にとりたてて接点はなく、敢えて両者を並べてみる必然性もないのである。

覚如《かくにょ》と円空《えんくう》。かたや鎌倉末期から南北朝の動乱期に生を受け、本願寺教団の礎を築いた者。かたや江戸期に生を受け、諸国を巡って仏像を遺した者。ふたつの生は交差することなく、歴史の悪戯で結びつけて語られることもおそらくないであろう。強いて共通する点を一つ見出すとすれば、覚如も円空も和歌を詠む人だった、ということであろうか。

ただ、だからこそ、こう問うてみることはできるかもしれない。時間も空間も共有しない者たちが、なぜかくもみな和歌を詠んでいるのか、と。そういえば、「生きとし生けるもの、いづれか歌を詠まざりける」

と言ったのは『古今和歌集』仮名序であった。覚如の歌と円空の歌は、質的には隔たりが大きい。しかし、どちらも五七五七七の和歌である。それでは、そもそも覚如において、そして円空において、和歌を詠むという行為とは一体いかなるものだったのだろうか。

覚如の歌

a　覚如の伝記絵巻『慕帰絵』

京都西本願寺所蔵の『慕帰絵』は、本願寺三世覚如の伝記を描いた絵巻である。観応二年（一三五一）正月十九日に覚如が八十二歳で没した直後、次男従覚《じゅうかく》によって撰述され、同年十月に成ったと考えられている。『慕帰絵』という題は、帰寂した先人を恋い慕うの意。覚如の生誕から帰寂までが十巻二十六段でつづられるなかで、注目されるのは和歌にかかわる記事が絵巻全体のなかで大きな比重を占めて、数多く記されていることだ。たとえば、『慕帰絵』最終段の臨終の場面には、覚如が次のような辞世の歌二首を詠んだと記される。

南無阿弥陀仏力ならぬ法ぞなきたもつ心もわれとおこさず

八十ぢあまり送りむかへてこの春の花にさきだつ身ぞあはれなる(1)

詞書では、右の二首の後に、「思ひつけたる数寄にて最後までも弱々しき心地に一両首をつづけらるよ」という覚如自身の感慨を記したうえで、息も絶え絶えになった末期に及んでも、和歌を詠み残したありように対して、「いまさら尊くおぼゆる中に、花のなさけを猶忘れずやと誠にあはれにぞ覚る」と讃えている。また、巻五第三段によれば、覚如は『閑窓集』という和歌撰集を編んだといい、巻九第三段には、覚如の詠作が、「宗匠二条入道前亜相為世卿言葉集を家に撰ぜし」と伝えられる歌集や、小倉実教撰の『藤葉集』の「雑春部」「雑下」の部立に入集したと記される。『閑窓集』と『言葉集』は現在ではどのような歌集だったか詳らかではなく、『藤葉集』も今日伝存するのは春歌・夏歌・秋歌・冬歌・恋歌上・恋歌下の六巻で、そこに覚如の歌が収められたという部立はないので、『慕帰絵』の記事の裏付けをとることはできない(2)。だが、少なくとも『慕帰絵』は、覚如は二条為世や小倉実教といった当代の主要な歌人たちと交流を持っており(3)、その詠作も評価を得ていたということを、覚如にまつわる事実として記したことになる。さらに、絵に目を転ずれば、人丸影を掲げて文台を置いた屋内で、覚如とおぼしき僧と公家・僧侶らが座している図（巻五第三段）は、中世における和歌会の場のありようを伝える絵画として名高い(4)。総じて、『慕帰絵』は、覚如は生涯を通じて和歌をたしなむ人だったということを、とりわけ強調する視点から語られていると言える。

もとより実際のところ、覚如は和歌をよくする人だったのだろう。その詠作が記録された結果、覚如の伝記絵巻である『慕帰絵』に多くの和歌が収められたのだと言えばそれまでかもしれない。ただ一般に、ある人物の生涯を一つの物語にするときには、さまざまなとらえ方があり得るなかから視点が選び取られて語られるものではないか。後に述べるように、覚如は、宗門上の事績や係争といったエピソードも多い人である。それでは、他にも覚如の事績はさまざまあるなかで、和歌を詠むという営みをとりたてて語ることは、覚如の伝記をどのような視点から物語にする機能を果たしているのだろうか。

b　『慕帰絵』における和歌

覚如は、文永七年（一二七〇）十二月二十八日に生まれた。[5]父は、親鸞の末娘覚信尼の子の覚恵《かくえ》。覚如が生まれた翌々年の文永九年（一二七二）は後嵯峨院が没した年であって、以後、持明院・大覚寺両統の対立、後醍醐天皇の即位と鎌倉幕府との紛擾、幕府滅亡と足利尊氏の台頭、後醍醐の吉野移転と南北朝の分立といった出来事がつづいた。覚如が没した観応二年は、政権樹立後の足利尊氏と弟直義の対立が深まりを見せていた頃である。覚如が八十二年の生涯を送ったのは、鎌倉末期から南北朝期にかけての激動の時代であった。そのような動乱の続く世にあっても、和歌は滅びるどころか旺盛に行われていた。たとえば覚如が生きていた間には、『続拾遺和歌集』から『風雅和歌集』まで勅撰和歌集が六つも編まれている。南北両朝の対立に加え歌壇の対立も絡んで、皇統の威容をしめすものともなる和歌の勅撰事業が相次いで行われたのである。

そうした時代とともにあった覚如は、親鸞の血と教えを受け継ぐ者としての足跡を遺している。覚如三歳の年にあたる文永九年（一二七二）、親鸞滅後十年を期に、親鸞の墓所が改められ、東山に大谷廟堂が建立された。覚信尼は、大谷廟堂の管理を長男覚恵に譲る旨を記した書状を遺したが（覚信尼最後状案）[6]、覚信尼の死後、覚恵と異父弟の唯善との間で、廟堂の管理権をめぐって激しい係争が起こった。覚恵は、覚信尼と日野広綱の間の子、唯善は、覚信尼が再婚した小野宮禅念の子である。覚恵の長男である覚如は、父覚恵の没後、唯善との抗争において青蓮院門跡

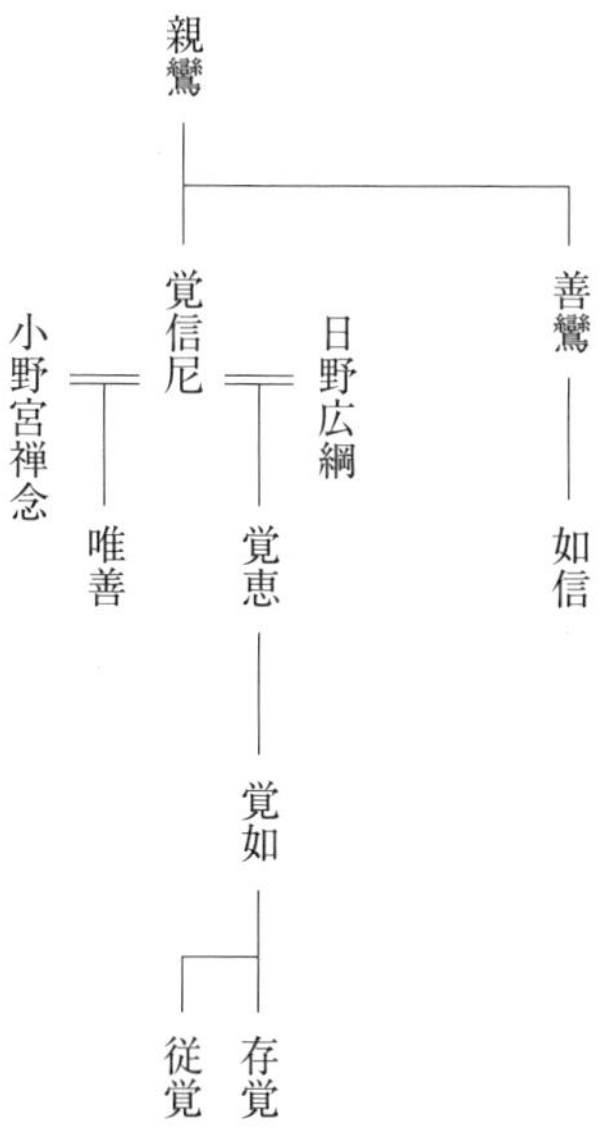

の裁決を得て勝訴し、大谷廟堂の管理を司る留守職となった。延慶三年（一三一〇）、覚如四十一歳のときのことである。その後、大谷廟堂は「本願寺」と称され、教団運営の中枢となる寺院として確立してゆく。

そんな覚如が唱えたのが、真宗の法流は法然（源空）・親鸞・如信（親鸞の長男善鸞の子）と受け継がれ、自分は如信の教えを直接受けた者であると説く、いわゆる三代伝持の考え方であった。覚如の著『口伝鈔』に、「本願寺の聖人、黒谷の先徳より御相承とて、如信上人おほせられていはく[7]」とある。こうして自らを宗祖以来の流れを汲む存在と位置づけることによって、その正統性を打ち出そうとしたわけである。[8]『慕帰絵』においても、「弘安十年春秋十八といふ十一月なかの九日の夜、東山の如信上人と申しし賢哲にあひて、釈迦・弥陀の教行を面受し、他力摂生の信証を口伝す。所謂血脈は、叡山黒谷源空聖人、本願寺親鸞聖人二代の嫡資なり」（巻三第三段）のように、三代伝持の考えにもとづいて覚如をとらえる叙述を見ることができる。

ただ、それよりも『慕帰絵』の詞書で注目されるのは、覚如が藤原北家を始祖に持つ日野氏の血を引くことを特に前面に出して語る傾向が色濃く見られるということだ。なお、親鸞が日野有範の子とする系図（『尊卑分脈』など）には問題があるとされるが、父覚恵が広綱の子であることから、覚如が日野氏の流れを汲むことは確かである。

凡そ日野は、宦学の両事を以て顕職にも居し、温官にも浴して身を立つる家なりといふ事、ほぼ先に見たれども、かねては和漢の両篇をも相並べてたしなみ、公宴にも従ふ条は、代々の芳躅勿論なり。しかりといへども、三十一字の和語には猶心をいたましめ、幼稚の昔の日より老体の今の年に至るまで、春の曙、秋の夕につけても興を催し、月の夜、雪の朝を待ちても宴を設け、時境節をたがへぬ心づかひにて…

右の巻五第三段では、幼少から老年に至るまで覚如が和歌を好んだことが、日野の家風と結びつけて語られている。『慕帰絵』には和歌が八十三首あり、そのうち五十七首が覚如の歌である。「花間鐘」題で日野俊光らと同座した続歌（巻六第二段）や玉津嶋明神に参詣した折の詠（巻七第一段）、法華経一品経和歌（巻九第三段）など、詠まれた場はさまざまであるが、和歌を詠み出す契機として、「さすが猶朽ちざる曩古の言の葉を慕ひて」（巻五第三段）、「曩祖の御作に詞林功少難凝露　栄路運遅被咲花といふ詩を和して書き侍る歌とて」（巻九第三段）のように、家の祖先に思いをはせることが繰り返し語られることには注意してよいだろう。たとえば『慕帰絵』は、北野聖廟で「曩祖相公」日野有国が奉納した詩句「幼少児童皆聴取　子孫永作廟門塵」に和して覚如が詠んだ歌として、次の一首を掲げている。

忘れじな聞けと教へし二葉より十代にかかれる宿の藤波　（巻五第三段）

上句は有国の詩句に対応し、下句は藤氏の末裔である日野有国から十代と伝承される覚如自身のことを表す。

このように、『慕帰絵』において覚如は、三代伝持の法流と、日野氏の血筋という、二つの系譜によって正統化された存在として描かれているのである。そして、和歌をたしなむ素養は、後者を言挙げする視点とともに語られているのであった。つまり比喩的に言えば、和歌を詠むという営みは、覚如という存在を支える、宗門上の正統性とは異なるもう一つの力として、『慕帰絵』のなかで機能しているということである。

c　覚如の詠作

それでは、覚如の詠作は、具体的にどのような歌なのだろうか。(9)いくつか例をあげて見てみよう。

つたひくるかけひの末をせきためて水に心をまかせてぞすむ

（慕帰絵・巻九第三段）

『藤葉集』雑下に収められたとする歌である。水がつたい来る筧《かけい》の末端で堰きとめられている流れに心を任せると、その水と同じように自分の心も澄みわたることだ、といった意だろうか。水を引く意の「まかす」に、任せる意を響かせて、筧の水の涼やかなイメージを、流水に心を委ねる澄んだ心境と重ね合わせた詠であろう。「かけひ」の水がつたい来るさまを、人の「心」が澄むさまとともに詠む類例に、

つたひくるかけひの水の音にてもすむらむ人の心をぞくむ

（宝治百首・山家水・三六七二・小宰相）

などがある。また、覚如在世中に成立した歌集・和歌にも、

随喜功徳品

最後弟五十聞一偈随喜　　沙門寛性

つたひくるかけひの末の清水にもやどれる月の影ぞくまなき

（建武三年住吉社法楽和歌・一一二）

心清浄故有情清浄　　覚懐法師

にごりなきもとの心にまかせてぞかけひの水のきよきをもしる

（続千載集・釈教歌・九五九）

のように、言葉の用い方が類似する歌を見出すことができる。右の二首は法文題の釈教歌で、覚如の歌「つたひくる」は法文歌ではないようだから主題は異なる。だがこの例から、覚如が歌を詠むときの言葉の発想は、同時代の和歌に見られる傾向と通底しているということがわかる。

そこで、『慕帰絵』に収める覚如の歌からもう一首あげてみたい。暦応元年（一三三八）九月二十二日、覚如の長男存覚の室での当座三十首の詠として、次のような歌がある。

原月

あだなりなしめぢが原の秋風にさせも乱れて月ぞこぼるる
（巻九第三段）

この歌は、『新古今集』釈教歌の巻頭歌、清水観音の詠と伝える「なほ頼めしめぢが原のさせも草我が世の中にあらむかぎりは」（一九一六）や、「契りおきしさせもが露を命にてあはれ今年の秋もいぬめり」（千載集・雑歌上・一〇二六・藤原基俊）を踏まえた本歌取りの詠であると考えられる。はかないことだよ、しめぢが原に吹く秋風によってさせも草が乱れて、月の光もこぼれ落ちることだ、といった意の歌だろうか。下句の「月ぞこぼるる」はやや言葉足らずの感があるが、させも草に置く露にやどる月光が、風によって露が乱れ散るのとともにこぼれるさまを表すのだろう。「しめぢが原」のさせも草の露に「月」がやどる風情は、藤原良経の「秋の夜はさせもが露のはかなきも月のよすがとならぬものかは」（秋篠月清集・九八七）などにも詠まれている。つまり覚如の歌は、当時和歌において広く浸透していた本歌取りの技法によりつつ、新古今時代の歌に先例がある風情を詠んだ歌だと言える。

右のような詠み方は、次に掲げる覚如の歌にも見ることができる。覚如が没した約九年後に成立した『新千載集』に、「題しらず」で載る歌である。

法印宗昭

都おもふ須磨の関路の梶枕夢をばとほす波の間もがな
（羇旅歌・七七三）

宗昭は覚如の諱である。覚如は、一首ではあるが勅撰和歌集に入集した歌人なのだった。右の歌は、「浦づたふ磯の苫屋の梶枕聞きもならはぬ波の音かな」（千載集・羇旅歌・五一五・藤原俊成）を踏まえていよう。俊成の歌は、海辺を旅する貴人が苫屋で聞き慣れぬ波の音を聞くさまを詠んでおり、「源氏物語・須磨、明石の巻の光源氏の流謫を面影」（新日本古典文学大系）とする。「梶枕」を『源氏物語』須磨・明石の面影とともに詠む歌は、藤原定家の歌にも「梶枕たれと都をしのばまし契りし月の袖に見えずは」（拾遺愚草・二七〇〇「旅泊」）とあるように、俊成以後散見する。覚如の歌も、そうした発想のパターンに連なり、須磨にさすらう人のさまを詠む。「関路」に「とほす」、「梶枕」に「夢」というように縁ある語で繋ぎ、「波の間」に関所の警固がゆるむ間隙の意を響かせている。せめて夢だけでも都にいる愛しい人の元へ通えるよう、須磨の関にも隙が欲しいものよ、といった意の歌である。

d　和歌という共同性

こうして、覚如の歌を具体的に読み解くことで見えてくるのは、先行する和歌で詠まれてきた発想の型から大きく逸脱するわけではなく、同時代の和歌のあり方から著しくはみ出しているわけでもない、という詠みぶりである。これをもって、たとえば平淡な歌だと覚如の和歌を評したり、いわゆる二条派と京極派どちらの歌風かなどと問うたりすることもできるのかもしれないが、ここではそれがさして重要とは思われない。重要なのは、覚如にとって歌を詠む行為とは、和歌の伝統に言葉を調和させることだったということ自体である。

いま和歌の伝統と言ったのは、覚如が生きた中世社会において、歌をたしなむ人ならば共通して身につけていたものだ。『古今集』以来詠み続けられてきた蓄積に基づく発想の類型や古歌の知識を踏まえた言葉で和歌を詠めることによって、公家も武家も僧侶も同じ知の文化圏を共有していた。和歌は、言語表現を介した共同性をかたちづくっていたのである。[10] 言い換えれば、和歌の素養がない者は、その共同性のもとに成り立つ文化圏の埒外に身を置くしかなかったとも言えるかもしれない。

こう考えてくると、覚如の伝記絵巻『慕帰絵』に、和歌に関わる事績がとりたてて語られることの意味も改めて見えてくるのではないだろうか。先に、『慕帰絵』において覚如が和歌を詠む営みは、覚如という存在を支える、宗門上の正統性とは異なるもう一つの力として機能していると述べた。その力とは、覚如が、和歌によってつくりだされる共同性の圏内にいる者なのだ証し立てることにほかならないのである。

円空の歌

a　円空の仏像制作と和歌詠作

さて、覚如が生きた時代から約三百年後に登場した、もう一人の男に目を転じてみたい。

元禄二年（一六八九）三月、江戸で芭蕉が『おくのほそ道』の旅に出立した頃のことである。近江の伊吹山太平寺（滋賀県米原市）に、ひとりの修験僧が寄寓していた。齢五十八歳の円空である。彼は、桜の丸木を切り出し、高さ六尺（約一八〇センチ）におよぶ十一面観音像を足かけ三日で一気に彫りあげて、像の背面に、制作年次と「円空沙門」の銘、そして次のような和歌を墨で書きつけた。

於《オ》志《シ》南《ナ》辺《ヘ》天《テ》　春仁安《ア》宇《ウ》身《ミ》乃《ノ》　草木末《マ》天《テ》　誠仁成留　山桜《サクラ》賀南《ナ》

（おしなべて　春に逢ふ身の　草木まで　誠に成れる　山桜かな）

春にめぐりあう者は、草木までも皆まことの道に成仏できる、そう思わせる山桜であるよ、といった意。「草木成仏」（謡曲・芭蕉など）の思想を踏まえて、美しい花を咲かせる生命力を宿していた桜木[11]に自身が彫りを加え、仏像へと転生させた感慨を詠んだ歌であろう。歌の上部には同じく墨書で、

桜朶花枝艶更芳　観音香力透蘭房
東風吹送終成笑　好向筵前定幾場

という漢詩も記されている。桜材から漂う芳香を観音の仏力ととらえている。「東風」は、春に東から吹く風で、名高い「東風《こち》吹かばにほひおこせよ梅の花あるじなしとて春を忘るな」（拾遺集・雑春・一〇〇六・菅原道真）の歌も想起させる語だが、ここでは西方極楽浄土へ衆生を吹き送る風のイメージも含んでいようか。和歌と同様に、彫りあげた観音像への思いを表現している。

この十一面観音像と背銘の和歌からうかがえるのは、円空という一作者にとって、木材を彫って仏像を作るという営みと、言葉によって三十一文字の和歌を詠むという営みが、相反することなく同居しているということである。各地に伝わるいわゆる円空仏によって、仏像制作の面で今日広く知られる円空であるが、実は、彼には一六〇〇首余りの詠作があることが確認されている。それでは、そもそも円空は、なぜ和歌を詠んだのだろうか。あるいは、円空にとって、和歌とはいかなるものだったのだろうか。

b　円空の歌稿

円空[12]（寛永九年〈一六三二〉～元禄八年〈一六九五〉）は、美濃の竹ヶ鼻（岐阜県羽島市）に生まれ、若くして出家したという。先に「修験僧」と表現したが、円空は本山派修験ゆかりの園城寺の尊栄大僧正に師事し、のちに尊栄か

ら血脈相承を受けており、大峯山（奈良県吉野市）で修行した時期もある。また、生涯を通じて諸国を巡り、滞在した土地で仏像を遺した。その足跡を辿るに、富士、比叡山といった霊地のほか、尾張や関東諸国、若い頃には北は津軽から海を渡って松前（北海道）まで至っている。円空が彫った像は、白木の材に切れの鋭い刃を入れた作が多く、ふっくらとした頰に直線的で切れ長の目を彫り入れた独特の顔立ちが親しみある微笑を感じさせることから、現在でも人気が高い。寛政二年（一七九〇）刊の伴蒿蹊『近世畸人伝』には、「僧円空」の伝が詳述され、挿絵に、飛騨の袈裟山千光寺に居した円空が、枯れ木に梯子を掛けてよじのぼり、鉈《なた》をふりおろして幹に仁王像を彫りつける姿が描かれている。円空の生き様が、没後約百年にあたる時点で既に、ある種伝説的なものと認知されていたことがうかがえよう。

このように、円空は「無欲恬澹の人にて住所を定めず」（細野要斎「感興漫筆[13]」文久三年八月二十五日の項）と評すべき一所不住の生き方をしたらしいのだが、最も長く住したのは、生誕地の美濃および飛騨であった。そして、円空の和歌を伝える主要な資料もこの地に存する。すなわち、岐阜県関市の高賀神社に蔵した『大般若経』の折本見返しに貼られていた紙片の自筆歌稿一五〇〇首余りと、袈裟山千光寺（岐阜県高山市）所蔵の「けさの二字に男童子歌百首　作者円空」と内題のある百首歌である。その他の和歌も含め、近年『円空の和歌―一六〇〇余首の全て―』（財団法人岐阜県教育文化財団歴史資料館、二〇〇六年）によって影印・翻刻が刊行され、その全容をたやすく知ることができるようになった。資料が発見された経緯についても同書所収の諸論考に詳しい[14]。

円空の歌稿には多様な歌が記されており一概にまとめることはできないが、ここではいくつかの点を紹介しながら、円空の和歌のあり方を考えてみよう。たとえば、先にあげた伊吹山太平寺の十一面観音像の背面に墨書さ

れた和歌は、高賀神社の歌稿に、

おしなへて春《ニ》あふ身草木まて仏成る山桜哉　（高賀・九一五）

とある。以下、円空の和歌を引用する際には、自筆歌稿の表記をそのまま示す形で掲げるようつとめることとする（濁点も補わない）。右の歌の第二句は「春に逢ふ身の」、第四句は「仏に成れる」の意だろうが、助詞「の」「に」の表記を欠く。こうした助詞や送りがなの省略や、

墨染る神鏡の文ならは心の内に御形再拝ん　（高賀・五二九）

手結ふミる《ル》面形ハ親にて小児心に懐哉　（高賀・七一三）

のように、漢字の宛て字を多用した表記は、円空の歌稿に見られる特徴のひとつで、時にどう訓むべき表記なのか読解に窮する箇所もある。

また、十一面観音像背面の和歌は第四句「誠仁成留」であったが、歌稿では「仏成る」とある。同じ言い回しの歌が、多少語句の異なる形で、別の箇所に繰り返し書きつけられたわけである。そして、このように同じ言い回しで部分的な語句が異なる歌を繰り返し書くという行為で、語句が異なる部分のほうがより大きくなると、次のような和歌がつくりだされることになるのではないだろうか。

千和屋振る神の御形の字なれや向ハ移留鏡成梟　（高賀・七八〇）

千早振る神の御形作らん願心は万代までに　（高賀・一三三四）

ちわやふる捧ぬれは榊はニうつれる神ハ万代までも《マテニ》　（高賀・五四四）

大日草。あへはふさかる。ためしかや。念心は。万代までに　（高賀・八三五）

右の四首は、傍線を付した箇所が共通し、言い回しが似る。こうした類型的な和歌がしばしば現れることも、円空の歌稿を一読して気づく特徴である。

この特徴から、円空の言葉の着想のしかたの一端がうかがえるように思われる。円空は和歌をつくるとき、ある歌句の型を想起し、その型を基盤にしつつ、部分的に語句を組み換えたり新たな言葉を持ちこんだりすることで、五七五七七のしらべに言葉を乗せていったのではないだろうか。そして、和歌における既存の型に言葉を乗せるという営みが、最も顕著に現れているのが、千光寺蔵の百首歌「けさの二字に男童子歌百首」と、それに類する高賀神社歌稿所収の歌群なのである。

c　円空の百首歌

千光寺蔵の「けさの二字に男童子歌百首」は、『古今集』の歌に拠りつつ、袈裟山千光寺ゆかりの「けさ」の二字を詠みこんだ歌を連ねた百首歌である。いくつか具体的に歌をみてみよう。

Aけさの山猶うとまるゝ春霞かゝらぬ山もあらしと思へは　（千光・三八）
　思へども猶うとまれぬ春霞かゝらぬ山のあらしと思へは　（古今集・誹諧歌・一〇三二・よみ人しらず）

B心かけあらぬ物からはつかりのけさなくこゑのめつらしきかな　（千光・二一）
　待人にあらぬ物からはつ雁のけさなくこゑのめつらしき哉　（古今集・秋歌上・二〇六・在原元方）

Cけさの野になまめきたてる女郎花かゝらぬ袖に花の香そする　（千光・八三）
　秋のゝになまめきたてる女郎花あなかしかまし花も一とき　（古今集・誹諧歌・一〇一六・僧正遍昭）

円空の歌をA・B・Cとし、もとになった『古今集』の歌を並記して掲げた[15]。Aは、古今集歌の初句を「けさの山」と置き換えたもの。Bは、古今集歌の第四句「今朝鳴く声の」に「袈裟」の響きを読み取って、初句を「心かけ」に換えたのだろう。Cは、古今集歌の「秋の野に」を「袈裟の野に」とし、下句「かゝらぬ袖に…」と換えている。A・B・Cともに、「けさ」を詠みこむと同時に「かく（懸く）」との言葉の縁を用いている。ただ、Bの「心かけあらぬ物から」は、古今集歌の「待つ人にあらぬ物から」と違って、意味上どう繋がる言葉続きなのか必ずしも明快ではない。まるで辻褄のあった意味の文脈を通すことよりも、「けさ」と「かけ」の縁語的な文脈で言葉を組み合わせることのほうが先に立っているかのごとき詠作であると言っていい。この調子で、古今集歌に基づいて「けさ」の二字を詠みこんだ歌が連ねられているのである。つまりこの百首歌では、どんな内容を歌で表現するかということよりも、『古今集』の型に言葉をあてはめて五七五七七のしらべを詠み重ねる行為自体に主眼が置かれていると言えるのではないだろうか。

また、この「けさの二字に男童子歌百首」の配列について、小瀬洋喜「古今集と円空[16]」に導かれつつ私見を補って見れば、前半の一番から四九番歌までは『古今集』巻一～巻十、巻十八～巻二十の歌に拠る歌がほぼ『古今集』の配列通りに並び、後半の五〇番以降はおおむね、『古今集』の巻十五・巻十三・巻十二・巻十一、巻七・巻六・巻五、巻八、巻十九・巻十八・巻十七に拠る歌が、『古今集』の配列を逆行させた順序で並ぶ。最後の九三～九六番は『古今集』巻七・賀歌に拠る歌、九七番は『古今集』巻二十の巻末歌に拠る歌、九八番は仮名序所収歌に拠る歌となっており、古今集歌に基づく言祝ぎのイメージで締めくくられている。総じて百首全体で、『古今集』の配列秩序を念頭に置いた意図のもとに歌が配列されていることがうかがえるのである。そして、そのような百首歌の冒頭と末尾に置かれたのが、次の歌であった。

皇のけさ鏡の榊葉〃にみもすそ川の御形おかまん　（千光・一）

皇の星の祭ハけさ事に八万代《ヤヨノ》神の来て守らん《キテマムルラン》　（千光・一〇〇）

「みもすそ川」は伊勢神宮の五十鈴川の別称、「星の祭」は密教の星供のことだろうか。こうして、冒頭と末尾に、神仏を頼みにする思いを表す歌を置いて首尾照応させ、百首歌が完結している。

百首という区切りのよい定数の和歌を詠むことで、神仏などといった超越的なものへの願いを表現する営みは、平安時代以来の百首歌で伝統的に行われてきたものである。[17] また、最初の勅撰和歌集である『古今集』と言えば、改めて言うまでもなく、古来営々と詠み続けられてきた和歌の原点というべき古典だ。「けさの二字に男童子歌百首」は、言ってみれば古歌の語を一部組み換えた歌の羅列であって、詠作の巧拙を問う類のものではないかもしれない。しかし、円空の歌の試みが、『古今集』以来の和歌の伝統がなくては成り立ち得ないものだったことは確認しておいてよいだろう。

d　円空と『古今集』

高賀神社歌稿にも、「袈裟二字百首女童子の作者円空」と前書のある歌群（高賀・一三二〜）がある。千光寺の百首歌と同様に、古今集歌を型として「けさ」の二字に置き換えた歌が連なっているのだが、歌群の冒頭に書き付けられた歌は次のような一首であった。

皇のなをやわらくるけさノ日に光のとけき春ハ来に梟

「皇の」（すめろぎの）という初句から始まる言い回しは、千光寺の百首歌の冒頭・巻末歌と同じである。この歌も、「けさノ日に」に「今朝」と「袈裟」を響かせていよう。「ひさかたの光のどけき春の日にしづ心なく花の散るらん」（古今集・春歌下・八四・紀友則）を思わせる言葉づかいで、やわらかな陽光のもと、太平の世に穏やかな春が到来した歓びを詠む。初二句の「皇のなをやわらくる」と類似した言い回しは、歌稿に記される他の円空の歌にも見られる。

御そへハ大和言ニ和て予皇は万代までに　（高賀・九〇二）

敷島や世に和る神なれや書文《カクフミ》たにも大和言に　（高賀・三九八）

右の歌から読みとれるのは、「和ぐ」（やはらぐ）とは「皇」（すめろぎ）つまり天皇の御世が穏やかに治まることで、それが「大和言」（やまとことば）つまり和歌をやわらいだ言葉で詠むことと結びついているのだ、という円空の発想である。

ここで、『古今和歌集』仮名序に、

やまとうたは、人の心を種としてよろづの言の葉とぞなれりける。…力をもいれずしてあめつちを動かし、目に見えぬ鬼神をもあはれと思はせ、男女の仲をもやはらげ、たけきもののふの心をもなぐさむるは歌なり。

とあることを思い出してみてもよいかもしれない。史上初めて天皇の命によって編纂された歌集の序文にこのように提示されたことは、その後絶大な影響を与え、後代の和歌および和歌論を規定し続けた。松永貞徳『戴恩記』[18]（天和二年〈一六八二〉刊）に「凡そ師匠なき歌人の、年積り功をへて至極の分別は、大きにやはらぐと書きて、やまとうたとよめり」とあるように、『古今集』仮名序の和歌論を「やはらぐ」という言葉を重視して受けとめる考えも根強かったようである。[19] こう考えると、「皇」「和ぐ」「大和言」という言葉の連想で結び、和歌を介して世の安穏を言祝ぐ思いを表現するという、円空の和歌に見られる発想は、『古今集』仮名序に淵源がある思想に、思いのほか近いことに気づく。[20]

おわりに

諸国を遍歴する者として生きた円空は、いわば社会的にマージナルな（周縁の）存在である。円空が諸国を巡って仏像や和歌を旺盛に生み出していたその同じ頃、京の都では、先に「覚如の歌」の章でとりあげた覚如が生きた中世社会を経て、江戸時代まで受け継がれた、王朝和歌の伝統に連なる堂上歌壇の営みがいきづいていたはずである。円空は、そうした中央における古典学の文化圏と何ら交渉を持っていたわけではないだろう。また、そういう中央の文化圏との交渉の有無や、円空がどこで誰に和歌を学んだかといったことは、あまり大きな問題ではあるまい。注意すべきは、詠者がどんな土地で生き、どういう生涯を送った人間であるかということにかかわりなく、和歌を詠むという行為は、『古今集』以来の和歌伝統という言葉の共同性に、詠者の言葉を同調させることにほかならなかったという点ではないだろうか。そこに注意してみると、和歌によってつくりだされる共同性が、この国の津々浦々を覆うに至っていたという現実の一端が、円空という存在を介して垣間見えてくるかもしれない。

注

1．引用は、続日本の絵巻『慕帰絵詞』（中央公論社、一九九〇年九月）の図版による。漢字・仮名の別および表記等を読みやすく改めたところがある。

2．「閑窓集」と題する歌集は現存しない。また、『慕帰絵』に「為世卿」（二条為世）の撰と記されている「言葉集」は、現在冷泉家時雨亭文庫に蔵する「言葉和歌集下」（惟宗広言撰、平安末期成立、冷泉家時雨亭叢書第七巻『平安中世私撰集』所収）とは時代も異なり、同一のものではない。なお、小倉実教撰『藤葉和歌集』六巻は、新編国歌大観（角川書店）所収。

3．覚如の和歌にかかわる事績については、井上宗雄『中世歌壇史の研究　南北朝期』（明治書院、一九六五年十一月、改訂新版一九八七年五月）に整理がある。

4．この図に言及した論考の主なものに、渡部泰明『和歌とは何か』（岩波新書、二〇〇九年七月）、廣木一人「続歌考―連歌との類似性、及びその場―」（『連歌史試論』新典社、二〇〇四年十月、初出一九九六年三月）、川平ひとし「文台と本尊のある場―和歌会次第書類点綴―」（『中世和歌論』笠間書院、二〇〇三年三月、初出一九九三年六月）、島津忠夫「連歌会席の図―島津角屋蔵邸内遊楽図二曲一隻」（『連歌俳諧研究』七一号、一九八六年七月）などがある。

5．以下、覚如の生涯については、重松明久『覚如』（吉川弘文館、一九六四年十二月）によるところが大きい。ほかに、井上鋭夫『本願寺』（至文堂、一九六二年三月、講談社学術文庫再版二〇〇八年十月）、小串侍『初期本願寺の研究』（法蔵館、一九七九年十一月）、『本願寺史』第一巻（浄土真宗本願寺派宗務所、一九六一年三月）など参照。

6．『真宗史料集成』第一巻（同朋舎出版、一九八三年十月完結記念特別頒布版）。

7．同右。

8．村上學「聖なるものの変容―覚信尼、覚如、そして蓮如―」（『日本文学』四五巻七号、一九九六年七月）。

9．覚如の歌を具体的にとりあげた論考は少ないが、青木竜丸「覚如上人の歌」（『龍谷教学』二号、一九六七年六月）、同「慕帰絵詞の覚如上人の詩歌一考」（『宗学院論集』三七号、一九六五年十一月）がある。

10．兵藤裕己「和歌と天皇―〝日本〟的共同性の回路」（『王権と物語』青弓社、一九八九年九月）。

11．桜は「修験の神木」（五来重「円空仏」注12掲出著作集所収）でもある。

12．以下、円空については下記の関連文献を主に参照した。『円空研究』一～五、別巻・別巻二（円空学会、一九七二年六月～一九七九年七月）、『円空の和歌―歌から探る人間像―』（岐阜県歴史資料館、二〇〇二年三月）、『五来重著作集第十巻　木食遊行聖の宗教活動と系譜』（法蔵館、二〇〇九年七月）、梅原猛『歓喜する円空』（二〇〇六年十月、新潮文庫再版、二〇〇九年七月）、和歌森太郎『修験道史研究』（東洋文庫、平凡社、一九七二年六月）、宮家準『修験道　その歴史と修行』（講談社学術文庫、二〇〇一年四月）など。

13．引用は、名古屋市史本にもとづく『名古屋叢書』による。

14．円空和歌の研究に先鞭を付けたのは長谷川公茂編『底本円空上人歌集』（一宮史談会、一九六三年十二月）である。なお、以下円空の和歌の引用にあたっては、高賀神社の歌稿を「高賀」、千光寺蔵の百首歌を「千光」と略称し、『円空の和歌―一六〇〇余首の全て―』による歌番号を示す。

15．円空の歌と並記する際の『古今集』の引用は、正保板本による。

16．『文学』第六巻第三号、二〇〇五年五月。

17．関連文献は多いが、松野陽一『鳥帚　千載集時代和歌の研究』（風間書房、一九九五年十一月）、浅田徹『百首歌　祈りと象徴』（臨川書店、一九九九年七月）など。

18．引用は、日本歌学大系（風間書房）による。

19．拙著『やまとことば表現論―源俊頼へ』（笠間書院、二〇〇八年十二月）Ⅲ部第八章「「和」という思想―和歌の自己同一性をめぐって―」参照。

20．円空には、背銘に元禄三年九月二十六日の年記にくわえ「今上皇帝　当国万仏」と自書した作がある（岐阜県高山市観音堂旧蔵今上皇帝像）。こうした円空の造仏に現れる天皇への関心は、『古今集』以来の和歌の思想とも無関係ではあるまい。なお、元禄三年当時の今上帝は東山天皇。

覚如の歌、円空の歌　176

参考文献

重松明久『覚如』（吉川弘文館、一九六四年十二月）

新修日本絵巻物全集『善信聖人絵・慕帰絵』（角川書店、一九七八年五月）

続日本の絵巻『慕帰絵詞』（中央公論社、一九九〇年九月）

『円空の和歌―歌から探る人間像―』（岐阜県歴史資料館、二〇〇二年三月）

『円空の和歌―一六〇〇余首の全て―』（財団法人岐阜県教育文化財団歴史資料館、二〇〇六年二月）

本稿は、平成二十二年度科学研究費補助金若手研究（B）による研究成果の一部である。

一五六頁写真：「護法神と群像」の内群像部分。野生の芸術「円空展」図録より転載。

第三章
荘厳する和歌

古今伝受の室内——君臣和楽の象徴空間　海野圭介
神へ向かう歌——神楽・今様　菅野扶美
歌う聖——聖人の詠歌の系譜　阿部泰郎
♪間奏曲♪『法華経』を詠んだ和歌——『法華経』と歌枕との共鳴　荒木優也

古今伝受の室内——君臣和楽の象徴空間

海野　圭介

和歌の伝授と儀礼

柿本人麻呂（中世には「人丸」の表記が一般的であるため、以降同様の表記を用いる）の肖像を懸け、その影前において営まれる歌会、所謂「人丸影供」は、平安後期に六条藤家の人々によってはじめられたと伝えられる。[1]鎌倉期を通して殊更にその語をもって語られる例は次第に減少してゆくというが、[2]人丸影は、中世期の歌会には不可欠な要素として定着し、以降踏襲されていった。[3]歌会の設えと作法を記した鎌倉後期の歌学書『竹園抄』[4]に述べられる歌会の様子や、本願寺第三世覚如（一二七〇—一三五一）の生涯を描く『慕帰絵詞』[5]に描かれた歌会の図に添えられた人丸影の例は、そうした中世期の歌会における人丸影の強い存在感を如実に伝えている。

歌会の席に懸けられた人丸影には、影前で営まれる種々の「影供」の会が本来目的とした、供養・賛嘆（人丸影に対するこうした例を伝える資料としては、中世期に行われたものとして人丸講式・人丸影供祭文などが伝存している）の対象としての役割ではなく、むしろ、歌会の場を荘厳し、その座を統制する神としての役割が求められるようになっていったと考えられる。和歌の神としての人丸の影は、鎌倉後期以降、歌会のみならず和歌に関わるさまざまな儀礼の場に登場するようになる。例えば、中世の歌学書『和歌無底抄』[6]には、上手の歌詠みとなるよう人丸影を懸けて行う一種の祈祷とも言うべき修法の例が記されており、祈願の意図を直接に伝えて興味深い。また、和歌を統べる神としての人丸の影は、和歌の修練の過程に執り行われる諸伝授の場、その極である古今伝受の場にも懸けられ、その空間をも荘厳する役割を担うこととなる。

古今の秘説を巡る師資相承の伝授である古今伝受は、『古今集』に纏わる様々な言説と典籍類を生み出し、またそれらによって支えられているが、密教修法における儀軌や法則のような役割を果たした資料は伝存しない。従って、伝授の場の実際を復元することは容易ではないが、作法の一部を記す切紙や実際に行われた伝授の様子を描く絵図も幾らか遺されており、そうした断片的資料を突き合わせることで、伝授の行われた座の様相の一端を窺うことが可能となる。

本稿では、次の四点の資料を比べ見ることで、和歌の伝授の行われる空間の荘厳とその変容の様を辿り、それぞれの伝授の場を支える論理の在り方、ひいては伝授に込められた意図などについて考えてみたい。なお、聊か煩雑となるため、予め本稿の概要を示せば、以下のようになる。

最初に、鎌倉期の古層の伝授（密教的伝授）を伝える資料として、『古今和歌集灌頂口伝』所収の伝授の次第を例に、そこに記される座の設えと作法の特質について述べる。『古今和歌集灌頂口伝』に記される古今伝受は、宗教環境における灌頂の儀礼を模した作法を伴い伝授を構想するもので、その座には、住吉明神・天照大神・人丸の三神の影が懸けられ座の荘厳が企図される。「灌頂」の語を冠する種々の伝書の中でも『古今和歌集灌頂口伝』に所収される次第には、住吉明神・天照大神・人丸の三神が起請の対象となったことが記されており、人丸についても「本尊」としての神格化が図られていたことが確認される。

次いで、藤沢山無量光院清浄光寺（神奈川県藤沢市）に伝えられた資料群について検討を行う。同資料は、室町後期に京都冷泉家より伝授された資料に基づき拡充が図られた資料群である。『古今集藤沢伝』と題される切紙集に収められる次第は、室町末の天正年間（一五七三—九二）における伝授の記録ではあるが、記される伝授の座は鎌倉期以降に行われた灌頂伝授（密教的伝授）の座に極めて類似しており、室町末における灌頂伝授（密教的伝授）の例としても興味深く、また、冷泉家流における伝授の実態解明にも有益な資料と言える。

三点目の資料は、江戸初期に冷泉家から天台門跡曼殊院（京都府左京区）に伝えられた資料群である。同資料は江戸初の寛永年間（一六二四—四四）に冷泉家庶流藤谷家からの伝授資料を含み、遺品の少ない冷泉家流の伝授の実態解明のためにも注目されるが、中に藤谷為賢（一五九三—一六五三）から良恕親王（一五七四—一六四三）へと相伝された際の道場図が遺されており、古今伝受の行われた座の実際を窺う資料としても有益である。道場には住吉明神・人丸の両神格に加えて俊成・定家・為家の影が懸けられており、宗教環境の儀礼における祖師影と類似する役割が期待されていたと推測される。

四点目は、桂宮家に伝えられ現在宮内庁書陵部に現蔵する、二条家の流れを汲む三条西家から細川幽斎を経て江戸初期の禁裏に伝えられた資料群を対象とする。同資料は、江戸期を通じて禁裏に伝承される、所謂「御所伝受」の根幹に位置する資料群であり、禁裏における古今伝受は同伝授資料を規範として遂行された[7]。伝授の座の記録としては、幽斎による筆記、幽斎より相伝された智仁親王による座敷図、その相伝を受けた後水尾院に関わる座敷図が遺されており、互いの比較検討が可能である。これらは三点共に人丸影と共に三種神器を頂き座の荘厳を試みており、灌頂伝授（密教的伝授）に見られた濃厚な密教的イメージは和らげられ、新たに神器による荘厳が企図されている。これは、伝授される切紙のうち君臣秩序を説く切紙のイメージを具現化したものと考えられ、伝授の構想そのものの変化を反映すると考えられる。

和歌の詠まれる空間

本願寺第三世・覚如（一二七〇—一三五一）の生涯を描く『慕帰絵詞』[9]巻五（図1）には、和歌会と覚しき場に集う会衆の姿が描かれる。

場面を見渡してみると、会所の正面中央に人丸影が据えられ、その両脇に植物（松竹梅カ？）を描く二幅が配されている。人丸影の前には香炉、その両脇には立花の花瓶、その手前には文台が置かれ、上に巻かれて置かれているのは詠草であろう。文台の前には円座が二枚、人丸影の前の上畳で思い悩む躰の法体が覚如であろう。他には畳の上に法体が二人、狩衣姿の俗体が四人、畳から外れて左奥に

図１『慕帰絵詞』（8）

稚児が一人、談笑しまた苦吟する会衆の姿が描かれている。

この絵図は、和歌の詠まれる座に集う人々の様子を伝えて興味深いが、のみならず、歌会の席の設えや作法を窺う点からも貴重である。人丸影を配し和歌を詠む座の設えは、『慕帰絵詞』に隣接する時期に著された歌学書『竹園抄』(10)に記される会席の作法と対照すると、この座に揃えられたそれぞれが欠くことのできない歌会の要素であったことが理解される。

> 常も被講には五種の事をおこなふべき也。会衆、会所にあつまらざるさきに座席をしたくすべし。そのやうは、まづ人丸を右にかけ、高貴大明神住吉の御ことなりを左にかくべし。その他の影どもあらば、官階にしたがひて左右にかくべきなり。さて、明神・人丸のまへにふづくへ常のごとし。花がめ・焼香・閼伽あるべし。檀供等常のごとし。つくへのまへに文台をすうべし。文台の左のきはに円座あり。中に礼盤あり。式師の座なり。左右に畳をながくしきて、上臈の座、左右につくりて、そのつぎに管絃者・伽陀師の座をつくるべし。執筆は座不定なり。いづくにもしかるべきなり。[…] 如此して、衆皆あつまりて、座つぼつぼにいたまりて、惣礼の楽をはりて礼盤につくなり。常の作法のごとし。伽陀は若、朗詠の祝言等しかるべきなり。式をはて、読師あゆみよりて、下臈の歌よりはじめて、次第に歌をよみあぐるなり。はじめは、一声さし声、次二返は満座同音にこえをあげて詠なり。[…]
>
> （『竹園抄』(11)）

『竹園抄』では、人丸影と共に住吉明神の影を懸けるとするが、その他の手順を辿れば、大凡『慕帰絵詞』に描かれた空間が現出する。成立環境を異にする両書の描く歌会の様子が互いに近似することは、こうした会席の設えが特定の流派に固有のものではなく、鎌倉〜南北朝期にかけて、つまりは中世前期に定着した会席の設えの定型であることを意味しよう。

人丸影への祈願と起請

人丸影を懸けて行われる、所謂「人丸（麻呂）影供」は、平安後期に六条藤家の人々によってはじめられたと伝えられているが、『慕帰絵詞』『竹園抄』の例で確認したように、鎌倉期には歌会の席に人丸影を懸けることは広く行われるようになり、また歌会のみならず和歌に関わる様々な儀礼が行われるようになっていった。例えば、鎌倉期の伝書である『和歌無底抄』には、「人丸奉行念誦次第」と標目の付された修法の次第を記した条目が記される。

一、人丸奉行念誦次第

或人、能因が抄より出たると申すを、さもある事もやとてこれに注す。若是をおこなはゞ、まづ閑所をあるべかしく一間二間心に任すべし。こしらへて影像をかけたてまつりて、桜の花をもて、其内をかざれ。さくらなくば、時の花を用ゐよ。御前によき花三枝たつるなり。次に精進して、浄衣を着し、念誦をもちて影像の前にうるはしく着座せよ。次に右の手に花を一枝もて、其内を加持せよ。

桜ちる木のした風を詠ぜよ。但、人の心に可随。

抑、柿本朝臣あはれみ給ひて、所願をとげしめ給へ。次に神分・惣神分に般若心経七巻可奉読。次、佛名可奉唱云々。

南無菩薩聖衆　南無一切神祇宿

次南無伝教大師
次勧請歌云、
あしひきのやまよりいづる月まつと人にはいひて君をこそまて
次請得悦歌云、
うれしさをむかしは袖につゝみけりこよひは身にもあまりぬる哉
次念誦歌云、
浅香山かげさへみゆる山の井のあさくは人をおもふものかは
いかるがやとみの小川のたえばこそわがおほきみの御名を忘れめ
次念誦所願歌云、
阿耨多羅三藐三菩提の佛たちわがたつそまに冥加あらせ給へ
此歌を詠じて、心中に歌人なると思ふべし。
次奉送歌云、
わがやどの花見がてらにくる人はちりなむ後ぞこひしかるべき
次廻向歌云、
つのくにのなにはのことかのりならぬあそびたはぶれまてとこそきけ
如此をはりて、日来之間、歌数読送奉。又さて歌を詠ずる数読千花可奉読。諸歌を読て、并本尊人丸に供也。本住へ帰り給へと思ふべし。此人丸をおこなひ奉れば、必歌読になる事うたがひなし。よく心に入れておこなへ。能因はこの作法をもて、歌はよくよみけるなり。末代いとけなき人のためなり。
（『和歌無底抄』巻八[12]）

「能因が抄」に記されていたというこの儀礼は、人丸の影を懸けた前に花瓶を置き、精進した願者が着座し人丸・神・仏・伝教大師を賛嘆する祈願の修法を行い、詠み出した歌を人丸に供えることで、「歌詠み」になることを保証する。加えて、能因（九八八—一〇五八頃）もこの法を用いて和歌の上手となったという逸話を添える。実際に行われていた修法の記録であるのか、或いは観念的に創造された儀礼であったのかは定かではないが[13]、祈願者の願いの方向性は露わであり、人丸影への祈願の意図を直接に伝えて興味深い。

『和歌無底抄』のこの記事は、秀歌の詠出を祈願する対照としての役割、つまりは修法の本尊としての役割が人丸影に与えられているのであるが、歌会や和歌の伝授の場においても人丸影は「本尊」と呼ばれるようになる[14]。

鎌倉末頃に主として関東を中心に活動した、藤原為顕（生没年未詳）流の伝書と考えられている『古今和歌集灌頂口伝』に収められる「古今相伝灌頂次第」には、「灌頂」の語を伴って記される和歌の伝授の場（「道場」と称される）の設えがこと細かに記されている。

先ヅ道場ヲ清メ、後ニ本尊ヲ懸ケ奉ベシ。
本尊次第　住吉明神・天照大神・柿下大夫人丸
　伝、菓子六合　内赤三合　白三合
本尊前、金銭九文　銭貨十貫　染物五　小袖五　絹十疋　布五端　太刀一腰　刀一腰　弓箭一具　壇紙十帖

厚紙卅帖　雑紙五十帖　扇三本
師前　銭五貫　染物三　小袖二　絹五疋　馬一疋　太刀一　刀一腰　壇紙五帖　厚紙十帖　雑紙卅帖　白米
五斗　帯一尺
白布三　一ヲバ本尊　御前ヲツヽムベシ。一端ヲバ師下ニ敷ク。一端ヲバ弟子敷ク也。
但シ此如ク云ヘドモ、器量ニ非仁者、努々授クベカラズ。器量ノ仁ハ授クベシ。器量ノ仁トハ、一ニハ器量、二ニハ高運之仁、三ニハ有徳之仁也、共ニ起請文ヲ書カシメテ授クベシ。若シ此旨ニ背キテ違犯セラレシ者ハ、師弟共ニ、今生ニハ天照大神・住吉明神・柿下人丸ノ御罰ヲ蒙リ、後生ニハ無間之底ニ墜チテ在ルベキ也。仍テ灌頂伝受ノ次第、件ノ如シ。
（『古今和歌集灌頂口伝』所収「古今相伝灌頂次第」[15]）

『古今和歌集灌頂口伝』では、住吉明神・天照大神の両神格に加えて、「柿下大夫人丸」が伝授の場の「本尊」とされている。また、次第の末尾には「若シ此旨ニ背キテ違犯セラレシ者ハ、師弟共ニ、今生ニハ天照大神・住吉明神・柿下人丸ノ御罰ヲ蒙リ」と記され、伝授に対する違背を罰する神格として起請の対象とされていたことが確認される。『古今和歌集灌頂口伝』における人丸は、天照大神・住吉明神の両神格と共に伝授の場を荘厳し、併せて、秘密の漏洩を禁じ伝授の秘密を保証する存在として構想されているのである。

和歌の秘伝と伝授作法

宗教的修辞と所作を伴い師資相承された和歌の秘伝の様態とその歴史を、三輪正胤は幾つかの流派への振り分けと次の三期の時代区分により説明した[16]（括弧内は報告者による要約）。

灌頂伝授期（密教修法としての灌頂を模した儀礼を伴い伝授が行われた期間、主として鎌倉期）
切紙伝授期（秘伝の伝達が口伝ではなく、切紙として伝えられた期間、主として室町中期以降）
神道伝授期（神道の理念と儀礼を伴い伝授が行われた期間、主として室町末以降）

これらの変化は時系列に沿って鮮やかに分断されるということはもとよりなく、前代の様式が継続する中に新たな様式が整えられる形で進行するのは言うまでもない。区分の是非を問う言もあるが、[17]むしろ留意すべきは伝授形式の特質として特記される「灌頂」・「切紙」という語が、伝授される内実を象徴しつつも、その遂行される形式（作法）・所作を指す語で語られたことであろう。一見、抽象的観念を意味するように見える「神道」という語も、切紙の内容を象徴する語として用いられると共に、伝授の行われる設えや所作にも三輪は注目している。

ここに述べられる「灌頂」は、密教修法における灌頂と同じ意であり、「切紙」も宗教環境における伝授にしばしば認められる伝授の形式である。先に確認した『古今和歌集灌頂口伝』所収の「古今相伝灌頂次第」は、密教的修法の形を模した伝授の様式を伝えており、本尊に守護され、起請に保証された伝授の場を仮構していた。[18]

このような伝授の様式（密教的伝授）は、鎌倉期に成立したと考えられている伝書に記される例が注目されてきたが、実際には室町期（三輪の区分では新たに興った「切紙伝授」の様式に注目し切紙伝授期と称されるが、厳密な時代区分が不可能であることは三輪も述べている）を通して伝えられていたと考えられる（神格に守護されるという構造抜きには伝授を構想し得なかったとも考えられよう）そうした例としては、時宗総本山藤沢山無量光院清浄光寺（神奈川県藤沢市）と天台門跡曼殊院（京都市左京区）に伝えられた古今伝受の例がある。この両寺院において行われた古今伝受は、灌頂伝授の作法を下敷きに構想されていると考えられ、その両者に京都の歌道家である冷泉家の関与が想定される点も注意される。

室町の末になると、「神道伝授」と三輪が類別した様式が新たに整えられるようになるが、これも座の設えとしては前代の様式の上に新たな要素を加えるかたちで成立している。三条西家から細川幽斎、智仁親王を経て後水尾院から以降の歴代天皇へと伝えられ、江戸時代の禁裏に伝えられた、所謂「御所伝受」において行われた切紙伝授は、神道様式を伴う伝授の例であり、先の二つの伝授と対比すると伝授の座の設えに差異が認められるが、これは伝授の構想自体の変化を反映していると考えられる。

藤沢山無量光院清浄光寺における古今伝受

「遊行寺」と通称される時宗総本山藤沢山無量光院清浄光寺（神奈川県藤沢市）は、遊行第四世呑海上人開基と伝える古刹で、関東一帯の同宗を統括するのみならず、全国各地より学僧の集う一大道場であった。歴代の遊行上人には和歌をよくするものもあり、室町後期には京都の和歌宗匠家であった冷泉家より入門があり、また、冷泉家七代冷泉為和（一四八六―一五四九）は、二十五世仏天上人に和歌の作法や口伝を伝えている（それら資料の一部は現在も清浄光寺に伝えられている）[19]。

為和が仏天に伝えた伝授切紙は、東京大学史料編纂所に所蔵される正親町家旧蔵資料の中に「冷泉家切紙」（正親町本一二―一一二）、「永禄切紙」（正親町本一三―一三二）と上書する切紙があり、また、仏天以降の藤沢における伝授を伝える資料として、天正十九年（一五九一）に遊行第三十三世他阿から称念寺其阿に伝えられた切紙を中心に雑纂された天理図書館蔵『古今集藤沢伝』、国文学研究資料館初雁文庫旧蔵『和歌灌頂次第秘密抄』（一二・二〇〇）に合写される切紙集などが伝存することが知られている。[20] これらの資料は、室町末期における関東へ京都文化の伝播の痕跡を伝える資料として貴重であるが、その内容についても研究の蓄積のある、禁裏へと伝えられた二条家流（宗祇—三条西家—細川幽斎—智仁親王—後水尾院）とは異なる冷泉家流の伝授の軌跡を窺う資料としても注目される。

一括される切紙類を一見して印象的なのは、『玉伝神秘巻』等の鎌倉期の伝書に包含される古層の切紙（密教色の強い灌頂伝授系の切紙）を含み持つことであるが、[21] そうした特質は、伝授の行われる道場の設えを説く切紙にも顕著である。

古今和歌集乾口傳之目録等條々略記之

一於口傳輩三種器量可撰之、三善三悪之機其也、三善者第一貴人高位、第二道之達者、第三志真実人、達道ナリトモ或高慢、或未練純根愚迷之輩不可授之、又志薄者輕道癈退之基也、不可授之、千金万玉施与ユルトモ努々不授之、若此旨不旨不守之者、師弟共尓可蒙冥罰者也、

一可有用意之次第

第一先ツ神道灌頂可窮渕底之事并両部諸尊印明可有傳受之事、

一第二傳授已前三千首和歌奉讀吟之、住吉・玉津嶋并三十番神・人丸等先達可奉手向之事奉為道冥加可至信心者也、

一傳受灌頂造〔道〕場、本尊住吉并玉津嶋并和哥三十番神、人丸影可奉請之

一供物者、名香、灯燭、百味珎膳、五菓五色、随分可奉辨備之、

一施財者、金、銀、瑠璃、珠玉、綿、綾、絹布、車、馬、米、錢、奴婢男童僕等可随力也、

一置物、香炉・香合・硯・文臺・新翰墨・針・小刀・壇紙・雜紙、其外由物可依時者也、
一授者、先一七日夜毎日浴水、散花、焼香、礼拝、定座三業呪廿一反宛、唵修利〔唎〕々摩訶修利〔唎修修唎薩婆訶〕・心經并當途王經一千巻漸々讀、
千手大悲呪　毎日七反并十願文
如意輪呪　毎日一千反
慈救呪　毎日一千反
荼枳抳呪　毎日一千三百五十反
五字文殊呪　一七日五十万反
観音夢授經　三十三反宛
治國利民經　毎日七反宛
定要品偈　毎朝七反宛
自我偈　　毎朝七反宛
此外尊法
地蔵　名号毎日一万反宛并呪
虚空蔵　名号三十五反并呪
若朗々々詠　毎日七反
右傳授者僧俗共仁精進潔齋、如法正理着新浄衣、三業共相應而不雜余念、撰良辰之、三ケ口傳七ケ切紙可奉

頭戴之、但記請文後可傳授々々、若於白地輕勿期者、両神之冥慮可慎可恐、
右切紙深可禁外覧者也、
天正十九年十二月十六日　遊行卅三世他阿
付属称念寺其阿
（『古今和歌集藤沢伝』[22]）

ここに記される伝授は、「神道灌頂」や「両部諸尊印明」の「伝受」といった語に明らかなように両部神道を基盤とする密教的伝授として構想されている。三千首和歌を吟じ、手向けるとされる「住吉」「玉津島」の両明神、「三十番神」「人丸等先達」といった神々は「灌頂道場」の「本尊」であるという。「本尊」には、「供物」として「名香」以下が捧げられ、「施財」「置物」等が揃えられる。相伝される者も「沐浴」や種々の陀羅尼念誦や読経等の潔斎が義務づけられ、灌頂伝授の道場全体が神仏によって荘厳されるように構想されている。

この切紙は、室町末の天正十九年（一五九二）に清浄光寺三十三世他阿から称念寺其阿に伝授された切紙ではあるが、その伝授の座は神格に守護された空間として構想されるなど、先に見た『古今和歌集灌頂口伝』所収の鎌倉期に行われた灌頂伝授の特質を色濃く留めている。こうした古今伝受の座が、藤沢において実際に営まれたものであったのか否かを窺うに足る記録は確認できていないが、少なくとも室町末の時宗寺院における古今伝受のイメージは、依然として密教的イメージを纏ったものとしてあったことは確認されよう。

曼殊院宮良恕の古今伝受

京都市左京区に位置する天台門跡、曼殊院には、桜町天皇（一七二〇―五〇）により勅封が付された古今伝受関

連資料七十三点[23]が蔵されている。この一群の資料には、二条流の正統を伝える頓阿（一二八九―一三七二）以来の常光院流の伝授を堯恵（一四三〇―九八）より伝えられた青蓮院坊官鳥居小路経厚（一四七六―一五四四）が、青蓮院門跡尊鎮親王（一五〇四―一五五〇）に伝えた伝授を含むことから、室町期に行われた二条流正統の伝授の実際を窺うに足る資料として注目されてきたが[24]、実際には伝来を異にする数種の伝授資料を取り合わせたもので[25]、中に寛永四年（一六二七）に、上冷泉家から分かれ一家を立てた藤谷為賢（一五九三―一六五三／冷泉為満男）より第二十八世良恕親王（一五七四―一六四三）への古今伝受に伴い作成された聞書と切紙を含み、室町末から江戸初における冷泉流の伝授を窺う資料としても注目される。

この曼殊院蔵古今伝受資料には良恕伝受の際の「道場図」一鋪（外題に「道場図」とあり）が伝えられている。この道場図は、為賢から良恕への伝授が行われた座の様子を記したものであり、実際に営まれた伝授の様子を絵図の形で伝える資料として貴重である。道場図と外題するこの図は、一見して、密教の作法を模すことは明らかな絵図で、中央に本尊（住吉明神）を配し、左側に人丸影を懸け供物を供え、右側には為家・俊成・定家の御子左家三代の影が懸けられる。住吉明神・人丸の両神に和歌の道の先達である俊成・定家・為家の影を併せて懸ける例は他に類例が認められない特異な作法ではあるが、歴代祖師の影を掲げて道場の荘厳を図ることは、宗教環境における灌頂儀礼においては常軌であり、そうした方法が援用されたと推測される。更に注目されるのは、歌道家宗匠として伝受を授ける立場にあった藤谷為賢の座が「阿サリノ座」と記されている点である。為賢は、密教の灌頂儀礼における伝法阿闍梨に擬されていると考えられ、伝授の座の荘厳が宗教的環境を模すのみならず、伝授という営為自体が宗教儀礼を模して構想されていたことが確認される。

御所伝受の座敷

天正二年（一五七四）に、三条西実枝（一五一一―七九）から細川幽斎（一五三四―一六一〇）が相伝した古今伝受は、三条西家から八条宮智仁親王（一五七九―一六二九）へと伝えられ、御所伝受と称される禁裏に伝えられた古今伝受の基盤となった。智仁親王によって整理された古今伝受に関する典籍・文書類は、宮内庁書陵部に現存しており（「古今伝受資料 智仁親王伝受 慶長五―寛永四」（五〇一・四二〇）、中に含まれる「古今伝受座敷模様」と題された資料（幽斎自筆）により実枝から幽斎へ伝授の座敷の様子を窺うことができる。

天正二歳在甲戌六月十七日
古今集切紙、於勝龍寺城、殿主
従三條大納言殿、御伝授
座敷者、殿主上壇、東面人丸像
掛之隆信筆着色、置机子於正面香炉・洗米・
御酒備也、手箱仁三種神器在也、
張錦於其上置文台、北面亜相御着座、
座仁鋪布一端、南面藤孝着座同鋪布壱端十七日、
切紙十八通、十八日切紙十通、伝授之功終矣、
幽斎伝授之次第、令書写畢

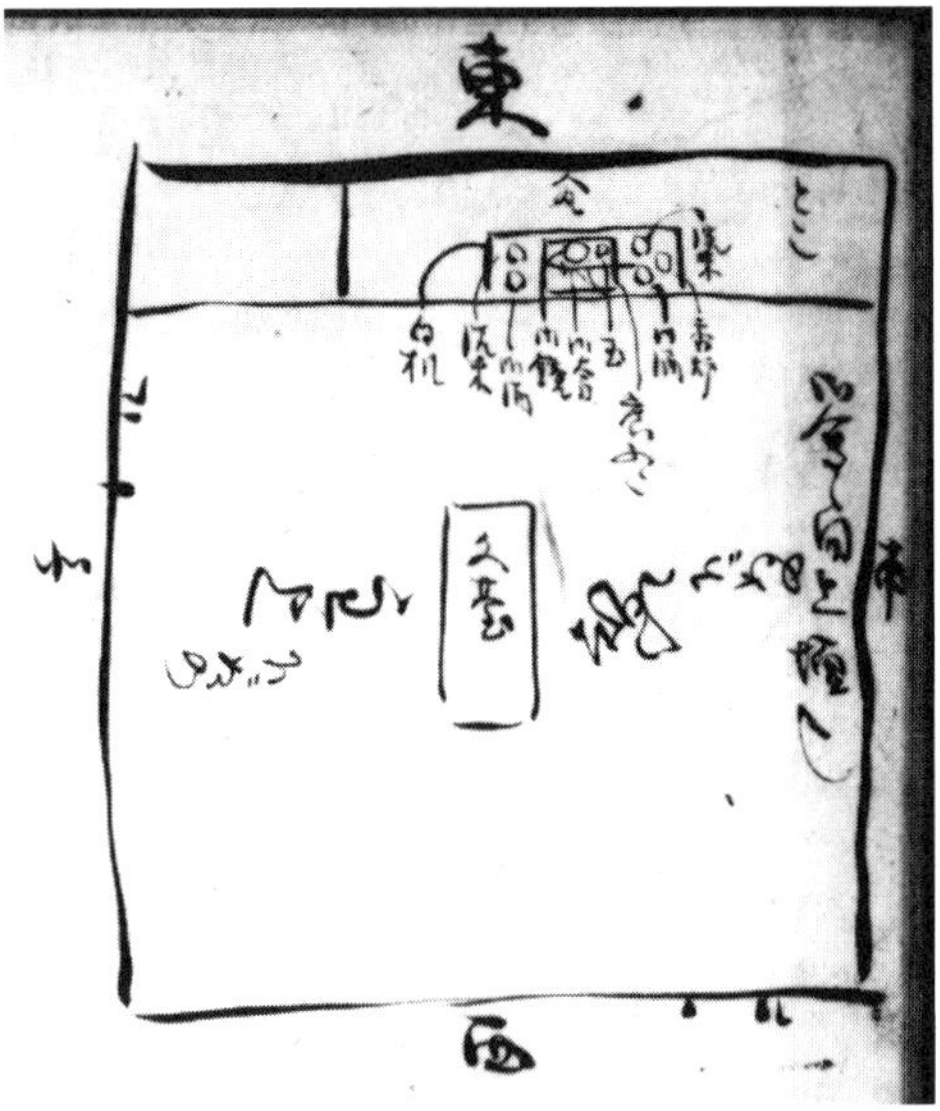

図２　宮内庁書陵部蔵「禁裏御講釈次第」

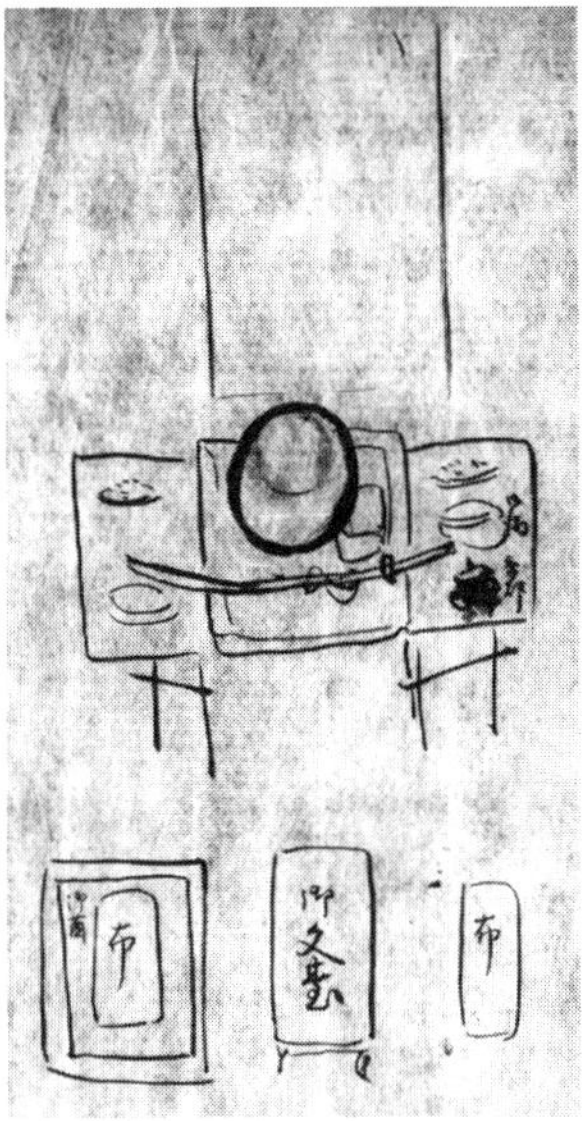

図３　宮内庁書陵部蔵「古今伝受之儀」

慶長七年八月十四日　（花押）

一校畢

（宮内庁書陵部蔵「古今伝受座敷模様」）

実枝と幽斎の間には人丸影が懸けられ、その前には机子と香炉・洗米・酒が備えられ、錦をひいた上に文台が据えられている。人丸影は懸けられてはいるものの他の神仏の勧請を意図する神影の類は用意されない。一見、簡素な印象をうけるが、従来の伝授の記事に見られない要素として、机子に次いで記される「手箱」に入れられた「三種神器」がある。「三種神器」は通例、天皇即位に際して継承される八咫鏡・天叢雲剣・八尺瓊勾玉を指すが、当然ながらここでは神器そのものではなくそれを模したものが用意されたのであろう。

　この実枝から幽斎への相伝に際して行われた、三種の神器を取り揃えた古今伝受の作法は、幽斎から相伝した智仁親王が後水尾院へと行った伝受の次第である『禁裏御講釈次第』（五〇二一・四二〇）に付載される座敷図（図2）に「玉」「御太刀」「御鏡」が人丸影の前に披露されており、後水尾院[26]より伝授を伝えられた日野弘資の記録である宮内庁書陵部蔵『古今伝受之儀』（B六・四四七）（図3）にも同様の図が添えられるなど、禁裏における伝授において踏襲されていったことが確認される。

三種神器と古今伝受との関係は一見明瞭ではなく、単に伝授の権威付けのためのみに即位儀礼の荘厳のかたちが借用されているようにも見えるが、この三種の神器を以て座の荘厳を試みる伝授作法は、古今伝受に際し伝えられる切紙と称される秘説を記す文書のうち、三鳥・三木と通称される切紙に記される理念を具現化したものであったと考えられる。[27]三鳥・三木の秘伝とは、『古今和歌集』に収められた次の六首の和歌をめぐる秘説を称した呼称である。

百千鳥さへづる春は物ごとにあらたまれども我ぞふり行く　（二八・春上・題不知・読人不知）

をちこちのたつきもしらぬ山中におぼつかなくも呼子鳥かな　（二九・春上・題不知・読人不知）

我が門にいな婬名負鳥のなくなへにけさ吹く風に雁はきにけり　（二〇八・秋上・題不知・読人不知）

み吉野のよしののたきにうかびいづるあわをかたまのきゆと見つらむ　（四三一・物名・をがたまの木・紀友則）

花の木にあらざらめどもさきにけりふりにしこのみなるときもがな

（四四五・物名・二条の后春宮のみやすん所と申しける時に、めどにけづり花させりけるをよませたまひける・文屋康秀）

うばたまの夢になにかはなぐさまむうつつにだにもあかぬ心は　（四四九・物名・かはなぐさ・清原深養父）

（『古今和歌集』）

これらの和歌に読み込まれた「百千鳥」「呼子鳥」「婬名負鳥」、「をがたまの木」「めどにけづり花」「かはな草」という奇妙な名を持つ鳥と草木をめぐって、鎌倉以降盛んにその実態の比定が行われてきた。御所伝受の基盤となった、細川幽斎へと伝えられた三条西実枝自筆の『当流切紙』[28]と題される切紙には次のような解釈が段階を踏んだ重層的な説として展開されている。

九　鳥之釈

婬名負鳥

庭敲　此鳥ノ風情ヲ見テ、神代ニミトノマクハヒアリ。是ニ依テ是名ヲ得タリ。秋ハ年中ノ衰ヘ行ク境也。此零落ノ道ヲ興ス所、此帝心也。仍入秋部　今上

呼子鳥

筒鳥　ツヽトナキテ人ヲ呼ニ似タリ。依之有此名。時節ヲ得テ人ニ告教ル心ヲ執政ニ譬フ。帝ノ心ヲ性トシテ時節ニ応スル下治ノ心也　関白

百千鳥

春ハ万ノ鳥ノサヘツレハ百千鳥ト云。仍テ此名アリ。万機扶翼ノ教令ヲ聞テ百寮各々ノ事ヲ成スカ如ク春来テ百千ノ諸鳥囀ト云心也。臣

（『当流切紙』のうち「鳥之釈」）

四　重大事

御賀玉木

内侍所

妻戸削花

三鳥	婬名負鳥	呼子鳥	百千鳥
（その寓意）	**今上**	**関白**	**臣**
三木	御賀玉木	妻戸削花	加和名草
三種の神器	内侍所**（鏡）**	神璽**（玉）**	**宝剣**
（その寓意）	**正直**	**慈悲**	**征伐**

表1　切紙の説く三鳥・三木とその寓意

神璽
賀和嫁
宝剣　（『当流切紙』のうち「重大事」）

六　重之口伝　極
重大事口伝　此切紙ハ前ノ三ケノ子細ヲ明ス也。仮令前ノ切紙ハ喩ヘ也。三種ノ神器ヲ可顕之義也。
内侍所　正直　鏡ニテ座ス。真躰中ニ含メリ。鏡ノ本躰ハ空虚ニシテ而モ能万象ヲ備ヘタリ。此理ヲノツカラ正直ナル物也。畢竟一切皆正直ヨリ起ル。此義深ク秘シ深ク思ヘシ。
神璽　慈悲　玉也。陰陽和合シテ玉トナル也。神代ニ日神ト素戔嗚尊ト御中違之時、玉ト剣トヲ取替給テ、御中ナヲラセ給事アリ。是陰陽ノ表事也。
宝剣　征伐　凡ソ剣ハ本水躰也。自水起剣云云。陰ノ形也。爰ヲ以テ征伐ヲ根本トシテ治天下也。［…］　（『当流切紙』のうち「重之口伝」）

これらの切紙は、和歌に詠み込まれた三鳥・三木のそれぞれを、単なる奇妙な名を持つ鳥や草木として解釈するのではなく、その奥に秘説を隠し持った、階層を為す寓意の体系を象徴的に表現したものと理解し、伝授の段階が進むにつれ、そこに観念された事物や事象を順次説明し解き明かしてゆく。「重大事」や「重之口伝」といった切紙は、より深層の奥義を解く切紙で、たとえば「御賀玉木」とは、三種神器としての「内侍所（鏡）」のことであり、さらには、その含意する「正直」の精神を暗示したものであることが説かれる。こうした寓意の連鎖は、「呼子鳥」や「妻戸削花」といった他の鳥・草木にも設定されているが、逐一を記すのは煩雑になるため、三鳥・三木に観念された寓意の対応関係を纏めてみると表1のようになる。

三鳥・三木の和歌のうち、三鳥の和歌は、それぞれが、「今上（帝）」「関白」「臣」という君臣の体系を象徴する事物を暗示する和歌と理解され、三木の和歌は、やはりそれぞれが、「内侍所」「神璽」「宝剣」といった、皇位に関わる神器を象徴し、また、それらの寓意としての「正直」「慈悲」「征伐」といった理念を含意すると解釈される。三鳥・三木の和歌は、総体として君臣の秩序と和合の理想を説く理念の体系を伝えたものと解釈されるのであるが、そもそも、三鳥・三木の切紙そのものが、三種神器のイメージを媒体として『古今和歌集』の和歌の中に君臣和楽の理想と理念を見出すことを目的として作成されたと言えよう。

三種神器を揃える座の荘厳のありかたは、単に権威付けのために、王権授受のシンボルとしての三種神器を借用し飾りとして用いたというのではなく、切紙の理念を具象化し、以て座の荘厳を図るという内的必要性によって求められたものであったと考える。

イメージとしての君臣の和へ

中世文芸研究の領域に大きな足跡を遺した岡見正雄は、室町期の文学・芸能の特質を述べて「神仏がのぞいている」という印象的な言を遺したが[29]、まさに伝授は和歌の神々との起請を仲立ちとして行われていた。和歌の伝授は神仏への起請を伴う行為であり、その座に神仏が勧請される（勧請されたとイメージされる）こと自体は不自然なことではない。座に降臨する神々諸仏の具象化されたイメージとして神影や人丸影は和歌の座を荘厳する役割を果たしている。

鎌倉期以降行われた灌頂伝授は、その座が神仏に守られ保証されるというイメージを伴う点において、密教的イメージに包括された、いわば様式的には宗教儀礼へと全面的に依拠することにより成立し得る儀礼としてあった。対して、室町末より江戸期の禁裏に伝承された御所伝受においては、総体としては前代の様式に宮中儀礼としての神道儀礼を模した様式を付加しながらも、宗教的様式の借用によって座の荘厳が図られ座が成立するというよりは、伝授の内実としての切紙の伝える君臣の和するかたちをシンボライズすることに重心が移り、座の荘厳自体が君と臣との大きな物語のアレゴリーとして機能するようになっていった。神影・人丸影或いは先達の諸影を取り揃えて行われた灌頂の伝授の場が、和歌の神としての人丸の影と鏡・璽・剣により荘厳されるように変化する伝授の座の荘厳の移り変わりは、神仏の庇護の下に伝えられる神仏授与の秘密といったイメージから、君臣秩序を象徴しその和を説く儀礼としてのイメージへと伝授自体の構想が大きく変化したことを反映していると考えられるのである。

付記

1．貴重な資料の利用をお許し下さいました宮内庁書陵部に感謝申し上げます。

2. 本稿は、名古屋大学グローバルCOEプログラム「テクスト布置の解釈学的研究と教育」第四回国際研究集会「日本における宗教テクストの諸位相と統辞法」（二〇〇八年七月二〇日　名古屋大学）における同題の報告、及び、Reischauer Institute of Japanese Studies, Harvard Universityによる国際シンポジウム、Beyond Buddhology: New Directions in the Study of Japanese Buddhism（二〇〇七年十一月三日 Reischauer Institute of Japanese Studies, Harvard University, Cambridge）における「和歌の伝授と荘厳」と題した報告に基づく。また、本稿は、科学研究費補助金（21720082）による研究成果の一部である。

注

1. 山田昭全「柿本人麿影供の成立と展開―仏教と文学との接触に視点を置いて―」（『大正大学研究紀要』51　一九六六年）参照。
2. 佐々木孝浩「人麿影と讃の歌」（『和歌をひらく3　和歌の図像学』岩波書店、二〇〇六年）他の一連の人麻呂影供関連の論考参照。なお、人丸影供を論ずる際に触れられることの少なくない、釈奠や講書といった人物の影を掲げ、その前でおこなわれる文事については、仁木夏実「藤原頼長自邸講書考」（『語文』84・85　二〇〇六年二月）、同「絵の前の文学空間」（中古文学会第二十四回例会（平成二十一年十一月十四日　於大阪府立大学）発表資料）にその機能や史的展開等についての詳細な検討がある。
3. 室町期に作成された多くの和歌作法書・会席作法書にも人丸を掲げる例が散見する。
4. 日本歌学大系　第三巻所収。
5. 続日本絵巻大成　第四巻所収。
6. 日本歌学大系　第四巻所収。

7．海野「確立期の御所伝受と和歌の家―幽斎相伝の典籍・文書類の伝領と禁裏古今伝受資料の作成をめぐって―」（『皇統迭立と文学形成』和泉書院　二〇〇年）参照。

8．小松茂美『続日本絵巻大成4　慕帰絵詞』（中央公論社、一九八五年）より転載。

9．全一〇巻。観応二年（一三五一）作成。巻一・七が失われ、文明十三年（一四八一）に補作。

10．鎌倉末頃成立。藤原為家の男・為顕（冷泉為相の異母兄）を頂点に仰ぐ為顕流の伝書。三輪正胤『歌学秘伝の研究』（風間書房、一九九四年）七十三―一八十四頁参照。

11．尊経閣文庫蔵『竹苑抄』（元応二年（一三二〇）写）による。三輪正胤『歌学秘伝の研究』三十七頁に一部が翻刻される。

12．日本歌学大系　第四巻　二二二―二二三頁。

13．この儀礼は所謂「人丸講式」の次第であろうという指摘もある。三輪正胤『歌学秘伝の研究』二九三頁。

14．和歌に関わる「本尊」のイメージとその展開については、川平ひとし「文台と本尊のある場―和歌会次第書類点綴」（『中世文学』38、一九九三年）（後に、川平ひとし『中世和歌論』（笠間書院、二〇〇三年）所収）参照。

15．片桐洋一『中世古今集注釈書解題　第五巻』（赤尾照文堂、一九八六年）。

16．三輪正胤『歌学秘伝の研究』三十三―七十二頁。

17．片桐洋一『柿本人丸異聞』（和泉書院、二〇〇三年）一七七頁。但し、三輪の述べる趣旨は片桐の批判にあるような単純化されたものではない。伝書は、理念的には改変の手が加えられることなく後代へと伝えられるものであり、その実際においても、新たな要素が付加された際にも前代の記事を包含しつつ伝えられてゆくこととなる。敢えて明快な区分を示した三輪の意図は、発展的な史観にあるのではなく、難解かつ膨大な諸伝書の個別の伝本研究から入った三輪の極めて体感的な事実の提示であったと思われる。

18．このような伝授の痕跡を留める伝書の奥書には、密教僧が名を連ねており、その伝播には密教僧の関与が想定されている。

19．藤沢市史編さん委員会『藤沢市史　第七巻』（藤沢市役所、一九八〇年）に清浄光寺に伝領される資料の解説がある。

20．これらの切紙類は、川平ひとしによる一連の論考により詳細に分析され、また翻刻が試みられている。川平ひとし「冷泉為和相伝の切紙ならびに古今和歌集藤沢相伝について」（『跡見学園女子大学紀要』24、一九九一年三月）、同「資料紹介　正親町家本『永禄切紙』―藤沢における古今伝受関係資料について―」（『跡見学園女子大学紀要』25、一九九二年三月）、後に、同『中世和歌テキスト論』（笠間書院、二〇〇八年）付載のCD-ROMに所収。

21．清浄光寺に伝えられた古今伝受は、所謂、灌頂伝授として鎌倉末頃に密教寺院に伝えられたと考えられている伝授の流れを直接に継ぐものではなく、室町期になってから歌道家である冷泉家より伝えられたことが川平ひとしにより確認されている。

22．国文学研究資料館蔵初雁文庫本（一二―二〇〇）により、脱落が想定される部分を天理大学附属天理図書館蔵『古今集藤沢伝』により〔　〕内に補った。川平ひとし「冷泉為和相伝の切紙ならびに古今和歌集藤沢相伝について」に全文が翻刻される。

23．重要文化財。江戸時代後期に桜町天皇により勅封され、散逸することなく現在に伝えられている。一部が、新井栄蔵・編『曼殊院蔵古今伝受資料一～七』（汲古書院、一九九〇―一九九二年）として刊行されている。

24．『月刊　文化財』（第一法規出版、一九七五年五月）。

25．新井栄蔵「桜町上皇勅封曼殊院蔵古今伝受一箱―曼殊院本古今伝受関係資料七十三種をめぐって―」（『国語国文』45―7、一九七六年七月）。

26．後水尾院の古今伝受については、海野圭介「後水尾院の古今伝受―寛文四年の伝授を中心に―」（『講座　平安文学論究　第十五輯』、風間書房、二〇〇一年）参照。

27．三鳥・三木の秘伝とその意義については、三輪正胤前掲書のほか、新井栄蔵「「古秘抄別本」の諸本とその三木三鳥の伝とについて―古今伝授史私稿―」（『和歌文学研究』36　一九七七年三月）、同「古今伝授の再検討―宗祇流尭恵流の三木伝を中心として―」（『文学』45―9　一九七七年九月）、赤瀬信吾「古今伝授の三木伝」（『解釈と鑑賞』56―3　一九九一年三月）、鈴木元「古今伝授とは何か」（森正人・鈴木元編『文学史の古今和歌集』和泉書院　二〇〇七年）に言及がある。併せて参照願いたい。

28．『京都大学国語国文資料叢書40　古今切紙集　宮内庁書陵部蔵』（臨川書店、一九八三年）所収。

29. 岡見正雄「室町ごころ」（『国語国文』20—8、一九五一年十一月）後に、岡見正雄『室町文学の世界—面白の花の都や』（岩波書店、一九九六年）に再録。

参考文献

横井金男『古今伝授の史的研究』（臨川書店、一九八〇年）

三輪正胤『歌学秘伝の研究』（風間書房、一九九四年）

Susan Blakeley klein, *Allegories of Desire: Esoteric Literary Commentaries of Medieval Japan*, 2002, Harvard University Press, Cambridge/London

川平ひとし『中世和歌論』（笠間書院、二〇〇三年）

川平ひとし『中世和歌テキスト論』（笠間書院、二〇〇八年）

Anne Commons, *Hitomaro: Poet as God*, 2009, Brill, Leiden/Boston

神へ向かう歌——神楽・今様

菅野　扶美

和歌と歌謡

ウタが音楽性と分離して、文学言語としての性質をもっぱらもつようになったのが和歌である[1]。音楽と結合し続けるウタと分離したウタと、——つまり歌謡と和歌の関係について、たとえば中西進は「歌謡から和歌が派生したことはあったとしても、それは別個の様式が誕生しただけであって、和歌に発展したわけではない。いわば和歌は歌謡の鬼子であった」とし「歌謡は和歌なる国家の形成につねに抵抗しつづける[2]」と歌謡の側から論じている。今「神へ向かう歌」という視点で神楽・今様をとらえ直すと、歌謡は「和歌なる国家の形成」に抵抗するだけでなく、それを温床として更に増殖したり、一部入り込みもしたりと、両者の関係は一方向ではない。たとえば枕詞である。和歌も自らの内部に、言語的に意味を定めない枕詞[3]を残存させている。西郷信綱は枕詞という、「かかりかたが不透明でよく分からない」にもかかわらず・むしろその故に、独自の喚起力が発揮されるこの種の語について「枕詞は口承的—口頭的と言うべきか—言語すなわち文字以前のオーラルなことばの所産」であるとし、それもオーラルな律文一般にではなく、五・七音を基本とする韻律単位に固有な修辞技法で、ゆえに上代の歌謡において使用は著しいとする。(4) 更に「日本古代の韻律単位としての五・七音出入りの一行は、たんに言語上の形式ではなく、同時に踊りまたは所作をともなうところの単位であったらしい」と論は更に展開するが、『万葉集』から『古今集』で枕詞が激減するのは「枕詞の生きる基盤であったところのオーラルなことばとの関連が急速に薄れていった」ためともいう。それでも枕詞の和歌における残存に対して、中古の歌謡、たとえば神楽歌において枕詞が殆ど用いられなくなるのは、(5) 歌謡のオーラルなことばと所作性も、前代のそれから変化していくからだろう。

和歌は純粋に〈ことのは〉へ向かうが、その中に原初の音と所作の名残を抱き続ける。歌謡は場と機会と人に密着する声の技ゆえに、変容し続ける。ここでは神楽と今様を歌謡の例とするが、両者は時代も場も重なりを持ちつつ、儀礼性と芸能性において隔たりもする。それぞれが和歌との対比のなかで、どのように神に向き合ったかを見てゆきたい。

御神楽の記録

たとえば『千五百番歌合』冬九九四番左公継の「そのかみやあまのいはとのあけし夜も思ひ知らるるあかほしのこゑ」に、判者季経は「左歌、神楽のおこりに今夜の星をおもひあはせられたる、ゆゑなきにあらず」としている。(6) 神楽は、神話の天岩戸伝承——天照大神が籠った岩戸の前で、神々が火を焚き、遊宴して大神を導き出そうとする、その原初の行為の再現であるとする認識がここにはある。(7) では、その神に向けた歌の様態・内容が神楽歌に読み取れるかというと、神楽とは神人が天皇を祝福する参賀であり、「神楽歌全体として、毫も神讃美の内容を持たぬ」とする折口信夫の説がある。(8) 神楽歌は神讃美歌なのか、宮廷の繁栄を祝う宴会の歌なのか――「神楽」の名称に籠められた起源伝承、祭儀の内容、歌々の具体、それぞれが異なる成立説をもつことが、この儀礼をわかりにくくしている。

ここでは宮廷の神楽、いわゆる御神楽を考察の対象とするが、その代表的な二つは、一世一代大嘗会の清暑堂神楽と内侍所神楽とである。十世紀末の源高明『西宮記』、十一世紀初藤原公任『北山抄』、十二世紀初大江匡房『江次第』にそれぞれ清暑堂神楽の記載はあるが、内侍所神楽は『江次第』にのみあり、内侍所神楽が後から始められた事がわかる。清暑堂神楽の次第の具体は『江次第』以前の様子はよくわからない。『西宮記』大嘗会巳日に「清暑堂に於いて御遊・神楽の禄有り」とあり、『北山抄』大嘗会巳日に「清暑堂に御す、御遊の事有り…先づ倭琴を弾き、神歌を唱ふ、次に調を変へ、律呂の歌を奏す」とあるのみであるからだ。

大嘗会は即位が七月以前ならばその年の、それ以後ならば翌年の十一月に挙行されるが、卯日に神々に神饌を供え、新穀を共食することで、新天皇が神格（天皇霊）を身に付ける神祭りを行い、辰・巳・午日の節会と続く。清暑堂神楽は辰・巳の両日、悠紀殿・主基殿での直会の後の「肩の張らない無礼講的な酒宴であったろう」(9) とされる。卯日の神饌での対象は何の神々だろうか。十一月上旬には由奉幣《よしのほうへい》が伊勢・石清水・賀茂の三社に行われるが、これより前九月下旬の班幣は、陽成天皇の場合三一三二神（『三代実録』）、下って高倉天皇の時は二一二三神（『兵範記』）。すなわち三社を筆頭に大八州国の八百万の神・天神地祇すべてと食物を分かち合って、新天皇となる。逆にいうと、天皇は、どの神と特定されぬ諸々の神格を内蔵するものとして臨むのである。するとその宴での「神楽」は、更に特定神への神事というものではない。神事とは別の直会の所作である御遊（管絃の演奏）が加わるのはそういうわけである。

御遊の「神宴所作人交名」[10]には清暑堂神楽の神歌の本末拍子担当者名も記されるが、それも長元九年（一〇三六）後朱雀天皇の代からであり、より古態に遡れない。そこで従来は、貞観元年（八五九）十一月一七日清和天皇の大嘗会の辰日の後宴が「豊楽院後房」で行なわれ、「親王以下参議以上、御在所に侍りて琴歌神宴、終夜歓楽して御衣を賜りき」（『三代実録』）とある「琴歌神宴」を清暑堂神楽の別称もしくは前身とみている（同じ表現は元慶八年（八八四）十一月二三日条光孝天皇の際にも見える。なお豊楽院の後房が清暑堂である）。琴歌神宴とあるから、『北山抄』の「倭琴を弾き、神歌を歌ふ」に相通じ、清暑堂の中で、琴にあわせての歌が中心の宴会であったろうとされている。

こうした記録や作法書に対して、十二世紀の『江次第』の項目や、いわゆる諸神楽譜は詳しい次第を残す（もっとも、現存する古神楽譜は内侍所神楽成立後のもので『神楽和琴秘譜』『信義本神楽歌』『重種本神楽歌』は十一世紀中、『鍋島家本神楽譜』は石清水系神楽を中心に、十二世紀の歌を類聚しようとした神楽譜であることが分かっている[11]）。これらの詳しい次第以前、「琴歌神宴」から『西宮記』までのおぼろげな時代を埋める資料はないのだろうか。それが『古今和歌集』と『拾遺和歌集』である。

『古今和歌集』巻二十と和歌／歌謡研究

『古今集』巻二十は、「大歌所御歌」「神遊びの歌」「東歌」の三標目に二十七首あり、「神遊びの歌」の中には採物の歌・ひるめの歌・返し物の歌の小標目、及び左注に「この歌は承和の御嘗の吉備国の歌」（一〇八二番）のように記される大嘗会和歌五首で構成されている。『拾遺集』巻十は「神楽歌」の部立で四十五首。託宣歌、諸社参詣等の歌や大嘗会和歌からなる一巻だが、その冒頭から十一首は、採物の榊・幣・杖・弓・剣、ひるめの歌、大前張の榛・猪名野で、これらは神楽譜のそれとほぼ重なり―採物の本と末の順が逆になっている[12]―、ある程度実際の神楽の儀礼をもとに撰入されたか、或いは逆に『拾遺集』の歌が儀礼の場に用いられたか、両者に関係はあきらかにあるだろう。

後に釈教と神祇の対になる部立ができるまでの、勅撰和歌集におけるこれらの歌の位置付けは難しい。また和歌研究と歌謡研究が互いに疎遠であるのもこれらの巻においてである。たとえば『古今和歌集全評釈』では、一〇八一「青柳を片糸によりて鶯の縫ふてふ笠は梅の花笠」の題「返し物」について、従来は『源氏物語』若菜の上巻「かへり声になる」を引いて、「律から呂に調べを変える」意に採るのを、これは神楽歌から変調して催馬楽を奏することであると、顕昭『袖中抄』「かへし物」を引いて証し「従来の通説とは全く異なる新見を提示した[13]」とするのであるが、既に三十年以上前に土橋寛は「「返し物の歌」が催馬楽、つまり催馬楽譜撰定以前の催馬楽拍子で歌われた歌の総称」としており、歌謡研究では一方の常識になっている[14]。

同様のことは歌謡研究の側にも窺える。『古今集』巻二十と『拾遺集』巻十は、単に『三代実録』「琴歌神宴」と『西宮記』の間を埋める資料として、時期的にあてはまるだけではないのである。

神楽譜の選定に関する伝承として、『中右記』天仁元年（一一〇八）十一月二十三日条に清暑堂神楽の記述がある。

旧神楽譜に曰く、昔貞観の御時神宴の日、神楽歌を選定せらるるは、若しは是、此の御神楽の事か。

「貞観の御時」とは八五九年清和天皇の大嘗会の事で、その時選定した神楽歌をいわば第一次のとし、また、「旧神楽譜に曰く」の頭記に、

或人談じて曰く、朱雀院の御時、貞信公が摂政の間、此の御神楽又始めらる。其の後絶えず。

とあり、この「朱雀天皇の御時」とは九三二年朱雀天皇の大嘗会を指すが、その折を第二次として、それぞれ『古今集』巻二十を第一次の、『拾遺集』巻十を第二次の神楽譜が反映しているとみる歌謡研究からの考えがある。(15)あくまでも院政期の『中右記』の記述による推定ではあるが、確かにその可能性はある。

しかし、歌謡研究は『古今集』『拾遺集』の歌の順と内容から、更に当時の神楽次第を読み取ろうとする。(16)たとえば両集とも採物とひるめがあって、韓神《からかみ》がないのは、清暑堂神楽の段階では韓神は入っておらず、内侍所神楽の成立の時代に、園韓神社《そのからかみしゃ》の霊力が求められた結果、その歌が次第の一部となるとするのである。またひるめのみあって朝倉・其駒が記載されないのも、当時の神楽がそのような内容であったからとするのも同じである。

確かに神楽譜の歌の詞章と両勅撰集の歌々とは重なり合う。が、和歌集としてはその次第に従ってそのまま載せようとしたわけではあるまい。『古今集』『拾遺集』の歌は、和歌に即した何らかの基準によって撰入されている和歌であるという勅撰集研究の常識に戻る必要がある。たとえば韓神の有無についてだが、韓神は次の歌である。

三島木綿　肩に取り掛け　われ韓神の　韓招ぎせんや　韓招ぎ　韓招ぎせんや
八葉盤《やひらで》を　手に取り持ちて　われ韓神の　韓招ぎせんや　韓招ぎ　韓招きせんや

五七七七（四七）という形である。単純に考えて、三十一音（「みそもじあまりひともじ」）にならない歌謡は入集していない可能性がある。むろん『古今集』に三十一文字として入っている採物の歌も、実際の場では神楽譜の表記にあるように、母音を伸ばし、抑揚を付けるので、三十一音そのままではない。声の抑揚・伸縮といった音楽・声楽要素を取り払って、五七五七七に整定できる歌だけが入っているのではないか。『古今集』巻二十の神遊びの歌を、そのまま神楽の次第を写したとする見方には慎重でありたい。

『古今和歌集』巻二十の意味と歌謡

『古今集』に神楽譜の詞章と等しい歌があるということは、まさに歌われるウタを勅撰集がその中に必要な一部分として採録したということになるだろうか。神祇の部立成立以前のこの集では、神に向けられることばは、すべて旋律にのるウタであった。前述のように巻二十の標目は、大直日の歌・古き大和舞の歌・採物の歌…と「～の歌」が付く。作者名が一首を除き（後述）一切無い一方、歌謡としての用途・場が明記されている巻二十は、集総体の中でどのように位置づけられるだろうか。

仮名序に「統《す》べて、千首《うた》、二十巻《はたまき》、名付《なづ》けて古今和歌集《こきむわかしふ》と言《い》ふ」とある。千首目はちょうど巻十八の巻軸、伊勢の歌である。新大系本仮名序の脚注に「古今和歌集の全歌数は、本書の底本の為定本で千百首あり、歌数が合わない。巻十八・雑下までで千首あり、和歌の本体を三十一字のものとし、雑体（巻十九）の歌と大歌所御歌（巻二十）を除いて考えると符合する」とあるのが参考になる。千首までは、いわば雑体に対する正体[17]・三十一音形式を編集し、その後は、巻十九は雑体——長歌・旋頭歌・誹諧歌で、記名の歌、巻二十は正体・三十一音で、無記名の歌という対比のもとに編集されたと考えられる。集中「よみ人しらず」歌が多くあるとしても、いわば古い「和歌」なのであり、「よみ人しらず」歌と明記する「古歌」と、全く作者名を考慮しない形のウタとでは、選択基準が大きく異なる。その意味で、巻二十の巻軸歌「冬の賀茂祭の歌　ちはやぶる賀茂の社の姫小松よろづ世ふとも色はかはらじ」のみに「藤原敏行朝臣」と作者名を明記したのは[18]、勅撰集にとって正しい形で集を閉じるという意識が窺え、同時に、神に向う歌も古い信仰に基づくものだけでなく、当代の人間もこのように額ずくのだという敬虔さの表出であるのかもしれない。

これらのウタがどこに存在していたかを考えると、巻二十の「大歌所御歌」の標目は巻全体にかかると考えたい[19]。大歌所創設当時の琴歌のテキスト『琴歌譜』は天元四年（九八一）に大歌師前丹波掾多安樹が書写している。このころは大歌は衰えて新嘗会にのみ奏されていたようだが[20]、『能宣集』の、

新嘗会のころ、大歌所にまゐはべるに、えむの松ばらのほとりに、女ぐるまのうしよわくてとどまれるに、うしつかはすとておくり侍りしに、しりて侍る人にはべりけり、返しにつけてかくまうせり

五五　いろふかき山ゐのころもならねども道ゆきずりもあはれなりけり

の詞書によれば、大歌所は宴の松原のすぐ北にあたり、屏風歌や大嘗会和歌を多作した大中臣能宣（九二一〜九九一）が新嘗会に際して通うなど、充分機能していたと認められる。宮中の儀礼に関わる、後々には四譜（神楽・催馬楽・東遊・風俗歌）に整理される歌謡を、それこそ雑体・正体を含め、譜として管理していた場である。

ところで神楽譜の歌の中で、採物の歌は例外なく三十一音に整定されている。採物は、歌数の多い鍋島家本でいうと、榊・幣・杖・篠・弓・剣・鉾・杓・葛の九種類である。どの神楽譜でも、『古今集』『拾遺集』でも、庭

火は別にして、必ず採物から始めるので、ここが神楽の本体であろうとされているのだが、[21]その部分がみな短歌体になっている。大歌所で整定されたのだろうか。採物について「神楽歌の舞人である人長が持って舞う物」（『日本国語大辞典』）のように解釈する場合も多いが、少なくとも清暑堂神楽でも内侍所神楽でも、これらの物自体はその場に出したりせず、歌を歌うだけである。また御神楽の機能は饗宴にあるので、そこに神を招く必要もない。そもそも『古今集』当時の清暑堂神楽は前述のように倭琴と神歌が主で、堂内で行うので庭火もなく、人長もなかったとされる。それでも「採物の歌」の見出しが『古今集』にあるところに、清暑堂神楽の母胎の一つである鎮魂祭の存在を考える説がある。[22]

鎮魂祭は、天皇の魂を体内に安鎮せしめ、健康を祈る呪法とされ、『日本書紀』天武紀十四年十一月にも見られる、極めて古い祭りであり、御神楽と一致する所作が多い。鎮魂祭の様態についてのみ検討するが、鎌倉初期の『年中行事秘抄』十一月「中寅日鎮魂祭事」の「鎮魂歌」に、採物の歌と類同の神歌がある。

アチメ。一度。オオオ。三度。ワキモコガ。アナシノ山ノ山ノ山モト。ヒトモミルカニ。ミヤマカヅラセヨ。

巻向のあなしの山の山人と人も見るがに山かづらせよ（『古今集』）

我妹子が穴師の山の山人と人も知るべく山葛せよ山葛せよ（神楽歌「葛」）

この外、太刀・弓・匣《くしげ》またひるめの歌もある。神楽の採物の原型がここにあるのは明らかだが、鎮魂祭の場では、祭具として太刀・弓など具体物が置かれる。つまり清暑堂神楽は、この具体性を除いたことになる。除いた要素は他にもある。鎮魂祭では巫女・歌女・猿女・女官が神祇官に統率されて、役割を果たす。巫女は衝宇気

（つきうけ。逆さにした宇気を衝く）を行い、また猿女と共に舞う。歌女は歌人と鎮魂歌を歌う。その間女官は匣にいれた天皇の衣を揺り、魂を安定させる。女の舞い、女の声、女の呪術──このような女性性と身体性が清暑堂神楽にはない。琴歌神宴は前述のように、親王・参議等による、つまり男の倭琴と歌の宴会である。女の呪術から男の宴に伴う神楽の変容が、宮廷儀礼において生じたことは確からしい。

神楽歌（神遊びの歌）が勅撰集に採録されるのは、整理された儀礼の中の歌たるコト（言＝事）としての位相においてなのである。ウタ詞章は同じでも、よって立つ基盤が違えば、その内容は和歌に近いものとして受け取られたはずで、とすると、採物の歌も、単に神聖なモノを詠みこんでいるだけと見ない方がいい。佐藤和喜は、「古今集の持つ古代性」について、

古代和歌にあって、景物が神や天皇等の威力ある者の側にあり、景物を歌うことは、その背後にある威力ある者を志向するものであることは、「らし」を有する歌によく示されている。

として、一〇七七番「深山にはあられ降るらし外山なるまさきの葛色づきにけり」を、例に引く。この歌が「神遊びの歌」に入っていることが、「らし」の用法──眼前の状態が、見えない神の世界の威力を讃えることになる──の古代性を、『古今集』が持っていた証しとなるとする。[23] この歌は採物の葛の歌であり、後に「色づきにけり」の部分から庭火の歌ともなるものだが、採物の榊と同歌一〇七四番「神垣の三室の山の榊葉は神の御前にしげりあひにけり」の、「神垣」「神の御前」に「茂りあう」と、聖性と歌う側の祝意が、明確にことばで表現されている歌と比べると、どこに意味を見出せるか、わかりにくいものだった。佐藤が示したように、和歌として巻二十を読む試みを、歌謡研究の側でも留意する必要がやはりあるだろう。

それにしても、巻二十の「神遊びの歌」はその二重性で理解しにくい。儀礼の側からすると、既に呪術性は薄れていて、宴会の一部になっている。しかし全二十巻の中では、唯一の、神へ向かう部分である。和歌と信仰儀礼の歌の中間に位置するこれらの歌々、作られる歌と伝承されて歌われるウタの両面を持つ歌々、こういうものを最初の勅撰集が、欠くべからざるものとして選んだところに、以後の和歌が持ち続けていく音（声）の意義、[24]それが神に向かうものである基本が、まずは確認できるだろう。

内侍所神楽の成立

清暑堂神楽は天皇即位の大嘗会に行われるので、不定期で、醍醐から朱雀のように三十五年も間があく時もあり、細かな次第が曖昧にもなる。それに対し、十一世紀から始まる内侍所神楽は十二月の宮中年中行事である。内侍所神楽の成立については、松前健が明らかにしているので、これに基づいて概観する。[25]

きっかけは数度にわたる神鏡の火災による破損・焼失である。村上天皇の天徳四年（九六〇）の内裏焼亡では、賢所の神鏡は灰の中で無事とされるが、一条天皇の寛弘二年（一〇〇五）十一月十五日の大火には温明殿焼亡により、神鏡は焼け、鏡の形を失う。宮廷では左大臣道長を中心に、伊勢の御正体と関連付け、神鏡の改鋳の可否を伊勢に祈り、宸筆宣命の使いが伊勢に発向されてもいる。二十三年後の長元元年（一〇二八）九月九日の内裏焼亡の時、『春記』同月十四日条によると、後一条天皇が、寛弘二年の火災の時、進内侍という者の発案で、内侍所で宿直の近衛等に御神楽を、女官に歌舞を奉納させたところ、神鏡が光り霊異を表したので、この度もどうかと言い摂政頼通も賛成したとある。この八年前の寛仁四年（一〇二〇）『左経記』十二月二十八日条に内侍所神楽を行ったとあるので、不定期には行われていたのだろう。なおこの日の召人に賀茂の還立神楽にしかなかった人長の役が近衛司から選ばれている。更には、後朱雀天皇の長暦四年（一〇四〇）九月九日の火事で、神鏡は完全に原型を失った（『春記』）。これを絹で包み、辛櫃《からひつ》に納めるよう、頼通が指示し、更に新しい辛櫃に納めるやり方を、伊勢の御正体を安置するのと同じようにしたのも頼通である。

松前は、伊勢すなわち天照大神の信仰が宮中儀礼の中に入ってくるには時間が掛かったと指摘している。天皇のレガリアとしての鏡と伊勢の神体を同一視する理念は、記紀修史事業のころからあったろうが、理念や説話にはあっても「宮廷の大嘗祭などの王権的祭式の中に、実際に天照大神を割り込ませることは、なかなか容易なことではなかった」。鏡の破損・焼失を契機に、長年かけて内侍所の具体的な祭祀の対象となったとする。寛弘二年の火災以来、臨時に行なっていた内侍所神楽を年中行事化するのに大きく関わったのが、関白頼通である。長暦四年の焼失の際に、その月二十八日から三夜、頼通の命で神楽を行わせている。そこでも人長が出、前張や其駒も行われていて、内侍所神楽の原型が既に整っている様が見える。頼通は伊勢信仰についても、神楽好きという点においても、ここで主導権を発揮したのだった（後述）。現存する最古の神楽譜『神楽和琴秘譜』は伝道長筆とされるが、松前は、むしろ頼通あたりに、その作者を考えるべきであろうか、としている。

おおよそこのような経緯で、内侍所神楽は十一世紀半ば頃から恒例の年中行事となり、不定期に行われる清暑堂神楽に影響を与えるようになった。『讃岐典侍日記』巻下で、讃岐典侍長子は天仁元年（一一〇八）十一月二十三日、幼帝鳥羽の大嘗会に際し、白河院より「清暑堂の御神楽には内侍二人さきざきも参る」と、その一人に推挙され、小安殿（当時、清暑堂は豊楽院の焼亡により無くなっていた。神楽は小安殿で行われたが、名称は清暑堂神楽のままであった）に赴くが「御神楽の夜になりぬれば、ことのさま、内侍所の御神楽にたがふことなし。これはいますこし今めかしく見ゆる」と記す。長子は康和二年（一一〇〇）堀河天皇のもとに出仕、翌年典侍となっているから、嘉永二年（一一〇七）七月堀河天皇の死までの六年間に、典侍として神膳伝供の役で内侍所神楽に携わり得た。その目で、今回の大嘗会の神楽は、恒例の内侍所神楽より「今めかし」く見えたという。歴史が古いはずの清暑堂神楽の方が新味ありという逆転の様相を示しているると感じているのだ。

中御門家記録と堀河天皇

ここで考えたいのは『中右記』の天仁度の記事である。鳥羽天皇大嘗会の記録は、神楽研究に欠かせない文献である。というより具体的な資料はこれしか無い。「『古今和歌集』巻二十と和歌／歌謡研究」条で述べた〈第一次〉・〈第二次〉の神楽譜の存在も、その根拠となる資料は『中右記』の当日条の記載のみである。大嘗会四日間の記述の中でも、特に神楽について詳しいのは、宗忠に、中御門は堂上楽家との自覚があるためである。二十三日条の終わりに「大嘗会は是、天武天皇二年十二月丙戌に始まる」と『三代実録』の清和・光孝両天皇の「琴歌神宴」を引用して神楽の諸事に触れた後、

倩《つらつ》ら案ずるに、故堀川右大臣殿二代、此の拍子を執り給ふ、また大宮右大臣殿二代同じく勤仕す、今度按察中納言・下官共に彼の末葉を承け、此の拍子を執る、道の為、家の為、面目の極みか、

として、楽「道」・楽「家」としての名誉を様々書き連ねている。堀川右大臣殿は頼宗、宗忠の曽祖父、大宮右大臣俊家は、祖父である。また按察中納言は宗通、宗忠の父宗俊の弟、叔父にあたる。「神宴所作人交名」によ

ると、頼宗は後朱雀天皇と後冷泉天皇二代の清暑堂神楽で本拍子を担当、俊家は後三条天皇と白河天皇二代を担当した。後冷泉天皇の時は本拍子を頼宗、末拍子を弟能信が、後三条天皇の時も、本拍子を俊家、末拍子を弟の能長が担当、というように、堀河天皇の時こそ、本拍子を桂流の源経信に奪われたものの、この鳥羽天皇で宗通・宗忠が取り戻し、大嘗会の御神楽の本拍子は頼宗系が執るという楽の家の面目を保った。『中右記』天仁元年十一月二十三日条は、その誇らしさが下敷きになっている。だから、本条の神楽に関する記事は、中御門の家の説としてみるべきなのである。

そこに従来から問題にされている一文がある。

世に清暑堂御神楽と称するは、是、豊楽院後房の名也。後冷泉院の御時に及び、清暑堂に於いて此の事有り、豊楽院事あるの後、此の両三代は、小安殿南廊に於て、此の宴有る也、

後冷泉天皇の時から始まったとするなら、永承元年（一〇四六）である。内侍所神楽と同じ頃ということになる。先に「故堀川右大臣殿二代」とあって、それは後冷泉天皇の一代前、後朱雀天皇の時と合わせての二代になるのだから矛盾するようだが、その時は清暑堂神楽と称してはいなかったという事だろうか。『西宮記』にもこの名称はあるのだから、「後冷泉」ではなく「冷泉」の誤りで安和元年（九六八）からか、等々の問題が生じる。一般には「これでは後世になりすぎよう」（日本古典文学全集『神楽歌』解説・臼田甚五郎）と、前引『中右記』の頭記として書き入れられた「或る人の談に云く、朱雀院の御時、貞信公摂政の間、此の神楽又始めらる、其の後絶えずと云々」により、貞信公・忠平の承平二年（九三二）、朱雀天皇の時からとする。しかしこの頭記にも「此の神楽又始めらる」とあって、貞観度からのものが、朱雀天皇以前に中断していたらしい様子も窺える。

つまり当時に於いても、これほど清暑堂神楽の由縁はわからなくなっている、という事だろう。中御門宗忠の家の説では、清暑堂神楽も内侍所神楽もほぼ同時に始められたことになっている。これが案外当時の貴族社会の認識だったのかもしれない。すると讃岐典侍長子が、年中行事として固定した内侍所神楽に比べて、幼帝鳥羽のための清暑堂神楽を「今めかし」と見たのは、院政期の派手な世相を反映した、そのような演出が可能な自由さを、断続的である時代範囲では一回限りの清暑堂神楽が有していた事を示しているとも読めるのである。

神楽の場に「今めかし」さを持ち込んだのは、先帝堀河であったかと思われるほど、その神楽好き・楽好きは特に音楽の家に伝えられ、説話化されている。[26]『続古事談』巻五―三三は「神楽は、近衛舎人のしわざ也。その中に多の氏のもの、昔よりことにつたへうたふ」として、頼通が、藤氏でも恒例となった東三条神楽[27]で、下野公親と多時助に神楽歌のしながとり・いせしまの歌を歌わせようとしたところ、公親は辞退し、時助が見事に歌ったので、禄を与えた話だが、そのままなだらかに、時助の子助忠（資忠とも）が親から相伝した神楽秘曲を、堀河天皇に伝授し、助忠が殺されて秘曲が絶えそうになった時、今度は堀河天皇が助忠の子近方に教えた話に繋がる。この返り相伝の話は『古事談』巻六―二六をはじめ、『今鏡』、また多くの楽書に載るが、『続古事談』の本話は、多氏三代を媒介に、頼通と堀河天皇が神楽歌を巡って、系譜的に結ばれている所に意味がある。内侍所神楽の恒例化に力のあった頼通、地下の楽人から伝授をうけるまで神楽歌の習得に励んだ堀河天皇。すぐれた「耳」の持ち主でもあり、横笛の名手でもあった天皇の時期は和歌の盛時でもあった。[28]十八歳の時には、永長の大田楽が起こり、内裏でも熱狂の渦に巻き込まれもしたのだが、堀河天皇の事跡にも説話にも現れない。神楽・和歌・楽、すべて「天皇」に属するわざであり、この意味でも王権の技芸の主上として存在している。

頼通と堀河天皇とは、神楽を媒介に、伊勢信仰でも結ばれる。天孫降臨の際、藤原氏の祖神天児屋根尊と天照大神との間に交わされた約束—摂関家が天皇家を輔弼するという二神約諾説は、長暦四年（一〇四〇）四月、伊勢神宮の祭主・宮司大中臣永輔奏状で初めて語られるとされる。(29) 上島享は二神約諾説を「天皇と摂関家とが王権を構成している現実を踏まえて生み出された言説」とし、前述したようにこの年の九月、神鏡は焼失したが「新たに神鏡を伊勢神宮御正体のごとく祀ることを指示したのは頼通であった。内侍所神鏡・伊勢神宮・天照大神を一体化し、その神威を高めたのは摂関家であり、その姿はあたかも二神約諾を遂行しているかのごとくみえる」とする。

こうして整えられた伊勢信仰は、堀河天皇の時には、すでに天皇に直結する自身の神と感じられていたようだ。死の数日前、あまりの苦しさに「せめて苦しくおぼゆるに、かくしてこころみん。やすまりやする」と、棚の神璽の箱を胸の上に置かせる。天皇ならではどうして三種の神器の箱を胸に載せたりできようか。長子の目には、胸上の箱の揺れ動く様が、そのまま苦痛の耐えがたさに見えるのだった。そして臨終の苦しさの中で「ただ今死なんずるなりけり、大神宮助けさせたまへ、南無平等大慧講妙法華」と、伊勢神には助けを、仏には帰依を叫び、「念仏いみじく申させたまふ」中にも、ともすると「大神宮、助けさせたまへ」と呼ばわりながら亡くなっていく。『讃岐典侍日記』が記しきった、最後まで伊勢・我が神にすがりながらの堀河を見ると、生前の神楽への親昵は、歌や笛とともに、若く崩ずる帝王が執した技芸としてのみでなく、まさしく信仰の具体が現れていたこととして受け取れるのである。

神楽と今様の声

内侍所神楽の成立に関わる言説については、斎藤英喜や阿部泰郎の研究に詳しい。[30] ここに於いて初めて神楽は「神に向かう歌」となる。この神楽が天岩戸神話の、すなわちアマテラスの、中世日本紀の温床ともなり、ここで神話の再組織がなされた結果が、「**御神楽の記録**」条冒頭に掲げた『千五百番歌合』の和歌や判詞に表われている。では、中世神話を語るものとして、これらの神楽題の和歌は、新たに勅撰集に設けられた、釈教と対になる神祇の部立に位置づけられるのだろうか。そうではない。現実の年中行事である神楽は、元の場へ戻るのであって、それは屏風歌の冬の部に貫之が配していた位置である。

『貫之集』第一「延喜六年つきなみの屏風八帖がれうのうた四十五首、せじにてこれをたてまつる二十首」の「十一月神楽」、

一九　おく霜に色もかはらぬ榊葉にかをやは人のとめてきつらむ

十世紀初期のこの頃、（内侍所神楽はもちろん）清暑堂神楽もそれとして始められていたか明確ではないし、あったとしても延喜六年頃は大嘗会はない以上、この「十一月神楽」とは賀茂の臨時祭還立の神楽であろう。以後、季節詠の冬の景物として神楽は詠まれるようになる。それも勅撰集には賀茂の神楽を除き多くはなく、堀河百首、永久百首、為忠初度百首など定数歌の題に見られ、『古今和歌六帖』にも第一帖冬にあるなど、私撰集には入る。見やすい形で『夫木和歌抄』巻十八神楽の題から数首並べてみる。

a　こゑたかくあそぶなるかなあしびきの山人いまぞかへるべらなる　（七四九三　天慶五年内侍のかみの屏風　貫之）

b　ますかがみひかりをそふる雲の上にほしさえわたるこゑきこゆなり　（七四九五　文治六年女御入内御屏風　隆信朝臣）
c　あきらけき御代の千とせをいのるとて雲のうへ人ほしうたふなり　（七四九九　四季百首、冬祝　前中納言定家卿）
d　さよふかきおほうち山に風さえて雲井をわたるあさくらのこゑ　（七五〇〇　禁中神楽　寂蓮法師）
e　神がきやしでふく風にさそはれて雲井になびくあさくらのこゑ　（七五〇一　百首御歌　慈鎮和尚）
f　さ夜ふけてかへすしらべの琴の音も身にしみまさるあさくらのこゑ　（七五〇二　同　待賢門院堀川）
g　風さえてそらにすみ行くさか木ばのこゑさへにほふ雲の上人　（七五一九　百首、神楽を　従二位家隆卿）

神楽の場の印象的な高声。これは鳥羽天皇の清暑堂神楽で讃岐典侍が聴いた声でもあった。

かくて、御神楽はじまりぬれば、本末の拍子の音、さばかり大きに、高きところにひびきあひたる声、聞き知らぬ耳にもめでたし。御神楽、やうやうはてかたになると聞こゆ。「千ざい千ざい、万ざい万ざい」と唱ふこそ、天照神の岩戸にこもらせたまはざりけんもことわりときこゆ。

神楽の夜を通して響き合う声は、眼前に高天原の天岩戸を、幻想幻聴させる装置でもあった。

長子は「千歳」なる呪祝詞[31]の繰り返しに強い印象を持ったが、「はじまり」の採物の本末の笏拍子の大きな音にも興じ「高きところにひびきあひたる声」をめでたしとする。「神楽」題の和歌でもb「ほしさえわたるこゑ」・d「雲井をわたるあさくらのこゑ」・g「そらにすみ行くさか木ばのこゑ」と、風に乗って高く響く声が詠まれるのは、高声を嫌う貴族の生活の中で[32]、小安殿の天井に反射する声の響きが珍しいからだろう。『夫木和歌抄』には「つくづくとねざめてきけば里かぐらかごとがましき夜にこそありけれ」（七四七九　俊成）や「山もとやいづくとしらぬ里かぐらこゑする森は宮ゐなるべし」（七五〇五　実兼）など里神楽の詠もあるが、里神楽はせいぜい「かごとがましき」声・「いづくとしらぬ」声で、御神楽こそが「ひびきあひたる声」であることが確認できる。

声は具体的にd・e・f「朝倉」、b・c「星」、g「榊」を歌う。また『万代和歌集』巻七神祇には、

隆信朝臣内侍所神楽にはじめて拍子とりて侍りける時、いひつかはしける　前大納言資賢

一六一八　くもりなく雲のよそにもききしかなすみのぼりけるあかほしのこゑ

がある。『隆信集』雑一にもこの折、丹後と実定から、

八二六　ここにみる月には猶やまさるらんあかほしさゆる明方の空

八二八　ここのへにひびきけらしなあさくらのかへすがへすもうれしとぞきく

が届けられ、贈答している。

資賢の「あかほしのこゑ」、丹後の「あかほしさゆる」、実定の「ひびきけらしなあさくらの」、やはりここでも朝倉と明星とがもっぱら詠まれている。gで榊を詠むのは「こゑさへにほふ」の表現への取り合わせで、採物の部を詠む和歌は初期にはみられるものの、徐々に「声」に移行するようだ。もっとも「あかほしの声」「あさくらの声」が多いのは、七音で納まりがよいためで、明星・朝倉で神楽歌全体を代表している修辞かとも思われるが、『隆信集』雑一七五〇番詞書に「大納言実国左衛門督と申しし時、いざなはれしかば、白河なる所にて、かぐらうたひあそびし程に、暁がたに、ほしになりて、こよひの月はただここにますなどうたひし程に、おもしろかりし（以下略）」とあり、「こよひの月はただここにます」とは「明星」の一節「何しかも　今宵の月の　た

だここに坐すや」を言う。やはり神楽全体の声の中でも、明星・朝倉が、人々の留意する部分であったと思われる。

神楽次第でいうと、明星に始まる最終部は、後から加わったものである。(33) いったいに、採物で神を迎え、前張や陪従らによる猿楽で法楽を尽くし、明け方の星の頃お帰り戴くという一連の流れになったのは、内侍所神楽成立後のようで、伝天智天皇歌とされる朝倉は、其駒と並んで『西宮記』『神楽倭琴秘譜』に見えるが、これらには特に暁を思わせる内容はない。明星が定着して後、『重種本』の神上なども入ってきたのだろう。

その明星の本拍子の歌は次の通りである。

　きりきり　千歳栄《せんざいやう》　白衆等《びやくすとう》　聴説晨朝《ちやうせつしんてう》　清浄偈《しやうじやうげ》　や　明星《あかぼし》は　明星は　くはや

　ここなりや　何しかも　今宵の月のただここに坐すや　ただここに　ただここに坐すや

「きりきり千歳栄」の呪祝詞にも問題があるが、注目すべきは「白衆等、聴説晨朝、清浄偈」の部分で、これは法華懺法の晨朝偈からとったものである。総礼伽陀の後、「一心敬礼十方一切常住仏　一心敬礼十方一切常住法　一心敬礼十方一切常住僧」の三宝総礼で始まる法華懺法は、たとえば後白河院が今様の師・乙前の没後「朝には懺法を誦みて六根を懺悔し、夕には阿弥陀経を誦みて西方の九品往生を祈る事、五十日勤め祈りき」（『梁塵秘抄口伝集』巻十）とあったように、朝懺法夕例時といいならわされ、天台の寺院から始まり一般にも広く行われた儀式作法で、(34) その一節が「晨朝」と「明星」ということばの連想で神楽歌にまで入っているのである。熊谷直好は『梁塵後抄』で、神楽歌は「皆上世の風流にていと尊き限りなるに以上の語〈明星〉のみ仏交りてあたら錦にきたなきさい手功入たらん心ちするものにや」と、ののしっている。近世の学者の、神楽歌は古いはずという思い込みが見える。「明星」には、呪祝詞、経典の文句、「くはや」なる囃しことばが取り合わされているわけである。無論ここには習合仏教のことばがあると同時に、耳に慣れて良く響くことばを集めて歌う歌謡の特質がある。この習合仏教のことばと耳からの様々のことばの両方が次なる歌謡＝今様を育てる。[35]

初めて内侍所神楽の拍子をとった隆信を、資賢は「澄みのぼりける明星の声」とほめた。その「明星」が裁ち入れた法華懺法を、今様も「声澄みて」と歌っている。『梁塵秘抄』一七一番、

一心敬礼声すみて　十方浄土に隔てなし　第《ティ》二《ニ》第《ティ》三数ごとに　六根罪障つみ滅す

神楽と今様は、それぞれのやり方で仏法のことばを取り入れた。ただ神楽はそれを歌謡の音声の中に含めた。このウタの生成の場では「衆等に白す、晨朝に清浄偈を説くを聞け」という意味とわかっていたかもしれないが、聞く者は「ビャクストウチョウセツジンチョウゲ」と、音声面だけを享受していたのだろう。[36]

一方、今様の仏教理解はこういうものではない。「一心敬礼声澄みて」も、これが天台声明の訓伽陀の今様化であることを小島裕子は明らかにしているが、[37]なお、「罪障」といって「つみ」と言い直し「滅す」と繰り返す所に、わかりやすく理解させようとする今様のありかたがみえる。このわかりやすさが「芸能」ということである。神楽の儀礼性から今様の芸能性へ――。歌謡に新語や俗語が入り、和漢混淆文体になるのも、音楽的により複雑におもしろくなってゆくと思われるのも、舞踊・所作と結合するのも、芸能性を持つ――芸謡となるからである。[38]

今様—神仏に向かう歌

道長が法成寺を造営したのは、治安二年（一〇二二）のことである。『栄華物語』は法成寺讃美の文でかざられるが、巻十八「たまのうてな」には、

ある所を見れば、法華経の不断の御読経とて、さるべき何くれの供奉など四五人ゐて読みひびかせば…また

ある所を見れば、長日の御修法とて、阿闍梨、伴僧十二人ばかりして、白き浄衣を着ておこなふ…

とあり、続けて、大般若の読経、五大力菩薩へは仁王経の講読、阿弥陀の護摩、尊勝の護摩、薬師経・寿命経の読経、涅槃経六〇巻の転読、「小法師七八人ばかり声を合せて、倶舎を誦じ、唯識論をうかぶ」、千字文・孝経の読誦、「かやうにして、おのおの所どころ声を唱へ、読み誦じののしれど、ここの声、かしこの声、みなさまざまに紛れず聞きわたされて」とある。諸経読誦の声々の重なり、互いを妨害することのない声の響き合い、これは「こゑ仏事を為す[39]」（『維摩詰所説経』菩薩行品第十二）の具体的表現である。『栄華物語』では読まれるのは主に経典そのものだったが、これ以後——法成寺に鎮護国家を祈る金堂と極楽往生を祈る堂舎の両方を設けた道長、この意志を継いだ頼通、これらの延長線上の白河院の法勝寺と、大規模な寺院や仏像の造立が善根として行なわれ、仏教が政治そのものとなる院政期を迎えると[40]、仏教儀礼の多様化に伴って、教化・和讃・講式・伽陀・願文・表白等多くの声明が寺院圏で実演されてゆく。今様は貪欲にこれらを吸収することで、新段階の歌謡＝今様となったのである[41]。

今様が貴族社会に知られるようになってきた頃には、『枕草子』や『紫式部日記』にみられるように詞章とし

ては若者向きの歌謡で、またざれ歌・をこ歌で、人々は散楽を楽しむように頤を解いた。[42]「**中御門家記録と堀河天皇**」条で鳥羽天皇の大嘗会に触れたが、事前に宗通の邸で神楽の教習に勤しむ宗忠らが、後宴で今様を歌ったり、歌女を呼んで歌わせたりする様子が、『中右記』に記されている。この時点まだ今様は、神仏に向かう歌を中心に置いていない。現世のアルジに対して祝言を唱えつつ、おもしろおかしい歌を歌うものであったと思われる。

しかし、天台声明の法華懺法が、御神楽化され、南都東大寺修二会にも取り入れられる[43]という時代の勢いの中で、今様も新たな面を開拓した。それが『梁塵秘抄』にいう所の法文歌である。神仏へ呼びかけ、祈り、そして二四〇番「はかなきこの世をすぐすとて／後世わが身をいかにせん」と自照する歌の数々。今様史においては後発のこれらの一群は、しかしただちに「今様らしい」歌々として、多量に、また短期間に行き渡ったものと思われる。『梁塵秘抄』の法文歌の量、歌詞の類型性からすると、そのように考えられるのだが、それに与ったのが白拍子であったろう。『徒然草』二二五段の多久資の談として、白拍子は、通憲入道が舞の手を磯禅師に教えたのにはじまるとあり、「これ白拍子の根元なり。仏神の本縁をうたふ」とある。従来「仏神の本縁をうたふ」のは今様の根元と思われてきたが、これはその名も祇王や仏御前たち白拍子に属する内容であって、今様全般についてではないところが肝要である。「仏神の本縁をうたふ」とは法文歌の内容をいっているわけである。

兼好の時代の認識として、白拍子が法文歌を歌い、その始まりが通憲・信西入道の時代即ち鳥羽院政期だったということになる。後白河院の今様修行を綴った『梁塵秘抄口伝集』巻十（以下、口伝集と略す）には、院が十代から二十代にかけて、すなわち鳥羽院の時、「雑芸集をひろげて、四季の今様、法文、早歌に至るまで、書きたる次第を歌ひ尽くす折もありき」との一文がある。「書きたる次第」とあるので、既に今様歌集が存在していて、それに、「法文」ともある。前代白河院政期の今様歌には、まだ表面には見えてこない要素であったから、おおまかに言って鳥羽院期の頃からが、法文歌の盛行の時期ということになろう。

今様の源流の一つとされる傀儡の歌は、法文歌の形式に特定できるものではない。『口伝集』には美濃青墓の傀儡《くぐつ》の、大曲とされる今様—足柄・黒鳥子《くろとりこ》・いちこ・古川等の名称が度々記されるが、おそらく今様の古形を残しているこれらは、法文歌に遠い。現存する『梁塵秘抄』巻二は「法文歌」「四句神歌」「二句神歌」で構成されている巻であるが、そこに、これら大曲は配されていない。編者後白河院は、別な範疇にあるものと認識していたのだろう。

その『梁塵秘抄』の部立である。後白河院はどのように歌を編集したのだろうか。全二十巻とされる当初の構成は不明であり、巻一の目録と抄出歌、巻二、現存するこれらからしか復元できないが、巻一の巻頭歌が「祝」であるのは、今様の芸能としての祝福性をまず重んじるという姿勢が読み取れる。ここでは「神仏に向かう」という詞章内容の主題に添って、巻二の構成を見てみる。まず仏（法文歌）と神（四句神歌・二句神歌）に分け、法文歌は三宝（仏歌・経歌・僧歌）と雑、として二二〇首。仏法用語を軸にした今様をここに配している。仏歌は二六番「仏は常にいませども、現ならぬぞあはれなる、人の音せぬ暁に、ほのかに夢に見え給ふ」、三九番「万の仏の願よりも、千手の誓ぞ頼もしき、枯れたる草木もたちまちに、花咲き実生なると説い給ふ」など、仏一般から個々の如来菩薩までが並ぶ。経歌は五時教から法華経二十八品で最も大部である。僧歌は時代のはやりだろうか、迦葉尊者が七首続き、聖の歌となる。これらに入らなかったのが雑法文歌に置かれる。たとえば二〇九番

「太子の身投げし夕暮れに、衣は掛けてき竹の葉に、王子の宮を出でしより、沓はあれども主もなし」、二三五番「われらは何して老いぬらん、思へばいとこそあはれなれ、今は西方極楽の、弥陀の誓ひを念ずべし」など。

これに対し、四句神歌についてはどのような体系が考えられたのだろうか。ところがこの分類基準も、まずは三宝なのである。仏歌・経歌・僧歌、これら三宝の前に「神分」三十四首が置かれている。つまり仏の場に神を請じる、この立場で神を位置付けているのである。四句神歌の仏歌には二八五番「釈迦の住所はどこどこぞ、法華経の六巻の自我偈に、や、説かれたる、文ぞかし、常在霊鷲山に並びたる、及余《ぎうよそ》諸住所はそこぞかし」などがあり、さすがにおなじ「仏歌」でも、法文歌のそれとは、歌が異なっている。この三宝の後に霊験所歌九首があり、そのあとから雑になるが、この雑の初め七首が「祝」であるのは、ここからが四句神歌本体の歌になるということか。以下百三十二首の多くが、世俗を歌ったいわゆる「今様」の歌になる。[44] すると、後白河院は、法文歌の分類意識を、四句神歌にあてはめることで、種々の歌型を持つ今様を、一応類別できたことになる。この意味で、法文歌が四句神歌の枠組みを規定したわけである。

この連動は、和歌で言うなら、釈教の部立によって、神祇の部ができたと同じ動きである。そもそも古い共同体は各々が神のもとにあり、日常語と異なる言語表現としてのウタは、神々へのコトノハであり、和歌の本来としてはこの意味ですべてが神祇歌の性質をもつともいえるのだから、神祇部立の特立は必要なかった。白河天皇の下命により応徳三年（一〇八六）九月に成った『後拾遺集』に、神祇・釈教の部立が設けられたことは、神の変質の反映である。神仏習合による神の変化―神祇と習合仏教の問題は深大で、紙幅の都合もあり詳しく触れられないが、上島享によれば、およそ十一世紀前半から後半にかけて、神社社頭での経供養や講経法会が行われ、仏教法会の場には仏法守護として神々を勧請するようになる、また天皇護持僧を務める密教僧によって、二十二社の本地が定められた可能性をも指摘している。(45)基本的に神祇部は、仏教と習合した諸社（他に宮廷神事）についての歌を収めるのであって、これは『梁塵秘抄』巻二「神社歌」に対応する。

今様が向かう神は、まさしくそれで、『梁塵秘抄』四句神歌の一首目が、祝言など古来の共同体との繋がりを示す神への今様ではなく、「神分」の題に集められ、その後ろに位置する三宝の歌を守護するごとく位置づけられたことが示すように、習合仏教のもとにある神なのである。

そうした神々へ今様は—少なくとも『梁塵秘抄』を為した後白河院は、どのように向かうのだろうか。仁安四年（一一六九）二月二九日、大雪が降って社頭の梅の木も朱の玉垣も、白一色の下賀茂社の宝前で、後白河院は「様を変へむ暇申しに」参る（『口伝集』）。奉幣を始め、神楽・読経・催馬楽等が奉納された後に、院自身が「春の始めの梅の花、喜び開けて実生るとか」。二首目「松の木陰に立ち寄れば」は下句が「梅が枝かざしに挿しつれば、春の雪こそ降りかゝれ」と折に叶った歌の後、

その後、同じ人、神歌を出だす。

ちはやふる神神におはしますものならば　あはれと思しめせ　神も昔は人ぞかし

『梁塵秘抄』二句神歌四四七番の歌であるが、(46)なぜこの歌をここで歌ったのだろうか。出家とはこの世をそむくことである。京の地主神である賀茂御祖神社に俗人としての別れを告げに来て、この行為を理解してあわれをかけて欲しいと願っている。そして「神も昔は人ぞかし」あなたとて人であった遠い過去世があるではないか、と、自分の行為への同調を呼びかけるのだが、この部分には当然、法文歌の二三二番、

仏も昔は人なりき　われらも終には仏なり　三身仏性具せる身と　知らざりけるこそあはれなれ

が重ねられている。この二首の今様を、阿部泰郎は「合せ鏡のような二首」と称した。[47] 後白河院は今、賀茂社にいるので「神におはしますものならば」と歌っているが、「神も昔は人ぞかし」には「仏も昔は人なりき」の思いが掛けられている。今様の神への向かい方というのはこのように、神であり仏でもあるものに呼びかけ、その二重写しの存在に届くように「心をいたし」、われらの思いを直に訴えることであった。

神楽は、「**内侍所神楽の成立**」条以下見たように、ある段階から神へ向かう性質をもったが、そのウタは色々な声・音を取り集めつつも、そこで固定した。和歌は言語的洗練を重ね、神に直接向き合う形から離れてゆく。神仏は題にしかならないというように。俊成が『古来風躰抄』で「仏の道」に「歌の深き道」を準えたのは、個別の歌が神＝仏に向かいあわぬことを、和歌の集合態＝歌道からとらえかえすことであった。

そして今様という都市共同性の中で形成された歌謡には、後白河院が「神も昔は人ぞかし」と仏神と一対一で向かい合ったように、個体的な信仰が歌いこまれる。習合仏教を背景に、院政期の都という限られた中で、それぞれが神に直に向かうという新しい形の歌謡であった。和歌を対置させてとらえる時の、歌謡のある部分においては、このような流れがあったことが確認できるのである。[48]

注

1. 「和歌」という語の用例でいえば『古今集』からになる。『万葉集』に別義の「和（フル／スル）歌」と別に、「倭歌」の用字例がわずかにあるが、ここでは『古今集』以降を扱う。
2．中西進「歌謡と和歌」（『国文学解釈と鑑賞』第五五巻第五号、一九九〇年五月）。傍点は引用者。以下同じ。
3．後の歌人たちの枕詞のとらえ方については、長明が記した俊恵の「むば玉の」を半臂にたとえての説明「半臂はさせる用なき物なれど、装束の中に飾りとなる物なり。…をのづから余情となる。是を心得るを、境に入るといふべし」（『無名抄』「歌半臂句事」）がある。
4．西郷信綱「枕詞の詩学」（『古代の声〈増補版〉』、朝日新聞社、一九九五年。初出は『文学』一九八五年二月号）。
5．枕詞のリストが歌枕書にのみ表れるのも、この事を示している。枕詞は和歌で用いることばであるという認識である。
6．本文は新編国歌大観による。なお引用の和歌集は『古今和歌集』『拾遺和歌集』は新日本古典文学大系本を用い、その他は新編国歌大観によった。一部表記を私に改めた所もある。
7．「おもしろ」の語源説ともなった天岩戸伝承が歌人らの中で一般化していた例は『十六夜日記』等参照。
8．折口信夫「日本文学の発生序説」（『折口信夫全集』4、中央公論社、一九九五年。初出は一九四七年）。
9．松前健「内侍所の成立」（『古代伝承と宮廷祭祀』、塙書房、一九七四年）。なお以下、神楽儀礼についてはこれに依る所が多い。
10．清暑堂神楽の所作人の一覧で、天慶から永徳までを記す。応永七年仮名暦の裏書きである（本田安次著作集『日本の伝統芸能　第一巻神楽Ⅰ』、錦正社、一九九三年）。
11．土橋寛「神楽と神楽歌」（『古代歌謡と儀礼の研究』第三章第三節。岩波書店、一九六五年）。なお以下神楽歌と儀礼についてはこれに依る所が多い。
12．神楽歌の諸本間の異同について、田林千尋「神楽歌「杓」の歌詞の異同とその解釈—平安期写譜本と古今和歌集・古今和歌六帖を対象に—」（『京都大学国文学論叢』23号、二〇一〇年）がある。なお、以下神楽譜としては鍋島家本を用いる（『新編日本古典文学全集　神楽歌・催馬楽・梁塵秘抄・閑吟集』）。
13．片桐洋一『古今和歌集全評釈（下）』該歌［注釈史・享受史］の項（講談社、一九九八年）。

14. 土橋前掲注11。「一方の」としたのは、「返し物の歌」題は「青柳」のみにかかるとする説があるからで、志田延義『日本歌謡圏史』第二篇「神歌と風俗時代の研究」（至文堂、一九五八年）はこちらの説を採る。
15. 土橋前掲注11・志田前掲注14。
16. 松前前掲注９・土橋前掲注11。
17. 片桐前掲注13。片桐は巻十八までを和歌の「正体」とする。記名歌すなわち作者があり、三十一音形式で和歌用語の制約内のものである。
18. その意味で、一〇八六番の醍醐天皇大嘗会和歌に「大ともくろぬし」とあるのは、新大系本底本今治市河野美術館蔵『詁訓和歌集』で補入とあるのが正しいだろう。なお敏行の巻軸歌の意義や賀茂明神との関係については、赤瀬信吾「『新古今和歌集』にみられる神仏習合の一側面」（『文学』第８巻第４号、一九九七年秋）参照。
19. 『日本古典文学大辞典』「大歌」の項。志田延義執筆。ただし「大歌所」管掌のウタが、即「大歌」であったかは未詳。
20. 『日本古典文学大事典』「琴歌譜」の項。土橋寛執筆。
21. 松前前掲注９。
22. 鎮魂祭の他、宮中儀礼としては園韓神祭（これにも神宝として採物がある）が、また賀茂臨時祭の還立神楽がある。前掲注９参照。なお『年中行事秘抄』本文は群書類従本によった。
23. 佐藤和喜「拾遺集歌の位相」（『新日本古典文学大系月報12』、一九九〇年一月）。
24. この点について俊成『古来風躰抄』に「歌はただよみあげもし、詠じもしたるに、何となく艶にもあはれにも聞ゆる事のあるなるべし。もとより詠歌といひて、声につきてよくもあしくも聞ゆるものなり」とある。なお、錦仁「和歌の思想」（院政期文化論集一『権力と文化』、森話社、二〇〇一年）参照。また本書に収められた俊成に関する論考もあわせて参照せられたい。
25. 松前前掲注９。
26. 堀河天皇の音楽については磯水絵「堀河天皇圏の音楽伝承について―楽家の伝承と『続古事談』―」（『説話と音楽伝承』、和泉書院、二〇〇〇年）、中本真人「堀河天皇と多氏の楽人―御神楽親授譚をめぐって―」（『国語国文』、二〇〇九年十一月号）等参照。

27. 東三条殿での神楽については本田前掲注10第三篇、飯島一彦『古代歌謡の終焉と変容』第Ⅱ章（おうふう、二〇〇七年）参照。

28. 一例として『古事談』『宇治拾遺物語』の、明暹が院の笛に合わせて読経の調子を変えた説話がある。明暹の笛の音を過たずとらえた耳とともに、大般若経六百巻の多くの僧の転読の中から、明暹の声を聞き分けた院の音楽的聴覚、つまりは声と耳の説話である。「堀河院御時百首」はじめ、この時期の和歌活動については橋本不美男『院政期の歌壇史研究』（武蔵野書院、一九六六年）等参照。

29. 上島享「藤原道長と院政」（『日本中世社会の形成と王権』、名古屋大学出版会、二〇一〇年。初出は二〇〇一年）。

30. 斎藤英喜「御神楽のアマテラス　『江家次第』「内侍所御神楽事」をめぐって」（院政期文化論集二『言説とテキスト学』、森話社、二〇〇二年）。阿部泰郎「中世王権と中世日本紀―即位法と三種神器をめぐりて」（『日本文学』34巻5号、一九八五年5月号。）

31. この語は小学館新編日本古典文学全集『神楽歌』該所頭注等で使われている。

32. 網野善彦「高声と微音」（『ことばの文化史　中世1』、平凡社、一九八八年）参照。

33. 土橋前掲注11。

34. 法華懺法については小島裕子「「一心敬礼声澄みて」考―法文の歌が生み出される場」（『文学』第9巻第1号、一九九八年）参照。

35. こうした用語・文体の展開は催馬楽には見られない。むろん催馬楽には前代歌謡からの繋がりや当代俗語の様相などあるが、ここで述べたようなことばの多元的な質は見出せない。催馬楽で問題になるのは音楽性だろう。このような理由から、本論では催馬楽は取り上げない。

36. たとえば重種本神楽歌は十二世紀頃の成立だが、天理図書館善本叢書『古楽書遺珠』の本文は「白衆等長説神朝上と偈」という表記になっている。

37. 小島前掲注34。
38. 折口信夫は「芸能」を「見世物の対象となる芸」とし、観客なくしては存在理由のないものと規定している（「日本芸能史序説」全集十七）。芸謡も、芸能者・専門者による歌謡をいう折口用語であるが、小稿「都市の歌謡―芸謡と早歌を中心に―」（『日本歌謡研究大系上巻　歌謡とは何か』、和泉書院、二〇〇三年）でも触れた。
39. 小島前掲注34参照。
40. 上島前掲注29。
41. 小島裕子「仏「三十二相」の四季―教化することばの世界から―」（『文学』第8巻第4号、一九九七年）、小島前掲注34参照。
42. 沖本幸子『今様の時代　変容する宮廷芸能』第Ｉ部（東京大学出版会、二〇〇六年）参照。
43. 小島裕子氏御教示による。佐藤道子『東大寺修二会の構成と所作』「法華懺法作法」には、「天台系の法要を修二会に取り入れたものと思われる」とある。
44. 四句神歌の括りに雑（世俗）の歌が入るのは、これら今様を管理していた場、の問題に関わるか（小稿「『古今目録抄』料紙今様と『梁塵秘抄』巻一の関係について―『梁塵秘抄』巻一・二の編纂原理試論」『梁塵』11号、一九九三年十二月）。なお、この「**今様―神仏に向かう歌**」条は小稿「『梁塵秘抄』巻二の編成における法文歌の意義」（『日本歌謡研究』50号、二〇一〇年十二月）に展開させている。
45. 上島前掲注29「日本中世の神観念と国土観」。
46. 『梁塵秘抄』四四七番での注には、「あら人神」である天神・怨霊等の歌かとする説があるが、賀茂社社頭の本話には当たらない。なお文中の「同じ人」をその場にいて付け歌をした資賢とする説があるが、『口伝集』巻十の今様霊験譚はすべて院の歌に神が感応しているのであり、「同じ人」は当然院である。
47. 阿部泰郎『聖者の推参　中世の声とヲコなるもの』第一章「声の芸能史」（名古屋大学出版会、二〇〇一年）。
48. 早歌以降の歌謡を略したのは、『梁塵秘抄』の後のテクストでは、それまでの歌謡の宗教性に対して、知とその商品化（啓蒙化・観光化）が中心になってゆき、文学的にはおもしろい点も多いが、歌謡の神仏への向かい方ということからいうと問題にならないからである。

なお、文中の引用文献は次の通りである。

『西宮記』『北山抄』『江次第』尊経閣善本影印集成／『日本三代実録』新訂増補国史大系／『左経記』『春記』『中右記』『兵範記』増補史料大成／『神楽倭琴秘譜』『梁塵後抄』日本歌謡集成／「信義本神楽歌」「重種本神楽歌」日本古典全集『歌謡集』／『栄華物語』『讃岐典侍日記』『古来風躰抄（歌論集）』『徒然草』新編日本古典文学全集／『無名抄』日本古典文学大系／『梁塵秘抄／梁塵秘抄口伝集』『古事談／続古事談』新日本古典文学大系。

歌う聖——聖人の詠歌の系譜

阿部　泰郎

仏法の実践を担う僧侶において、和歌《ウタ》を詠むということは如何なる営みであったのか。本稿の課題は、端的にいえばこれに尽きる。僧の詠歌——勅撰集中の僧侶歌人は枚挙にいとまがない——は何も不思議はないように見える。西行は自ら歌集を編み自歌合まで創り出し、慈円は厖大な歌稿を遺して、『拾玉集』に編まれ、明恵も自ら『遺心集』という歌集を編んだ。道元には「傘松道詠」があり、覚如の和歌好尚は『慕帰絵』に描かれた歌会の場面と共によく知られるところであった。だが、戒律に基づく僧房の修行において、和歌に心を遣ることは果たして許されることであったのか。『清巌茶話』には、慈円はその和歌好きを弟の一乗院主に教誡されて、「みな人にひとつの癖はあるぞとよ　是をば許せ敷島の道」と歌を以て答えた、という。それが事実であったか否かとは別に、『拾玉集』に収められた慈円の詠作は、その随所に自身の詠歌を意義付ける、和歌を通しての自己認識というべきコメンタリーに満ちている。それは「狂言綺語」としての和歌をむしろ仏道の方便として正当化し、却って和歌および和語の優越を主張するに至るのであるが、その反面として常に和歌への否定を意識していたのではないか。

たとえば寺院法において、詠歌はどのように規定されていたのか。勧進聖文覚の起草になる神護寺の『四十五箇条起請』には、寺中での酒宴を禁ずると共に興宴についても「調琴、吹笛、歌舞、踊躍、誦物、遊戯、如此之事永可禁断矣」とあって、詠歌は明確に禁じられていない。実際、文覚自身は歌を好み、定家の許へ自作を持ち込んだり、『今物語』に語られる自讃の諷喩歌のエピソードなどが伝えられる。その高弟上覚は『和歌色葉』を著した歌学者であり、その弟子に明恵が居るのである。『井蛙抄』の伝える、文覚が西行を歌詠みうそぶき歩く憎い奴、会えば打ちこらしてやろうと放言していたのに、いざ西行が高雄の法華会に参り花見するのを丁重にもてなしたという逸話にも、歌をめぐる二人の聖《ヒジリ》の対比と交流のありようがうかがえる。それは、やがて『明恵上人伝記』の記す、明恵の許を訪れた西行が語りかける歌論――詠歌と仏道の相即融合の境地を説く――にも通ずる光景ではなかったか。

その一方で興味深いのは、後醍醐帝の帰依した真言僧文観の教導の許で弟子宝蓮の記した『四度加行』（真福寺蔵）の作法故実である。(1)そこで行者の初入門である加行の修中は詠歌が他の遊戯や興宴と共に特に禁ぜられている。但し「蓮蔵院法印」すなわち偉大な学匠であった頼瑜は加行中の詠歌を制されなかったと注記している。その『真俗雑記問答鈔』に和歌会の式や自詠を書きつける頼瑜の姿勢(2)は、醍醐報恩院流の正統を自負する文観にあっても無視できないものであったろう。事実、鎌倉時代には安祥寺の児による『安撰和歌集』や、醍醐寺において『続門葉和歌集』が編まれるように、中世寺院社会では僧侶（と児たち）の歌会など詠歌は日常の風景であったのである。

こうしてみると、中世において僧の詠歌とは、仏道修行の妨げとして戒律制法に背馳するどころか、その日常に不可欠な一部であったように見える。いや、そもそも西行にあっては、自ら編んだところの歌集において、己の詠歌することについての懐疑の表明や留保などは微塵も見られない。その詠歌はまことに自在であり自然である。このことは改めて注目してよいのではないか。

西行の如くに、僧において和歌、ひいては詠歌することが生得自然のものであるという文化伝統がその背後に存在していたのではないだろうか。それは、佐藤憲清が遁世出家することにおいて獲得した自由と重なるものであり、また大法房円位という真言僧として法流に連なった上でも失われることのない上人の役割の一つであったのではないか。その伝統の上に開花したのが、例えば時衆における和歌や連歌の興行であったとみることもできよう。本稿では、そのような上人ないし聖人、すなわち聖《ヒジリ》の詠歌の系譜を、その源流に遡って尋ねてみたい。

空也の歌

歌を詠む聖《ヒジリ》の先蹤を尋ねると、念仏聖のさきがけであった空也に行きあたる。勅撰集において最初にあらわれる空也の和歌は、『拾遺集』に載せる、その詞書に「市門にかきつけて侍りける」とある、市聖《イチノヒジリ》の詠として、まさに念仏を唱え人を勧める聖にふさわしい歌である。(3)

一度《たび》も南無阿弥陀仏と唱ふれば　蓮の上に昇らぬはなし

それは彼の開いた西光寺の後身、六波羅蜜寺に伝えられる空也像の、鉦打ちながら念仏を唱え、その口中より六字名号の化仏が出現する様を象るイメージを想起させる。しかし、最も確かな空也の詠歌は、源為憲が著した空也の伝記『空也誄』に記される唯一の歌である。いま、その一節を含めて示しておこう（原漢文を私に訓読した）(4)。

始めて本尊の弥陀如来を視るに、当来所生の土《くに》を見んと欲す。その夜、夢に極楽界に到り、蓮華の上に坐せり。国土の荘厳は、経に説けると同じ。覚《さ》むる後に随喜し、すなわち誦して曰く。

胡矩羅苦波《コクラクハ》　巴流気騎宝登途《ハルケキホトト》　凞喜芝可怒《キキシカト》　都砥馬田夷陀留《ツトメテイタル》　奴古魯難犁間狸《トコロナリケリ》

聞く者、称歎す。

この歌は、空也が弥陀尊を礼し仏に己の生まるべき世界を示せと願うに、夢中に浄土に到り、蓮華化生すとみて覚め、極楽感見の歓喜のままに詠んだ、という。「努《つと》めて到る」に夢見た暁の「早朝《つとめて》到る」が掛けられると思しく、信じ念願すれば往生必定の神秘体験を告白した歌といえよう。但し、『拾遺集』では仙慶法師の詠、『袋草紙』では千観内供の歌として見えるように、作者に揺れのある歌であることに注意される。もっとも、『和漢朗詠集』仏事に空也として収め、俊成も『千載集』で改めて空也の作として撰び入れているところから、最も空也説が有力であることに変わりはない。

むしろ『梁塵秘鈔』巻二の末（五六四）にこの歌が含まれているように、特定の作者の名を冠さない伝承歌として、〝浄土願生者の歌〟の代表というべく汎く世に流布して謡われていた環境を想像できよう。それは『古事談』僧行に、空也聖人と和泉式部の歌問答として載せられる、次のような歌の伝承とも響き合う。

極楽は直《なを》き人こそ参《まゐ》るなれ　曲《まが》れる事を永く留めよ（空也）

聖《ひじり》だに心に入れて導《みちび》かば　曲《まが》る〳〵も参り着きなむ（式部）

和泉式部と聖との歌問答といえば、『拾遺集』にも（さきの仙慶法師歌に続いて）収められる「書写の聖」性空聖人との結縁歌「暗きより暗き途にぞ入りぬべき　遙かに照らせ山の端の月」が名高いが、空也とも結縁したという時代不同の伝承歌が何時しか生まれ、それはまた、西行と江口の遊女との歌問答にも連なるもののようである。

かの性空聖が生身の普賢を神崎の遊女長者の鼓打ち歌う声のなかに感見した奇蹟譚を含む『古事談』僧行には、もうひとつ、空也の歌の伝承世界での反響が聴こえ、それは巫覡による歌占として源信に告げられる(5)。

恵心僧都、金峯山に正《まさ》しき巫女有りと聞きて、只一人向はしめ給ひて、心中の所願占へとありければ、歌占に、

十万億の国々は　海山隔て遠けれど　心の道だに直ければ　つとめて到るとこそ聞け

と占たりにければ、啼泣して帰り給ひき。　（原漢文）

僧に浄土のありか（己心の浄土）をさとす神の託宣は、巫女の歌として示され、それは空也の歌（と式部との歌問答の詞も含まれる）の今様による歌い替えともいうべきであり、また説話としては、学僧恵心が霊地の神に参ってこそ得ることの叶った回心のためしと化している。

『袋草紙』によれば、恵心は和歌を「狂言綺語」として詠むことをしなかった。つまり制戒の側に立って和歌を否定した学侶であったが、或る日の曙、山上より湖上の舟の漕ぎ行くをみて人が「漕ぎゆく舟のあとの白波」（『拾遺集』哀傷、沙弥満誓／『和漢朗詠集』無常）と口ずさむのを聞き、それより和歌を「観念の助縁」として詠むようになった、という歌よむ聖への転向の逸話が語られる。それは長明の『発心集』巻六、そして無住の『沙石集』第五末の仏法と和歌の関係を語る説話群にも受け継がれる、示唆に満ちた逸話であった。

ちなみにその恵心の回心の舞台となった叡山山上で湖上の舟の漕ぎゆく跡を詠めつつ二人の僧が歌を詠み交わ

す、文学史上の結び目となったと言ってよい場面が、『拾玉集』に記しとどめられる。文治五年秋、無動寺の住房に慈円を訪れた西行は、すでに詠歌を断っていたが敢えて若き慈円に期待を込めた「結句」としての一首を送り、これに応えた慈円の歌もまた、かの満誓の歌——聖《ヒジリ》の歌の原点の一つと言ってよい歌——をふまえたものであった。

行基の歌

古代の僧の歌、とりわけ聖《ヒジリ》の歌を代表するのが、行基菩薩の歌であろう。重ねて引き合いに出す『拾遺集』哀傷の歌群でも、空也、仙慶、式部（性空）、光明皇后に続いて「大僧正行基詠み給ひける」と行基歌が配される。

法華経を我が得しことは薪《たきぎ》こり菜《な》つみ水汲み今日ぞ我がする

百石《くさ》に八百石《くさ》そへて給へりし乳房の報ひ今日ぞ我がする

前の歌は、法華八講の五巻日に薪の行道に際して唱歌された声明曲であり、後の歌も仏生会（灌仏）などに「百石讃歎」として用いられた、寺院や宮廷の仏事法会の時空に常に響く声歌である。それは当時、すでに行基に託されていた歌であった。

だがむしろ、仏教史のうえで（そして文学史の文脈でも）重要な行基歌は、『拾遺集』でその次に位置する、「南天竺より東大寺供養にあひに菩提（婆羅門僧正）が渚に来着《きつ》きたりける時、詠める」の詞を付す、行基と婆羅門僧正との問答歌である。

霊山の釈迦のみまへに契りてし　真如くちせずあひみつるかな

伽毘羅衛に共に契りしかひありて　文殊のみ顔あひみつるかな

『拾遺集』はこのあと、片岡山での聖徳太子と飢人との問答歌を以て巻軸として全篇を締めくくる。それは、この行基と婆羅門の贈答歌と共に、以降、院政期の歌学書や歌論において必ずと言ってよいほどに想起される、いわば和歌の起源神話と言ってよい重みを与えられたアウラを帯びた歌である。そして、それらは何れも聖《ヒジリ》の歌であるのだ。

何より、この行基と婆羅門の歌が「東大寺供養」すなわち東大寺大仏の開眼供養に臨んで、その導師をつとめた婆羅門僧正つまり菩提僊那の本朝への来着に際して交わされた詠歌であるという文脈こそ、この問答歌を記念碑的《モニユメンタル》なものとしている。互いの歌は、両者が前《さき》の世に釈尊法華説法の霊鷲山下の会座に連なる聴衆として同法の「契り」を結び、時空を隔て再び日本に（仏法が華開くとき）参り巡り会った歓びをうたう。そして菩提は、行基が文殊菩薩の再誕であることをその歌で明かす。つまりそれは、行基の文殊化身ないし垂迹なることを証《あか》す歌なのである。

行基と婆羅門の問答歌―和歌説話は、行基伝の範囲に限らず、文学史のうえで実に広汎な展開を示している。(6)今はそれを逐一辿ることはしないが、ただ、これが「東大寺供養」という仏法史上最大の法会と深く関わる聖の歌であることは、注意しておいてよい。たとえばこれが延慶本『平家物語』や長門本に含まれるのは、いわゆる読み本系『平家物語』において重要な意義を担った挿話である得長寿院供養説話を語る一環として提起されているのであり、それは堂供養説話の典型――請ぜられた貧僧が目出たく説法し仏神の化現であったとする――帝王の作善を讃える中世唱導説話(7)と響き合うのが、この行基と婆羅門問答歌説話であった。そこには、文学史と仏教史の文脈が絡み合っているのである。

本稿では、この行基と婆羅門問答歌説話の源流を改めて尋ねることによって、僧—聖《ヒジリ》の詠歌の基層を探り、それがどのような始源を語ろうとするのか、換言すれば、如何なる〈聖なるもの〉を開示するのか、を追究してみたい。

院政期に編まれた東大寺の寺誌『東大寺要録』[8]の「供養章」には、大仏開眼供養に関する記録が聚められ、その「開眼師伝来事」条に行基婆羅門説話の最も古い記事が収められている。すなわち「元興寺小塔院師資相承記」（菩提僊那が法脈を伝えた小塔院の縁起というべき記）と「大安寺菩提［舞］伝来記」（これも大安寺が菩提の住した寺としてそこに伝来する「舞」の縁起という性格をもつ）の二種の記録である。これらは、同時代（保延元年／一一四〇）大江親通による『七大寺巡礼私記』[9]東大寺条にも引用されており、その当時東大寺に伝来していた古記であったと思われる。

「元興寺小塔院師資相承記」を見よう。その冒頭に「婆羅門僧正は、南天竺国の人なり。文殊たる行基菩薩を問い訊ねるため、天平十九年を以てこの日本国に尋ね来る（原漢文、以下同）」と、早くもその主題を提示する。難波津に纜《トモツナ》を解いたその船には「異人」が多く乗っており、その詞は更に聞き知れない。朝廷に報告すると、勅使が「天文書」を携えて問答し、南天竺国の婆羅門が日本巡礼のために来たることを知り、天皇に奏聞する。命じて百人の名僧を迎えに遣し、伎楽を調えて行烈し、その最後に行基が居るのを婆羅門は遙かに見て進み出、「雙《ふた》つの手に袖を取り、詞を以て云、「我、聖人と一時の芳被（枝カ）たり。別離して年久し。恋慕因りて極たり。すなはち来り臨むなり」と云々。各《おのおの》悲悦の後、和歌を以て詠じて云く」と、再会の悲喜のうちに婆羅門の

方から和歌が詠ぜられる。（＊［　］内は『七大寺巡礼私記』による校異）

菩薩和歌云

迦毘羅薗［三］　昔別礼志日本乃　文殊乃御皃合［今日］見都留加名

霊山乃尺迦乃御前爾相見天之　真如不朽須［テ］今日見都［津］留加奈［可那］

この贈答の後に付された一文「此の歌、天下《あめのした》の人聞き持《たも》ち諳誦し、今に流伝して絶へず」とは、この問答歌が伝承（誦）歌として世間に汎く流布した詠歌である、その生態をよく示す注釈であった。何より、それが『拾遺集』のように行基から歌いかけるのでなく、異人である婆羅門から行基へ「和歌」を以て詠ずるかたちであることが注目される。それまで彼ら異国の言語を聴き知る人なく、勅使すら「天文書」を用いて漸く意を通じ、また船頭に問うて来訪の趣きを知ることができたのにもかかわらず、婆羅門はただちに行列の末に居た行基をみいだし、和歌を詠みかけた、というのである。その詞が「日本の文殊」として行基のいわば本地を明かすところに、そのメッセージが如何なるものであるかがよく示されていよう。これに付する行基の返歌は、「真如朽ちせず」釈尊の教えを受けた同法同志により仏法流伝を倶に果たそうという覚悟が示されるものとなっている。

次に「大安寺菩提［舞］伝来記」について見よう。こちらは、南天竺婆羅門僧菩提が天平八年に遣唐使丹治比真人広成の船に乗って唐僧道璿、林邑僧仏哲らと共に来朝したという、史実に沿った形で登場する。但し、菩提は「迦毘羅衛城の人」で、天竺にて文殊値遇の祈願のところ、五台山に詣でよと化人の告げあってその途上で仏哲に会う、という文殊聖地五台山巡礼の話を加え、更に五台山に到るや夢中に化人あり「文殊は耶婆提」にありと告げられ、遣唐使と共に渡来した、という因縁が語られる。一方、日本において行基は、「新客」の到来を知り難波津へ到り、香華を備えると船を囲繞し自ずと到来、彼は百僧を率いて自ら先頭に立って迎える。菩提は船中より下り行基を訪ね覔《ま》ぎて衆中をみるに、「自然と手を携え、即ち歌ひて云く」と、これも婆羅門からの歌いかけであり、これに行基が答える形である。

迦毘羅衛爾　聞我来〔テ吾来シ〕之日本乃　文殊乃御顔今〔本〕　見鴨〔ルカナ〕
霊山乃　釈迦乃御前爾結天之　真如不朽〔テ〕　相見鴨〔ルカナ〕

この歌問答に続く「種々の語言は諸人知らず」、聖と聖同志の語らいは神秘にして余人の伺い知れるところではなかった、という。詠歌は先の「元興寺小塔院師資相承記」とおよそ同じ歌詞であるが、本記の独自部分は以下に展開するところである。両者が連れ立って都へ入る途次、菅原寺を過ぎるに、ここに「大倭国《おおやまとくに》看《み》」なる老人が居た。彼は婆羅門に仕えていた往昔の童子であったが、先だって日本に生まれ来り、齢七十に及んで語ることなく、時の人は「瘂者」と呼んだ。その国看、寺に参向い、行基に遠来の客を迎える儲けに不足なきやと問う。行基は、ただ「音声」のみなしと言うと、国看は、この翁も此の人（婆羅門）に奉仕したく欲うが貧しく衣食なし、と歎く。弟子たちが嘲ると、二人の愛子を引率し、飲食の箸をもって机を叩き、婆羅門の和歌を詠い詠じ、小児たちは起《た》って「儛い戯」れた。そこで行基と婆羅門と国看の三人は「涕涙悲泣」した、という。これらは集会の道俗にとって、各《おのお》の微咲を生ずるばかりで未だ何故かを知らず、皆「聖と賢と、彼の操行の不思議なることを嘆ずるのみ」であった。すなわち、重ねて聖同志の余人に知られることのない再会の神秘を説くのである。

ここに翁（後世に菅原の伏見翁として伝承される、その原像がこの「国看」である）とその二童子による歌舞の芸能は、前生の主たる婆羅門を奉迎する「音声《おんじょう》」であった、という。菩提ら一行は大安寺中院に住し、天平勝宝四年、東大寺大仏開眼の大会において、諸大寺に楽を命ずるに、仏哲は雅楽の師として瞻波国《チャンパ》にて習得した菩薩舞ならびに倍侶《バイロ》、抜頭等の舞を、忘失した行道の笛の曲を得て楽を習わしめ、開眼大会に献じ奉った。ここに来集した天皇以下の貴賤は悉く歓喜感嘆し、宣旨に「此の音声は波に浮び涯《きし》を遠ざかり、既に是の境に登る、天漢を徹るかと疑えり」、「神工の所作、聖者の欣感するところ」と賞した、という。すなわち、以上の婆羅門等の伝来した芸能伝承の一環として行基婆羅門和歌説話も位置付けられ、全体は大安寺に置かれた菩薩舞の縁起として説かれたものであった。(10) そこで婆羅門が行基に詠みかけた歌は奉迎楽の「音声」の音頭としてはたらくものであり、その歌舞を背景に行基（文殊）と婆羅門（文殊感見者）と国看（先生童子）の三聖の転生流転再会の奇蹟を演ずる神秘劇がくりひろげられているのである。

加えて、大江親通の『七大寺巡礼私記』は、大仏開眼に関して『要録』に収めぬ『行基菩薩伝』の逸文を載せる。なお、観智院本『七大寺日記』付載の「行基菩薩伝」には見えない記事が含まれており、その部分がまた殊に注目されるところである。『伝』は、他に類のない行基婆羅門対面伝承を含む。つまり、まず二人が梵語の詞で問答（礼拝）することである。天平五年に来朝したとし、「時に婆羅門僧、大菩薩に稽首して云く」、「大菩薩、答拝して云く」として次のように応酬した。

南謨阿梨耶　曼蘇悉里　菩地薩埵波耶　摩訶薩埵波耶

南謨阿梨耶　波魯吉帝世波羅耶　菩地薩埵波耶　摩訶薩埵波耶

このような漢字音表記で梵語詞（聖なる文殊菩薩大士に帰依し奉る／聖なる観音菩薩大士に帰依し奉る）で互いに拝礼したあと、婆羅門と行基の歌問答がなされる（観智院本は婆羅門の和歌のみで「其時人嘆未曾有、自爾始称文殊也」で結ばれる）。

迦毘羅衛爾　聞天吾カ来コシ日乃本乃　文殊乃御容今日見津留鉇云々
霊山乃尺迦ノ御前ニ結テシ　真如不朽テ今日見ツルカナ

「則ち供具を敷き設け、以て主客の礼を尽す」と、これも面謁礼拝の儀礼的な場が想定されている。更に加えられるのは、さきの「大安寺菩提舞伝来記」の伝承と呼応する次の和歌である。

迦毘羅衛ニ　聞テ吾カ来シ日ノ本ノ　文殊乃御顔今ソ栄エル云々

この歌を承けて「時の人、未曾有なりと嘆ず、これより始めて（行基を）文殊と称すなり」と結ぶ。この「菅原臥」つまり国看の翁の歌は、婆羅門僧正の行基への詠歌をふまえた（もどいた）、その祝言化と言ってよい。僧の衆会の際に走り来って詠ずるというパフォーマンスも、中世寺院の延年の芸能を想起させる、菩薩舞の起源伝承をまた異なった角度から照らし出す伝記といえよう。(11)

以上の、寺院に伝承—記録された行基婆羅門和歌伝承に対して、さきの『拾遺集』をはじめ中世の仏教説話集や歌学書等に連なる同じ伝承の源流と思しいのが、『七大寺巡礼私記』にも「為憲撰三宝絵云」として引かれる『三宝絵』法宝の行基伝の後半に記される、東大寺供養講師として行基を請ずるところから始まる一節である。それは年代を示さず、「供養せむとするほどに成りて」行基は難波津へ「大師」を迎えに百僧を率いて行く。また、「治部の玄蕃、雅楽司《うたまひのつかさ》等を船にのりくはへて、音楽を調へてゆき向ふ」と、奉迎の楽を調えて盛儀を設ける点も注意される。行基は閼伽器を備えて香花を海に浮べ、婆羅門僧正はこれに導かれて小船に乗って来着する。古伝承との最大の相違点は、まず行基が歌を詠みかけ、婆羅門が歌を返すという形であることだろう。

霊山の釈迦のみまへに契りてし　真如くちせずあひみつるかな

伽毘羅衛にともに契りしかひありて　文殊の御貌《かお》あひみつるかな

古伝承系の歌詞とは、「結び」が「契り」となり、「今日《けふ》」が「逢《あ》ひ」となる点が異なる。かく詠い交わし、共に都に上り、「爰に知りぬ、行基は是れ文殊なりけりと」と本地身が開示された後はすぐ入滅記事で一篇は結ばれる。つまり『三宝絵』行基伝の掉尾を飾る、文殊の化身としての行基像が顕れる霊験譚として、これは位置付けられ、その要にこの問答歌、とりわけ返歌として婆羅門の詠歌が据えられるのだ。歌の順序が異なるのは、おそらく偶然ではなかろう。その歌詞も『拾遺集』におさめられるかたちと等しく、逆に『三宝絵』がその典拠といえよう。

聖武天皇を本願とする盧舎那大仏開眼供養という、いわば王法と仏法が成就する画期を真実に供養し全《まった》くする、三国にわたる仏法伝来を証す二聖の邂逅は、二世にわたり固く結ばれた契りを果たすものであった(12)。その表明を、天竺人《びと》たる婆羅門僧正に最先に和歌をもって詠みかけさせるこの伝承の基底には、和歌ひいて和語《ヤマトコトバ》こそ三国の言語のうちで最も〈聖なるもの〉に通ずるコトバである、という観念が自ずと示される。それは、慈円による、三国の言語のうち和語とりわけ和歌こそが最も優越するという（『拾玉集』散逸恋百首歌合跋）認識ないし宣言を、遙かに先取りする伝承の思惟ではなかったか。

かくして、行基婆羅門問答歌伝承は、聖《ヒジリ》の歌、それも聖と聖との二世三国にわたる時空を超えた契りを果たす歌の唱和として、かつは芸能の始源を喚びおこす、まさしく〈聖なる歌〉の原点であった。

＊　＊　＊

もうひとつの重要な行基の歌が、その辞世歌である。その、中世における端的な例を、やはり『古事談』僧行

から示そう。「行基菩薩臨終の時、弟子共悲歎しければ、詠ませ給ひける歌」として、

カリソメノ　ヤドサルワレヲ　イマサラニ　物ナ思ソ　仏ニオナジ

この辞世歌は、それぞれ僅かな異同を示しながら、平安期に遡る行基伝である前述の『行基菩薩伝』や、それを承けた『行基年譜』に引かれ、それはまた中世成立の『行基菩薩行状記』、あるいは金剛三昧院蔵『行基菩薩講式』[13]第五段末の歌頌としても用いられている。あるいはさきの婆羅門との問答歌に連なって『古来風躰抄』にも見え、のちに『続後撰集』釈教にも撰入された。一方で『古今著聞集』釈教の昆陽寺縁起としての行基伝にも（弟子達の悲歎を承けて詠むという『古事談』と同じかたちで）示され、また『沙石集』第五末の、やはり婆羅門との歌問答説話を含む東大寺縁起に連なる文脈では、「先年、かの（行基）御筆の御遺誡の文を見侍りしに、目出き事共に侍りき。（遺誡文の引用、中略）御詠に云はく、　かりそめの宿借る我を今更に物な思そ仏に同じ　大聖の御詠なれば深き心侍るらむ。まことに知りがたし」と無住が感嘆を込めて述べるように、この辞世歌は行基の遺誡文と一具のものなのであった。

『行基菩薩遺誡』は、「菅原寺起文遺誡状」もしくは「行基菩薩起文遺誡状」等の題で伝来した、行基が奈良菅原寺において天平二十一年二月二日入滅したその日に自ら記したとされる遺誡文である。[14]『宝物集』はじめ、中世文学の諸領域に広く影響を与えたその遺誡状の形をとった法語には、最後に「歌云」として辞世歌が位置する。これは万葉仮名で記されるが、諸本により表記も異なっている。

加里曽免乃　也土可留和礼曽　以麻佐良爾　母乃那於母比楚　保土計登遠南礼
（借染之　夜戸借吾　今更仁　物那念曽　仏土遠成礼）

この歌は、その前に連ねられる「諸弟子等」への遺誡と不可分な、無常の理をさとすように詠まれた教誡歌で、単なる伝承歌ではない。遺誡はさまざまな教訓を含む多彩な文辞に満ちており、西行や長明らの受容もまちまちである。しかるに、その中でも『西行上人集』や、さきに挙げた『沙石集』が引くくだり、「世に随へば望み有るに似たり、俗に背けば狂人の如し。穴憂《あなう》の世間や、一身を何処に隠さん」という、隠遁―遁世への希求とその困難を嘆じた一節こそは、中世の聖《ヒジリ》、とりわけ遁世の聖の精神と行動とに最も深く響いた文句であったろう。それに連なる辞世歌もまた、そうした隠遁の精神史の文脈の上で流布享受されたものといえよう。『新古今集』の採った行基菩薩の歌は、「難波の御津寺にて蘆の葉のそよぐを開きて」の詞をもつ次の一首であった。そこには、『遺誡状』の響きがたしかに揺曳している。

　蘆そよぐ塩瀬の波のいつまでか　憂き世の中に浮かびわたらむ

僧賀の歌

『新古今集』雑下には、また、僧賀聖人の次のような歌が撰ばれている。

　いかにせむ　身をうき舟の荷《に》を重み　終《つひ》の泊《とまり》や何処《いづく》なるらむ

それは何処か、あの行基歌「憂き世の中に浮びわたらむ」と呼び交わす響きがある。ただ、この歌が果たしてまさしく僧賀の作であるか否かは確かめられない。『遺誡』のいう、狂人の如く世を背く姿を示し、中世の遁世聖の理想的な典型となったのが僧賀である。彼が自ら、確かに詠んだであろう一首は、辞世歌であった(15)。「僧賀上人夢記」を載せる書陵部本『春夜神記』には、他に多武峰関係の記録と併せて「（聖人辞世和歌并結縁衆詩歌）」と称すべき記録が含まれる。(16)僧賀の入滅について、その臨終作法や葬送から改葬の際の遺骸の壊《やぶ》れざる奇蹟までを記した一連の記録のなかにおさめられ、聖人の辞世歌とこれに応じた弟子や性空、恵心、安養尼など僧賀に結縁した聖たちの詩歌が記される、他に類を見ない記録である。

　水ハ指天　八十余乃老乃波ミ　海月の骨仁逢爾計留鉋

　（みつはさして　やそぢあまりのおいのなみ　くらげのほねにあひにけるかな）

この、歌詞ばかりでどのようにこの辞世が詠まれたか、文脈を記さない記録に対して、大江匡房の『続本朝往生伝』僧賀伝は、その臨終に際し「遊戯」を尽くして詠んだ歌として一首を二様の表記によって示す。左が記録とほぼ同じ詞の辞世歌であり、右にまた異なった表記の歌詞を示す。これは、『多武峰略記』に載せられるのとおよそ同じ形のものである。

　水輪指　矢曽千余之老之波　久良希之骨爾　遭爾介留哉

　支離　八十有余之老之波　海月之骨邇逢邇計留鉋

更に「別伝」を併記して五月八日の臨終には諸僧に三十二相を唱えさせ、そこで和歌を詠じた、という。遊戯のうちか、三十二相の声明の中かで、その歌の趣は随分と異なったものになろう。

これらとほぼ同じ形の辞世歌を載せるのが、『発心集』の僧賀上人説話である。

　みづはさす八十《やそぢ》あまりの老いの浪　くらげの骨にあひにけるかな

『発心集』を継承した『私聚百因縁集』は、これを「三輪指八十年余《ミツハサスヤソヂ》ノ老波《ヲヒノナミ》　海月《クラゲ》ハ骨《ホネ》ニ値《アイ》ニケル哉」と表記する。

これらに対して、時代を遡って異なった形の辞世歌を伝え、またその文脈においても、臨終に際してまず辞世歌を詠み、しかる後に遊戯したことを記すのが『法華験記』の僧賀伝であり、『今昔物語集』の僧賀聖人往生の記述もこれをふまえている。その表記も万葉仮名で共通している。

美豆和佐須《ミツワサス》　也曽知阿末里能《ヤソチアマリノ》　於伊能奈美《ヲイノナミ》　久良計能保称耳《クラケノホネニ》　阿布曽有礼志幾《アフソウレシキ》

後世に深い印象を与えることになった僧賀聖の臨終―往生の作法は、何よりその「遊戯」、最後に泥障《アフリ》を所望し、これを被《かず》いて胡蝶を舞う童舞のしぐさをして、幼い頃に見てより一度してみたかった遊びを果たし執心を晴らした、と述懐するところにある。生の終焉に臨み、奇矯に見えるそのふるまいは、率直な幼な心の発露として、辞世歌のうたう老境に至って希有な邂逅の歓喜と呼応するものといえよう。「くらげの骨」とは、端的にいえば存在しない、ありえないものの譬えであり、転じて希有な逢い難いことを指すだろう。それは平安中期の歌ことばとして稀に用いられた。西本願寺本『元真集』（藤原元真）に「忘れたる人に言いやるとて」詠んだ「夢間ゆく宇治の河浪流れても己が骸《かばね》を見せむとぞ思ふ」に女が返して、「世に経《へ》ればくらげの骨は見もしてむ網代の氷魚《ひを》は寄る方もあらじ」という問答歌に見え、これと同巧異曲の例が同じく西本願寺本『能宣集』（大中臣能宣）に、同様に女の返歌「生《いき》たらばくらげの骨は見もしてむ氷魚のかばねは寄る方によれ」と見える。男女の機知に満ちた掛け合いの、女からの切り返しとして、あてにならぬ男の意《こころ》を「くらげの骨」と較べて皮肉っているのである。僧賀の辞世歌は、この世俗の―しかも男女の間を譬える―歌ことばを、さながら往生極楽に至る逢いがたい仏の来迎に逢う歓喜に転じたものではなかったか。

＊　＊　＊

この聖《ヒジリ》の歌の印象的な歌ことば「くらげの骨」は、やがて再び宗教伝承の世界に還流して、思いもかけぬところに露頭する。中世末期の天台寺院に行われた法華直談の因縁物語を聚めた『直談因縁集』（日光天海蔵、天正十三年舜雄写）[17]の中に、奇妙な物語が収められている。寿量品の名目から、「命有レバ、クラゲモ骨ニ値ヒ」という事を説く因縁である。西近江の「骨」という美女と東近江の「クラゲ」という男が夫婦になり、日夜離れず愛し合って、男は女の絵姿を畠を耕すにも眺める。すると風が絵を吹き上げ内裏に飛び、帝はこの絵に恋慕して尋ねさせ、女を召す。夫婦は別れを歎き、沓冠《くつかむり》の歌を詠み互いに他人に会わずと契る。女は帝に従わず、ついに尼にされて追放され、男は盲目の乞食となり北白川の堂の床下でこの歌を詠むところを女が見出し再会を遂げ、男の眼も明らかとなった、という。絵姿女房の話型を用いた、契りふかい男女の流離と再会の奇蹟は、これも一種の歌物語として語られる点で、おそらく何らかの物語草子に拠ったかと想像される。「生《いき》たらばくらげの骨も見もしてむ」から転じ「命あればくらげも骨にあう」と諺化した歌ことばが種となって引き寄せられた物語である。それは、僧賀の辞世歌における「八十《やそぢ》余り」も生きて命あればこそ邂逅し得たという宗教的歓喜を、世俗の伝承世界の恋物語という地平から照らし出すものであった。

聖の歌の地平へ

空也の歌、行基（と婆羅門）の歌、そして僧賀の歌と、三人の聖《ヒジリ》の詠歌について、それぞれの最も始源に近い文献《テクスト》を尋ねるところからはじめて、その変遷と享受および解釈の歴史を辿ってみた。ここに到って、彼らの歌とそれが生みだす文脈には、或る共通項が見いだされることに気付く。それらの歌は、聖による〈聖なるもの〉への出会いという決定的な瞬間を証言するものであった。むしろ、その契機をうながし生成するのが詠歌であったと言ってよい。それは詠歌においてこそ顕現するところの〈聖なるもの〉であり、それを媒ちする聖のはたらきを何より端的にあらわすのが詠歌なのである。それは、仏法の悟りや得道の境地を詠んで導くような証道歌や、教典や教理を平易に歌で解いた法文歌とは全く次元を異にする。それら聖の歌は、超越者との邂逅や他界への超出といった神秘体験を、その詞の響きや調子にのせて軽々易々と再現するような、越境性というべき力を帯びている。——それは、やがて西行の歌に連なっていくと思われる。むしろ、西行を生みだす背景基盤と言ってもよい。しかし、聖の歌の伝統は、その全てが西行に収斂していくだけなのだろうか。換言すれば、西行の歌とはそれら古えの聖の歌を全て飲み込んでしまうほどの強力な磁場であったのか、という疑問に逢着する。それは、ここで扱うには手に余る大きな課題である。ただ、西行を介しつつも、なお聖の歌の流れを受け継ぎ、またあらたな〈聖なるもの〉の世界を招いていった中世の歌う聖たちが現われる。たとえば一遍がその一人である。『一遍聖絵』に描かれる聖の遊行とその詠歌において聖の歌の系譜を尋ねてみることを、いつか試みよう。

注

1. ラポー・ガエタン、「『四度加行』解題・翻刻」。阿部泰郎編『中世宗教テクスト体系の復原的研究—真福寺聖教典籍の再構築』（科学研究費補助金基盤（B）研究成果報告書、二〇一〇年）。
2. 高橋秀城「頼瑜僧正の和歌についての一考察」（『新義真言教学の研究』大蔵出版、二〇〇二年）、同「頼瑜の学問と和歌」（『中世宗教テクストの世界へ』名古屋大学文学研究科、21世紀COE国際研究集会報告書、二〇〇三年）。
3. 『古今著聞集』釈教にも同じくこの空也歌が引かれる。念仏三昧を勧め、道俗普く称名するに至った功績を、「是併上人化度衆生の方便也。市の柱に書き付け給ける。一度も南無阿弥陀仏といふ人の蓮の上にのぼらぬはなし」と、三句目が異なる。なお、同書の哀傷には、空也が路上に会った孤児となって泣く小児に「朝夕歎心忘後前立常習」の句を弾指して授けると、児は泣き止み、その心を尋ねられると「あさ夕に歎く心を忘れなん後れ前立つ常の習ひぞ」と答えた。「これも権者なりける」と結ぶ。空也聖のみならずその文の心を歌に詠じほどいた児もまた権者なのである。

4．真福寺善本叢刊第二期第六巻『伝記験記集』（山崎誠解題）（臨川書店、二〇〇四年）。

5．阿部『聖者の推参―中世の声とヲコなるもの』第二章「声わざ人の系譜」（名古屋大学出版会、二〇〇一年）。

6．米山孝子『行基説話の生成と展開』（勉誠社、一九九六年）第三章「行基歌と説話」「婆羅門僧正との和歌贈答説話の生成」

7．阿部「唱導と王権―得長寿院供養説話をめぐりて」水原一編『伝承の古層』（おうふう、一九九一年）。

8．筒井英俊校訂『東大寺要録』（国書刊行会、一九四四年）。

9．藤田経世編『校刊美術史料上巻』（中央公論美術出版、一九七二年）。

10．南部寺院に伝承された「菩薩舞」は、舞楽起源説の一環として楽家に受け継がれる。大神基政『龍鳴抄』上に、この菩薩の道楽にて「婆羅門僧正、南天竺へ参り給ひし道に百歳ばかりの姥《おうな》翁あり。一人は生れけるよりして目を見ず、一人は生れけるよりして腰立たず、この楽の声を聞て、腰ゐざる者も立ちぬ、盲ひたる者も見上げて、共に舞喜ぶ。僧正婆羅門、これらは何者ぞと尋ね給。答て曰く、我々は昔、忉利天の同聞衆なり（下略）」。狛近真『教訓抄』巻四に、菩薩の曲は「波羅門僧正菩提并仏哲師等ノ化人等、此朝ヘ所レ伝也」とし、続いて「先以二此曲一、登二五台山一、欲レ供二養文殊師利菩薩一之時、白頭ノ翁相向云。文殊師利菩薩者、利二益東土之衆生一為、化二生彼国土一給了。伝ヘ聞、其名ヲ行基菩薩ト曰。波羅門来二此土一、相二逢行基二」と、その前に婆羅門僧正と行基菩薩の邂逅すべき因縁のあることを述べ、次にこの二人の嫗翁が誰かと婆羅門の問うに、行基は「忉利天之天人、霊山会ノ同聞衆也。故今日、向二聖人一覚知スル耳」と答える形で、二聖の贈答歌説話における霊山同聞の説が変奏される。そこでは和歌を省くかたちで、舞楽楽曲伝承として独自な展開を中世に示すのである。

11．行基婆羅門贈答歌伝承は、宗教図像テクストの位相においても、天台、真言の祖師高僧御影の讃に表現される。その一例が承安三年（一一七三）玄証写『先徳図像』（高山寺旧蔵、東京国立博物館蔵）の婆羅門僧正の讃である。

文殊在ス倭《ヤマト》　尋之一経過セリ　来ルコト似二萍《ヘイ》ノ浪一　迎《ムカフルコト》以テセリ花ノ波
合セレ眼　黙《モタシテ》識《シリ》携《タツサヘテ》レ手詠歌セリ　老人奏シレ楽　児《チコ》如ニ舞婆娑《タヲヤカナリ》タリ

12. 米山孝子「行基と婆羅門僧正との贈答歌成立の背景」水門の会編『水門《みなと》―言葉と歴史』22号（勉誠出版、二〇一〇年）は、二聖における「霊山の釈迦の御前に契てし」と詠まれる設定を、南岳慧思と天台大師智顗が邂逅する際の、『大唐伝戒師僧名記』等に見える「霊山同聴」の一句に淵源するもの、と論ぜられる。本伝承の思想におけるもっとも本質的な問題に迫った論として注目される。また、この「霊山同聴」が平安期文人に広く共有されたことを指摘する中に論及される、『本朝文粋』所収の藤原有国「讃法華経廿八品和歌序」に見える「行基菩薩、婆羅門僧正者、当朝之化人、異俗之権者也。思二霊山一而成レ詠、契二真如一而遺レ詞」という一節は、明らかにこの認識の下に立ち、この和歌を権現化現の詞ととらえることが注目される。

13、米山孝子注6前掲書収録。

14. 木下資一「『行基菩薩遺誡』考―中世文学の一資料として」（『国語と国文学』）59―12、一九八二年）。

15. 富永美香「僧賀説話における辞世和歌」（東京女子大学『日本文学』72号、一九八九年）。

16. 阿部泰郎「『僧賀上人夢記』―僧賀伝の新資料」（『仏教文学』7号、一九八二年）。

17. 廣田哲通他『日光天海蔵直談因縁集翻刻と索引』（阿部泰郎解題）（和泉書院、一九九八年）。

♪間奏曲♪♪♪♪♪♪♪♪♪♪♪♪♪♪♪♪

『法華経』を詠んだ和歌

――『法華経』と歌枕との共鳴

荒木　優也

はじめに

『法華経』を詠んだ和歌のほとんどは、「法華経二十八品和歌」として詠まれている。藤原有国「讃法華経廿八品和歌序」（『本朝文粋』巻十一・三四九）によれば、長保四年（一〇〇二）に藤原道長がその姉東三条院詮子追善のため人々に『法華経』讃嘆の歌を詠ませたのがその嚆矢だという。その場で詠まれた和歌がどのようなものであったかは明らかではないが、序に「只真実を探りて、浮花を愛せず（只探真実、不愛浮花）[1]」とあることから、経旨に沿う法文歌であったものと考えられる。

その成立と同時期の歌として、次の歌があげられる。

法華経薬草喩品の心をよみ侍りける　　僧都源信

①おほぞらの雨はわきてもそそがねどうるふ草木

はをのが品々（『千載集』釈教・一二〇五）

薬草喩品

②ひとつ雨にうるふ草木はことなれど終にはもとに帰らざらめや（『公任集』二六三）

「薬草喩品」には「三草二木」の喩えが説かれる。これは、衆生等を上中下の薬草、小大の樹に、それらに分け隔てなく降りそそぐ仏の説法を「一味の雨」に喩えるものである。

我、一切を観ること、普く皆平等にして、彼此・愛憎の心有ること無し。（中略）仏の平等の説は一味の雨の如し。衆生の性に随って受くる所不同なること、彼の草木の稟《う》くる所各《おのおの》異なるが如し。[2]（「薬草喩品」）

これに基づいて①は、「草木」を差別して「おほぞらの雨」は降りそそいでいるわけではなく、その「草木」の潤う程度は「草木」自体から生じる差なのだと、経旨に沿って詠まれている。また、②は上三句において①と同内容を、下二句においてその差も最後には法華一乗の教えに帰すのだと詠んでいる。どちらも経典にある「雨」「草木」の語を用いて、経旨を和歌に翻訳したのである。道長のもとで行われた「二十八品和歌」もこれら二首と同様の詠みぶりであったことが想像される。

「二十八品和歌」はこれ以降長く詠まれ続けるが、そこには変容が見られる。中世初頭の歌僧西行の詠んだ「薬草喩品」の歌を例としてあげてみよう。

薬草品　我観㆓一切㆒、普皆平等、无㆑有㆓彼此、愛憎之心㆒

③ひきひきに苗代水を分けやらでゆたかに流す末を通さむ（『聞書集』五）

錦仁氏はこの歌について「経文の内容から離れて完全な自然詠のかたちを保っている[3]」と指摘している。①②

との具体的な違いは、③では経典の具体的な文句が用いられていないことであろう。この違いは、「二十八品和歌」の表現史が「いかにして自然・風景を歌の中に取り込んでくるかという歩みであった」（錦氏同上）ことを如実に現しているのであり、「二十八品和歌」はますます叙景的傾向が強まるわけであるが、その中で次のような慈円の歌があることに注目したい。

陀羅尼品　無㆓諸衰患㆒

④嬉しきは花に風なき吉野山月は曇らぬ更科の里（『拾玉集』「法華要文百首」二五三五）

ここには、「吉野」「更科」という地名、すなわち歌枕が詠み込まれている。和歌史を繙いてみると、歌枕が詠み込まれた「二十八品和歌」は中世初頭に多く現れていることに気付く。では、なぜ具体的な日本の地名—歌枕—を詠み込むのであろうか。また、歌枕は「二十八品和歌」の中でどのように機能しているのであろうか。慈円の「法華要文百首」を中心に考察を進めていきたい。

『法華経』世界と日本を重ねる

承久元年（一二一九）、または承久二年に成立した「法華要文百首（八幡百首）」は、石清水八幡宮に奉納された百首歌であり、その序によれば『法華経』の中から百句（実際は百二句）の要文を抜き出して歌題として詠んだものである。山本章博氏によれば、この要文は慈円が鎮護国家、院の延命長寿の祈願を目的として行った密教修法「法華法」で唱えられる真言と一致しており、この百首歌にも同様の祈願が籠められているという。[4] それだけに慈円は推敲を重ねており、その過程が諸伝本に残されているため、本文は複雑な様相を呈している。

石川一氏によれば、伝本は、一類本（清書本・一〇二首）、二類本（草稿本・一一七首）、三類本（一類本と二類本の取合本・一四七首）、四類本（二類本を三類本で校合したもの・一四四首）の四系統に分類できるという。(5) この歌数の違いは、草稿の段階でいくつかの歌があげられ、それが清書本で採択されたり、また歌の詠み替えが行われたりしたために生じたものであり、また、草稿本、清書本を通して見いだせる歌の中にも推敲のあとが一部のこされているという（石川氏同上）。

この百首歌で歌枕を詠み込んだ歌は、草稿本、清書本ともにあるものとして二四〇八、二四一三、二四二〇、二四二三、二四五四、二五一一の六首、草稿本から清書本に移行する段階で詠み替えられて入ったものとして二四〇六、二四八五、二四九〇、二四九二、二五一一、二二一一、二五三一、二五三五の八首が認められる。すなわち清書本では百二首のうち一割強にも及ぶ十四首が歌枕を詠み込んでいる。なお、二四四八にも歌枕「志賀の浦」が詠み込まれているが、草書本から清書本への移行の段階で、「鹿の園」に改作されている。

同時代で「二十八品和歌」にこれほど歌枕を詠み込んだ歌人は他に認められず、しかもこの百首歌に集中している。清書本ではさらに八首が加えられて十四首にも及んでいることから、歌枕を詠み込むことは意図的な行為であったと言える。次にいくつかの歌をあげて、意図を探ってみたい。

居㆓於深山㆒（「序品」）

⑤吉野山奥のすみかを尋ねつつ仏の道はこれよりぞしる（『拾玉集』二四〇八）

諸法実相（「方便品」）

⑥津の国の難波の事もまこととは便りの門の道よりぞしる（『拾玉集』二四一三）

⑤の題は「序品」において釈迦が「菩薩の勇猛精進し、深山に入りて、仏道を思惟するを見る」という一節により、歌では「仏道」を「仏の道」とそのまま使う。また、冒頭の「吉野山奥のすみか」とは「深き山」の翻訳である。「吉野山」を尋ねることによって、「仏の道」を知るということは、「深山」と「吉野山」を同等のものと見ようとする志向であろう。

⑥の題「諸法実相」は「すべての事物のありのままの姿、真実のありよう[6]」をさす。歌の「難波の事も」には「なにことも」が掛けられており、すべての事柄の意であるから「諸法」をさすとみてよい。「便りの門の道」は「方便品」の翻訳である。全体として「方便品」によって「諸法実相」を知ったというのである。地名「難波」と「諸法」の重ね合わせは掛詞によるが、⑤が「深山」と「吉野山」を重ねていることと考え合わせると、単なる修辞に留まるとは言い切れない。たとえば、それは、次にあげる歌が『法華経』と日本とを積極的に重ね合わせていることからも推測される。

　　汝等所行是菩薩道（「薬草喩品」）

⑦志賀の浦に春見し花の色ながら露も変はらぬ鷲の深山路（『拾玉集』二四四八）

　　即是道場（「神力品」）

⑧この国の難波の浦の大寺の額の銘こそまことなりけれ（『拾玉集』二五一一）

⑦の題は「薬草喩品」の「諸《もろもろ》の声聞《しょうもん》衆は、皆滅度《めつど》せるに非ず。汝等が所行は、是れ菩薩の道なり、漸漸に修学して、悉く当《まさ》に成仏すべし」の一節にあたる。「声聞」とは、大乗仏教において、「自己の悟りのみを得ることに専念し、利他の行を欠いた出家修行者」（『岩波仏教辞典』）として区別された人々のことを言い、それゆえ、完

全な悟り（滅度）にはいまだ至っていない。しかし、その「声聞」も修行が次第に進めば最後には法華一乗に帰すのだというのが経文の意であり、歌の上三句はその「声聞」を暗示したものであろう。また、「鷲の深山」は釈迦が『法華経』を説いた霊鷲山《りょうじゅせん》をさすのが普通だが、「志賀の浦」を詠み込むことにより比叡山に重ね合わされていることは明らかである。

⑧の「難波の浦の大寺」とは四天王寺であり、その西の石鳥居には「釈迦如来転法輪所当極楽土東門之中心」と銘された額が今日まで掛けられている。「転法輪」とは、「インド古代の聖王が持っていたと伝えられる〈輪〉が転がって自在に敵を砕破するように仏の説法も衆生の迷いを破る」（『岩波仏教辞典』）ことから釈迦の説法をさす。ここでいう釈迦の説法の場とは具体的には霊鷲山を指す。つまり、⑧は如来滅後であっても『法華経』が解説・書写される所はどこでも道場となり得るという「如来神力品」経文の内容を、難波の四天王寺が体現しているのだと詠んでいると言えよう。

これら二首は、釈迦が『法華経』を説いた霊鷲山が日本に現成していることを主張するものである。ただし、⑦は清書本では「鹿の園にながめし花の色ながら露もかはらぬ春のみ山路」に改作され、歌枕「志賀」は削られている。これは石川氏が指摘するように歌意が不明瞭だからであろう(7)。

以上のことから、歌枕を「二十八品和歌」に詠み込むことは『法華経』の世界を日本に重ね合わせようとする行為であると考えられる。もっとも、⑦⑧は仏教と深く結びついているために用いられた地名・歌枕と考えられるが、次に挙げるものは必ずしも仏教とは直接的に結びつかない。

『法華経』と歌枕の共鳴

⑨見ぬ昔遥かに結ぶ岩代の松の契りも今やとくらん（『拾玉集』二四五四）

以二是本因縁一今説二法華経一（「化城喩品」）

「化城喩品」では、釈迦によって遙か昔（過去世）の仏、大通智勝《だいつうちしょう》仏とその仏が出家前に授かった十六人の王子についての故事が語られる。王子達は出家した後、父の大通智勝仏から『法華経』の教えを説かれ、後には『法華経』を仏の代わりに説くようになった。釈迦は、十六人が成仏したことを聴衆に語った後に、実はその十六人の中の一人が成仏前の自分であり、成仏前の自分から『法華経』を聞いた衆生が今ここにいる聴衆であることを明らかにして、過去の因縁によって現在があることを示す。

一方、歌枕「岩代」は有間皇子の悲劇で知られる。謀反の罪により捕らわれた有間皇子は、「磐代《いはしろ》の浜松の枝を引き結びまことさちあらばまた還り見む」（『万葉集』巻二・一四一）と詠みつつも生きて再び松を見ることが出来なかった。⑨は、この歌とともに後年長忌寸意吉麿《ながのいみきおきまろ》が「磐代の野中に立てる結び松心もとけずいにしへ思へば」（『万葉集』巻二・一四三）と詠んだことをふまえている。これら二つの故事をこの歌は「今やとくらん」という句によって結びつけている。

『法華経』の文句を歌枕の故事に結びつける例は、同時代にもいくつか確認できる。たとえば、「薬王菩薩本事品」の寂蓮詠を見てみよう。

⑩今ぞ思ふ片岡山の旅人も身を尽くしける紫の袖（『千五百番歌合』一三七八番右「如二裸者得一レ衣」二七五七、寂蓮）

⑪難波津にをのがものゆゑ行き帰りねをなくあまも春に逢ふころ

（『千五百番歌合』一四七六番右「如二民得一レ王」二九五三、寂蓮）

「薬王品」には「此の経は能く一切衆生を救ふ者なり。此の経は能く一切衆生をして諸《もろもろ》の苦悩を離れしむ」と述べ、それを⑩の裸の者が衣を手に入れたことや、⑪の民が王を得たことなどに喩えた箇所が見られる。

⑩は「如裸者得衣」に聖徳太子が片岡山で出会った飢人に紫の衣を与えた故事が重ね合わされている。⑪は大鷦鷯尊《おほさざきのみこと》（仁徳天皇）が弟宇治稚郎子《うぢのわきいらつこ》と王位を譲りあっていた故事に基づく。国々の海人が貢物をしようとしたとき、宇治稚郎子のもとに献上すると兄大鷦鷯尊のいる「難波」へ持参するように言われるが、「難波」では反対に弟がいる宇治に持参するように言われ、たらい回しにされた。仁徳紀には「故《かれ》、諺に曰はく、『海人なれや、己が物から泣《ね》く』といふは、其れ是の縁《ことのもと》なり(8)」といい、歌の「をのがものゆゑ」はその諺に基づく。また、「春に逢ふころ」には、王仁が仁徳天皇に即位を促す時に詠んだ「難波津に咲くやこの花冬ごもり今は春べと咲くやこの花」（『古今集』仮名序）が意識されている。

これら二首は、『法華経』の具体的な文句「得衣」「王」をそれぞれ「片岡山」の飢人、仁徳天皇の故事に置き換えている。ここには、経典の喩えと日本の故事とを重ね合わせようとする意識が働いている。

それに対して⑨の歌は、「王」や「衣」のような具体的なことがらではなく、『法華経』が説かれる因縁という関係性を取り上げている。つまり、有間皇子の故事が語られる因縁を説くというわけであり、歌の内容は昔と今の関係のあり方において経文と重ね合わせられている。このような関係の重ね合わせは、実は⑧の四天王寺の歌にも言える。霊鷲山も四天王寺も『法華経』が説かれる場という意味で共通しているのであり、額の銘があるために両者が重ね合わされたのではない。「まことなりけれ」と気づき、感動するのは銘がその関係性を見事に表していることに対してなのである。同じことは、次の歌にも見いだせる。

⑫こえてみな仏の道に入る波はこの法を聞く末の松山（『拾玉集』二四二三）

若有㆑聞㆓是法㆒（「方便品」）

題は「若《も》し是の法を聞くこと有りし、皆已《すで》に仏道を成じき」の一節である。ただし、山本氏によれば、「法華法」について慈円が著した『法華別帖』にはこの「若有聞是法」ではなく、同じ「方便品」の「一切の諸の如来、無量の方便を以て、諸の衆生を度脱して、仏の無漏智に入れたまはむ」の一節「度脱諸衆生」が要文として載せられており、こちらの方が⑫の題としてはふさわしいという。[9] 同品の前半では、説法の場を退出する五千人の増上慢が描かれるが、この人々は自分たちがすでに成仏していると錯覚しており、『法華経』こそが皆を成仏させるという釈迦の話は信じ難いものであった。一方、歌は「君をおきてあだし心をわがもたば末の松山浪もこえなむ」（『古今集』東歌・一〇九三）をふまえており、その決して浪が越えることのない「末の松山」を浪が越えるとうたわれる。ここでは、『法華経』の教えが皆を成仏させることと、「末の松山」を浪が越えることとが実現するはずのないものという認識のもとで結びつき、それら起こり得ないことが起こってしまうという関係性において経文と和歌が重ね合わされる。

以上、「二十八品和歌」における詠みぶりを見てきたが、ここには、a．具体的な『法華経』の文句を詠み込む場合と、b．関係のあり方を重ね合わせて詠む場合の二つが認められる。ただし、bはaを含むことがほとんどである。それはaからbへの展開を示しているが、先にあげた④「嬉しきは花に風なき吉野山月は曇らぬ更科の里」（『拾玉集』二五三五）の歌は、ｂのみで成り立っている。

この④について、もう少し述べておく。「陀羅尼品」で多聞天が釈迦に言った「我亦自《また》ら当《まさ》に是の経を持《たも》たん者を擁護して、百由旬《ゆじゅん》の内に、諸《もろもろ》の衰患《すいげん》を無からしむべし」に含まれる「無諸衰患」を題とするこの歌は、草稿本の段階にはなく、清書本で詠み替えられている。草稿本は、「衰ふる愁へやいづく法の道にはらひぞ捨つる天の羽衣」（『拾玉集』二五三六）であった。「衰ふる愁へ」が「衰患」を訓読したものなので、ａの詠みぶりである。それに対し、清書本の歌は経典の文句をそのまま用いず、その状態となることを「嬉し」とすることで経文と和歌とを重ね合わせる。さらに、西行によって花の名所として詠まれた歌枕「吉野」と、「わが心なぐさめかねつ更級や姨捨山に照る月を見て」（『古今集』雑上・八七八）などで月の名所として有名な歌枕「更科の里」の最も良い状態が詠み込まれており、歌枕が表現上の重要な機能を発揮している。それは、この歌が経典と切り離しても解釈できることからも明らかであろう。ｂの詠みぶりを徹底することは、歌枕の機能を引き出すことになるのである。

では、歌枕の機能にはどのような意味があるのだろうか。この百首歌が成立する数年前の、承元元年（一二〇七）に後鳥羽院の勅願寺最勝四天王院が完成したことは有名である。その建物内の障子には日本各地（四十六箇所）の名所絵が描かれ、その名所を題にして後鳥羽院、定家をはじめとする十人の歌人の和歌（四十六首）が書き添えられた。慈円はその敷地を提供するとともに、御堂供養の咒願師を勤め、また障子和歌の作者の一人でもある。久保田淳氏が指摘するようにこの「御堂はそのまま治天の主後鳥羽院が統治する日本国全体の縮図のごとく」[10]考えられていたのであり、名所、すなわち歌枕はその土地そのものを意味する。歌枕を詠んだ歌をその障子に配することは、最勝四天王院に日本という世界を内包するという行為であり、優れた十人の歌人に四十六首ずつ詠進させ、更にそれを撰定していくことは、歌枕の力を十二分に発揮させるために当時最高水準の名所歌を並べる行為であった。

「法華要文百首」で歌枕の機能を生かした歌を並べるのも同様の意味があるのだろう。この百首歌は、日本国を象徴とする歌枕と『法華経』の世界とを重ね合わせ、共鳴させることによって、日本の中に『法華経』の世界を構築して仏国土を具現することが意図であったのではなかろうか。それは、鎮護国家、院の延命長寿の祈願と重なるのであり、歌枕を詠み込むことは、それらを具現しようとする行為であった。

おわりに

歌枕を詠み込んだ「法華経二十八品和歌」を見ていくと、そこには『法華経』の具体的な文句を使う場合と、それを使わずに関係のあり方で歌枕と重ねる場合が見いだせた。これは前者が基礎となって後者へと発展するものと考えられ、二十八品和歌の表現史において①②から③へのように叙景的傾向が強まることと軌を一にしている。叙景的傾向が強まるにつれ、歌枕が詠み込まれるようになり、歌枕の機能を生かし『法華経』と和歌を重ねて詠むという詠歌方法が究明されていったのである。

このように「法華経二十八品和歌」に歌枕を詠み込むことは、『法華経』の世界と日本とを同一化して認識しようとする行為であったと考えられる。特に、慈円の「法華経要文百首」はその集大成であり、それを意図的に行うものであった。ここでは、経典の文句と歌枕とが同格で並び合い、共鳴することによって、その力が相互に補強されるのであり、そこにはより一層仏国土へと化す表現の深化が認められる。日本の中に『法華経』の世界を構築し、鎮護国家を浮かび上がらせるのがこの百首歌の目的であったと考えられる。

＊和歌を引用する際、『拾玉集』は『校本拾玉集』（吉川弘文館）に、『万葉集』は『元暦校本万葉集』（勉誠社）に、『聞書集』は和歌文学大系（明治書院）に、その他の和歌は『新編国歌大観』によった。その際、私意に表記を改め、濁点を付した箇所がある。歌番号は『新編国歌大観』を用いた。

注

1. 新日本古典文学大系『本朝文粋』（岩波書店）。私に訓み下した。
2. 大正蔵九巻。訓み下しは、植木雅俊訳『梵漢和対照・現代語訳法華経』（岩波書店、二〇〇八年三月）を参照した。
3. 錦仁「法華経二十八品和歌の盛行―その表現史素描―」（『国文学解釈と鑑賞』七九〇、一九九七年三月）。
4. 山本章博「慈円『法華要文百首』と法華法」（『中世文学』四六、二〇〇一年六月）。
5. 石川一「慈円と法華経廿八品歌―法華要文百首」（『慈円和歌論考』笠間書院、一九九八年二月）。
6. 『岩波仏教辞典第二版』（岩波書店、二〇〇二年十月）。
7. 注5に同じ。
8. 日本古典文学大系『日本書紀』（岩波書店）。
9. 注4に同じ。
10. 久保田淳『王朝の歌人9　藤原定家』（集英社、一九八四年十月）。

参考文献

石原清志『釈教歌の研究』(同朋舎、一九八〇年八月)
山本　一『慈円の和歌と思想』(和泉書院、一九九九年一月)
錦　　仁「中世文学と文化資源―和歌研究の見直しのために―」(『国語と国文学』九二四、二〇〇〇年十一月)
山本章博「慈円『法華要文百首』と後鳥羽院」(『国文学論集』三六、二〇〇三年一月)
石川一・山本一『和歌文学大系　拾玉集』(明治書院、二〇〇八年十二月)

第四章 詠むという営み

明恵—菩提への道

寂然—浄土を観る

平野 多恵

山本 章博

明恵 ――菩提への道

平野　多恵

はじめに

明恵は、鎌倉時代を代表する仏教者の一人である。承安三年（一一七三）、高倉院の武者所に仕える平重国と湯浅宗重の娘を父母として紀州で生まれた。治承八年（一一八〇）、八歳で両親を失い、その翌年に叔父の上覚房行慈をたよって高雄神護寺に入った。上覚の師は神護寺を復興した文覚であった[1]。

文治四年（一一八八）十六歳で上覚について出家し、東大寺戒壇院で具足戒を受けている。出家後は東大寺尊勝院の聖詮から倶舎を、上覚や勧修寺の興然から密教を学び、顕密を修めた。この頃までに、明恵は上覚から和歌を学んだようである。建久二年（一一九一）十九歳から東大寺で華厳を中心とする修学に励み、華厳宗興隆のための公請を請われて東大寺へ出仕した。しかし、そこで学僧の争いを目にして、隠遁の志を強く持つようになった。

建久六年（一一九五）二十三歳で、本尊と聖教を背負って紀州へ下向し、湯浅白上峰で烈しい修行に打ち込んだ。仏道への志を堅くし、母と仰ぐ仏眼仏母の絵像の前で右耳を切ったのも、白上峰でのことである。その後も、母方の親戚である湯浅氏に支えられ、紀州を中心に各地を遍歴しながら修行を続けた。元久元年（一二〇四）年には、文覚が対馬に配流され、湯浅氏の紀州における地頭職がおぼつかなくなる。高雄と湯浅という明恵を支える環境が不安定になるなか、仏道修行に専念したい気持ちが高まっていった。明恵は、建仁二年（一二〇二）と元久二年（一二〇五）の二度、釈尊の生誕地であるインドへ渡る計画を立てたが、春日明神の託宣等で結局は断念させざるを得なかった。

明恵の環境が安定しはじめるのは、建永元年（一二〇六）十一月、三十四歳の時に後鳥羽院から栂尾高山寺を賜ってからである。これ以降、高山寺が明恵の活動拠点となった。承元三年（一二〇九）には自撰の『遺心和歌集』（以下、『遺心集』）を編んでいる。こうした歌集が生まれたのも落ち着ける場があったからこそだろう。

四十代の明恵は、様々な修行法を模索する中で、数々の著作を生み出している。専修念仏を批判した『摧邪輪』、釈尊への信仰に基づく「四座講式」等を著した。新羅の李通玄の影響で仏光観に取り組み、『華厳修禅観照入解脱門義』『華厳仏光三昧観秘宝蔵』等の主要な著作を次々に書き、華厳と密教の一致をはかったのも、この頃である。

承久三年（一二二一）夏に承久の乱が起こり、この秋、明恵は後高倉院の院宣により賀茂へ移った。この時期にも『華厳仏光三昧観冥感伝』『光明真言句義釈』等、多くの著作をなしており、活動の充実をうかがわせる。貞応二年（一二二三）には栂尾へ戻り、後鳥羽院側について命を失った貴族や武士の妻のために尼寺・善妙寺を建立した。

元仁元年（一二二四）五十二歳の冬、明恵は高山寺裏手の楞伽山で禅定修行に打ち込んだ。この時期には、坐禅を契機として多くの歌が詠まれている。晩年の明恵は禅定修行に励むと同時に、教化活動へも力を注ぐようになっていた。嘉禄元年（一二二五）には高山寺恒例の説戒会を開始し、在家信者の帰依に応え、授戒もたびたび行った。修明門院・後高倉院・北白河院・西園寺公経・九条道家・北条泰時・飛鳥井雅経等、多くの貴族が明恵に帰依している。この後、寛喜三年（一二三一）秋から年来の病が再発し、翌年正月十九日、高山寺にて入滅した。六十歳であった。

このように仏道一筋に生きた明恵において、はたして和歌はどのようなものであったのか。明恵のなかで和歌が果たした役割は何だったのか。これまで明恵の和歌は清新で自由なものとして一括りに捉えられてきたが、その詠みぶりには変化がある。以下、明恵詠の変遷を辿りながら、その歌の独自性を探っていく。また明恵から浮かび上がる和歌の特質を手がかりに、中世において詠歌が悟りに至る手段として確信されるようになった過程を確認し、仏教と和歌が結びつけられた理由を明らかにしたい。

和歌初学期の明恵詠

明恵の歌は『明恵上人歌集』（『遺心集』含む）の他、伝記資料の『高山寺明恵上人行状』（以下、『行状』）『栂尾明恵上人伝記』（以下、『伝記』）『新勅撰集』『玉葉集』『風雅集』などの勅撰集、若干の自筆和歌草稿類や聖教等へ書付等から知られる。

なかでも和歌初学期の資料として重要なのが、明恵自筆の高山寺蔵「高弁和歌草稿（四季詠草）」である。この詠草は、春歌の「梅花カヲリウツリシソデミレバチリニシイロノヲモヒデラルル」のように、伝統的な和歌の詠み方に則ったもので、ここから基本的な和歌の知識を有する明恵の姿が知られる。この詠草には、①「~~山桜ちるおもしろき春風をなにかいと花のかたみは~~」、②「~~山桜ちるなさけなき春風もなほなつかしや花のゆかりは~~」、③「木本に花見るときの春風を~~おも~~《いと》ふ心もいろや見ゆらん」のように、①から③へと何度も書き換えた痕跡があるが、こうした苦吟は後の明恵には見出せない。(2)

和歌初学期の明恵は、上覚を通して清輔の系統の歌学を学んでいたようだ。それは、『夢経抄』表紙に明恵の書き付けた歌が、清輔の『続詞花集』所収歌の歌句と一致することから知られる。(3) 上覚の著した『和歌色葉』は清輔の歌学書である『奥義抄』や『和歌一字抄』との書承関係が指摘される。そうした書を上覚にもたらしたのは清輔の弟の顕昭だったらしい。上覚と顕昭を繋ぐ場として仁和寺が想定されている。(4)

建仁三年三月十一日に書写された明恵筆の断簡にある一首「ヨシサラバマコトノミチノシルベモテワレヲミチビケユラグタマノヲ」(5)も、明恵における上覚や顕昭の影響を示している。この歌は、京極御息所が志賀の上人へ詠みかけた「よしさらばまことの道にしるべして我をいざなへゆらぐ玉の緒」に拠り、この歌にまつわる和歌説話は、上覚の『和歌色葉』や顕昭の『袖中抄』にも載る。

明恵には「月をひさかたと申そめけるゆゑとて人の語り侍りけるを聞きて」の詞書で「ひさかたは后の膝の出でしよりそれより先はただの月かげ」（『明恵上人歌集』146。以下、『歌集』と略称し、集中の歌は歌番号のみ示す）の詠もある。鎌倉中期の歌論書『色葉和難集』には、清輔の発言として、后の膝の出たところを月に見立てたことから月を「ひさかた」と称するという説が見え、ここにも清輔周辺の影響が看取される。

こうした状況をふまえると、明恵の和歌知識は、上覚や仁和寺を通して得たものと考えられる。明恵は十代前半で、仁和寺の尊実から空海の著作を、仁和寺華厳院の景雅から華厳を学んでいる。明恵は十代のうちに仁和寺の文化圏内で仏教を学ぶと同時に、伝統的な和歌の知識も身に付けたのだろう。

初学期に伝統的な和歌を学んで四季詠を詠んだ明恵だが、後年には、そうした歌がない。建久六年（一一九五）二十三歳で明恵は神護寺を出て紀州白上の峰に移り孤独な修行を始めていることから、二十代の前半で明恵の和歌に対する取り組み方が変わったと推測される。

「遺心」としての詠歌

明恵は和歌との関わり方を変えても、詠歌自体を断ち切ることはしなかった。承元三年（一二〇九）三十七歳頃には、『遺心集』を自ら編んでいる。その撰歌方針は「心遺り」としての歌で、実際、所収歌の多くが自由闊達な即詠や贈答歌である。(6)

明恵の和歌観は、弟子長円が書き記した明恵の談話聞書『却廃忘記』の発言からうかがえる。「和歌ハヨクヨマムナムドスルカラハ、無下ニマサナキ也、只何トナク読チラシテ、心ノ実ニスキタルハ、クルシクモナキ也」（『却廃忘記』541・542頁、『明恵上人資料　第二』東京大学出版会）とあるように、明恵は和歌をよく詠もうとせず、何となく詠みちらして「心の実にすき」ているのを良しとした。「此前ノ柿ノ木ノ葉ノチリテ庭ニ候ガ、風ニフカレテアナタコナタヘマカリ候ガ、鳥ノシアルクニニテ候ヲ、カキドリト申サムト思候也、コレテイノ事ハ、カク申ソメツレバ、ヤガテ和歌ノコトバナドニモナルコソ候メレ」（同569頁）では、柿の葉が風で飛び散る様が鳥が歩くように見えたことから「カキドリ《柿鳥》」という歌語を作り出すといった自由な発想が見てとれる。『為兼卿和歌抄』に引かれた『遺心集』序には「すくは心のすくなり、いまだ必しも詞によらじ。やさしきは心やさしき也。なんぞさだめて姿にしもあらむ」とある。明恵は、心を先として歌の姿に拘泥しなかった。

これらから読み取れる和歌への意識は、俗語や口語、掛詞を多く用いた明恵詠(7)にもあらわれている。例えば、掛詞の規範にとらわれない自由な発想を示すものに、16「あないたやただ一重なる夏衣ふせぎかねつる雨のあしかな」がある。清滝河のほとりで夕立にあい、古い板を木の枝に渡して作った屋根で雨宿りしたが、ふせぎきれずに濡れるのを面白がって詠んだ歌である。初句の「あないたや」は、穴から雨が漏れる板葺き屋根の「穴板屋」と、雨が体に当たって痛いという「あな痛や」が掛けられた俗語と口語の軽妙な掛詞になっている。

こうした発想や口語の使用は、明恵が講義の際に教義理解の一助としてあげた譬喩にも通じる。明恵は講義の際に身近なものを譬喩にした。水の泡が集まった状態を雨蛙の卵に喩えたり、業惑が消えるさまを蛭に塩をつけるとなくなることに喩えたりなど、興味深い発想がある。(8)こういった発想は、例えば、伸びかけた髪を里芋に見立てた104「心清くは湯浴みずとても汚れじを頭毛立てて芋に似すとも」や、菅笠をかぶった自分が馬に乗る姿を馬に生えた茸と見なす147「ひろき野に菅笠うち着てゆく我を馬のくらたけと人や見るらむ」のような斬新で軽妙な見立てに通じている。

俗語や口語の使用、諧謔味のある詠みぶり、自由な掛詞や見立てなど、『遺心集』以後の明恵詠は、軽やかで遊び的な要素の強い点に特徴がある。そして、こうした歌は、初学期に詠んでいた四季詠とは違い、和歌の規範にとらわれない伸びやかなものである。このような詠みぶりに、晩年は新たな和歌観が加わった。

晩年──菩薩としての詠歌

晩年の明恵の和歌観は『解脱門義聴集記』（以下、『聴集記』）にうかがわれる。『聴集記』は明恵の自著『華厳修禅観照入解脱門義』（以下、『解脱門義』[9]）に関する講義録で、貞応三年（一二二四）と嘉禄二年（一二二六）に明恵が行った講義を弟子の高信が類集したものである。明恵はその中で次のように語っている。

法楽自娯非貪世楽等文　如ノ此一法楽ニ住シテ、更ニ世間五欲ノ境界ヲ不貪、世間ニハ、月雪等ニ友ヲトムラヒテ、妓楽歌詠等ニ、心ノ澄ムヲ以テ、至テ心ノ澄ト名ケテ、此外ハイカニト、心ノ澄ムト云コトアルベシト不ルカ知ラ故ニ、仏法ニ入テ、更ニ其ノ味ヲ得ヲ難キ也。アマサヘ、仏法ニモ是程ニ澄コトハアラジナムド思ヘリ。実ニ世間ノアラアラシキコトドモニハ似ズト雖ドモ、是猶ヲ我法ノ分別ニマカセテ、其ノ心。諸境ノ上ニハセチリテ、是ヲ愛シ、是ヲ貪ス。故ニ仏法ニハ深ク制之ヲ也。但シ深位ノ菩薩ニナリヌレバ、如ノ此ノ事ヲモ、皆悉ク通達セリ。然ドモタヤスク是ヲ不ズ行ゼ。設ヒ行ズルコトアルハ、必ズ衆生ヲヒキテ、解脱ヲ得シムル功徳ヲ、サヅケムガ為メ也。云々

（納冨常天校訂『聴集記』第三、『金沢文庫研究紀要』四号、57頁）

法楽と世楽の違いを述べる中で、世間では妓楽歌詠で心が澄むとし、仏法で心澄むのを知らないと語り、心の乱れや執着に繋がる妓楽歌詠が仏法では規制されるが、修行を積み高い位に達した深位の菩薩であれば、これらを理解した上で衆生を解脱させるために詠歌するという。

このように晩年の明恵には、衆生の解脱のために詠歌するという「深位ノ菩薩」としての詠歌意識があった。この意識で詠まれたと思われる歌が『歌集』に存在する。

かやうに行ひて精進修行して日を経るに、法楽心に満ちたれば

90　金剛薩埵の大楽何ぞ遠からむ心清くは素羅多薩怛鑁《そらたさとばん》

如来大慈悲によりて教法にあひて、やうやくに行ひ勤むるに、仏果も遠からねば

91　生死海に慈悲の釣舟浮かぶなり漕ぎゆく音は弱吽鑁斛《じゃくうんばんこく》

これらの二首は、晩年の明恵が重視した五秘密法と五秘密法の根本真言「唵摩訶素佉嚩日囉薩怛嚩弱吽鑁斛《オンマカソキャバザラサツタバジャクウンバンコク》素羅多薩怛鑁《ソラタサトバン》」（菩提を求めて衆生を救うことを大楽とし、欲触愛慢の妙薬で衆生を引き入れて歓喜させる生仏一体の仏尊としての金剛薩埵に帰依すの意）をふまえている。五秘密関連の発言は明恵の聞書類に散見し、高山寺には五秘密関係の書や講義聞書が多く現存する。なかでも、五秘密に関する明恵の講義聞書である高山寺蔵『五秘密』は、『歌集』を編集した高信が関わっており、その書写も宝治二年（一二四八）と、『歌集』の成立と同年である。五秘密法では一切の衆生を導いて利益を与えることが重んじられる。こうした五秘密への傾倒と先の『聴集記』の発言が、晩年の近い時期に重なるのは偶然ではないだろう。

衆生を救済する五秘密菩薩の行為を詠んだ90・91番歌周辺には、明恵が講義で幾度も語った二無我の理を詠む86・99番歌、基礎仏教学の因明や倶舎などを題とする95・96番歌、修行で得た境地を詠む88・89・92・102・108番歌、仏法の利益を賀茂祭に喩えた93番歌等、仏法で得られる教えや境地を詠んだ歌が多く認められ、こうした歌も菩薩の意識で詠まれたと想像される。[10]

晩年の明恵は貴族への授戒や説法をたびたび行った。在家に向けた仮名交じりの著作も多く手がけ、人々の帰依に応えて教えを広めようとしている。明恵が菩薩としての詠歌意識を持って詠んだとすれば、それらの歌は何

らかの形で人々に披露されたと推測できる。それを示すのが次の自筆書状である(11)。

さきのを自筆とおぼしめして候や。それは義林房かきて候也。このうたぞ、みなかきて候。自筆にて候はば、あまりに真言のやうなる事おほく候も、かたはらいたく候に、まはりもやし候べき事にても御心え候。

かしこまりてうけたまはり候ぬ。…（中略）…又うたのこと、かほどのげざんにいり候。かたはらいたし、なにくれと申候はんも、まどしきやうに候へば、かやうのことのくせにて、かきつけ候ぬることは、さくりありくやうに候ならひにて候へば、おなじながら、又とめ候ぬ。…（中略）…さてこのうたの中に人のみむと申候には、この三首ヲゾ、二三人のもとへやりて候。

心月ノスムニ……

月カゲハ何ノ山ト……

これは九条殿御返歌候ぞかし。又この一首は、いまたごらん候はじかと、まいらせ候。あまりにうためきて候。うるさく候へば、いまにさて候はんずれども、さやうに候なれば、これに事を申候□（以下欠）

書状の冒頭に追而書がある。明恵の歌を弟子の義林房喜海が代筆したものを、明恵は書状と共に何某かに送った。歌を受け取った人物は明恵の自筆と思ったらしい。明恵は送った歌を謙遜し、傍線部「あまりに真言のやうなる事、おほく候も、かたはらいたく候」と述べている。ここで触れている真言のような事が多い歌といえば、先にあげた『歌集』90・91の五秘密の歌が想起される。

さらに、主文の「かしこまりて…」以下には歌の話題がある。明恵は「さてこのうたの中に人のみむと申候には、この三首《ママ》ヲゾ、二三人のもとへやりて候」（傍線部）とも述べ、今回送った歌の中で、人が見たいと申し出た時には、次の歌を送ると述べ、「心月ノ…」と「月カゲハ…」の二首の上句を記している。

このうち「心月ノ」詠は『新千載集』釈教に収められ、慶政の返歌がある。

松風を宴坐の友とし朗月を誦習の縁として読み侍りける　高弁上人

874 心月のすむに無明の雲はれて解脱の門に松風ぞ吹く

此歌の返しあるべき由ありければ　慶政上人

875 ふかき夜の雲間にひとりすむ月の影吹きおくれ嶺の松風

「月カゲハ」詠は、『新勅撰集』雑一に見える石清水八幡宮の法印超清との贈答で、明恵が超清に自詠を見せたことで成立したものである。

秋坐禅のついでに、よもすがら月を見はべりて、里わかぬ影も、我身ひとつの心地しはべりければ

高弁上人

1083 月影はいづれの山とわかずとも澄ます峯にや澄みまさるらむ

後にこの歌を見せ侍りければ詠める　法印超清

1084 いかばかりその夜の月の晴れにけむ君のみ山は雲も残らず

これらの二首は、書状に「人のみむと申候には、この三首ヲゾ、二三人のもとへやりて候」とあったように、折に触れて人に見せたものであった。

禅定と詠歌

先の書状から、明恵が修行後の境地を伝える歌を人々に遣ったことが分かった。晩年の明恵詠には、禅定修行後の歌が多く見出せる。元仁元年（一二二四）冬、五十二歳の明恵は高山寺の裏にある楞伽山にて坐禅入観につとめ、このとき多くの和歌が詠まれた。坐禅に没入した時期に和歌が多く残されていることは、明恵の修行と和歌との関わりを理解する上で見逃せない。先の二首も坐禅を契機に詠まれたものだった。「心月ノ」詠は『歌集』88番歌と『伝記』巻上にも見え、『伝記』では元仁元年冬の歌として載る。『歌集』の詞書「禅堂へ行くとき、曇りたる月、出観の後、雲間より出でて、松風にたぐひてわりなきに」からは、この一首が、観行を終えた後、月が明るく澄んで松風とともに格別に思われたときの感慨と、自らの心が煩悩から解き放たれて澄みきった解脱の境地とを重ねたものと知られる。「月カゲハ」詠では、坐禅で心を澄ます峯では月光もひときわ澄みまさるだろうと詠んでおり、ここでも現実の月の光を契機に、坐禅で澄んだ心が表現されている。

『歌集』の次の歌も、元仁元年の末に詠まれた。

元仁元年十二月の末のころ、楞伽山の禅堂に入りて出観の後、闇々たる暗き闇に縁の辺に経行ありて

122　たはぶれの窓をも月はすすむらん澄ます友には暗き夜半こそ

この歌は楞伽山伝に載れり。くはしき事はかれを見るべし

次は禅観の合間に月を見て詠まれたもので、明恵が修行で至った境地をうかがわせる。

この暁、禅堂の中に入る。禅観のひまに眼を開けば、有明の月の光、窓の前にさしたり。わが身は暗

き所にて見やりたれば、澄める心、月の光にまぎるる心地すれば

108　くまもなく澄める心のかかやけばわが光とや月思ふらむ

坐禅の合間に眼を開くと、有明の月の光が窓から差している。禅堂の暗闇から月を見上げれば、観想で澄んだ心が月の光にまぎれるように思える。月が明恵の心から発する輝きを見て、その光を自分のものに見まがうと詠む視点は月の側にある。この歌は秋田城介覚智に送られ、『歌集』には覚智の返歌も収められている。覚智が出家したのは建保七年（一二一九）であるから、明恵と面識を得たのは承久の乱後の可能性が高い。よって、これは明恵晩年の詠と考えてよいだろう。

これらの歌は、「心月の澄むに無明の雲晴れて」（新千載集・874）、「澄ます峯にや澄みまさるらむ」（新勅撰集・1083）、122「澄ます友には暗き夜半こそ」、108「くまもなく澄める心のかかやけば」と、すべて澄んだ心が詠まれている。明恵は修行で心を澄ませ、それを歌に詠んだのであった。

以上、元仁元年冬の歌を中心に坐禅を契機として詠まれた歌を見てきた。すでに指摘されるように、明恵の修行はそれ自体完結しており、そこに詠歌が入り込む余地はない。歌はあくまでも修行の一時休止に生まれるものであった。[12] 明恵の和歌は坐禅を契機として詠まれても、坐禅という修行そのものの内容を伝えてはいない。明恵の歌は、修行で澄んだ心の上に存在するもので、清浄な心となる過程において存在するものではなかったといえよう。

明恵における詠歌

明恵の和歌の特徴として、①客観的に自然の対象を描写したものがない、②色彩的な美しさを歌ったものがない、③用語や語法に俗語性・口語性が強い、④即詠を主とし、推敲を重ねて苦吟しないなどが従来指摘されている[13]。その他には、すでに見てきたように、次の⑤～⑧の特徴が加えられる。⑤新奇な掛詞や見立てなどを用いた諧謔味や遊戯性の強い歌が多い、⑥明恵が重視した思想や信仰を詠んだ歌がある、⑦禅観後の澄んだ心で詠まれた歌や宗教的な境地を示す歌を贈歌とした、⑧一首の自立性が低く、歌のみで理解できないものが多い。

⑧については、『歌集』中の明恵詠には、歌物語とも言える長大な詞書を持つものが多いことが注目される。明恵が、うまく詠もうとせず、何となく詠み散らすのをよしとしたことは先に述べたが、そうした詠歌姿勢だったからこそ、詠歌事情を伝える詞書が長く詳しいものになったに違いない。詠歌に至る状況を詞書で詳細に説明していれば、歌は詠み散らされたままの形でも理解されるはずである。

実際、長い詞書の歌の多くは、22「ちはやぶる神だにさてもおちゐなば糸野山をもひきかへしてむ」、84「花宮殿を空に浮べて上りけむそのいにしへをうつしてぞ見る」、86「楞伽山の八識二無我の松風を羅婆の夜叉王いかにめづらむ」など、歌だけでの理解が難しい。

次の歌も詳細な詞書から、明恵が釈尊の説法の場であった竹林園を偲んで高山寺の住房に竹を植えたという詠歌背景が知られる。

法顕伝云「自㆓葱嶺㆒已西、草木果実皆異。唯、竹及安石留甘蔗三物、与㆓漢地㆒同」。竹おのづから渡りたるを見るに、日本の竹に変らず。しからば竹の形は三国ともに変らざるべし。かの天竺迦蘭陀竹林園の竹も、この国の竹に変らざるらむよそほひ思ひやられて、如来の御形見と思てあはれにかなしければ、住房の学文所の前に一茎の竹を植ゑて、名、竹林竹と名づく

83　竹林園の竹の林のこひしさに竹林竹と名づけてぞみる

この「竹林竹」に関連して、明恵の講義聞書『起信論本疏聴集記』に次のような発言が見える。

此禅尼達《ニ》戒《ヲ》授《ケ》、戒《ヲ》略《シテ》遺跡《ノ》事《ヲ》申出。竹林園《ニテ》仏説レ経《ヲ》給《フ》。竹《ハ》三国相替《ラズ》。余木草《ハ》皆相替《レ》リ。葱嶺以来犬《ハ》師子也不候也。竹《ハ》天竺震旦我朝不レ異。故《ニ》我竹《ヲウヱテ》竹林園《ヲ》表《スル》也。各禅尼達《モ》竹《ニ》向《テハ》十度《ニ》一二度《モ》竹林園《ヲ》思食出《スベシ》。自然念仏三昧《ニモ》可レ成。我《ガ》古跡《ニテ》竹《ヲ》見《テ》可二思食出一《ス》。我片身也。其次《ニ》申《シシカバ》各流涕。云々（明恵述・順高編『起信論本疏聴集記』第七末、大日本仏教全書338頁）

明恵は尼僧たちへ戒を授けた際に仏跡の話を始めた。住房に植えた竹を見て竹林園を思い出すよう勧め、さらにこの竹は明恵の形見だと告げると、尼僧たちは涙を流したという。こうして、明恵の「竹林園の竹の林のこひしさ」は尼僧たちにも共有されたのである。このような場をふまえると、竹林園の歌は、講義の際に披露された可能性もある。

竹林園への切実な思いの一方で、151「菩提心経も竹林園より出でたればたかうなとこそいふべかりけれ」のように、竹林園で説かれたとされる菩提心経をタケノコ（たかうな）にたとえた軽妙な見立ての歌もある。説経の場で僧が機知的な即興の歌を詠んだ例が、『袋草紙』に見える。実源律師は摂津の堂供養の導師に招かれた際、人々の声がうるさく説経が聞こえなかったため、「津の国のあしかりごゐの高ければあなかまとこそ云ふべかり

けれ」と詠んで喧噪を静めたという。また、雲居寺の瞻西は、説法の際に雨もりがして袂に落ちたので、高座から下りるときに濡れた袂を払って「古へも今もつたへてかたるにももりやは法のかたきなりけり」という歌を詠んだ。151番歌は、こうした説法の場での僧の機知的な即興の歌に通じるものがある。

明恵詠に長い詞書が多い理由については、『歌集』29に見える弟子の義覚房の歌への明恵の発言が参考になる。あるとき義覚房が「思ひいづ衣の裾のかきはれて色にあらはれる恋のかげかな」という歌を詠んだ。他人には理解できなかったためか、義覚房はその歌の表現について自分の意図を解説した。それを聞いた明恵は、その歌を「いとこの世に聞くこととは覚え」ずと評しながら、「愚詠も人の耳にはかくこそは聞こえ侍らめ」と自詠の分かりにくさに言及している。こうした発言を見ると、明恵は心のままに詠んだ自詠の難解さを認めており、だからこそ、それがそのままの形で理解されるように、詳細な詞書を付したと考えられる。

明恵の和歌観

三では晩年の明恵が「深位ノ菩薩」として詠歌したことを述べた。ここでは、そうした和歌観が同時代的にどのような位相にあったかを確認したい。

発無辺妙恵光文　初二三地相同世間ト云ハ、即チ位ヒ進テ十地ニ至リヌレバ、還テ世間ノ衆芸等ヲ習テ、智恵万境ヲ照ス也。…（中略）…又、伎楽歌舞ノ所等ニ不交ハラト云ハ、比丘ハ仏法ノ義理ヲ、観察思惟スルヲ以テ本トスベシ。世法ニ著シヌレバ、義味心ニウトクナリテ、歌ナムドヲ詠ムヲ、心ノスミタルト思テ、仏法ニ於テ、其ノ味ヒ無ケレバ、教理ニソヒテ、更ニ心モ澄マズナル也。而ヲ近代、又承ハ、是等ノユヱヤラム。…（中略）…十地等ノ菩薩ハ、無生ノ智ノ上ニ於テ、万境ニ歴テ、世間ノ衆芸マデモ、習ヒ尽ス也。サレバ地上ノ菩薩ハ、双六ウチ、網ヒク様マデモ、能ク知リ給フ。然ト雖ドモ、悪法ヲバ不行也。即チ此ノ地ノ菩薩ハ、勝定大法惣持ノ力ラニ依テ、無辺ノ恵光、万境ヲ照シテ、出世間ニ闇キ事無キ也、云々。

『聴集記』第二（35頁）

『聴集記』には、「歌ナムドヲ詠ムヲ、心ノスミタルト思テ、仏法ニ於テ、其ノ味ヒ無ケレバ、教理ニソヒテ、更ニ心モ澄マズナル也」（傍線部）とあり、明恵における詠歌と心澄むの関係が示されている。僧侶は仏法の教理を観察思惟するのが本来のつとめであり、世間のことに執着すると教理にうとくなる、まして歌などを詠むことを心が澄むと思っていると、仏法の教理にそって心澄むことから更に遠ざかるという。また、修行が進んで十地の位に至った菩薩なら、究極の菩薩の智慧のうえで世間の諸芸をも習い尽し、すぐれた陀羅尼の力で際限のない慧光がすべてを照らすともある。

この十地の位に至った菩薩というのは、三で触れた「深位ノ菩薩」に相当する。菩薩の修行階梯は十信・十住・十行・十廻向・十地の五十位に、等覚・妙覚を加えた五十二の位からなる。十廻向以下は「凡位」、十地以上は「聖位」と見なされた。明恵は菩薩の修行階梯を強く意識していたらしく、大海の中の五十二位の石を飛び越え、妙覚に至って十方世界を見渡す夢が『行状』に載る。明恵の「心澄む」は、「何事ヨリモ、菩提ノ因位ノ万行ホドニ、ケダカクスミカヘリタルコトハナキ也」（『却廃忘記』554頁）と自身が述べるように、あくまでも仏道修行によって至るものだった。

「歌ナムドヲ詠ムヲ、心ノスミタルト思テ」（『聴集記』第二）、「世間ニハ、月雪等ニ友ヲトムラヒテ、妓楽歌詠等ニ、心ノ澄ムヲ以テ、至テ心ノ澄ト名ケテ」（同第三）と明恵が語るように、院政期以降の歌人たちにとって、和歌は心を澄ませ、仏法に近付くなかだちであった。それは、「和歌は観念の助縁と成りぬべかりけり」と言った恵心僧都の逸話（『袋草紙』上巻）、「和歌はよくことわりを極むる道なれば、これによせて心を澄まし、世の常なきを観ぜんわざども、便りありぬべし」（『発心集』巻六―九）、「（和歌は）つねに心澄む故に悪念なくて、後世を思ふもその心すすむなりといはれき」（『西行上人談抄』）、「詩は心を気高く澄ますものにて候」（『毎月抄』）、「和歌にいたりては、心を澄ますなかだちなれば、悪念きほふ事なく」（『色葉和難集』序）等から明らかである。和歌を専らにしない僧侶においても、「和歌の徳を思ふに、散乱麁動の心をやめ、寂然静閑なる徳あり」（『沙石集』巻第五本ノ一四）、「先、散乱麁動ノ心ヲ止メ、寂然閑静ナル徳ヲ兼タルハ、歌ノ道ニ有之。……鎮ニ六塵散乱スト云ドモ、歌道ニ心ヲ係レバ、一心一境ニ住シテ、自心源空寂ノ理ニ階当スベシ」（『金玉要集』第十）のように引き継がれている。

こうしたなかで、あくまでも仏法修行を通じた澄心を重視し、菩薩が衆生を導くために詠歌すると述べた明恵の和歌観は、仏法者としての確かな信念に基づいている。その潔さは歌を詠む当時の僧侶のなかでも独自の位置にある。「遣心」としての和歌も、執着のない心で詠まれたからこそ許容された。そして、その執着のなさが自由な表現を生むことになったのだ。歌学の規範に縛られず、上手く詠むことも求めない「心遣り」の歌、これも修行で培われた「澄んだ心」ゆえに存在するものだった。

もちろん、明恵の幅広い活動の中で、和歌がどの程度の意義を持っていたのかという問題はある。『歌集』が前半を散佚しているとはいえ、明恵の数多くの宗教的著作に比して、残された歌は140首余と少ない。しかし、人々を導く意識で詠まれた歌が存在し、自らの手で歌集『遣心集』や『楞伽山伝』（現在は散佚するが、歌文集と推測される）を編んだこと、根本伝記の『行状』にも明恵の歌が収められたことを考えると、明恵における和歌の存在は軽視できない。

一生を通じて様々な修行法を模索し続けた明恵の思想は、その多様性ゆえ、全体を把握することが難しい[14]。しかし、よりよい修行を求めて葛藤し続けた姿とは対照的に、明恵の和歌観は定まっている。若い頃の明恵に苦吟の跡があることは一で述べたが、修行で澄心を得るにしたがい、とらわれのない心で和歌を生み出せるようになったのだろう。明恵の葛藤はあくまでも修行に関するもので、そこに主軸があったからこそ、中世の歌人たちが留まらざるを得なかった和歌と仏教の相克する立場から離れ得たのである。

菩提に通じる歌

こうした明恵の和歌観に対して、同時代を生きた慈円のそれは揺れ動いていたように見える。前田雅之氏は慈円の百首歌やその跋文・奥書等を分析し、慈円の三国世界に基づく梵・漢・和同一論には、梵語から漢語へ、漢語から和語へという「和らげ」回路に基づくものと、梵語を和語とみなす梵語＝和語説が混在することを指摘した[15]。

漢字・漢文を和らげるものとしては「当に彼の漢字を和らぐべき和歌は神国の風俗なり」（「文集百首」奥書。多賀宗隼編『校本 拾玉集』所収、以下同）、「和語を以て経文を和らぐ」（「法華要文百首」序文）という言辞があり、梵語＝和語としては「漢字にも仮名つくるときは四十七言をいづることなけれど、梵語はかへりて近く、やまとごとには同じといへり」（「恋百首歌合[16]（仮称）」跋）がある。そして、これら二つの論理は、どちらも詠歌を意義づける文脈中に見える。「定めて今生世俗文字の業を翻して、当来讃仏法輪の縁と為さんものか」（「文集百首」奥書）、「今、麁言を以て深く法輪を転じ、狂言に似ると雖も又実道に通ず」（「法華要文百首」序文）、「我が国のことわざなれば、ただ歌の道にて、仏道をも成りぬべし」（「恋百首歌合」跋）のように、いずれの論理からも、和歌が仏道に通じるとの結論が導かれている。しかし、こうした二説の併存[17]と、次の「恋百首歌合」跋文での、自分に言い聞かせるかのような、もってまわった口吻からは、慈円における和歌観の迷いを感じないだろうか。[18]

　真言の梵語こそ、仏の御口より出たることばなれば、仏道におもむかむ人は、本意とも知るべけれ。漢字にも仮名つくるときは四十七言をいづることなけれど、梵語はかへりて近く、やまとごとには同じといへり。土器といふ物あり。これをかはらけといふも、弓をば又たらしといふ。みな加様の事あまたあり。天竺にいふ梵語と同じとこそは申めれ。我が国のことわざなれば、ただ歌の道にて、仏道をも成りぬべし。又国をも治めらるる事なり。此道理に迷ひつつ、和歌といひつれば、あさか山の山の井よりも浅く、夏の木末の蝉の衣よりも薄く思へり。これはことわりにも背き、まことにも違ふ事にて侍るぞかし。

慈円が「法華要文百首」序文で語る「今、麁言を以て深く法輪を転じ、狂言に似ると雖も又実道に通ず」は、「麁言耎語、皆帰シ第一義諦ノ風ニ」（澄憲「和歌政所一品経供養表白」）をはじめ、『順次往生講式』『梁塵秘抄』『今鏡』等、院政期頃から諸資料に見える表現に通じる。『色葉和難集』序の「麁言耎語、同じく第一義諦の理にかなはんとなり」の他、寂然「法門百首」100番歌の左注冒頭にも「廉言耎語みな第一義に帰して、一法としても実相の理にそむくべからず」とあり、和歌が涅槃に至る方便と説かれる。この経句は『涅槃経』に拠るとされるが、『法華文句』に「観心」とは「麁言軟語皆第一義に帰す」を観ずるとあり、[19]「麁語」と「麁言」の相違や「及」の有無等の一致から、『法華文句』の影響が大きいといえる。

この麁言が実道に通じるという考えを補強していったのが『沙石集』の無住である。

○米沢本『沙石集』巻第一・神祇

それ麁言軟語みな第一義に帰し、治生産業しかしながら実相にそむかず。然れば狂言綺語のあだなる戯れを縁として、仏乗の妙なる道を知らしめ、世間浅近の賤きことを譬として、勝義の深き理に入れしめむと思ふ。

○米沢本『沙石集』巻五本の一四「和歌の徳甚深なる事」

和歌の徳を思ふに、散乱麁動の心をやめ、寂然静閑なる徳あり。また詞は少くして心を含めり。惣持の徳あり。惣持は即ち陀羅尼なり。和が朝の神には、仏菩薩の垂迹、応身の随一なり。素戔嗚尊、すでに出雲八重垣の三拾一字の詠をはじめ給へり。仏の詞に異なるべからず。

天竺の陀羅尼もその国の人の詞なり。仏これを以て陀羅尼を説き給へり。この故に、一行禅師の大日経の疏にも、「随方の詞、みな陀羅尼」といへり。仏、若し我が国に出で給はば、ただ和国の詞を以て、陀羅尼とし給ふべし。

惣持は本文字なし。文字は惣持をあらはす。何れの国の文字か、惣持の徳なからむ。況や悉曇の心は五大にして、響きあり。六塵悉く文字なり。五音に出でたる音なし。阿字を離れたる詞なし。阿字は即ち密教の真言の根本なり。されば経にも、「舌相言語皆是真言」といへり。…（中略）…或本に云はく、諸法実相なり。色香中道なり。麁言軟語皆第一義に帰す。和歌なむぞ必ずしも撰び捨てむ。治生産業悉く実相にそむかず、何事か法の理に叶はざらむ。そのかみ、山中に居して侍りし時、鹿の鳴く声を聞きて、この心をつらねき。

聞くやいかにつま呼ぶ鹿の声までも皆与実相不相違背と

『沙石集』巻五本の十四では、和歌即陀羅尼を語る文脈に続き、「麁言軟語皆第一義に帰す」（傍線部）が書かれ、「治生産業悉く実相にそむかず」と対句になっている。[20] さらに、安然の『真言宗教時義』に見える「舌相言語皆是真言」（波線部）が和歌即陀羅尼観を支える経文として挙げられている。

叡山の恵心流の学僧であった静明の撰とされる門要論義の書『天台門要百題自在房』[21]には、「妓楽歌詠、仏因となるかのこと」という論題がある。その結論に「今の経の文には『治生産業、皆与実相、不相違背』と説き、大経の中には『麁言輭語、皆帰第一』と述べ候」、「五大院の先徳の、教時義の判釈には、経にいへり、舌相言語みなこれ密印なり」とある。ここでは、「麁言軟語皆第一に帰す」、「治生産業、皆実相に違背せず」、「舌相言語みなこれ密印」（「五大院の先徳」とあって、ここも安然からの引用は明らか）がすべて引かれ、白楽天の狂言綺語の偈もふまえ、世俗の詩歌が仏道の修因となることが明かされている。こうしたことから、天台と真言の説が結びつけられたのは、『沙石集』前後の時代と考えられる。

少し下って、貞和四年（一三四八）以前成立の『渓嵐拾葉集』第九では、「問。以二禅宗一立二不立文字一事其心如何。」という問いへの答えに続いて「真言教ハ舌相言語皆是真言ト云。天台ニ麁言軟語皆帰第一義。只同事也」（大正蔵76巻）とあり、真言の「舌相言語皆是真言」と天台の「麁言軟語皆帰第一義」が同一と見なされている。[22] 中世の古今伝授の説でも「大日即人ノ心ナルガ故ニ、心ヲ種トシテ、万ノ言葉ト成リト云、舌相言語、皆是真言不思議ノ道理ナルガ故也、カカル本来ヲ明ニシテコソ、心を種ト歌ハ読ル也」（大東急記念文庫本『古今集灌頂』、古典文庫『中世神仏説話続』173頁所収）、「仏以一音演説、諸随類衆善得解ナレバ、仏ノ御名ヲ歌道ト覚ル衆生ナカランヤ、随喜スベキ事、禮麁言及軟語皆帰第一義一ト云、一切諸実相所印ト云リ、歌道此理ヲ不理落」（同175頁）と、真言と天台の説が共に和歌が仏道に通じる証左として語られる。

上記の『渓嵐拾葉集』第九における真言の「舌相言語皆是真言」と天台「麁言軟語皆帰第一義」の共存を分析した荒木浩氏は、これらの説が禅宗を批判する文脈の中で説かれたことを明らかにした。[23]そして、『沙石集』の和歌陀羅尼観は禅宗と密教を融合させようとする試みであり、この和歌観が生成する背景として、禅宗を批判する過程で天台と真言を統合していこうとする当時の思想状況や「顕密」と「禅宗」を兼学する中で磨かれた無住の言語観があったとする。この指摘を承けて、近本謙介氏は「和歌が一心を得る方便」（米沢本『沙石集』巻五末ノ六）と語る『沙石集』の文脈を読み解き、無住の念頭には、顕密や禅のみならず、律や浄土をも含む鎌倉期の仏教界の全体像があったことを見抜いている。[24]こうした時代的潮流を受けて、「麁言軟語皆帰第一義」と「舌相言語皆是真言」が中世の和歌を語る文脈のなかで同列のものとして語られ、詠歌が菩提に至る手段として確信されていくことになる。

真理の「不可説」性

七で触れたように、和歌と仏道を繋ぐ拠り所となる経句「治生産業、皆与実相不相違背」（生活のための営みはすべて真理に繋がる意）を、無住は「聞くやいかにつま呼ぶ鹿の声までも皆与実相不相違背と」という歌で表現した。同歌は『雑談集』巻四にも載り、初句が或人から批判されたと知られる。

先年閑居ノ山里ニテ詠ズレ之ヲ　沙石集第五ニアリ

聞ヤイカニ、妻ヨブ鹿ノ、音マデモ、皆与実相、不相違背ト

或人初ノ句ヲ難云。申スニ付テ、此ハ彼ノ宮内卿ノ、名歌「聞ヤイカニ、ウハノソラ」ノ句ヲ取テ侍ル。名歌ノ一二句ヲ取テ、風情カハレルハ、皆古人ノ用処ナルカト思フ計也。但カレヲトラズトモ初ノ句ヲ「誰カ聞ク」トナヲステヤ侍ル覧、此ハ心猶々深ク侍ル也。

無住は宮内卿の名歌の「聞ヤイカニ」をとって風情を変えて詠んだものと説明し、「誰か聞く」と改める方法もあると述べているが、どちらも初句の表現は断定的ではない。無住以前にこの句を詠んだものとして、慈円の「法華要文百首」にも「皆与実相不相違背」を題とした歌はあるが、経句自体を歌に取り込んではいない。

無住と同様の方法で諸法実相を表現して注目されるのは、真言寺院安祥寺の児《ちご》愛代丸が撰集した『安撰和歌集』（貞和五年〈一三四九〉頃成立）の弘法大師詠である。

377　わたつ海のこぎ行く船のあとみれば曩莫三曼多《のうまくさんまんだ》弱吽鑁斛《じやうんばんこく》

海を漕ぎ行く船の跡が「曩莫三曼多弱吽鑁斛」[25]という真言に見えるという意である。この一首から想起されるのは、源信が和歌を詠み始める契機になった歌として名高い沙弥満誓の「世の中を何にたとへむあさぼらけ漕ぎ行く舟のあとの白波」（拾遺集・哀傷・1327）と、明恵の91「生死海に慈悲の釣舟浮かぶなり漕ぎゆく音は弱吽鑁斛」である。明恵は釣舟の櫂を漕ぐ音を「弱吽鑁斛」と聞きなした。明恵には90「金剛薩埵の大楽何ぞ遠からむ心清くは素羅多薩怛鑁」や94「からす河に猿のききめく音聞くも心澄むには悉曇の字母」といった歌もある。『徒然草』一四四段の、馬飼いの「あしあし」という掛け声を明恵が「阿字阿字」と聞いて感涙したという逸話が象徴

的に示すように、明恵の耳には日常の言葉や音が真言として聞こえていたのである。

四で指摘した通り、禅定を契機とした明恵詠には「澄んだ心」が多く詠まれる。90「心清くは素羅多薩怛鑁」、94「心澄むには悉曇の字母」、倶舎に寄せた95「心澄む夜の松風の声」からも、こうした境地が心の澄んだ状態で得られたものと知られる。ここには、無住の「聞くやいかに」詠にある曖昧さではなく、悟りに近付いた宗教者のたしかな認識がある。こうしてみると、これらは「諸法実相」、あるいは「舌相言語皆是真言」を示す歌としても解釈できる。

真言を詠み込むことで諸法実相を示す歌は『法華経鷲林拾葉鈔』や『法華経直談鈔』『法華経直談私類聚抄』などの直談系の法華経注釈書にバリエーションを増やしながら受け継がれていくが、[26]その起点の一つに明恵の歌は位置付けられる。『伝記』には、西行が自らの和歌即真言観を明恵に披露する逸話が収められ、そこには後代の増補の跡がある。[27]この話が生まれた要因は様々に考えられるが、[28]上記のような明恵詠の存在も西行の和歌即真言観と明恵を繋ぐ回路の一つとして機能した可能性はある。明恵の宗教的境地を示した歌が、時代の求めた表現を先取りしていたのである。それを後世の人々が敏感に嗅ぎ取り、修行による宗教的境地を経て初めて明恵が詠み得た独自な歌の一面を、形の上で取り込んだといえないだろうか。[29]

おわりに

仏教において、仏の真理は言語では捉えられないと考えられた。「仏は能く不可説の法に於て、方便して能く説くと雖も、而も衆生は堪へず。若し、発軫に単に此の法を説きて衆生を取らば、即ち得ること能はざるなり。

故に不可説不可説と言ふなり」（『法華文句』第三、大正蔵34巻、39頁上）、「一切言語同断とは即ち一切空なり。一切空にして不可説なるが故に言語道断なり」（『法華文句』第九、大正蔵34巻、121頁上）のように、それはしばしば「不可説」と表現される。しかしながら、本質的に不可説なはずの仏の悟りを伝えるためには言葉を用いざるをえない。仏教における文学の問題に横たわるのは、そうした矛盾であり限界である。

仏教と文学の間には、不可説なものを如何に表現するかという問題が共通して孕まれている。先に触れた『渓嵐拾葉集』第九では、禅の「不立文字」の宗とする理由について、言葉で道理を説かないためという。その一例に「阿字」をあげ、禅宗が阿字の道理を説かないのに対し、真言宗や天台宗といった教家は阿字について解説するのだと述べる。さらに、有名な「月をさす指」の喩えを出して、禅宗は「月」＝「真理そのもの」を直接求め、教家は「月をさす指」＝「教理」の中に真理を求めるのだと語っている。そして、言葉で真理をあらわそうとする教家のあり方は、真言の「舌相言語皆真言」や天台の「粗言軟語皆帰第一義」に同じだと結論付けるのである。禅宗と教家の違いはさておき、ここから透けて見えるのは、禅の「不立文字」、真言の「舌相言語皆真言」、天台の「粗言軟語皆帰第一義」、これらがすべての仏の真理の「不可説」性に関わる各宗の見解だということである。

後鳥羽院が歌人としての西行を「不可説の上手なり」（『御鳥羽院御口伝』）と評したことは、よく知られている。改編本『ささめごと』（群書類従所収）には「自在無窮、不可説の風雅を尽くし、この道の悟りを得べきは、新古今集あたりの歌仙の作なるべし」、あるいは御鳥羽院や良経、慈円、俊成、定家、家隆、西行、寂蓮らについて「此等の心こと葉、色々さまざまの風骨、ひとへに大悟発明、不レ可レ説のさかゐなり」とあって、上手の歌仙の歌は「不可説の風雅を尽くし」たものであり、「不レ可レ説のさかゐ」にあると捉えている。あるいは、このあたりに、和歌が「不可説」な仏の悟りの境地に至りうる道が開かれているのではないだろうか。

仏教と和歌との葛藤は「不可説」なもの同士が融解し合うことで終局を迎える。中世後期に直談系の書に見えるようになる諸法実相の歌は、本来的には言葉で表現し得ない菩提の境地を和歌という形で繋ぎとめる一つの結論といえよう。

＊『明恵上人歌集』所収歌は片仮名を平仮名に改め、漢字を当てるなどして読みやすくした。また、『大正新脩大蔵経』は「大正蔵」と略した。

注

1. 文覚・上覚・明恵の関係については、山田昭全『文覚』（吉川弘文館、二〇一〇年）に詳しい。
2. 拙稿「明恵の自筆草稿を読む」（『和歌をひらく　第二巻　和歌が書かれるとき』岩波書店、二〇〇五年）。
3. 拙稿「明恵における和歌享受―仁和寺と西行の影響―」（『国語と国文学』二〇〇一年七月）。
4. 黒田彰子「名誉歌仙考―和歌色葉の場合―」（『中世和歌論攷』和泉書院、一九九七年）。
5. 個人蔵「夢ノ記断簡」。東京国立博物館文化財画像情報統合管理システム（画像番号C0079418）による。上記システムでは「夢ノ記断簡」とするが、実際は聖教類の奥書のような内容を含む断簡。
6. 『遺心集』の詠歌傾向は、拙稿「明恵『遺心和歌集』の撰集志向―「安立」「遺心」再検討―」（『日本文学』二〇〇四年六月）参照。

7．小澤サト子「明恵上人歌集の構成と成立について」（『国語と国文学』一九七四年九月）。

8．田中久夫「明恵上人の講義の聞書にみえる譬喩」（『鎌倉仏教雑考』思文閣出版、一九八二年）。

9．承久二年（一二二〇）撰述。華厳宗の実践として李通玄の説く仏光観を理論的に裏付けたもので、実践を重視して仏光観に打ち込んだ明恵の代表的著作。

10．拙稿「明恵の和歌と思想―「深位ノ菩薩」としての詠歌」（『国語と国文学』二〇〇四年十月）。

11．赤松俊秀「歌人としての明恵上人」（『高山寺と明恵上人』同朋舍、一九八一年／初出『史跡と美術』15―10、一九四四年二月）。赤松氏は当該書状について、明恵が自詠の新勅撰集入集について言及したものとするが、『明月記』に新勅撰入集に至る契機が書かれるのは天福元年（一二三三）七月三日条で、明恵の死後である。よって、明恵がその入集について知るはずはなく、貴顕や専門歌人などに和歌を見せた別の機会の発言と思われる。また、田中久夫『明恵』201頁（吉川弘文館、一九六一年）、同「出光美術館所蔵上人自筆消息」（『明恵讃仰』12号、一九八一年）、『出光美術館蔵品目録書』（出光美術館、一九九二年）にも当該書状の翻刻がある。本論考の翻刻は、『出光美術館蔵品目録書』所収の写真を確認し、従来の翻刻を比較検討した上で掲げた。

12．佐藤正英『隠遁の思想―西行をめぐって』（東京大学出版会、一九七八年／ちくま学芸文庫、二〇〇一年）。

13．①は山田昭全「明恵の和歌と仏教」（『国語と国文学』一九七三年四月）、②〜④は注7小澤論文。

14．末木文美士「明恵の思想展開」（『鎌倉仏教形成論』、法蔵館、一九九八年）。

15．前田雅之「和歌と三国―古代・中世における世界像と日本―」（『日本文学』二〇〇三年四月）、「日本意識の表象―日本・我国の風俗・「公」秩序」（『和歌をひらく第一巻　和歌の力』岩波書店、二〇〇五年）。梵漢和語同一論については、小川豊生「夢想する《和語》―中世の歴史叙述と文字の神話学」（『日本文学』一九九七年七月）、伊藤聡「梵・漢・和語同一観の成立基盤」（『院政期文化論集第一巻』二〇〇一年）が、和らぐ歌については岡﨑真紀子「『和』という思想」（同上『和歌をひらく第一巻』所収）が詳しい。

16．前田注15論文との関連から山本一氏による仮称を便宜的に用いたが（『慈円の和歌と思想』第一一章、和泉書院、一九九九年）、歌合自体は散佚して具体的内容が知られないため、その名称が一人歩きすることに疑義を呈する意見もある。この跋文は従来「第五帖所載散文」として諸論に引かれてきた。石川一『慈円和歌論考』Ⅱ・第四章第一節（笠間書院、一九九八年）注4参照。

17．慈円の和歌観における二説の存在は、百首の詠歌機会の違いなども影響していようが、同一人物のなかに二説が存在したこと自体に注目したい。

18．明恵と慈円の和歌観の違いは、遁世僧であった明恵と政治と仏教の中心にあった慈円という社会的立場の違いの影響もあるだろうが、和歌という軸で同時代を生きた僧侶の思想の違いを確認しておくことに意義がある。

19．『法華文句』におけるこの句の存在は、三角洋一「いわゆる狂言綺語観について」（『源氏物語と天台浄土教』若草書房、一九九六年）の注で既に指摘される。

20．『法華玄義』巻第三下の「治生産業皆与実相不相違背」（大正蔵33巻・714頁中）による。『興禅護国論』には「法華経云、及以世間資生産業、皆与実相不相違背」とある。この二句が対句仕立てにされた早い例に、澄憲「和歌政所一品経表白」の「麁言耎語、皆帰シ第一義諦ノ風ニ、治世語言、併ラ不レ背カ二実相真如ノ之理ヲ一」がある。

21．清原恵光「天台論義の形成過程」（『論義の研究』青史出版、二〇〇〇年）によれば、後世の書き入れや鼠入が多いと見られ、室町時代の論草等に多い語法で書かれるため、基本は静明であっても完成は後世かとされる。引用は古宇田亮宣『和訳天台宗論義百題自在房 改訂版』（隆文館、一九七七年）による。当該箇所が静明と同時代のものかは検討が必要だが、静明が恵心派の学僧であった点は看過できない。『袋草紙』をはじめ諸資料に恵心僧都が和歌を好むようになった逸話が見えるように、恵心派は和歌を重視していたのかもしれない。また静明が無住と同じく円爾弁円に禅を学んでいる点も注目される。

22．この二句が対とされることは、菊地仁「〈和歌陀羅尼〉攷」（『職能としての和歌』若草書房、二〇〇五年）が早く指摘する。

23．荒木浩「『沙石集』と〈和歌陀羅尼説〉について―文字超越と禅宗の衝撃―」（『仏教修法と文学的表現に関する文献学的考察―夢記・伝承・文学の発生―』平成14～16年度科学研究費補助金〔基盤研究（C）（2）〕研究成果報告書、二〇〇五年）。

荒木氏の分析は梵舜本『沙石集』に基づいている。

24. 近本謙介「無住の狂言綺語観と和歌陀羅尼観研究覚書―シンポジウム「仏教文学とは何か」とのかかわりから―」(『仏教文学』第34号、二〇一〇年三月)。無住が諸宗・諸行を兼学・並修し、禅密一致の思想を持っていたことは、思想史の面からも注目されている。末木文美士「無住の諸行並修思想」(『鎌倉仏教展開論』トランスビュー、二〇〇八年)

25. 「曩莫三曼多」は、不動明王や釈迦の真言など、真言の冒頭に多用される表現。「曩莫」は帰依する、「三曼多」はあらゆるの意。

26. 廣田哲通『中世法華経注釈書の研究』第三章第一節「直談系の法華経注釈書と和歌」(和泉書院、一九九三年)、注22菊地論文。菊地氏は、これらの先蹤として明恵の「弱吽鑁斛」詠と良経の「よぶこどりうきよの人をさそひてよ入於深山思惟仏道」(秋篠月清集・「呼子鳥」・1605)をあげて示唆に富む。ただし、良経詠は呼子鳥の声が人を深山に誘い入れ、仏道を思惟する契機となることを詠むもので、真言を直接取り込んだ明恵詠とはやや性質が異なるか。真言を取り込んだ歌は、伝教大師の「阿耨多羅三藐三菩提の仏たち我が立つ杣に冥加あらせたまへ」(和漢朗詠集・新古今集他)をはじめ、院政期以降に散見するようになるが、真言自体が諸法実相をあらわす詠は院政期には一般的でない。

27. 拙稿「『栂尾明恵上人伝記』における西行歌話の再検討」(『国語と国文学』二〇〇〇年四月)。

28. 他に、唯心をめぐる西行と明恵の思想の近さや、明恵の西行歌思慕など、様々な理由が考え得る。注3・26拙稿、「明恵の西行歌受容」(『和歌文学研究』83号、二〇〇一年十二月)参照。

29. 真言を取り込むことで諸法実相を示す歌が、後世の直談系の法華経注釈書に取り込まれていった背景を考えるためには、談義所における和歌の意義を検討する必要がある。この点は、渡辺麻里子「『神達御返歌』考―『尊談』における狂言綺語観をめぐって―」(『仏教文学』28号、二〇〇四年)が、尊舜の「和歌即法華経」ともいうべき和歌観を明らかにして興味深い。

寂然——浄土を観る

山本　章博

はじめに

なぜ多くの僧侶は好んで和歌を詠んだのだろうか。仏教にとってなぜ和歌が必要であったのだろうか。そこには当然、和歌を詠むことは仏道に通じるという思想がある。では、どう通じていくというのか。その答えを端的に示したものとして、著名な『袋草紙』上の源信の説話をあげることができる。

恵心僧都は、和歌は狂言綺語なりとて読み給はざりけるを、恵心院にて曙に水うみを眺望し給ふに、沖より舟の行くを見て、ある人の、「こぎゆく舟のあとの白浪」と云ふ歌を詠じけるを聞きて、めで給ひて、和歌は観念の助縁と成りぬべかりけりとて、それより読み給ふと云々。さて廿八品ならびに十楽の歌なども、その後読み給ふと云々(1)。

源信が和歌を詠むようになったのは、古く『万葉集』沙弥満誓の「世の中を何にたとへむあさぼらけこぎゆく舟のあとの白波」という歌の下の句が、「観念の助縁」つまり、ここでは無常観を成就するための助けとなると悟ったからだというのである。源信は、夜を徹しての修行の合間だろうか、曙に琵琶湖を眺望し、沖に舟が行くのを見た。そこではまだ、それは単なる風景に過ぎないが、沙弥満誓の歌の「こぎゆく舟のあとの白浪」を聞くことにより、その風景は無常の世を体感させるものとなったのである。和歌は、こうした風景の見方をうながすものとして、源信は、「法華経二十八品歌」「十楽の歌」などを詠むようになったという。

その後、藤原俊成は、『古来風躰抄』の中で、

これは浮言綺語の戯れには似たれども、事の深き旨も現れ、これを縁として仏の道にも通はさむため、かつは煩悩すなはち菩提なるがゆへに、法華経には、「若説俗間経書略之資生業等皆順正法」といひ、普賢観には「何者か是罪、何者か是福、罪福無主、我心自空なり」と説き給へり。よりていま、歌の深き道も空仮中の三躰に似たるによりて、通はして記し申なり。(2)

と、和歌を縁として仏の道に通わすことができ、また歌の道の深さは空仮中の三諦に似ているという。この二つの記述は、同じく和歌が仏道に通じていくことを言っているが、そこには大きな距離がある。源信説話が、和歌が無常の観念の助縁となるというのに対し、俊成は空仮中の三諦という天台宗の根本思想と関わらせている点。また、前者は源信がその後詠んだ歌を「法華経二十八品歌」「十楽の歌」というように限定しているが、後者は釈教歌云々という限定なく、歌の道と仏の道を通わせている点である。俊成がいかにして、天台の思想と和歌を関わらせる発想を持ったのか。また、釈教歌という限定を越えて和歌と仏道を通わせる論理をどのように手に入れたのかという問題が改めて浮き彫りになる。この問題に関しては、『古来風躰抄』の研究の中で議論になってきたところであるが、その中で、和歌と天台を関わらせたものの基盤として、天台安居院流の説教師澄憲の「和

歌政所一品経供養表白」（仁安元年（一一六六））の、

伝へ聞く、麁語及び軟語、皆第一義諦の風に帰し、治世語言、併ながら実相真如の理に背かず。(3)

あるいは、藤原基俊の「雲居寺聖人懺狂言綺語和歌序」（嘉承元年（一一〇六））、

経に演ぶ、麁語及び軟語、皆第一義の文に帰すと。誠なるかな此の言。予止観の余り、坐禅の隙、時々和歌の口号有り。春朝戯れに花を指して雲と称し、秋夕哢つて月を仮へて雪と云ふ。妄言の咎避け難く、麁言の過ちいかにせん。（中略）請ふらくは、一生中の狂言を以て、翻して三菩提の因縁と為すのみ。(4)

が指摘されている。(5)しかし、前者は天台系の説教師が説いたものであるが、「空仮中の三諦」などという具体的な天台の思想に触れることはない。後者は、止観の隙の和歌の口号とはいえ、和歌を詠む行為がそのまま止観に通じるという論理はない。まだ、俊成までには距離があろう。

そこで、寂然『法門百首』は、天台との関わりを色濃く示す作品であるが、これを分析することによって、その無常の観念から天台思想へと深みを増す、和歌と仏道の関わりの回路をたどっていきたい。

天台の唱道テクストとしての『法門百首』

まず、寂然『法門百首』の基本的な構造を見ておこう。(6)寂然は、大原に住んだ常盤三寂の一人で、「大原の縁忍上人にしたがひて止観うけならひけるころ、いひむろの寂超上人もろともに法のむしろにつらなりて」（唯心房集・一五九詞書）(7)とあるように、縁忍から天台止観を学んでいる。この縁忍は、大原の来迎院を中心に融通念仏を唱導した良忍の弟子で、寂然がいわゆる天台浄土教の思想を色濃く受けたことが明らかであろう。

成立は、保元の乱後まもなくと考えられ、形態は仏典の句を題とした法文歌による百首歌。春・夏・秋・冬・祝・別・恋・述懐・無常・雑の十の部立ての中に十首ずつを配し、その一首一首の左に注文が付されている。以下これを左注と呼ぶ。仏典から抜き出された題は、例えば、春部を見ると、一番歌の題に「融氷成水」とあり「立春」と関わる語が含まれ、あるいは三番歌には「遊戯原野」とあり、子の日の野遊が連想されるように、ただ、要文といわれるような句が漠然と並んでいるのではなく、全体に部立に関連する語を含む句が意図的に選ばれているのが特徴。春部を見渡すと、1番歌「立春」、2番歌「鶯」以下順に3「子日」、4「春雨」、5「柳・梅」、6「柳」、7「苗代」、8「梅」、9「桜」、10「三月尽」というように『堀河百首』題を念頭に置いて、それに見合う句を仏典から探し出していると考えられる。『堀河百首』題という和歌表現世界の総体を、仏典世界に重ね合わせようとする意図を、この題から読み取ることができる。左注は、寂然の自注の可能性が高いもので、長短様々だが、最も簡略な注は題の解説のみのもの。つまり、この注の基本は、題の句の意味やその場面を理解させることにある。次の段階として、和歌の表現と題の句との関係の解説、さらに独自の論が展開されるものもある。

さて、『法門百首』と天台宗の関わりの深さは、まずはその題の出典のから知ることができる(8)。題の出典範囲を整理すると、

①『法華経』とその開経（『無量義経』）、結経（『普賢経』）
②天台三大部（『法華玄義』『法華文句』『摩訶止観』）
③天台三大部の注釈類（『法華玄義釈籤』『法華文句記』『止観輔行伝弘決』『天台法華疏記義決』）

④その他天台の典籍（『六妙法門』『金剛錍』『真言宗教時義』）
⑤浄土経典（『阿弥陀経』『無量寿経』と源信（仮託書を含む）の著作（『往生要集』『観心略要集』『自行念仏問答』など））
これで、およそ八割を占める。こうした題を歌で詠み、左注ではこの題の解説を基本としながら百首が続く。つまり、この作品は、天台宗の典籍から抜き出された句を歌に詠み、注で解説しながら、その天台の様々な教義を示したものである。

歌、左注を含めて、その内容面を整理すると、天台の根本経典である『法華経』の様々な場面、天台大師の主な事跡、雑部の「五時」「四教」などの天台の教義、止観・常行三昧という修行の実践に関わるものというように、経典、教祖、教義、実践という天台宗の総体を表した形となっている。『法門百首』は、和歌集というよりも、和歌を媒介とした天台宗の唱導文献としての性格が見えてくる。これは、実際に『法門百首』と関わりの深い『宝物集』における和歌の役割と性格を同じくするものであろうし、また、天台安居院流の説教師澄憲の説法との関わりも指摘できる(9)。

こうした天台宗の世界を説く中で、和歌はどのような役割を果たし、また天台の教典、教義と実践に和歌がどのように関わっているのだろうか。

円教の発心としての和歌

まずは、寂然『法門百首』の和歌思想を見てみよう。具体的には、一〇〇番歌左注にそれは見られる。

水流趣海法爾無停

さまぐ〵の流れあつまる海しあればたゞには消えじみづぐきの跡（雑・一〇〇）

麁言耎語みな第一義に帰して、一法としても実相の理に背くべからず。いはんやこの卅一字の筆の跡、ひとへに世俗文字のたはぶれにあらず。ことぐ〵く権実の教文をもてあそぶなり。流れを汲みてみなもとを尋ぬるに、法性の海を出づる事なければ、おのづから妄想の波をしづめて、涅槃の岸にいたる方便ともなりぬべしといふなり。実相の理を縁として心をおこすを、円教の発菩提心と名づく。これは最上の発心なり。はじめ三蔵より今の発心にいたるまでは、四教の心を明かすなり。[10]

題は、『法華文句記』の句で、「水流海に趣きて法爾として停ることなし。」と訓読し、水の流れは海に向かいとどまることがない、という意である。それに対し歌は、さまざまの流れが集まる海があるので、この百首の筆の跡はただでは消えまいといったものである。左注に「流れを汲みてみなもとを尋ぬるに、法性の海を出づる事なければ」というように、その真意は、さまざまに詠まれた歌々は、流れ流れて結局は、真実の海に注がれる、ということである。

では、この左注の論理を整理してみよう。まず「麁言耎語みな第一義に帰して、一法としても実相の理に背くべからず」とあるが、この前半は、『涅槃経』巻二〇「諸仏は常に軟を語り、衆の為め故に麁を説く。麁語及び軟語、皆第一義に帰す。[11]」に拠る文句。全体を通して、荒っぽい言葉も優しい言葉も、みな「実相の理」でないものはないという意。続けて、ましてやこの『法門百首』は、経文を題としたものであり、自然と妄想を鎮めて、悟りに至る方便ともなるはずだという。そして、この「実相の理」を縁として発心するのを円教の発心といい、これは最上の発心であると結論づける。つまり、この百首は「実相の理」に流れ着くものであるから、それを縁として発心すれば、最上の円教の発心になるということ、言い換えれば、この百首は円教の発心の縁となるものだということである。

それでは、その円教の発心とはどのような発心か。『法門百首』の末尾四首すなわち雑部九七番〜一〇〇番歌は、天台の化法四教の発心をテーマとしたものである。化法四教とは、空仮中の三諦の思想を基盤として、その思想内容を四つの段階に分けたもの[12]。四教のうち、第一の「三蔵教」は、小乗教のことで、三蔵とは、経・律・論のこと。空を分析的に理解する段階。九七番左注では「生あるものかならず滅すと知りて心をおこすを、三蔵教の発心といふなり。」といっている。つまり無常を理解し発心することである。第二の「通教」は、大乗の入門的な教えのことで、声聞・縁覚・菩薩に共通であるから「通」という。空を直観的に理解する段階。九八番左注では、「一切の法は水の中の月のごとく、実にあることなしと思ひて心おこすを、通教の発心と名づく。」という。眼前に存在していると見えるものは、仮に存在しているに過ぎず実体はないということを、水の中の月を見て悟るように、それを直観して発心することである。第三の「別教」は、菩薩が段階を踏んで仏になるという教え。菩薩だけに説かれる教えなので「別」という。空から仮、仮から中へと三諦を段階的に理解すること。第四の「円教」は完全なる教えのこと。空仮中の三諦を直感的に理解する。円融相即の一心三観ともいう。この「別教」と「円教」については、九九番左注に次のように解説されている。

当知池水為清濁本

にごりなく池の心をせきわけて玉もあらはにすましてしかな（雑・九九）

池の水の玉入るれば澄み、鳥下るれば濁るがごとく、心性もまどひ悟りの本となるといふなり。かくのごとく心を知るを、別教の発心と名づく。この教には我が心、まどひともなり悟りともなるとはいへども、まどひすなはち悟りなりとはいはず。かるがゆゑに円教の氷と水と体ひとつなるには異なり、せきわくといへる、この心なるべし。（傍線筆者）

傍線部のように、別教では、心は迷いにも悟りにもなるというが、円教では、氷と水が一つであるように、迷いはそのまま悟りだという。つまり別教の発心とは、迷い・悟りの根源は一つであると分析して発心することをいうが、円教の発心とは、迷いすなわち悟り、つまり煩悩即菩提を直観的に悟って発心すること、という理解である。

この『法門百首』は、実相の理すなわち煩悩即菩提、円融相即の一心三観を即座に直感的に悟る方便となるという論理である。『法門百首』は、究極的には、天台の根本思想である円教つまり煩悩即菩提の様相を和歌により悟らせることを目指した作品である、ということができる。源信説話における無常の観念の助縁という和歌の役割は、さらに推し進められ、三諦を直感的に理解するその助けとなるというのである。

四季の風景と煩悩即菩提

それでは、こうした思想がどう表現の中で実現されているのかを見ていきたい。

円教の発心、すなわち九九番左注にいう「氷と水と体ひとつ」であるように煩悩即菩提を悟り発心する。この様相を具体的に表現にしているのが冒頭の一番歌である。

無明転為明如融氷成水

春風に氷とけゆく谷水を心のうちにすましてぞみる（春・一）

山深きすみかも、あらたまの年たちかへりぬれば、嵐のこゑもかはり、峰の朝日ものどかなるに、止観の窓おしひらきて、かすかなる谷を見やれば、音絶えにし山水も春知り顔にいづる波、いとあはれなり。妄想おのづからしづまり、法門こころに浮かびぬれば、観恵の春の風に無明の氷とけて、生死のふるきながれ、法性の水とならんをりはかくやと思ひよそふるにや。すまして見るといへる、この心なるべし。

題は、『摩訶止観』の句で、「無明転じて明となる、氷を融かして水となすが如し。」すなわち、迷いが悟りへと転じるのは、氷が融けて水になるようなものだという意。歌は、春部の冒頭歌であるので、立春の歌の仕立てとなっている。春のあたたかな風に谷川の氷が融けていく、その風景を心の中に澄ましてみる、というほどの意である。

さらに左注は次のように解説する。山深い住処で、新年の朝、谷川の氷が解けて流れる。止観禅定から立ち上がり、その風景を眺めると、妄想が自然と鎮まって、煩悩の氷が解けて悟りの水になる時は、このような時なのかと感得した。歌で「すましてぞみる」といっているのは、その迷いが悟りになる感覚を得た時の心を表したものであるとする。例えば、

谷風にとくる氷のひまごとにうちいづる波や春の初花（古今集・春上・一二・当純）

のように、谷川の氷解は、和歌における伝統的な立春の風景であった。その中に、煩悩が悟りに転じる瞬間の感覚をとらえている。冬から春になるのと同時に、悟りの身へと生まれ変わる。こうした、季節の移行の中で、煩

悩が菩提に転じる瞬間をとらえたのである。また、左注に「止観の窓おしひらきて」とあるように、止観禅定の直後の澄んだ心は、立春の谷川の景色を眺め、それに身をひたし歌を詠むことによりいよいよ研ぎ澄まされ、煩悩が菩提に転ずる感覚をとらえるのである。先に引用した「雲居寺聖人懺狂言綺語和歌序」に「予、止観の余、坐禅の隙、時々和歌の口号有り。」という例があったが、『法門百首』では明確に、止観と詠歌が同一地平のなかでとらえられている。こうした止観による澄んだ心を持つこと、あるいは和歌を詠む、すなわち伝統的情景に身をひたす中で心を澄ますことが、基本的な詠歌態度であることを、この冒頭の歌で示しているのである。(13)

同じく、この題の『摩訶止観』の句を詠んだと思われる、

　煩悩即菩提の心をよめる

おもひとく心ひとつになりぬれば氷も水もへだてざりけり　（千載集・釈教・一二三七・式子内親王家中将）

と比較すれば明らかなように、ただ仏典の句の内容を和歌に置き換えて表現するのではなく、歌、左注を合わせて、止観禅定の後の澄んだ心によりながら、伝統的な立春の風景の中に、煩悩即菩提の感覚を体感させ、直感させようとしているのである。

冬部の末尾の歌も、立春における滅罪を詠む。

　衆罪如霜露

春来なば心のどけく照す日にいかなる霜か露も残らん（冬・四〇）

　これも同じ所の文なり。我が心むなしとて覚せば、罪障主なし。妄想の闇晴れて恵日のどかに照すべき時を、春来なばとはいふにや。

題は『普賢経』の句で、罪は霜や露のようなものであり、仏の恵みの日が消除するという意。歌では、立春の穏やかな日の光に冬の露霜が跡形もなく消えていく風景の中に、罪が消え悟りの身になる時を観てとっている。『法門百首』においては、こうした立春のみならず、季節の変わり目は、我が身が生まれ変わる感覚をとらえるべき時であった。夏部冒頭の立夏の歌、

着於如来衣

今更に花の袂をぬぎかへてひとへに忍ぶ衣とぞなる（夏・一一）

生死染着の花の袂は身になれて久し。柔和忍辱の法の衣は今日はじめて着れば、うすき事夏衣によそへつべし。

題は『法華経』の句で、如来の衣を着るという意だが、これを夏の始まりの「更衣」の心で詠む。春の衣を脱ぎかえて、薄い一重の夏の衣になる。つまり花の色に執着してきた春の衣を脱ぎ捨て、柔和でひたすらに耐え忍ぶ如来の衣を着る、と歌では詠む。伝統的な「更衣」の心の中に、如来に生まれ変わる時をとらえたのである。

さらに秋部の冒頭の立秋の歌、

開涅槃門扇解脱風

おしひらく草の庵の竹の戸に袂涼しき秋の初風（秋・二一）

これも同じところの文なり。二乗をば止宿草庵とて、草の庵にたとへたり。

題は『無量寿経』の句。涅槃の門を開き、解脱の風を扇ぐという意。歌では、庵の竹の戸を開くと秋の初風が吹き込む。そこに、涅槃の門が開かれ解脱していく感覚を観ようとするのだ。

このような、季節の変わり目に、悟り、解脱を得る感覚を観ようとすることは、例えば、

年のあけてうき世の夢のさむべくは暮るともけふは厭はざらまし　（新古今集・冬・六九九・慈円）

のように、季節歌の中にも見出されるようになっていく。

恋情と一念三千・中道

さらに、恋の思いの中に、天台の悟りをとらえようとしたものを見てみよう。

繋縁法界一念法界

人知れず心ひとつをかけくればむなしき空に満つ思ひかな（恋・六一）

観心の人の思ふべきあり様をいふ文なり。法界に心を思ひ広くかくるを繋縁といひ、法界を心にとどむるを一念といふ。中道すなはち法界、法界すなはち止観なりといへり。十界十如三千世間、みなわが一念の心のごとしと思ひ広ぐるなり。思ひやれどもゆく方もなしなどいへる古事も、仏の道を恋ふる事ならば、いとよくこの文にかなひぬべし。

題は、『摩訶止観』の句で、「縁を法界に繋け、念を法界にひとしうす。」と訓読する。左注の理解によれば、すべての全世界に心を広く掛けることを「繋縁」といい、その全世界に心をとどめることを「一念」というとする。そして、「十界十如三千世間、みなわが一念の心のごとしと思ひ広ぐるなり」というように、一念という極小の刹那の心に、三千世間という極大の世界が備わることを悟る、いわゆる天台の「一念三千」の心を表した題である。

歌は、『古今集』の、

わが恋はむなしき空に満ちぬらし思ひやれども行く方もなし（恋一・四八八・よみ人しらず）

を下敷きとして、人知れずあなたに思いをかけてきたので、その思いは大空に満ちるよ、という恋心を詠む。つまり、恋人に対する思いが、その深さゆえ大空に満ち溢れていくという古来詠まれてきた伝統的な恋情の中に、この極小の心が極大の世界を包み込む「一念三千」の心を重ね合わせてとらえたのである。

また、

但念寂滅不念余事

いづくにか心を寄せん浮波のあるかなきかに思ひ沈めば（恋・六九）

止観を修する人、たゞ法性の理を思ひて、余念まじへざれといふなり。あるかなきかに思ふらんは、中道の理に心をとゞむるにや。

この題もやはり『摩訶止観』の句で、「ただ、寂滅を念じて余事を念ぜず。」と訓む。止観修行をする者は、ただひたすらに寂滅を思い、余計なことを思うべきではないといったもの。歌は、わが身が消え入りそうになるほど、恋の思いの中に沈み込み、心の拠り所もない激しい恋情を詠む。この一途な恋心に、止観においてひたすら寂滅を思う心を見出す。さらに、「有るかなきかに思」うというのは、

ことわりやかつわすられぬ我だにもあるかなきかに思ふ身なれば（和泉式部集・二一〇）

あたりから学んだものと思われるが、左注にいうように、ここに中道の理を悟る心を重ね合わせている。「中道の理」とは、空にも仮にも偏らない中正な絶対の真実のこと。恋する中で、心の拠り所を失い、消え入りそうに

思いに沈む。ここに、何事にも偏らない中道の心を観たのである。

立春の風景が、煩悩即菩提を悟る機縁となったように、余念なき純粋な恋心も菩提の境地に至る方便となる、という考えがあることは明らかであろう。煩悩即菩提、一念三千、中道といった天台の悟りを、分析的に和歌で表現するのではなく、和歌の伝統的風景、恋情そのものの中に、直感的にとらえ、それを歌で表現しようとしているのである。

浄土の風景を観る

天台において、煩悩即菩提の論理は浄土観にもに当てはめられる。娑婆即浄土、つまりこの現実の娑婆において永遠の浄土を感得することで、これを常寂光土という。四五番左注に「さらに常寂光の都にすむなり」というように寂然も用いている用語であった。こうした、煩悩がそのまま菩提であり、また娑婆がそのまま浄土であるとする思想は、天台本覚思想と呼ばれるが、その「本覚」は『法門百首』に次のように出てくる。

　　　青青翠竹惣是法身

　色かへぬもとの悟りをたづぬれば竹のみどりも浅からぬかな（祝・四一）

　一切の草木までみな仏性を備へたりといふこゝろなり。その中に竹のみどりは不反真如の色、眼の前にあらはれて、常住仏性の悟り心のうちにきざす。これ内薫の善知識なり。まことにわが友といふべし。浅からずと詠める、この心にや。もとの悟りといふは本覚の理なり。本覚すなはち法身なり。

常緑の竹は仏性を備え、それが現前しているといった歌。祝部の冒頭歌であるが、常緑の竹や松は、

色かへぬ松と竹との末の世をいづれ久しと君のみぞ見む（拾遺集・賀・二七五・斎宮内侍）

のように、祝意を表すものとして和歌では詠まれてきたが、その「色かへぬ」竹の中に、現前する仏の姿を観ている。

こうした現前する景物に仏の世界を観るという方法の中、『法門百首』では、浄土の風景をどう描いているのだろうか。題の出典は『法華経』が圧倒的に多いことからも、まず多く登場するのが、釈迦の『法華経』説法の地、霊鷲山である。

梅檀香風

吹く風に花橘や匂ふらん昔おぼゆるけふの庭かな（夏・一五）

霊山の苔のむしろに梅檀の香ばしき風にほひ満ちたりしかば、衆会みなよろこぶ心ありき。これ灯明の昔の瑞相にかはらずして、法花の序分をあらはすなり。香ばしき風といへるは、花橘の匂ひをやさそひけんと、昔を引けることばに思ひよそふるなるべし。

『法華経』序品、霊鷲山で釈尊は瑞相をあらわす。その時文殊は、過去に日月灯明仏が同じ瑞相をあらわして『法華経』を説いたことを思い出し、釈迦も再び『法華経』を説くことを予言する。歌は、吹く風に橘の花の香りがしたのだろうか、昔が思い出される今日の庭であるよ、と詠むが、これは、

五月まつ花橘の香をかげば昔の人の袖の香ぞする（古今集・夏・一三九・よみ人しらず／伊勢物語・六十段）

の心を踏まえて詠んだもの。つまり、霊鷲山に吹く風に花橘の香りが漂い、文殊は昔を思い出したのでは、というのだ。橘の香で昔の人を思い出すという古い物語の場面に、霊鷲山で日月灯明仏の瑞相を思い出す文殊の姿を

写しとる。もう一例、

　受持仏語作礼而去

ちり〴〵に鷲の高嶺をおりぞゆく御法の花をいへづとにして（別・五九）

　法華八年の説畢りて、自界他方の衆、各別れ去りし時の事なり。

これは、『法華経』勧発品、釈迦の説法が終わり、聴衆たちが一礼して霊鷲山を降りる場面。この歌は、

　山の桜を見て詠める

見てのみや人にかたらむ桜花手ごとに折りていへづとにせむ（古今集・春上・五五・素性法師）

を下敷きとしている。人々が花見に山に登り、各々桜を折って山を下るという春の歌。そこに、『法華経』のラストシーンを観てとる。

さらに、極楽浄土を詠んだものを見てみよう。

　是諸衆鳥和雅音

鶯の初音のみかは宿からにみななつかしき鳥の声かな（春・二）

　経に舎利といへるは鶯なりとふるき人しるしおけり。極楽にも鶯はあるにこそ。春のはじめき丶そめたる曙の声などは、これになくだに身にしみてあはれなるを、ましていろ〳〵の光かゞやく玉のみぎりに、にほひみちたる花の木ずゑに、伝ひつ丶鳴くらん声、大慈悲の室のあたりなれば、いかばかりなつかしからん。かの国のくせにて、さま〴〵の鳥みなたへなる法をさへづりて人の心をす丶むなれば、いづれも鶯におとらじとなるべし。文に和雅といへるは、たへにやはらかなる声といふ心にや。

題は『阿弥陀経』の句。「この諸もろの鳥、昼夜六時に、和雅の音を出す。」とある箇所からの抄出で、極楽浄土の風景描写の場面である。

歌は、鶯の初音のみではない、ここは極楽浄土の宿であるから、様々の鳥の慕わしい声を聞くことができるといったもの。極楽浄土という超越的世界でありながら、そこにはこの現実世界でもっとも美しい声を奏でる鶯がいる。左注では、この世での春の曙の初音はこの上ないものだという。この表現は、

うぐひすの初音や何の色ならん聞けば身にしむ春の曙　（袋草紙・上・七一・孝善）

を踏まえたもので、こうした最上級の鶯を彷彿とさせながら、その鶯が極楽で鳴くとしたらどんなにすばらしいものだろうかと想像させる。つまり、ここでの極楽の風景は、この現実世界から隔絶された世界ではなく、和歌の中で詠まれてきた鶯の初音の風景の中に見出された風景となっているのだ。

こうした手法は、『法門百首』とほぼ同時期に成立した、俊成の『極楽六時讃歌』においても見られる。(14)

今ぞこれ入日を見ても思ひこし弥陀の御国の夕暮れの空　（新古今集・釈教・一九六七）

いにしへの尾上の鐘に似たるかな岸打つ波の暁の声　（新古今集・釈教・一九六八）

『新古今集』に入った二首であるが、極楽浄土の夕暮の空、静寂なる暁に、鐘の音と岸を打つ波の音が響く風景。これらは、伝統的な和歌的美の世界の中にとらえた極楽の風景である。『法門百首』の試みは、こうした俊成の釈教歌の試みと同じ志向を持つものであることに注意しておきたい。

その極楽浄土の主、阿弥陀は次のように登場する。

聞名欲往生

音に聞く君がりいつか生の松待つらんものを心づくしに（恋・六五）

弥陀の願の力、名を聞て往生せんと思ふは、皆かの国にいたりて、おのづから不退転を得といふ文なり。弥陀の解脱の袖を濡らしつつ待ちかねて、いかに心もとなくおぼしめすらん。里をばかれずと思ひ知らむ人は、急ぎて参らんと願ふべし。生の松は西の海の波路を隔てありと聞けば、かの国に思ひよそふるにや。

これは恋部のもの。題は『無量寿経』の句で、その意は左注にある通り、阿弥陀の本願力は、その阿弥陀の名を聞いて往生しようと思えば、みな極楽往生できるということである。歌は、うわさにばかり聞くあなたの所にいつ行くことができるだろうか、遠く西の筑紫で心を尽くして待ちかねているというのに、という意。遠く西の筑紫の生の松で待ちかねている恋人に、衆生を西方浄土で待ちかねる阿弥陀の姿を重ねている。阿弥陀を慕う心は、まさに恋心そのものであるということだ。

このように、和歌的風景や恋情は、霊鷲山、極楽といった浄土の風景をも映し出し、娑婆即浄土を直感させるものであったのだ。

仏・菩薩・二乗の姿を観る

さらに『法門百首』を見ていくと、和歌的風景の中に、こうした浄土のみならず、二乗、菩薩、仏の姿を観ようとしたものも多い。ここは簡潔に見ておきたい。

悲鳴呦咽痛恋本群

立ちはなれ小萩が原に鳴く鹿は道ふみまよふ友や恋しき　（秋・二六）

鹿のひとり囲みのうちを出でて走れども、本の群をかへり見て悲しみ鳴くがごとく、支仏は自調自度の行を立てて生死を出づれども、猶衆生のまどひを悲しぶといへり。小乗の道を小萩が原によそへたるにや。

群れから離れた鹿に、小乗の道に迷う二乗の姿を観る。道に迷う鹿も、

そまがたに道やまどへるさを鹿の妻どふ声のしげくあるかな　（堀河百首・鹿・七〇五・公実）

というように、和歌で詠まれてきたモチーフである。

唯除楊柳以其軟故

行く水にしたがふ岸の玉柳かけても波のいかゞをるべき　（春・六）

大きなる川の水のもろ〳〵の草木を折りやつせども、柳は水にしたがひてそこなはれず、生死の大水もろ〳〵の凡夫を漂はし沈むれども、菩薩は大涅槃の心やはらかにして、生死に流転せずといふなり。

柳に菩薩の柔らかな心を観る。波にまかせて折られることのない柳も、

いなむしろ川ぞひ柳水ゆけば靡き起き伏しその根はうせず　（俊頼髄脳・二三五／日本書紀・八三・顕宗天皇）

あらし吹く岸の柳のいなむしろおりしく波にまかせてぞ見る　（久安百首・春・六・崇徳院／新古今集・春上・七一）

と、伝統的な表現であった。

草木叢林随分受潤

下草もめぐみにけらし木の芽はる雨のうるひや大荒木の杜（春・四）

草木をば人天二乗菩薩にたとふ。これを五乗といふ。一切衆生みな仏の道に入るを、如来の世に出で給へるまさしき心とせり。しかはあれど平等一味の雨、分くところなければ、菩薩の大樹にそゝぐうるひ、おのづから人天の小草までその益を得るなり。大荒木の杜の雫にめぐみ出づる下草にも思ひよそへつべし。

あまねく注ぐ春雨に、仏の慈悲の心を観る。春雨に仏の姿を重ねたものとして、俊成の「法華経二十八品歌」の中の、

春雨はこのもかのもの草も木もわかずみどりに染むるなりけり（長秋詠藻・薬草喩品、無有彼此愛憎之心・四〇七）

があり、これから学んだものであろう。

おわりに

以上、天台宗の思想との関わりを中心に『法門百首』を見てきた。『法門百首』では、和歌は煩悩即菩提、娑婆即浄土を悟る縁となるものだという思想の中、伝統的に和歌が表現してきた現実世界の風景や人の心の中に、様々な仏の世界の様相を観ようとしている。それは、冒頭に引いた源信の説話のような無常ばかりではなく、止観禅定により澄んだ心において、浄土の風景、仏や菩薩の姿、究極的には天台の円教すなわち煩悩即菩提、一心三観の悟りの世界をもその中に直感しようとしたものであった。伝統的和歌表現というものが、そのままの形で様々な仏の世界を垣間見る仲立ちとなる。何も釈教歌を詠むということではなく、伝統的和歌の世界に没入する

ことが、仏道を様々な角度から天台の奥義に至るまで、深く理解することにつながるという論理がここに成立しているのである。

仏教の側から言えば、仏教者が和歌に求めたのは、その教義の分析的理解ではなく、その直感的理解の助けとなるということであった。特に、煩悩即菩提といったような天台の思想は、これまで見てきたように直感的理解を必要とする。そもそも『法門百首』の題の多くは、仏典の比喩表現の箇所の句であるが、仏典において比喩は、その教理を実感としてつかむための方便として重要な要素であった。そこに、和歌表現の世界を組み込む。そうすることによって、より自らの感性の中で仏の世界をとらえることができるようになるのである。その和歌の魅力に僧侶たちは引き込まれていったのだろう。

俊成が、「いま、歌の深き道も、空仮中の三躰に似たるによりて、通はして記し申すなり。」と言ったのは、こうした寂然の試み、あるいは、自らの「極楽六時讃歌」や「法華経二十八品歌」といった釈教歌での試みを背景に、伝統的和歌表現そのものが、天台の悟りの世界、浄土の世界を映し出すことが出来るものであるという確信のもとでの発言であると思われる。この時代の釈教歌は、伝統的和歌表現と仏の世界がいかにつながり得るのか、その試みの場としての役割を負っていたとも言えよう。

伝統的和歌表現が仏の世界、悟り、浄土を映し出すものならば、その伝統的な言葉を組み合わせながら、その中により美しい浄土を描こうとするのは必然であった。寂然、俊成の時代、その乱世の中、余情あふれる幽玄美の和歌が誕生するのは、こうした志向を背景にして考えなければならないのである。

注

1. 引用は、岩波新日本古典文学大系『袋草紙』。
2. 引用は、『歌論歌学集成』第七巻（三弥井書店、二〇〇六年十月）。
3. 引用は、「『和歌政所一品経供養表白』について」（簗瀬一雄著作集一『俊恵研究』加藤中道館、一九七七年十二月）の本文により書き下した。
4. 『本朝小序集』所収。引用は、『新訂増補国史大系』三十「本朝文集」巻第五十五により書き下した。
5. 渡部泰明『中世和歌の生成』第三章（若草書房、一九九九年一月）参照。
6. 『法門百首』の基礎的研究については、川上新一郎「『法門百首』の考察」（慶應義塾大学国文学研究会『王朝の歌と物語』桜楓社、一九八〇年四月）、山本章博「寂然『法門百首』の形成と受容」（『和歌文学研究』八十、二〇〇〇年六月）参照。
7. 和歌集からの引用は、『新編国歌大観』による。以下同じ。
8. 題の出典研究については、三角洋一「『法門百首』の法文題をめぐって」（『源氏物語と天台浄土教』若草書房、一九九六年十月）。
9. 詳細は、山本章博「恋と仏道—寂然『法門百首』恋部を中心に—」（『上智大学国文学論集』三十三、二〇〇〇年一月）参照。『発心集』第五・四では、妻との死別の後、夫のその強い心のゆえ、妻が現実に姿を現わしたという澄憲が語った話を引用し、仏にも心を致せば会うことができると説く。これと恋部六十六番・七十番の歌、左注における、恋情から見仏を説く記述が通う。
10. 『法門百首』の本文は、山本章博『寂然法門百首全釈』（風間書房、二〇一〇年七月）による。内閣文庫「法門百首」を底本とし、諸本により独自に校訂したもの。以下同じ。
11. 大正蔵12・485上7。
12. 以下、天台思想については、田村芳朗・梅原猛『絶対の真理〈天台〉』（角川文庫、一九九六年六月）、菅野博史『一念三千とは何か』（レグルス文庫、一九九二年七月）参照。

13．この「澄む心」については、錦仁「和歌の思想―詠吟を視座として」（院政期文化論集第一巻『権力と文化』森話社、二〇〇一年九月）参照。そこでは、例えば「〈心澄む〉〈すまして見る〉は、自然美を発見しそれを歌に表現せしめる高い精神状態であり、そこにおいて仏教的観想が可能となる詩的境地なのであった。注意すべきは、そうして詠まれた歌によって現実世界が仏国土へ接続し一体化したものとして把握されるようになることだ。」という指摘がある。『法門百首』において、「現実世界」とは、伝統的な和歌の表現世界であることに注意しておく必要がある。

14．藤原俊成の釈教歌の詠み方については、姫野希美「藤原俊成の法華経廿八品歌の詠法をめぐって」（『国文学研究』一〇四、一九九一年六月）、同氏「藤原俊成の極楽六時讃歌の詠法をめぐって」（『早稲田大学大学院文学研究科紀要別冊』十九、一九九三年二月）参照。

参考文献

錦仁「法華経二十八品和歌の盛行―その表現史素描―」（『解釈と鑑賞』六十二・三、一九九七年三月）

錦仁「和歌の思想―詠吟を視座として」（院政期文化論集第一巻『権力と文化』森話社、二〇〇一年九月）

三角洋一「『法門百首』の法文題をめぐって」（『源氏物語と天台浄土教』若草書房、一九九六年十月）

渡部泰明『中世和歌の生成』（若草書房、一九九九年一月）

山本章博『寂然法門百首全釈』（風間書房、二〇一〇年七月）

今でも山里や海辺の小さな町に行くと、朝と夕方、大空の彼方からオルゴールが響いてくる。正午を知らせるサイレンが鳴るところもある。役場の鉄塔から聞こえてくるそれは、朝焼けの町に流れ、まもなく夜を迎える町をつつむ。人々は働きに出て、子どもたちは夢中になって遊んでいた砂場を離れて家に帰る。

大音響で町中に鳴り響くそれらを嫌う人はだれもいなかった。大人から子どもまで、朝、昼、夕を知り、生活していた。町民全員に伝える放送が聞こえてくることもあった。お寺の鐘がしんみりと鳴り響いた。一番列車や夜汽車の汽笛が聞こえてきた。夏の夕方、カナカナ蟬の大合唱が町中を揺るがした。そして町は闇に沈み、ひっそりとするのだった。

人々は〈音〉を共有しながら一つの町に住んでいた。そういう無言の了解があった。今では懐かしい風景であるが、都会をのぞけば、かつては日本のどこでもそうだったと思われる。

町をつつむ〈音〉はいつ消えたのか。生活の末端にまで近代化が進み、だれしも個人主義の生活をするようになり、しだいに消えていったのではないか。昭和三十年代の後半であったと思われる。

高くそびえる山が、向こうの町とこちらの村を遮断する。人々はやっとの思いで峠を越えて隣の町へ出なければならなかった。だから近代化が遅れた。私たちはそう思うけれども、山は必ずしも人々を遮断するものではなかった。大きな〈鐘〉のように、美しく豊かな響きを同心円状に、遠くへ、遠くへと伝えてくれるものだった。

秋田県と山形県の境に鳥海山（二二三六メートル）の秀峰がそびえる。この山を中心に、この山を神と仰ぐ信仰が裾野の村々に浸透した。番楽はそうした信仰をもつ村人の民俗芸能であるが、山形側にも秋田側にも、ほぼ同じ芸態・歌詞・音曲をもって分布している。

この芸能は鳥海山の修験者が考案し、秋田側のある村に伝えたのが始まりだという。その後、山形側の村から依頼があり、泊まり込みで行って教えた。秋田側でもそういうことがくりかえされ、広範囲に広まっていった。鳥海山を音源として、山をとりまく麓の村々に、あたかも鳴り響く鐘の音のように同心円状に広まっていったのである。

人々は毎日、山を仰ぎ、神を共有し、宗教や芸能が広まっていった。山は鳴り響く大きな鐘のようなものであり、村と村とを分け隔て遮断するだけではなかったのである。〈共有〉の空間、人々の生きるべき世界はそうして創られていった。

なぜ歌合では、懐紙に書かれた和歌を〈声〉に出して読み上げ、全員で朗唱するのか。勝負を決するなら、懐紙に書いた歌を読んで批評するほうが、耳で聞いて、その印象でもって批評を語るよりずっと正確で鋭い批判ができるはずだ。なぜ、和歌は〈声〉にしなければならなかったのか。

本書に収めた十三本の論文は、この問題意識をもとに、一人ひとりの研究者がそれぞれの観点から考察したものである。

和歌を〈声〉にする、という思想を確立したのは、平安末期の藤原俊成（一一一四〜一二〇四）であった。晩年に記された歌合の跋文や歌論にはっきりとあらわれている。かれは『万葉集』から『古今和歌集』を経て、今日へと伝えられてくる和歌を「道」という観点から捉え直した。和歌史なるものは、『古今和歌集』の仮名序・真名序を踏襲し、当時の宗教思想をとりいれて確立された。歌合も、そういう俊成によって新たな思想のもとに履行されるようになったのである。

俊成の前に、かれも尊敬を惜しまなかった源俊頼（一〇五五～一一二九）がいる。だが、くらべてみると、その間に大きな段差がみとめられる。〈声〉の思想は、俊頼を乗り越えて確立されたというべきだろう。

注意すべきは、二十歳ほど年長であった法然（一一三三～一二一二）の思想とも交差していると思われることだ。

罪のかろきおもきをも沙汰せず、心に往生せんとおもひて、口に南無阿弥陀仏ととなへば、声につきて決定往生のおもひをなすべし。その決定の心によりて、すなはち往生の業はさだまるなり。（「御消息」日本思想大系『法然一遍』）

念仏を称えるその〈声〉の中で、おのれは往生すると確信するのだという。南無阿弥陀仏を称えるその〈声〉はおのれの声であるが、阿弥陀仏が降りてきて往生を約束する意志のごとくに感じられる。

一遍（一二三九～一二八九）も、「能帰所帰一体と成て、南無阿弥陀仏とあらはるゝなり」（『一遍上人語録』）と述べている。念仏を称える〈声〉の中で阿弥陀仏とおのれが合一する、というのである。

法然・一遍の説く、仏と人が〈声〉をとおして合一する、という思想は、俊成が『古来風体抄』で次のように述べていたのと似通うものがある。

歌はただよみあげもし、詠じもしたるに、何となく艶にもあはれにも聞ゆる事のあるなるべし。もとより詠歌といひて、声につきて善くも悪しくも聞ゆるものなり。（日本古典文学全集『歌論集』）

善くも悪しくも聞こえる、というが、歌声を聞いているのは歌を詠んだ当人であり、歌合に参加して歌声を聞いている人々である。その頭上では、神仏が聞いているであろう。なぜなら、俊成のこうした歌論は、歌合は神仏のみそなわす場であることを常に強調しているからだ。

念仏を称える〈声〉につきて往生が確信され、歌をうたう〈声〉につきて善くも悪しくも聞こえる。〈声〉の意義、美しさを認識するのは人間であり、人間を超えた神仏である。〈声〉は人々と神仏との、共有・交響の空間を創りあげる。そのような思想が仏教にも和歌にもあった。それが中世という時代であった。

とすれば、和歌を和歌として論じるだけでは済まないだろう。宗教思想と積極的に関連づけて、神楽や歌謡との相違や共通点を明らかにし、民俗芸能でうたわれる歌や修験者が呪《まじな》いのために読み上げる歌などをも視野に入れて、和歌を多角的に見る必要がある。

和歌は日本独特の表現様式である。日本を形成する思想・文化・表現の、すべてと関連づけてその本質を見つめなければならない。

本書は、和歌研究はどうあればよいか、これから先、どのような方向へ展開させるべきか、くっきりと示した。私たち十三人の論考は、あたかも十三個の〈鐘〉のように美しい響きを奏でている。そういう関係が生まれるように一人ひとり考察し、並べてみた。読者へのささやかなプレゼントである。なお、本書の成立については、阿部泰郎氏の巻頭の「『聖なる声』の誕生」を参照していただきたい。

二〇一一年三月

錦　仁

執筆者一覧（論文掲載順）

Jean-Noël Robert（ジャン＝ノエル・ロベール）
一九四九年生まれ。パリ・東洋語学校卒業。博士（文学）。現在、フランス碑文・文芸学士院会員・コレージュ・ド・フランス教授。
主要著書／*Doctrines de l'école japonaise Tendai au début du IXe siècle : Gishin et le Hokke-shû gi shû*（九世紀初頭・日本天台宗の教義――義真と『法華宗義集』）（博士論文、一九九〇年）、*Sûtra du Lotus, suivi du Livre des sens innombrables et du Livre de la contemplation de Sage-Universel*（法華三部経仏訳）Fayard 二〇〇三年、*La Centurie du Lotus : Poèmes de Jien (1155-1225) sur le Sûtra du Lotus*（慈円『法華要文百首』仏訳・注釈）éditions de Boccard 二〇〇八年など。

錦　仁（にしき　ひとし）
一九四七年生まれ。新潟大学現代社会文化研究科教授。博士（文学）。
主要著書／『中世和歌の研究』桜楓社、一九九一年）、『浮遊する小野小町』（笠間書院、二〇〇一年）、『東北の地獄絵』（三弥井書店、二〇〇三年）、『金葉集／詞花集』（明治書院、二〇〇六年）、『なぜ和歌を詠むのか』（笠間書院、二〇一一年）。

前田雅之（まえだ　まさゆき）
一九五四年生まれ。明星大学人文学部教授。博士（文学）。
主要著書／『今昔物語の世界構想』（笠間書院、一九九九年）、『記憶の帝国【終わった時代】の古典論』（右文書院、二〇〇四年）。

田村正彦（たむら　まさひこ）
一九七二年生まれ。大東文化大学非常勤講師。博士（日本文学）。
主要論文／「「剣の枝」考―和泉式部と邪婬の刀葉林―」（『国語と国文学』東京大学国語国文学会、至文堂、二〇〇九年三月）、「三途の川にまつわる「初開男」の俗信」（『国文学解釈と鑑賞』第75巻12号、二〇一〇年一二月）。

清水眞澄（しみず　ますみ）
一九五七年生まれ。青山学院女子短期大学兼任講師。博士（文学）。
主要著書／『読経の世界―能読の誕生―』（吉川弘文館、二〇〇一年）、『音声表現思想史の基礎的研究―信仰・学問・支配構造の連関―』（三弥井書店、二〇〇七年）。

渡部泰明（わたなべ　やすあき）
一九五七年生まれ。東京大学大学院教授。博士（文学）。
主要著書／『中世和歌の生成』（若草書房、一九九九年）、『和歌とは何か』（岩波書店、二〇〇九年）。

岡﨑真紀子（おかざき　まきこ）
一九七一年生まれ。静岡大学人文学部准教授。博士(文学)。

主要著書／『やまとことば表現論―源俊頼へ―』（笠間書院、二〇〇八年）、『新撰菟玖波集全釈』第一巻～第八巻・別巻（共同執筆、三弥井書店、一九九九年～二〇〇九年）。

海野圭介（うんの　けいすけ）
一九六九年生まれ。国文学研究資料館准教授・総合研究大学院大学准教授。博士（文学）。
主要論文／「海人の刈る藻に住む虫の寓意」（『伊勢物語　享受の展開』竹林舎、二〇一〇年）、「正宗敦夫旧蔵升底切本『金葉和歌集』考」（『日本古典文学研究の新展開』笠間書院、二〇一一年）。

菅野扶美（すがの　ふみ）
一九五四年生まれ。共立女子短期大学教授。
主要論文／「「内野通りの西の京」論」（『国語国文』78巻2号、二〇〇九年）、「『梁塵秘抄』巻二の編成における法文歌の意義」（『日本歌謡研究』50号、二〇一〇年）。

阿部泰郎（あべ　やすろう）
一九五三年生まれ。名古屋大学文学研究科教授。
主要著書／『湯屋の皇后』（名古屋大学出版会、一九九八年）、『聖者の推参』（名古屋大学出版会、二〇〇一年）。

荒木優也（あらき　ゆうや）
一九八〇年生まれ。國學院大學兼任講師。
主要論文／「花を惜しむ心―『山家心中集』二十七番歌と唯心―」（『國學院大學大学院紀要―文学研究科―』40輯、二〇〇九年）、「西行と華厳思想」（『国文学解釈と鑑賞』76巻3号、二〇一一年）。

平野多恵（ひらの　たえ）
一九七三年生まれ。十文字学園女子大学短期大学部准教授。博士（文学）。
主要著書・論文／『明恵　和歌と仏教の相克』（笠間書院、二〇一一年）、「寺院文化圏の釈教歌―『栖葉和歌集』を中心に―」（『国語国文』二〇〇八年八月）。

山本章博（やまもと　あきひろ）
一九七四年生まれ。学習院高等科教諭。
主要著書・論文／『寂然法門百首全釈』（風間書房、二〇一〇年）、「西行と海浜の人々」（『西行学』第1号、二〇一〇年）。

聖なる声――和歌にひそむ力

平成23年５月16日　初版発行

定価はカバーに表示してあります。

©編　者　　阿部泰郎・錦　仁

発行者　　吉田栄治

発行所　　株式会社 三弥井書店

〒108－0073東京都港区三田3－2－39

電話03－3452－8069

振替00190－8－21125

ISBN978-4-8382-3209-8 C0095　　組版・印刷　藤原印刷